U0584714

白居易集箋校

二

〔唐〕白居易 著
朱金城 箋校

上海古籍出版社

白居易集箋校卷第七

閑適三　古調詩五言　凡五十八首

題潯陽樓　自此後詩江州司馬時作。

常愛陶彭澤，文思何高玄？又怪韋江州，詩情亦清閑。今朝登此樓，有以知其然。大江寒見底，匡山青倚天。深夜湓浦月，平旦鑪峯烟。清輝與靈氣，日夕供文篇。我無二人才，孰爲來其間？因高偶成句，俯仰愧江山。

【箋】

約作於元和十年（八一五）至元和十一年（八一六），江州，江州司馬。

〔潯陽樓〕即南樓。光緒江西通志卷二八勝蹟略三：「九江府志古蹟無潯陽樓，審其詩意，仍是南樓。」

〔韋江州〕韋應物。貞元元年秋爲江州刺史。貞元三年由江州刺史入朝爲左司郎中。見傅璇琮韋應物繫年考證。并參見卷六自吟拙什因有所懷詩箋。

〔匡山〕廬山。見卷一潯陽三題詩箋。

〔湓浦〕見卷六湓浦早冬詩箋。

〔鑪峯〕香鑪峯。太平寰宇記卷一一一江州：「香鑪峯在（廬）山西北，其峯尖圓，烟雲聚散如博山香鑪之狀。」清統志九江府一：「香鑪峯在德化縣西南三十里廬山之北。峯形圓聳，氣靄若烟，故名。周景式廬山記：峯頭有大盤石，可坐數百人。慧遠廬山記：東南有香鑪山，孤峯獨秀起，游氣籠其上，則氤氳若香煙，白雲映其外，炳然與衆峯殊別。明統志：南有巨石如人，故又名石人峯。」白氏有香鑪峯下新置草堂即事詠懷題於石上（本卷）、登香鑪峯頂（本卷）、上香鑪峯（卷十六）、香鑪峯下新卜山居草堂初成偶題東壁（卷十六）等詩。又草堂記（卷四三）云：「匡廬奇秀甲天下山，山北峯曰香鑪，峯北寺曰遺愛寺，介峯寺間，其境勝絶，又甲廬山。」城按：香鑪峯，山南山北皆有之，白氏詩文中所云之香鑪峯在山北。

【校】

〔題〕此下汪本無小注。

訪陶公舊宅 并序

予夙慕陶淵明爲人，往歲渭川閑居，嘗有効陶體詩十六首。今遊廬山，經柴桑，過栗里，思其人，訪其宅，不能默默，又題此詩云。

垢塵不污玉，靈鳳不啄羶。嗚呼陶靖節，生彼晉宋間。心實有所守，口終不能言。永惟孤竹子，拂衣首陽山。夷齊各一身，窮餓未爲難。先生有五男，與之同飢寒。腸中食不充，身上衣不完。連徵竟不起，斯可謂真賢。我生君之後，相去五百年。每讀五柳傳，目想心拳拳。昔常詠遺風，著爲十六篇。今來訪故宅，森若君在前。不慕樽有酒，不慕琴無絃。慕君遺榮利，老死此丘園。柴桑古村落，栗里舊山川。不見籬下菊，但餘墟中烟。子孫雖無聞，族氏猶未遷。每逢姓陶人，使我心依然。

【箋】

作於元和十一年（八一六），四十五歲，江州，江州司馬。

〔陶公舊宅〕太平寰宇記卷一一一江州：「陶公舊宅在州西南五十里柴桑山。晉史：陶潛家於柴桑。唐白居易有訪陶公舊宅詩。」廬山志卷十三：「鹿子坡在楚城鄉桃花尖山西，去靖節墓三四里，其地有淵明故宅。」城按：淵明故居凡三見，以柴桑爲可信。光緒江西通志卷一一八勝蹟略：「陶公舊宅在治西南九十里柴桑山。晉史：陶潛家於柴桑，即今之楚城鄉也。去宅北三里許有靖節墓。謹案：王謨考古録：陶靖節故居通志凡三見，考之史傳，當以九江柴桑爲正。計生平往返多在廬山，居止始終不離柴桑。圖經云：始家宜豐，史傳詩文俱無考證，難於取信。」

〔効陶體詩十六首〕見卷五効陶潛體詩十六首。

〔柴桑〕宋書陶潛傳：「陶潛，字淵明。……潯陽柴桑人也。」城按：廬山志卷十三云：「晉柴桑縣即今德化縣楚城鄉，柴桑山即今面陽、馬首、桃花尖諸山是也。」

〔栗里〕太平寰宇記卷一一一江州：「栗里原在廬山南，當澗有陶公醉石。」城按：栗里蓋淵明所遊之處。查慎行廬山記遊云：「考淵明歸去來辭自序及晉史本傳，先生家在柴桑，而栗里則其所嘗遊者。栗里今屬星子縣，柴桑今屬德化縣，地本接壤，易以傳訛，故山北以柴桑爲淵明故居，山南亦以栗里爲淵明故居，栗里之有柴桑橋，蓋踵此訛。去橋一里所，有大石，俗傳先生嘗醉卧於此，石上有吐痕也。」

【校】

〔陶淵明〕英華作「陶公淵明」。

〔渭川〕汪本、英華、全詩俱作「渭上」。

〔嘗有〕「嘗」，馬本、汪本、英華俱作「常」。城按：「嘗」與「常」通，據宋本、全詩改。

〔靈鳳〕「鳳」，英華作「龜」，汪本、全詩俱注云：「一作『龜』。」

〔拂衣〕「拂」，英華作「披」。

〔未爲難〕「爲」，英華作「能」。汪本、全詩俱注云：「一作『能』。」

〔森若〕「森」，英華作「參」。汪本、全詩俱注云：「一作『參』。」

〔樽有酒〕「樽」，汪本、全詩俱作「尊」。城按：尊爲樽之本字。

〔此丘園〕「此」，英華、汪本俱作「在」。汪本注云：「一作『此』。」全詩注云：「一作『在』。」

〔依然〕「依」，英華作「悽」。

北亭

廬宮山下州，湓浦沙邊宅。宅北倚高崗，迢迢數千尺。上有青青竹，竹間多白石。茅亭居上頭，豁達門四闢。前楹卷簾箔，北牖施床席。江風萬里來，吹我涼淅淅。日高公府歸，巾笏隨手擲。脱衣恣搔首，坐卧任所適。時傾一盃酒，曠望湖天夕。口詠獨酌謡，目送歸飛翮。慚無出塵操，未免折腰役。偶獲此閑居，謬似高人跡。

【箋】作於元和十一年（八一六），四十五歲，江州，江州司馬。見汪譜。

〔北亭〕光緒江西通志卷一一八署宅五：「北亭在城北隅，與匡廬相對。」本卷白氏有北亭獨宿詩。

〔湓浦〕見卷六湓浦早冬詩箋。

遊湓水

四月未全熱，麥涼江氣秋。湖山處處好，最愛湓水頭。湓水從東來，一派入江流。可憐似縈帶，中有隨風舟。命酒一臨汎，捨鞍揚棹謳。放迴岸傍馬，去逐波間鷗。烟浪始渺渺，風襟亦悠悠。初疑上河漢，中若尋瀛洲。汀樹緑拂池，沙草芳未休。青蘿與紫葛，枝蔓垂相樛。繫纜步平岸，迴頭望江州。城雉映水見，隱隱如蜃樓。日入意未盡，將歸復少留。到官行半歲，今日方一遊。此地來何暮？可以寫吾憂。

【箋】作於元和十一年（八一六），四十五歲，江州，江州司馬。見汪譜。

〔湓水〕即湓浦。見卷六湓浦早冬詩箋。

〔江州〕見本卷題潯陽樓詩箋。

【校】

〔題〕「遊」，宋本、汪本、盧校俱作「汎」。全詩作「泛」，注云：「一作『遊』。」

〔江氣〕「氣」，馬本作「風」，據宋本、那波本、盧校改。汪本、全詩俱注云：「一作『風』。」

〔一派〕何校：「『一』疑作『九』。」

〔揚棹〕「揚」，宋本、那波本俱作「楊」。

〔緑拂池〕「池」，宋本、那波本、汪本、全詩、盧校俱作「地」。全詩注云：「一作『池』。」

〔半歲〕何校：「『歲』一作『載』。」

答故人

故人對酒歎，歎我在天涯。見我昔榮遇，念我今蹉跎。問我爲司馬，官意復如何？答云且勿歎，聽我爲君歌。我本蓬蓽人，鄙賤劇泥沙。讀書未百卷，信口嘲風花。自從筮仕來，六命三登科。顧慚虚劣姿，所得亦已多。散員足庇身，薄俸可資家。省分輒自愧，豈爲不遇耶？煩君對盃酒，爲我一咨嗟。

【箋】

作於元和十一年（八一六），四十五歲，江州，江州司馬。

官舍内新鑿小池

簾下開小池，盈盈水方積。中底鋪白沙，四隅甃青石。勿言不深廣，但取幽人適，泛灩微雨朝，泓澄明月夕。豈無大江水，波浪連天白？未如床席前，方丈深盈尺。清淺可狎弄，昏煩聊漱滌。最愛曉暝時，一片秋天碧。

【箋】

作於元和十一年（八一六），四十五歲，江州，江州司馬。

〔官舍〕江州司馬官舍。輿地紀勝卷三〇江州：「白居易宅：白居易爲司馬時所居。有湖，居大江之勝。」嘉慶九江府志卷三：「白樂天故宅在（德化縣）城中，有畫像，祥符二年令江州修之。」

【校】

〔但取〕「取」，馬本、汪本俱作「足」，據宋本、那波本、全詩、盧校改。汪本注云：「一作『取』。」全詩注云：「一作『足』。」

〔大江水〕「水」，馬本訛作「外」，據宋本、那波本、汪本、全詩、盧校改正。

〔床席前〕「前」，馬本、汪本、全詩俱作「間」，據宋本、那波本改。

〔秋天碧〕「碧」，馬本訛作「白」，據宋本、那波本、汪本、全詩改正。

宿簡寂觀

巖白雲尚屯，林紅葉初隕。秋光引閑步，不知身遠近。夕投靈洞宿，卧覺塵機泯。名利心既忘，市朝夢亦盡。暫來尚如此，況乃終身隱。何以療夜飢？一匙雲母粉。

【箋】

作於元和十一年（八一六），四十五歲，江州，江州司馬。

〔簡寂觀〕在廬山歸宗寺北。太平寰宇記卷一一一江州：「簡寂觀在州東南四十里。」清吴道賢匡廬紀遊：「距歸宗之北三里，爲簡寂觀，是陸修静養道處。古松十九株，爲魏、晉時物，傴者拂地，聳者入雲，虬枝古幹，圖畫所不能寫。」光緒江西通志卷一二四勝蹟略：「簡寂觀舊名大虛觀，在星子縣西一十五里。宋陸修静卒，謚簡寂，因以名觀。」

【校】〔身遠近〕「身」，英華、汪本俱作「行」。全詩注云：「一作『行』。」汪本注云：「一作『身』。」

讀謝靈運詩

吾聞達士道，窮通順冥數。通乃朝廷來，窮即江湖去。謝公才廓落，與世不相遇。壯志鬱不用，須有所洩處。洩爲山水詩，逸韻諧奇趣。大必籠天海，細不遺草樹。豈唯玩景物，亦欲攄心素。往往即事中，未能忘興諭。因知康樂作，不獨在章句。

【箋】作於元和十一年（八一六），四十五歲，江州，江州司馬。

【校】〔朝廷〕「廷」，那波本誤作「迋」。

北亭獨宿

悄悄壁下床，紗籠耿殘燭。夜半獨眠覺，疑在僧房宿。

【箋】作於元和十一年（八一六），四十五歲，江州，江州司馬。

〔北亭〕見本卷北亭詩箋。

約心

黑鬢絲雪侵，青袍塵土涴。兀兀復騰騰，江城一上佐。朝就高齋上，薰然負暄卧。晚下小池前，澹然臨水坐。已約終身心，長如今日過。

【箋】作於元和十一年（八一六），四十五歲，江州，江州司馬。

【校】

〔涴〕馬本此下注云：「烏卧切。」

〔上佐〕「上」，那波本作「爲」。

晚望

江城寒角動，沙洲夕鳥還。獨坐高亭上，西南望遠山。

【箋】作於元和十一年（八一六），四十五歲，江州，江州司馬。唐宋詩醇卷二一：「小詩極有氣勢，集中尤難得者。」

【校】

〔寒角〕「寒」，馬本作「高」，據宋本、那波本、汪本、萬首、唐歌詩、全詩、盧校改正。

〔獨坐〕「坐」，宋本、那波本、萬首、唐歌詩俱作「在」。汪本注云：「一作『在』。」全詩注云：「一作『坐』。」

早春

雪銷冰又釋，景和風復暄。滿庭田地濕，薺葉生牆根。官舍悄無事，日西斜掩門。不開莊老卷，欲與何人言？

【箋】約作於元和十一年（八一六）至元和十二年（八一七），江州，江州司馬。

春寢

何處春暄來？微和生血氣。氣薰肌骨暢，東窗一昏睡。是時正月晦，假日無公事。爛漫不能休，自午將及未。緬思少健日，甘寢常自恣。一從衰疾來，枕上無此味。

【箋】

約作於元和十一年（八一六）至元和十二年（八一七），江州，江州司馬。

【校】

〔爛漫〕「漫」，各本俱訛作「熳」，據盧校改正。

〔自午〕「自」，馬本訛作「日」，據宋本、那波本、汪本、盧校改正。全詩注云：「一作『日』。」亦非。

睡起晏坐

後亭晝眠足，起坐春景暮。新覺眼猶昏，無思心正住。淡寂歸一性，虛閑遺萬慮。了然此時心，無物可譬喻。本是無有鄉，亦名不用處。行禪與坐忘，同歸無異路。道書云「無何有之鄉」，禪經云「不用處」，二者殊名而同歸。

【箋】約作於元和十一年（八一六）至元和十二年（八一七）。江州，江州司馬。

【校】〔景暮〕「暮」，汪本作「莫」。城按：莫、暮古字同。

詠懷

盡日松下坐，有時池畔行。行立與坐卧，中懷澹無營。不覺流年過，亦任白髮生。不爲世所薄，安得遂閑情？

【箋】約作於元和十一年（八一六）至元和十二年（八一七），江州，江州司馬。

【校】〔澹無營〕「澹」，汪本作「淡」，字同。城按：澹、淡本爲二字，俗借用爲淡。見説文解字段注。

春遊西林寺

下馬西林寺，翛然進輕策。朝爲公府吏，暮作靈山客。二月匡廬北，冰雪始消釋。陽叢抽茗牙，陰竇洩泉脈。熙熙風土暖，藹藹雲嵐積。散作萬壑春，凝爲一氣碧。身閑易澹泊，官散無牽迫。緬彼十八人，古今同此適。昔永、遠、宗、雷等十八賢同隱于西林寺。是年淮寇起，處處興兵革。智士勞思謀，戎臣苦征役。獨有不才者，山中弄泉石。

【箋】

作於元和十一年(八一六)春，四十五歲，江州，江州司馬。城按：元和九年九月，淮西節度使吳少陽卒，其子元濟匿喪，自總兵柄，乃焚劫舞陽等四縣。同年十月，以山南東道節度使嚴綬充申光蔡等州招撫使率軍進討。元和十年二月，綬兵敗于磁丘，退保唐州。李師道、王承宗陰助元濟，復發諸道兵討之，師久無功。至元和十一年春，戰火猶連延不絶。故白氏此詩云：「是年淮寇起，處處興兵革。」即指此數年間事，非謂元和十一年淮寇始反也。

【校】

〔題〕宋本、全詩俱作「春遊二林寺」。汪本注云：「按舊本皆作『二林寺』。」全詩「二」下注云：「一作『西』。」

〔馬西〕「西」下汪本、全詩俱注云：「一作『二』。」

〔暮作〕「暮」，汪本作「莫」，古字同。「作」，宋本、那波本俱作「是」。全詩注云：「一作『是』。」

〔易澹泊〕那波本作「居澹泊」。全詩作「易飄泊」。

〔此適〕此下小注，馬本「昔」下脱「永」字，據宋本、汪本、全詩、盧校增。「西」，宋本、汪本、全詩俱作「二」。又那波本無小注。

出山吟

朝詠遊仙詩，暮歌采薇曲。卧雲坐白石，山中十五宿。行隨出洞水，迴別緣巖竹。早晚重來遊，心期瑤草緑。

【箋】

作於元和十一年（八一六），四十五歲，江州，江州司馬。

【校】

〔緣巖竹〕「緣」，汪本訛作「緑」。

歲暮

已任時命去，亦從歲月除。中心一調伏，外累盡空虚。名宦意已矣，林泉計何如？擬近東林寺，溪邊結一廬。

【箋】作於元和十一年（八一六），四十五歲，江州，江州司馬。

〔東林寺〕見卷一潯陽三題詩箋。

聞早鶯

日出眠未起，屋頭聞早鶯。忽如上林曉，萬年枝上鳴。憶爲近臣時，秉筆直承明。春深視草暇，旦暮聞此聲。今聞在何處？寂寞潯陽城。鳥聲信如一，分别在人情。不作天涯意，豈殊禁中聽。

【箋】作於元和十二年（八一七），四十六歲，江州，江州司馬。

〔承明〕承明廬。漢書嚴助傳顔師古注：「承明廬在石渠閣外。直宿所止曰廬。」又三輔黄圖：「未央宫有承明殿，著述之所也。」

〔潯陽〕見卷一潯陽三題詩箋。

栽杉

勁葉森利劍，孤莖挺端標。纔高四五尺，勢若干青霄。移栽東窗前，愛爾寒不凋。病夫卧相對，日夕閑蕭蕭。昨爲山中樹，今爲簷下條。雖然遇賞玩，無乃近塵囂。猶勝澗谷底，埋没隨衆樵。不見鬱鬱松，委質山上苗？

【箋】

作於元和十二年（八一七），四十六歲，江州，江州司馬。

過李生

蘋小蒲葉短，南湖春水生。子近湖邊住，静境稱高情。我爲郡司馬，散拙無所營。使君知性野，衙退任閑行。行攜小榼去，逢花輒獨傾。半酣到子舍，下馬扣柴荆。何以引我步？繞籬竹萬莖。何以醒我酒？吴音吟一聲。須臾進野飯，飯稻茹芹英。白甌青竹箸，儉潔無羶腥。欲去復徘徊，夕鴉已飛鳴。何當重遊此，待君湖水平？

【箋】

作於元和十二年（八一七），四十六歲，江州，江州司馬。

〔南湖〕即彭蠡湖。在江州之東南。太平寰宇記卷一一一江州：「彭蠡湖在（德化）縣東南，與都昌縣分界。」湛方生帆入南湖詩：「彭蠡紀三江，廬嶽主衆阜。」白氏有南湖晚秋（卷十）、南湖早春（卷十七）詩，均指彭蠡。

〔何當重遊此〕「何當」乃問時之詞，猶言「何時當如此也」。此爲晉、宋以來文籍所恒見，亦唐人所習用。桂馥札樸卷六「何當」條謂「何當，當也」，非是。又白氏贈蘇少府詩（卷八）：「何當挈一榼，同宿龍門山？」感逝寄遠（卷九）：「何當一杯酒，開眼笑相視？」和微之詩二十三首之七和我年三首之三（卷二二）：「何當闕下來，同拜陳情表？」送毛仙翁（卷三六）：「何當憫湮厄，授道安虚孱？」李商隱夜雨寄北：「何當共翦西窗燭，却話巴山夜雨時？」均此意。

【校】

〔小榼去〕「去」，宋本、那波本、全詩、盧校俱作「出」。汪本注云：「一作『出』。」全詩注云：

［一］作『去』。」

詠　意

常聞南華經，巧勞智憂愁。不如無能者，飽食但遨遊。平生愛慕道，今日近此流。自來潯陽郡，四序忽已周。不分物黑白，但與時沉浮。朝餐夕安寢，用是爲身謀。此外即閑放，時尋山水幽。春遊慧遠寺，秋上庾公樓。或吟詩一章，或飲茶一甌。身心一無繫，浩浩如虚舟。富貴亦有苦，苦在心危憂。貧賤亦有樂，樂在身自由。

【箋】作於元和十一年（八一六）至元和十二年（八一七），江州，江州司馬。

〔潯陽郡〕江州。見卷一潯陽三題詩箋。

〔慧遠寺〕即東林寺。晉太元九年慧遠所創。見卷一潯陽三題詩箋。

〔庾公樓〕庾樓。相傳爲庾亮所建，故名。城按：此實爲歷來傳聞之訛，説詳卷十五初到江州詩箋。

食笋

此州乃竹鄉，春笋滿山谷。山夫折盈抱，抱來早市鬻。物以多爲賤，雙錢易一束。置之炊甑中，與飯同時熟。紫籜坼故錦，素肌擘新玉。每日遂加餐，經時不思肉。久爲京洛客，此味常不足。且食勿踟躕，南風吹作竹。

【箋】

作於元和十一年（八一六）至元和十二年（八一七），江州，江州司馬。

〔此州乃竹鄉〕何義門云：「江州爲竹鄉，蘇、杭爲詩國。」

【校】

〔題〕英華題作「笋」。

〔乃竹鄉〕「乃」，英華作「有」。全詩注云：「一作『有』。」

〔山夫〕「夫」，英華作「翁」。汪本、全詩俱注云：「一作『翁』。」

〔盈抱〕「抱」，英華作「把」。汪本、全詩俱注云：「一作『把』。」

〔抱來〕「抱」，英華作「將」。汪本、全詩俱注云：「一作『將』。」

〔早市〕「早」，英華作「久」。全詩注云：「一作『入』。」

〔置之炊〕英華作「將歸安」。全詩注云：「一作『將歸安』。」

〔紫籜〕英華作「班殼」。全詩注云：「一作『班殼』。」

〔每日遂加餐〕英華作「只此一蔬食」。汪本、全詩俱注云：「一作『只此一蔬食』。」

〔經時〕「時」，馬本、汪本、英華俱作「旬」，據宋本、那波本、全詩、盧校改。全詩注云：「一作『旬』。」

遊石門澗

石門無舊徑，披榛訪遺跡。時逢山水秋，清輝如古昔。常聞慧遠輩，題詩此巖壁。雲覆莓苔封，蒼然無處覓。蕭疏野生竹，崩剥多年石。自從東晉後，無復人遊歷。獨有秋澗聲，潺湲空旦夕。

【箋】

作於元和十一年（八一六）至元和十二年（八一七），江州，江州司馬。

〔石門澗〕在廬山。太平寰宇記卷一一一江州：「石門澗在（廬）山西，懸崖對聳，形如闕，當雙石之間，懸流數丈，有一石可坐二十許人。」清統志九江府：「石門澗在德化縣南四十里廬山。水經注：廬山之北有石門水。水出嶺端，有雙石高竦，其狀若門。水導雙石之中，懸流飛瀑近三百步許，下散漫數千尺，望之若曳飛練於霄中矣。」汪立名曰：「按：石門澗有兩處，一在江州。……一在杭州西湖。咸淳臨安志：武林山石門澗，陸羽二寺記云：南有巉巖，舊有卧龍石横澗石，慈雲法師種松於此。然詩中有慧遠題詩語，自是江州作。西湖志亦收此詩，誤也。」

〔慧遠〕見卷四一唐江州興果寺律大德湊公塔碣銘箋。

招東鄰

小榼二升酒，新簟六尺床。能來夜話否？池畔欲秋涼。

【箋】

作於元和十一年（八一六）至元和十二年（八一七），江州，江州司馬。

題元十八溪亭 亭在廬山東南五老峯下。

怪君不喜仕，又不遊州里。今日到幽居，了然知所以。宿君石溪亭，潺湲聲滿耳。飲君螺盃酒，醉卧不能起。見君五老峯，益悔居城市。愛君三男兒，始歎身無子。余方鑪峯下，結室爲居士。山北與山東，往來從此始。

作於元和十二年（八一七），四十六歲，江州，江州司馬。

【箋】

〔元十八〕元集虚。籍貫未詳，柳宗元送元十八山人南遊序稱曰河南先生，白居易遊大林寺序曰河南元集虚，皆指其郡望也。初卜居廬山，約元和九年南遊赴桂，有所干謁。柳序云：「及至是邦，今又將去余而南歷營、道，觀九疑，下灕水。」作序時柳氏尚在永州任内，否則柳以十年春遠赴都，三月徙柳州，後此皆不能與序之記事相合。韓愈贈别元十八協律云：「吾未識子時，已覽贈子篇。……寤寐想風采，於今已三年。」蓋就韓本人而言，非謂柳氏送序至元和十三年始爲三年也。白氏以十年改江州司馬，其相識集虚應在彼南遊返旆之後。白以十三年十二月轉忠州，其未離江州時有元十八從事南海欲出廬山臨别舊居有戀泉聲之什因以投和兼伸别情（卷十七）云：「賢侯辟士禮從容，……雨露初承黄紙詔，……我正退藏君變化，……」韓集同卷又有初南食貽元十八協律，初入仕途多從協律郎起，所謂「初承黄紙詔」也。集虚離廬山應在十三年十二月以前，故白氏猶及寫贈别之詩，韓氏則與之道上相遇也。以上考證據岑仲勉唐人行第録。白氏又有雨夜贈元十八（卷十六）、題元十八谿居（卷十六），各本元下俱脱十字，當作元十八）等詩。

〔五老峯〕太平寰宇記卷一一一江州：「五老峯在（廬）山東，懸崖突出，如五人相逐羅列之狀。」方輿勝覽卷十七南康軍：「五老峯在廬山，五峯相連，故名。」

【校】

〔不遊州〕馬本作「遊烟霞」，據宋本、那波本、汪本、全詩、盧校改。

香鑪峯下新置草堂即事詠懷題於石上

香鑪峯北面，遺愛寺西偏。白石何鑿鑿，清流亦潺潺。有松數十株，有竹千餘竿。松張翠傘蓋，竹倚青琅玕。其下無人居，悠哉多歲年。有時聚猿鳥，終日空風烟。時有沉冥子，姓白字樂天。平生無所好，見此心依然。如獲終老地，忽乎不知還。架巖結茅宇，斲壑開茶園。何以洗我耳？屋頭落飛泉。何以浄我眼？砌下生白蓮。左手攜一壺，右手挈五絃。傲然意自足，箕踞於其間。興酣仰天歌，歌中聊寄言。言我本野夫，誤爲世網牽。時來昔捧日，老去今歸山。倦鳥得茂樹，涸魚反清源。捨此欲焉往？人間多險艱！

【箋】

作於元和十二年（八一七）春，四十六歲，江州，江州司馬。見汪譜。城按：白氏草堂記（卷四三）云：「元和十一年秋，太原人白樂天見而愛之，若遠行客過故鄉，戀戀不能去，因面峯腋寺，作爲草堂。明年春，草堂成，……」汪立名曰：「按東坡志林：樂天作廬山草堂，蓋亦燒丹也。欲成而爐敗，來日忠州刺史除書到，乃知世間、出世間，事不兩立也。此説要有所考。然觀其題草堂云『紙閣蘆簾著孟光』，又云『兼將壽夭任乾坤』，則坡公之語亦未必盡然也。」唐宋詩醇卷二一：「草堂結構，四圍景致，詳於記中。此詩只淡淡寫去，自具樸老之致。」

〔香鑪峯〕見本卷題潯陽樓詩箋。

〔遺愛寺〕白氏草堂記（卷四三）：「匡廬奇秀甲天下山，山北峯曰香鑪，峯北寺曰遺愛寺，介峯寺間，其境勝絶。」

【校】

〔翠傘〕「傘」，宋本、那波本、汪本、全詩、盧校俱作「繖」。城按：「繖」爲「傘」之本字。

〔悠哉〕「悠」，宋本、那波本、汪本、盧校俱作「惜」。全詩注云：「一作『惜』。」

〔不知還〕「還」，宋本、那波本、汪本、全詩、盧校俱作「還」。全詩注云：「一作『還』。」

〔斵鑿〕「斵」，宋本、那波本、汪本、盧校俱作「斸」。

〔浄我眼〕「浄」，馬本作「洗」，據宋本、那波本、汪本、全詩、盧校改。全詩注云：「一作『洗』。」

〔險艱〕「艱」，馬本作「難」，據宋本、那波本、汪本、全詩、盧校改。

草堂前新開一池養魚種荷日有幽趣

淙淙三峽水，浩浩萬頃陂。未如新塘上，微風動漣漪。小萍加汎汎，初蒲正離離。紅鯉二三寸，白蓮八九枝。遶水欲成徑，護堤方插籬。已被山中客，呼作白家池。

【箋】作於元和十二年（八一七）春，四十六歲，江州，江州司馬。見本卷香鑪峯下新置草堂即事詠懷題於石上詩箋。

〔白家池〕明統志九江府：「白家池，在府治西，唐白居易鑿以養魚種荷。」

【校】

〔題〕馬本、汪本俱脱「新」字，據宋本、那波本、全詩、盧校增。

〔淙淙〕此下馬本注云：「徂紅切。」

〔汎汎〕宋本、那波本、全詩俱作「泛泛」，字通。

白雲期 黄石巖下作。

三十氣太壯，胸中多是非。六十身太老，四體不支持。四十至五十，正是退閑時。年長識命分，心慵少營爲。見酒興猶在，登山力未衰。吾年幸當此，且與白雲期。

【箋】

作於元和十三年（八一八），四十七歲，江州，江州司馬。見汪譜。

〔黄石巖〕此詩原注：「黄石巖下作。」城按：黄石巖在廬山雙劍峯下。廬山志卷五：「雙劍峯下有黄巖寺。桑疏：黄巖寺，唐僧智常建。智常住歸宗，先結廬於黄石巖。」全唐文卷七四二有劉軻黄石巖院記。陳舜俞廬山記卷三：「（黄石巖）俗傳黄石公所居，非也。其崖壁皆黄色，前三巖（聖僧巖、善才巖、羅漢巖）特平廣，可容百餘人。」白氏有黄石巖下作詩（卷十六）。

登香鑪峯頂

迢迢香鑪峯，心存耳目想。終年牽物役，今日方一往。攀蘿蹋危石，手足勞俯仰。同遊三四人，兩人不敢上。上到峯之頂，目眩心怳怳。高低有萬尋，闊狹無數丈。不窮視聽界，焉識宇宙廣！江水細如繩，湓城小於掌。紛吾何屑屑？未能脱塵鞅。歸去思自嗟，低頭入蟻壤。

【箋】

作於元和十二年（八一七），四十六歲，江州，江州司馬。

〔香鑪峯〕見本卷題潯陽樓詩箋。

〔上到峯之頂至末句〕查慎行白香山詩評：「不到其上，不知此詩之工。」

〔湓城〕即江州潯陽縣。元和郡縣志卷二八：「潯陽縣本漢舊縣，屬廬江郡。以在潯水之陽，故曰潯陽。隋平陳，改潯陽爲彭蠡縣。大業二年，改爲湓城縣。武德五年，改爲潯陽縣。」

【校】

〔心怳怳〕「心」，宋本、那波本、全詩、盧校俱作「神」。汪本注云：「一作『神』。」全詩注云：「一作『心』。」

〔思自嗟〕查校：「『思』應作『私』。」

答崔侍郎錢舍人書問因繼以詩

旦暮兩蔬食，日中一閑眠。便是了一日，如此已三年。心不擇時適，足不揀地安。窮通與遠近，一貫無兩端。常見今之人，其心或不然。在勞則念息，處静已思喧。如是用身心，無乃自傷殘？坐輸憂惱使，安得形神全？吾有二道友，藹藹崔與錢。同飛青雲路，獨墮黄泥泉。歲暮物萬變，故情何不遷！應爲平生心，與我同一源。帝鄉遠於日，美人高在天。誰謂萬里别？常若在目前。泥泉樂者魚，雲路遊者鸞。勿言雲泥異，同在逍遥閒。因君問心地，書後偶成篇。慎勿説向人，人多笑此言。

【箋】

作於元和十二年（八一七），四十六歲，江州，江州司馬。

〔崔侍郎〕崔羣。元和十二年，自户部侍郎拜中書侍郎、同中門下平章事。白氏有渭村退居寄禮部崔侍郎翰林錢舍人詩一百韻（卷十五）、寄李相公崔侍郎錢舍人（卷十六）、答户部崔侍郎書（卷四五），其中之「崔侍郎」，均指羣也。

〔錢舍人〕錢徽。丁居晦重修承旨學士壁記：「（元和）八年五月九日，轉司封郎中、知制誥。……十年七月二十三日，遷中書舍人。」城按：唐時知制誥亦得稱爲舍人。白氏又有登龍昌上寺望江南山懷錢舍人（卷十一）、得錢舍人書問眼疾（卷十四）等詩均係酬徽之作。

〔無乃自傷殘〕何義門云：「可歎，然吾亦深慚此言也。」

〔吾有二道友四句〕白氏效陶潛體詩十六首（卷五）云：「我有同心人，邈邈崔與錢。我有忘形友，迢迢李與元。或飛青雲上，或落江湖間。」與此詩可相參證。

【校】

〔題〕「崔侍郎」，盧校訛作「崔侍御」。

〔便是〕何校：「『是』疑『足』。」

〔憂惱使〕「使」，宋本、那波本、全詩俱作「便」。汪本注云：「一作『便』。」全詩注云：「一作

『使』。」

〔藹藹〕宋本、那波本、全詩俱作「藹藹」，字同。

烹葵

昨卧不夕食，今起乃朝飢。貧厨何所有？炊稻烹秋葵。紅粒香復軟，緑英滑且肥。飢來止於飽，飽後復何思？憶昔榮遇日，迨今窮退時。今亦不凍餒，昔亦無餘資。口既不減食，身又不減衣。撫心私自問，何者是榮衰？勿學常人意，其間分是非。

【箋】

作於元和十二年（八一七），四十六歲，江州，江州司馬。

【校】

〔朝飢〕「飢」，馬本誤作「炊」，據宋本、那波本、汪本、全詩、盧校改正。

〔飽後復何〕「後復何」，英華作「復何所」。全詩、汪本俱注云：「一作『復何所』。」

〔憶昔〕宋本、那波本、盧校俱作「思憶」。英華注云：「集作『思憶』。」全詩注云：「一作『思憶』。」

小池二首

晝倦前齋熱，晚愛小池清。映林餘景没，近水微涼生。坐把蒲葵扇，閑吟三兩聲。

有意不在大，湛湛方丈餘。荷側瀉清露，萍開見游魚。每一臨此坐，憶歸青溪居。

【箋】作於元和十二年(八一七)，四十六歲，江州，江州司馬。

閉關

我心忘世久，世亦不我干。遂成一無事，因得長掩關。掩關來幾時？髣髴二三年。著書已盈帙，生子欲能言。始悟身向老，復悲世多艱。迴顧趨時者，役役塵壤間。歲暮竟何得？不如且安閑。

【箋】作於元和十二年（八一七），四十六歲，江州，江州司馬。

【校】

〔題〕汪本、全詩俱作「掩關」。全詩「閉」下注云：「一作『掩』。」

〔長掩關〕「長」，宋本、那波本俱作「常」。

〔身向老〕「向」，馬本、汪本俱作「易」，據宋本、那波本、盧校改。全詩注云：「一作『易』。」

〔多艱〕「艱」，馬本作「難」，據宋本、那波本、汪本、全詩、盧校改。

弄龜羅

有姪始六歲，字之爲阿龜。有女生三年，其名曰羅兒。一始學笑語，一能誦歌詩。朝戲抱我足，夜眠枕我衣。汝生何其晚？我年行已衰。物情小可念，人意老多慈。酒美竟須壞，月圓終有虧。亦如恩愛緣，乃是憂惱資。舉世同此累，吾安能去之！

【箋】作於元和十三年（八一八），四十七歲，江州，江州司馬。城按：白氏元和十二年所作羅子詩

（卷十六）云：「有女名羅子，生來纔兩春。」則此詩必作於元和十三年無疑。

〔龜〕居易弟行簡之子阿龜。白氏路上寄銀匙與阿龜詩（卷二〇）云：「謫宦心都慣，辭鄉去不難。緣留龜子住，涕淚一闌干。」又聞龜兒詠詩（卷十七）：「憐渠已解詠詩章，摇膝支頤學二郎。莫學二郎吟太苦，纔年四十鬢如霜。」劉白唱和集解（卷六九）云：「因命小姪龜兒，編録勒成兩卷，仍寫二本，一付龜兒，一授夢得小兒崙郎。」祭弟文（卷六九）云：「龜兒頗有文性，吾每日教詩書，三二年間，必堪應舉。」此外白氏又有和晨興因報答龜兒（卷二二）、見小姪龜兒詠燈詩并臘娘製衣因寄行簡（卷二四）等詩，俱可參證。

〔羅〕白居易之女羅子，即羅兒。生於元和十一年。白氏羅子詩（卷十六）：「有女名羅子，生來纔兩春。」又祭弟文（卷六九）云：「阿羅日漸成長，亦勝小時，吾竟無兒，窮獨而已。」

〔汝生何其晚四句〕查慎行白香山詩評：「白描高手，只是善達性情。」

【校】

〔小可念〕「小」，那波本作「少」。

截樹

種樹當前軒，樹高柯葉繁。惜哉遠山色，隱此蒙籠間。一朝持斧斤，手自截其端。萬葉落頭上，千峯來面前。忽似決雲霧，豁達覩青天。又如所念人，久别一款顔。始有清風至，稍見飛鳥還。開懷東南望，目遠心遼然。人各有偏好，物莫能兩全。豈不愛柔條？不如見青山。

【箋】約作於元和十二年（八一七）至元和十三年（八一八），江州，江州司馬。

望江樓上作

江畔百尺樓，樓前千里道。憑高望平遠，亦足舒懷抱。驛路使憧憧，關防兵草草。及兹多事日，尤覺閑人好。我年過不惑，休退誠非早。從此拂塵衣，歸山未爲老。

【箋】約作於元和十二年（八一七）至元和十三年（八一八），江州，江州司馬。

題座隅

手不任執殳，肩不能荷鋤。量力揆所用，曾不敵一夫。幸因筆硯功，得升仕進途。歷官凡五六，禄俸及妻孥。左右有兼僕，出入有單車。自奉雖不厚，亦不至飢劬。若有人及此，傍觀爲何如？雖賢亦爲幸，況我鄙且愚。伯夷古賢人，魯山亦其徒。時哉無奈何，俱化爲餓殍。元魯山山居阻水，食絶而終。念彼益自愧，不敢忘斯須。平生榮利心，破滅無遺餘。猶恐塵妄起，題此於座隅。

【箋】

約作於元和十二年（八一七）至元和十三年（八一八），江州，江州司馬。

〔俱化爲餓殍〕野客叢書卷二〇：「沈存中筆談曰：唐士人專以小詩著名，而讀書滅裂，如樂天題座隅詩『俱化爲餓殍』作夫字押。……按：唐韻敷字韻收撫俱切，又平表切；皆言餓死也。是則殍字有二音，樂天所押，蓋從唐韻之平聲者，二字皆有所據。存中自不深考，安可以讀書滅裂非之。揚雄箴曰：野有餓殍。」

〔魯山〕元德秀。字紫芝，開元二十一年進士。官魯山令，秩滿，南遊陸渾，結廬山阿。歲屬饑歉，庖廚不爨，而彈琴讀書，怡然自得。天寶十三載卒。門人謚爲文行先生。人高其行，不名，謂之元魯山。見舊書卷一九〇下、新書卷一九四本傳。

【校】

〔執殳〕「殳」下馬本注云：「尚朱切。」

〔孚〕此下馬本注云：「音夫。」又那波本無「元魯山」以下十一字小注。

昔與微之在朝日同蓄休退之心迨今十年淪落老大追尋前約且結後期

往子爲御史，伊余忝拾遺。皆逢盛明代，俱登清近司。予繫玉爲珮，子曳繡爲衣。從容香烟下，同侍白玉墀。朝見寵者辱，暮見安者危。紛紛無退者，相顧令人悲。宦情君早厭，世事我深知。常於榮顯日，已約林泉期。況今各流落，身病齒髮衰。不作卧雲計，攜手欲何之？待君女嫁後，及我官滿時。稍無骨肉累，粗有漁樵資。歲晚青山路，白首期同歸。

【箋】約作於元和十二年（八一七）至元和十三年（八一八），江州，江州司馬。

【校】〔題〕題中「同」字，馬本訛作「因」，據宋本、那波本、汪本、全詩改正。

垂釣

臨水一長嘯，忽思十年初。三登甲乙第，一入承明廬。浮生多變化，外事有盈虛。今來伴江叟，沙頭坐釣魚。

【箋】約作於元和十二年（八一七）至元和十三年（八一八），江州，江州司馬。

〔承明廬〕見本卷聞早鶯詩箋。

晚燕

百鳥乳鷇畢，秋燕獨蹉跎。去社日已近，銜泥意如何？不悟時節晚，徒施功用多。人間事亦爾，不獨燕營窠。

【箋】作於元和十二年（八一七）至元和十三年（八一八），江州，江州司馬。

【校】〔功用〕「功」，馬本、汪本、全詩俱作「工」，據宋本、那波本、盧校改。

贖雞

清晨臨江望，水禽正諠繁。鳧雁與鷗鷺，游颺戲朝暾。適有鬻雞者，挈之來遠村。飛鳴彼何樂？窘束此何冤？喔喔十四雛，罩縛同一樊。足傷金距蹜，頭搶花冠翻。經宿廢飲啄，日高詣屠門。遲迴未死間，飢渴欲相吞。常慕古人道，仁信及魚豚。見茲生惻隱，贖放雙林園。開籠解索時，雞雞聽我言。購爾錙三百，小惠何足論？莫學銜環雀，崎嶇謾報恩。

【箋】作於元和十二年（八一七）至元和十三年（八一八），江州，江州司馬。

【校】〔金距蹜〕「蹜」，宋本、那波本、全詩俱作「縮」，字通。

〔廢飲啄〕「廢」，馬本誤作「費」，據宋本、那波本、汪本改正。全詩注云：「一作『費』。」亦非。

〔飢渴〕「飢」，汪本作「飲」。

〔購爾〕「購」，馬本、汪本、全詩俱作「與」，非。據那波本改正。宋本「爾」上注云：「犯御嫌名。」何校：「『購』字從黄校。」

秋日懷杓直 時杓直出牧澧州。

晚來天色好，獨出江邊步。憶與李舍人，曲江相近住。常云遇清景，必約同幽趣。若不訪我來，還須覓君去。開眉笑相見，把手期何處？西寺老胡僧，南園亂松樹。攜持小酒榼，吟詠新詩句。同出復同歸，從朝直至暮。風雨忽消散，江山眇迴互。潯陽與涔陽，相望空雲霧。心期自乖曠，時景還如故。今日郡齋中，秋光誰共度？

【箋】

作於元和十二年（八一七），四十六歲，江州，江州司馬。城按：李建出牧澧州在元和十一年九月，蓋因宰相韋貫之諫罷淮西兵事也。白氏有聞李十一出牧澧州崔二十二出牧果州因寄絶句詩（卷十六）。

〔杓直〕李建。見白氏和答詩十首序（卷二）箋。

〔李舍人〕李建。據舊書憲宗紀，元和十一年九月，禮部員外郎崔韶出爲果州刺史。又據白氏詩，則知李建出牧澧州亦在是時。建出刺澧州前曾以兵部郎中知制誥，見舊書卷一五五、新書卷一六二本傳。城按：唐人知制誥亦得稱爲舍人。

【校】

〔題〕那波本無題下小注。

食後

食罷一覺睡，起來兩甌茶。舉頭看日影，已復西南斜。樂人惜日促，憂人厭年賒。無憂無樂者，長短任生涯。

【箋】

約作於元和十二年（八一七）至元和十三年（八一八），江州，江州司馬。

齊物二首

青松高百尺，緑蕙低數寸。同生大塊間，長短各有分。長者不可退，短者不可進。若用此理推，窮通兩無悶。

椿壽八千春，槿花不經宿。中間復何有？冉冉孤生竹。竹身三年老，竹色四時綠。雖謝椿有餘，猶勝槿不足。

【箋】約作於元和十二年（八一七）至元和十三年（八一八），江州，江州司馬。

【校】〔百尺〕「尺」，宋本、那波本俱作「丈」，非。汪本、全詩俱注云：「一作『丈』。」亦非。

〔同生〕「生」，汪本、全詩俱作「此」，全詩注云：「一作『此』。」

山下宿

獨到山下宿，静向月中行。何處水邊碓，夜舂雲母聲？

【箋】約作於元和十二年（八一七）至元和十三年（八一八），江州，江州司馬。

〔何處水邊碓二句〕白氏尋郭道士不遇詩（卷十七）「雲碓無人水自舂」自注：「廬山中雲母多，故以水碓擣鍊，俗呼爲雲碓。」李白送内尋廬山女道士李騰空詩云：「水舂雲母碓，風掃石楠花。」

題舊寫真圖

我昔三十六，寫貌在丹青。我今四十六，衰顇卧江城。豈止十年老，曾與衆苦并。一照舊圖畫，無復昔儀形。形影默相顧，如弟對老兄。況使他人見，能不昧平生？羲和鞭日走，不爲我少停。形骸屬日月，老去何足驚。所恨凌烟閣，不得畫功名。

【箋】作於元和十二年（八一七），四十六歲，江州，江州司馬。見陳譜。何義門云：「此篇當編入感傷。」

〔我昔三十六二句〕白氏元和五年爲翰林學士，時年三十九歲，自題寫真詩（卷六）云：「我貌不自識，李放寫我真。」又據此詩云：「我年三十六，寫貌在丹青。」則此舊寫真圖乃元和二年三十六歲時所寫，非李放元和五年所寫。抑「三十六歲」或爲「三十九」之訛文耶？

【校】〔豈止〕「止」，馬本、全詩俱作「比」，據宋本、那波本、汪本改。全詩注云：「一作『止』。」

閑居

肺病不飲酒，眼昏不讀書。端然無所作，身意閑有餘。雞栖籬落晚，雪映林木疏。幽獨已云極，何必山中居！

【箋】約作於元和十二年（八一七）至元和十三年（八一八），江州，江州司馬。

對酒示行簡

今旦一樽酒，歡暢何怡怡！此樂從中來，他人安得知？兄弟唯二人，遠別恒苦悲。今春自巴峽，萬里平安歸。復有雙幼妹，笄年未結褵。昨日嫁娶畢，良人皆可依。憂念兩消釋，如刀斷羈縻。身輕心無繫，忽欲凌空飛。人生苟有累，食肉常如飢。我心既無苦，飲水亦可肥。行簡勸爾酒，停盃聽我辭。不歎鄉國遠，不嫌官禄微。但願我與爾，終老不相離。

【箋】

作於元和十三年（八一八），四十七歲，江州，江州司馬。城按：汪譜繫此詩於元和十五年，非是，蓋據白氏「今春自巴峽，萬里平安歸」二句詩意臆測居易兄弟於是年自蜀中歸長安也。實則此二句詩乃指行簡自巴峽歸江州而言。據白氏別行簡詩（卷十），白行簡於元和九年五六月間應劍南東川節度使盧坦之聘赴梓州。又據白氏得行簡書聞欲下峽先以此寄詩（卷十七）云：「朝來又得東川信，欲取春初發梓州。書報九江聞暫喜，路經三峽想還愁。」此詩汪譜亦繫於元和十三年，則知行簡係於元和十三年春間出峽至江州與居易歡聚，而非元和十五年。詩亦應繫於是年。

〔行簡〕白居易之三弟。字知退，元和二年登進士第，授秘書省校書郎。盧坦鎮東蜀，辟爲掌書記。府罷，至潯陽，時居易方爲江州司馬。十五年，居易入朝爲尚書郎，行簡亦授左拾遺。累遷司門員外郎，主客郎中。寶曆二年冬病卒。見舊書卷一六六、新書卷一一九本傳、登科記考卷十七。白氏又有別行簡（卷十）、寄行簡（卷十）、九日寄行簡（卷十四）、登西樓憶行簡（卷十六）、湖亭與行簡宿（卷十七）、和行簡望郡南山（卷十八）、夢行簡（卷二三）、聞行簡恩賜章服喜成長句寄之（卷二四）等詩。

【校】

〔結褵〕「褵」下馬本注云：「鄰溪切。」

〔憂念〕「念」下全詩注云：「一作『心』。」

詠懷

冉求與顏淵，卞和與馬遷。或罹天六極，或被人刑殘。顧我信爲幸，百骸且完全。五十不爲夭，吾今欠數年。知分心自足，委順身常安。故雖窮退日，而無戚戚顏。昔有榮先生，從事於其間。今我不量力，舉心欲攀援。窮通不由己，歡戚不由天。命即無奈何，心可使泰然。且務由己者，省躬諒非難。勿問由天者，天高難與言！

【箋】作於元和十三年（八一八），四十七歲，江州，江州司馬。

夜琴

蜀桐木性實，楚絲音韻清。調慢彈且緩，夜深十數聲。入耳淡無味，愜心潛有情。自弄還自罷，亦不要人聽。

【箋】作於元和十三年（八一八），四十七歲，江州，江州司馬。

【校】〔蜀桐〕「桐」，馬本、全詩俱作「琴」，據宋本、那波本，汪本、盧校改。

山中獨吟

人各有一癖，我癖在章句。萬緣皆已銷，此病獨未去。每逢美風景，或對好親故。高聲詠一篇，怳若與神遇。自爲江上客，半在山中住。有時新詩成，獨上東巖路。身倚白石崖，手攀青桂樹。狂吟驚林壑，猨鳥皆窺覷。恐爲世所嗤，故就無人處。

【箋】作於元和十三年（八一八），四十七歲，江州，江州司馬。

達理二首

何物壯不老？何時窮不通？如彼音與律，宛轉旋爲宮。我命獨何薄？多悴而少豐。當壯已先衰，暫泰還長窮。我無奈命何，委順以待終。命無奈我何，方寸如虛空。瞢然與化俱，混然與俗同。誰能坐自苦，齟齬於其中？

舒姑化爲泉，牛哀病作虎。或柳生肘間，或男變爲女。鳥獸及水木，本不與民伍。胡然生變遷，不待死歸土？百骸是己物，尚不能爲主。況彼時命間，倚伏何足數？時來不可遏，命去焉能取？唯當養浩然，吾聞達人語。

【箋】

作於元和十三年（八一八），四十七歲，江州，江州司馬。

〔舒姑化爲泉〕太平御覽卷七〇引宣城記：「臨城縣南四十里有蓋山，登百許步，有舒姑泉。昔有舒氏女與其父斫薪，於泉處坐，牽挽不動，父還告家，比還惟見清泉。女母曰：女本好音樂。乃絃歌，泉涌，洄流有朱鯉一雙。今作樂嬉戲，泉故涌出。」元和郡縣志卷二八：「蓋山在（涇）縣西南二百八十里，下有舒姑泉。昔舒氏女化爲魚於此泉，聞絃歌聲，則有雙鯉湧出。」

〔牛哀病作虎〕淮南子俶真訓：「昔公牛哀轉病也，七日化爲虎。其兄掩户而入覘之，則虎搏而殺之。」

【校】

〔坐自苦〕「自」，馬本作「此」，據宋本、那波本、汪本、全詩、盧校改。全詩注云：「一作『此』。」

「苦」，那波本訛作「若」。〔況彼〕何校：「『彼』，宋刻作『待』。」

湖亭晚望殘水

湖上秋沉寥，湖邊晚蕭瑟。登亭望湖水，水縮湖底出。清渟得早霜，明滅浮殘日。流注隨地勢，窪坳無定質。泓澄白龍卧，宛轉青蛇屈。破鏡折劍頭，光芒及非一。久爲山水客，見盡幽奇物。及來湖亭望，此狀難談悉。乃知天地間，勝事殊未畢。

【箋】作於元和十三年（八一八），四十七歲，江州，江州司馬。

【校】〔題〕宋本「湖亭」訛作「湖庭」。〔沉寥〕「沉」下馬本注云：「呼決切。」〔窪坳〕「窪」下馬本注云：「烏瓜切。」「坳」下馬本注云：「於交切。」又宋本作「坳」，乃「坳」之俗字。

郭虛舟相訪

朝暖就南軒，暮寒歸後屋。晚酌一兩盃，夜棋三數局。寒灰埋暗火，曉焰凝殘燭。不嫌貧冷人，時來同一宿。

【箋】

作於元和十三年（八一八），四十七歲，江州，江州司馬。何義門云：「此篇遂近感傷矣。」

〔郭虛舟〕郭虛舟鍊師。居易與之相識於江州，有同微之贈別郭虛舟鍊師五十韻詩（卷二一）云：「我爲江司馬，君爲荆判司。俱當愁悴日，始識虛舟師。」同年在江州又有尋郭道士不遇詩（卷十七）。元集卷二一有和樂天尋郭道士不遇詩，亦指虛舟。

【校】

〔晚酌〕「酌」，那波本、全詩、盧校俱作「酒」。汪本注云：「一作『酒』。」全詩注云：「一作『酌』。」

〔三數局〕「數」，宋本作「四」。

白居易集箋校卷第八

閑適四 古調詩五言 凡五十七首

長慶二年七月自中書舍人出守杭州路次藍溪作 自此後詩俱赴杭州時作。

太原一男子，自顧庸且鄙。老逢不次恩，洗拔出泥滓。既居可言地，願助朝庭理。伏閤三上章，戇愚不稱旨。聖人存大體，優貸容不死。鳳詔停舍人，魚書除刺史。寘懷齊寵辱，委順隨行止。我自得此心，于兹十年矣。餘杭乃名郡，郡郭臨江汜。已想海門山，潮聲來入耳。昔予貞元末，羈旅曾遊此。甚覺太守尊，亦諳魚酒美。因生江海興，每羨滄浪水。尚擬拂衣行，況今兼禄仕？青山峯巒接，白日烟塵起。東道既不通，改轅遂南指。自秦窮楚越，浩蕩五千里。聞有賢主人，而多好山水。是行頗爲愜，所歷良可紀。策馬度藍溪，勝遊從此始。

【箋】

作於長慶二年（八二二），五十一歲，自長安至杭州途中，杭州刺史。見陳譜及汪譜。城按：居易長慶二年七月十四日自中書舍人除授杭州刺史，屬汴路未通，取道襄、漢路赴任。陳譜長慶二年壬寅：「十月一日到任，有謝上表。」又云：「時河、朔復亂，（居易）數上疏論其事。天子不能用，遂求外任，蓋穆宗荒縱，宰相王播、蕭俛、杜元穎、崔植等皆齷齪無遠略，宜公之不樂居朝也。……時汴軍亂，逐李愿，汴路不通，故由襄、漢赴任。」唐宋詩醇卷二一云：「中間以舊一層作襯，推波助瀾，致有曲折。」

〔藍溪〕即藍水。史記封禪書正義引括地志：「灞水，古滋水也。亦名藍谷水，即秦嶺水之下流，在雍州藍田縣。」清統志西安府一：「藍溪水在藍田縣東南。長安志：藍谷水，南自秦嶺西流，經藍關、藍橋，過王順山下，出藍谷，西北流入灞。縣志：藍溪即藍谷水，至悟真寺前，又謂之清河。」

〔餘杭〕杭州隋時爲餘杭郡，武德四年置杭州。天寶元年改餘杭郡。乾元元年復爲杭州。見舊書卷四地理志。

〔海門山〕咸淳臨安志卷三一：「海門在仁和縣東北六十五里，有山曰赭山，與龕山對峙，潮水出其間。」西溪叢語：「浙江夾岸有山，南曰龕，北曰赭，二山相對，謂之海門。岸狹勢逼，湧而爲濤。」

【校】

〔聞有賢主人〕何義門云：「此『聞』字亦作『趁』字意用。」

〔題〕宋本、那波本、汪本俱無題下小注。

〔江汜〕「汜」下馬本注云：「詳子切。」

初出城留别

朝從紫禁歸，暮出青門去。勿言城東陌，便是江南路。揚鞭簇車馬，揮手辭親故。我生本無鄉，心安是歸處。

【箋】

作於長慶二年（八二二），五十一歲，自長安至杭州途中，杭州刺史。

〔青門〕見卷一寄隱者詩箋。

過駱山人野居小池　駱生棄官居此二十餘年。

茅覆環堵亭，泉添方丈沼。紅芳照水荷，白頸觀魚鳥。拳石苔蒼翠，尺波烟杳渺。但問有意無，勿論池大小。門前車馬路，奔走無昏曉。名利驅人心，賢愚同擾擾。善哉駱處士，安置身心了。何乃獨多君，丘園居者少？

【箋】

作於長慶二年（八二二），五十一歲，自長安至杭州途中，杭州刺史。

〔駱山人〕駱峻。馮浩玉谿生詩詳注卷一宿駱氏亭寄懷崔雍崔袞詩注云：「白氏長慶集過駱山人野居小池詩自注：駱生棄官居此二十餘年。是爲長慶二年出守杭州，初由京城東南次藍溪而過之也。杜牧駱處士墓誌：駱處士峻，揚州士曹參軍。元和初，母喪去職，於灞陵東阪下得水樹居之。朝之名士，多造其廬。栖退超脱三十六年，會昌元年卒。此與白所詠或一或二必有此題合者。朱氏引唐語林，駱浚，度支司書手，李吉甫擢之，後典名郡，於春明門外築臺榭，似不符也。朱氏又引唐年補録王廷湊爲駱山人搆亭事，時地尤謬矣。」城按：馮氏之説是也。白氏有授駱峻太子司議郎梧州刺史賜緋魚袋兼改名玄休制（卷五〇），蓋即此人。考樊川文集卷九駱處士墓誌云：「長慶初，桂府觀察使杜公凡兩拜章，乞爲梧州刺史，詔因授之。……處士慘而讓，祇以疾辭解，訖不言其他，爾後人知其堅不可復動矣。」可知峻授梧州刺史辭官不就。唐語林所載之駱浚，當非一人。

【校】

〔杳渺〕「渺」，那波本、馬本、汪本俱訛作「眇」，據宋本、全詩、盧校改正。

宿清源寺

往謫潯陽去，夜憩輞溪曲。今爲錢塘行，重經兹寺宿。爾來幾何歲？溪草二八緑。不見舊房僧，蒼然新樹木。虚空走日月，世界遷陵谷。我生寄其間，孰能逃倚伏？隨緣又南去，好住東廊竹。

【箋】

作於長慶二年（八二二），五十一歲，自長安至杭州途中，杭州刺史。

〔清源寺〕在藍田縣南輞谷内。長安志卷十六藍田：「清源寺在縣南輞谷内，唐王維母奉佛山居，營草堂精舍，維表乞施爲寺焉。」

〔輞溪〕長安志卷十六藍田：「輞谷水出南山輞谷，北流入霸水。」

【校】

〔輞溪〕「輞」，馬本訛作「朝」，據宋本、那波本、汪本、全詩、盧校改正。

〔二八〕那波本作「八九」。何校：「『八九』從黄校。」

宿藍溪對月

昨夜鳳池頭，今夜藍溪口。明月本無心，行人自迴首。新秋松影下，半夜鍾聲後。清影不宜昏，聊將茶代酒。

【箋】

作於長慶二年（八二二），五十一歲，自長安至杭州途中，杭州刺史。

〔藍溪〕見本卷長慶二年七月自中書舍人出守杭州路次藍溪作詩箋。

【校】

〔題〕宋本、那波本俱作「宿藍橋對月」。英華作「宿藍橋題月」。汪本注云：「按英華作『宿藍橋題月』。」全詩注云：「一作『宿藍橋題月』。」

〔藍溪口〕「藍溪」，英華作「溪橋」，汪本、全詩俱注云：「一作『溪橋』。」

〔鍾聲〕「鍾」，那波本、汪本、全詩俱作「鐘」，古字通。

自望秦赴五松驛馬上偶睡睡覺成吟

長途發已久，前館行未至。體倦目已昏，瞌然遂成睡。右袂尚垂鞭，左手暫委轡。忽覺問僕夫，纔行百步地。形神分處所，遲速相乖異。馬上幾多時？夢中無限事。誠哉達人語，百齡同一寐。

【箋】

作於長慶二年（八二二），五十一歲，自長安至杭州途中，杭州刺史。白氏有初貶官過望秦嶺詩（卷十五）。

〔望秦〕望秦嶺。通典卷一七五商州：「上洛，漢舊縣，有秦嶺山。」望秦嶺當爲秦嶺山之別名。

〔五松驛〕全詩卷四七七李涉有題五松驛詩。沈家本日南隨筆卷五：「長慶集有望秦赴五松驛詩，義山有五松驛詩，驛在長安東，與泰山之五大夫松無涉。」

【校】

〔瞌然〕「瞌」下馬本注云：「克盍切。」

鄧州路中作

蕭蕭誰家村？秋梨葉半拆。漠漠誰家園？秋韭花初白。路逢故里物，使我嗟行役。不歸渭北村，又作江南客。去鄉徒自苦，濟世終無益。自問波上萍，何如澗中石？

【箋】

作於長慶二年（八二二），五十一歲，自長安至杭州途中，杭州刺史。

【校】

〔誰家村〕「村」，宋本、那波本、盧校俱作「林」。

〔葉半拆〕「拆」，汪本作「赤」。

朱藤杖紫驄馬吟

拄上山之上，騎下山之下。江州去日朱藤杖，忠州歸日紫驄馬。天生二物濟我窮，我生合是栖栖者。

【箋】作於長慶二年（八二二），五十一歲，自長安至杭州途中，杭州刺史。

〔朱藤杖〕見卷十五紅藤杖詩箋。

【校】〔題〕宋本、那波本、全詩俱無「馬」字。汪本注云：「一本無『馬』字。」全詩注云：「一有『馬』字。」何校：「當有『馬』字。」城按：何校是也。

桐樹館重題

堦前下馬時，梁上題詩處。慘澹病使君，蕭疏老松樹。自嗟還自哂，又向杭州去。

【箋】作於長慶二年（八二二），五十一歲，自長安至杭州途中，杭州刺史。城按：白氏有商山路驛桐樹昔與微之前後題名處詩（卷十八）及答桐花詩（卷一）。元集卷一有桐花詩，卷六有三月二十四日宿曾峯館夜對桐花寄樂天詩。均指此。

過紫霞蘭若

我愛此山頭，及此三登歷。紫霞舊精舍，寥落空泉石。朝市日喧隘，雲林長悄寂。猶存住寺僧，肯有歸山客？

【箋】

作於長慶二年（八二二）七月後，五十一歲，自長安至杭州途中，杭州刺史。

感舊紗帽　帽即故李侍郎所贈。

昔君烏紗帽，贈我白頭翁。帽今在頂上，君已歸泉中。物故猶堪用，人亡不可逢。岐山今夜月，墳樹正秋風。

【箋】

作於長慶二年（八二二），五十一歲，自長安至杭州途中，杭州刺史。

〔李侍郎〕李建。歷官禮部、刑部侍郎。長慶元年二月二十三日卒。見白氏有唐善人墓碑（卷四一）。

〔岐山今夜月二句〕李建墓在鳳翔，此指鳳翔府岐山縣。白氏有唐善人墓碑云：「長慶元年二月二十三日夜無疾即世於長安修行里第，是歲五月二十五日歸祔於鳳翔某縣某鄉某原之先塋。」

【校】

〔岐山〕「岐」，宋本訛作「歧」。又那波本此二字作「岐上」。

思竹窗

不憶西省松，不憶南宮菊。西省大院有松，南宮本廳有菊。唯憶新昌堂，蕭蕭北窗竹。窗間枕簟在，來後何人宿？

【箋】

作於長慶二年（八二二）七月後，五十一歲，自長安至杭州途中，杭州刺史。

〔新昌〕白居易新昌里宅。見卷二和答詩十首序。

【校】

〔南宮菊〕此下小注「有菊」，宋本、全詩俱作「多菊」。那波本無小注。

馬上作

處世非不遇，榮身頗有餘。勳爲上柱國，爵乃朝大夫。自問有何才？兩入承明廬。又問有何政？再駕朱輪車。矧予東山人，自惟朴且疏。彈琴復有酒，但慕嵇阮徒。闇被鄉里薦，誤上賢能書。一列朝士籍，遂爲世網拘。高有罾繳憂，下有陷穽虞。每覺宇宙窄，未嘗心體舒。蹉跎二十年，頷下生白鬚。何言左遷去，尚獲專城居。杭州五千里，往若投淵魚。雖未脱簪組，且來汎江湖。吳中多詩人，亦不少酒沽。高聲詠篇什，大笑飛盃盂。五十未全老，尚可且歡娱。用兹送日月，君以爲何如？秋風起江上，白日落路隅。迴首語五馬，去矣勿踟躕！

【箋】

作於長慶二年（八二二），五十一歲，自長安至杭州途中，杭州刺史。

【校】

〔自惟〕「惟」，馬本訛作「性」，據宋本、那波本、汪本、全詩、盧校改正。

〔朴且疏〕「朴」，全詩作「樸」，古字通。

〔但慕〕「但」，全詩作「且」。

〔汎江湖〕「汎」，全詩作「泛」。

〔酒沽〕「沽」，宋本、那波本、全詩俱作「酤」。城按：「酤」、「沽」字通。

秋蝶

秋花紫蒙蒙，秋蝶黄茸茸。花低蝶新小，飛戲叢西東。日暮凉風來，紛紛花落叢。夜深白露冷，蝶已死叢中。朝生夕俱死，氣類各相從。不見千年鶴，多栖百丈松！

【箋】

作於長慶二年（八二二），五十一歲，自長安至杭州途中，杭州刺史。

〔秋蝶黄茸茸〕朱孟震續玉笥詩談「太白長干行『八月胡蝶來』，唐文粹作『胡蝶黄』，謂秋蝶多黄。白樂天詩引云『秋蝶黄茸茸』，亦此意，然不若來字佳。」楊慎亦引白詩證「黄」字合於物理，升庵詩話卷十云：「胡蝶或白或黑，或五彩皆具，惟黄色一種至秋乃多，蓋感金氣也。李白詩『八月胡蝶黄』，深中物理，今本改『黄』爲『來』，何其淺也。白樂天詩亦云：『秋花紫蒙蒙，秋蝶黄茸茸。』」

【校】

〔茸茸〕此下馬本注云：「而中切。」

〔夕俱死〕「俱」，馬本作「已」，據宋本、那波本、汪本、全詩、盧校改。

登商山最高頂

高高此山頂，四望唯烟雲。下有一條路，通達楚與秦。或名誘其心，或利牽其身。乘者與負者，來去何紛紛？我亦斯人徒，未能出囂塵。七年三往復，何得笑他人？

【箋】

作於長慶二年（八二二），五十一歲，自長安至杭州途中，杭州刺史。

〔商山〕清統志商州：「商山在州東。……舊志：山在州東八十里丹水之南，形如商字，路通武關。俗以四皓隱此，有避世之智，亦名爲智亭。」

【校】

〔與負者〕「與」，宋本、那波本、全詩、盧校俱作「及」。全詩注云：「一作『與』。」汪本注云：「一作『及』。」

〔紛紛〕宋本、那波本、全詩、盧校、唐歌詩俱作「云云」。汪本注云：「一作『云云』。」全詩注云：「一作『紛紛』。」

枯桑

道傍老枯樹，枯來非一朝。皮黄外尚活，心黑中先焦。有似多憂者，非因外火燒。

【箋】作於長慶二年（八二二），五十一歲，自長安至杭州途中，杭州刺史。

【校】〔有似〕馬本誤倒作「似有」，據宋本、那波本、汪本、全詩、盧校、唐歌詩乙轉。

山路偶興

筋力未全衰，僕馬不至弱。又多山水趣，心賞非寂寞。捫蘿上烟嶺，踢石穿雲壑。谷鳥晚仍啼，洞花秋不落。提籠復攜榼，遇勝時停泊。泉憩茶數甌，嵐行酒一酌。獨吟還獨嘯，此興殊未惡。假使在城時，終年有何樂？

【箋】作於長慶二年（八二二）七月後，五十一歲，自長安至杭州途中，杭州刺史。

【校】〔獨嘯〕「嘯」，馬本誤作「笑」，據宋本、那波本、汪本、全詩、盧校改正。

山雉

五步一啄草，十步一飲水。適性遂其生，時哉山梁雉。梁上無罾繳，梁下無鷹鸇。雌雄與羣雛，皆得終天年。嗟嗟籠下雞，及彼池中雁。既有稻粱恩，必有犧牲患。

【箋】作於長慶二年（八二二），五十一歲，自長安至杭州途中，杭州刺史。

初下漢江舟中作寄兩省給舍

秋水淅紅粒，朝烟烹白鱗。一食飽至夜，一卧安達晨。晨無朝謁勞，夜無直宿勤。不知兩掖客，何似扁舟人？尚想到郡日，且稱守土臣。猶須副憂寄，恤隱安疲民。期年庶報政，三年當退身。終使滄浪水，濯吾纓上塵。

【箋】作於長慶二年（八二二），五十一歲，自長安至杭州途中，杭州刺史。

【校】〔淅紅粒〕「淅」，宋本、那波本俱誤作「浙」。

自蜀江至洞庭湖口有感而作

江從西南來，浩浩無旦夕。長波逐若瀉，連山鑿如劈。千年不壅潰，萬姓無墊溺。不爾民爲魚，大哉禹之績。導岷既艱遠，距海無咫尺。胡爲不訖功，餘水斯委積？洞庭與青草，大小兩相敵。混合萬丈深，淼茫千里白。每歲秋夏時，浩大吞七澤。水族窟穴多，農人土地窄。我今尚嗟歎，禹豈不愛惜！邈未究其由，想古觀遺跡。疑此苗人頑，恃險不終役。帝亦無奈何，留患與今昔。水流天地内，如身有血脈。滯則爲疽疣，治之在鍼石。安得禹復生，爲唐水官伯？手提倚天劍，重來親指畫。疏河似剪紙，決壅如裂帛。滲作膏腴田，踏平魚鱉宅。龍宮變閭里，水府生禾麥。坐添百萬户，書我司徒籍。

【箋】

作於長慶二年（八二二），五十一歲，自長安至杭州途中，杭州刺史。唐宋詩醇卷二一：「議論奇闢，筆力亦渾勁與題稱。集中此種絶少，頗近昌黎，其源亦從杜甫劍門一篇脱胎。」甌北詩話卷四：「香山有過洞庭湖詩，謂大禹治水，何不盡驅諸水直注之海，而留此大浸佔湖南千里之地，若去水作陸，又可活數百萬生靈，增入司徒籍，豈禹時苗頑不用命，遂不能興此役耶。此書生之見，好爲議論，而不可行者也。萬山之水，奔騰而下，其中途必有停瀦之處，始不衝溢爲患，如江西之有鄱陽，江南之有巢湖、洪澤湖、太湖，隨時容納，以緩其勢，故爲害較少。黄河之水，無地停蓄，遂歲歲爲患，若令蜀江出峽後，即挾衆水直趨東海，其間吴、楚經由之地，横潰衝決，將有更甚於黄河者。香山但發議論以騁其詩才，而不知見笑於有識也。」城按：白氏此作乃出於詩人豐富之想像，甌北以常識繩之，未免失之過泥。

〔洞庭湖〕元和郡縣志卷二七：「洞庭湖在〔巴陵〕縣西南一里五十步，周迴二百六十里。」方輿勝覽卷二九岳州：「洞庭湖在巴陵縣西，西接赤沙，南連青草，横亘七八百里。」

〔餘水斯委積〕何義門云：「東注尚千餘里，羣山萬壑瀦爲洞庭，有川必明澤，安得疑禹功之不盡，書生語只可隔壁聽也。或借以比小人之難去耳。」

〔青草〕青草湖。元和郡縣志卷二七：「巴丘湖又名青草湖，在〔巴陵〕縣南七十九里。」方輿勝覽卷二九岳州：「青草湖一名巴坵湖，北洞庭，南瀟湘，東有汨羅之水，自昔與洞庭並稱。」白氏送客之湖南詩（卷十六）云：「帆開青草湖中去，衣濕黄梅雨裏行。」

【校】

〔壅潰〕「壅」，宋本、那波本俱作「擁」。城按：「壅」、「擁」字通。

〔導岷〕「岷」下馬本注云：「彌鄰切。」

〔餘水〕「餘」，馬本、汪本俱作「湖」。汪本注云：「一作『餘』。」全詩注云：「一作『湖』。」城按：視詩意，當作「餘」，據宋本、那波本、盧校改。

〔淼茫〕「淼」下馬本注云：「渺同。」

〔疏河〕「河」，宋本、那波本俱作「流」。何校：「宋刻作『河』，黄校作『流』。」

〔如裂帛〕「如」，宋本、那波本、全詩、盧校俱作「同」。汪本注云：「一作『同』。」全詩注云：「一作『如』。」

初領郡政衙退登東樓作　自此後詩到杭州後作。

鰥惸心所念，簡牘手自操。何言符竹貴，未免州縣勞。賴是餘杭郡，臺榭遶官曹。凌晨親政事，向晚恣遊遨。山冷微有雪，波平未生濤。水心如鏡面，千里無纖毫。直下江最闊，近東樓更高。煩襟與滯念，一望皆遁逃。

【箋】作於長慶二年（八二二），五十一歲，杭州，杭州刺史。陳譜長慶二年壬寅：「有初領郡政衙退等詩。語林云：替嚴員外休復，休復有時名，公喜爲之代。」城按：元稹有元藇杭州刺史制，約作於元和末或長慶初，可知元藇乃休復之後任，居易所代者爲元藇，非休復，語林所記蓋誤。見本卷嚴十八郎中在郡日詩箋。

〔東樓〕在鳳凰山杭州刺史治所内。咸淳臨安志卷五二：「東樓，一名望海樓，在中和堂之北。太平寰宇記名望湖樓，高一十丈，唐武德七年置。」

〔餘杭郡〕見本卷長慶二年七月自中書舍人出守杭州路次藍溪作詩箋。

清調吟

索索風戒寒，沉沉日藏耀。勸君飲濁醪，聽我吟清調：芳節變窮陰，朝光成夕照。與君生此世，不合長年少。今晨從此過，明日安能料？若不結跏禪，即須開口笑。

【箋】作於長慶二年（八二二），五十一歲，杭州，杭州刺史。

【校】

〔從此過〕「過」，馬本、汪本俱作「遊」，據宋本、那波本、全詩、盧校改。汪本注云：「一作『過』。」全詩注云：「一作『遊』。」

狂歌詞

明月照君席，白露霑我衣。勸君酒盃滿，聽我狂歌詞。五十已後衰，二十已前癡。晝夜又分半，其間幾何時？生前不歡樂，死後有餘貲。焉用黃墟下，珠衾玉匣爲？

【箋】

作於長慶二年（八二二），五十一歲，杭州，杭州刺史。

郡亭

平旦起視事，亭午卧掩關。除親簿領外，多在琴書前。況有虚白亭，坐見海門山。潮來一凭檻，賓至一開筵。終朝對雲水，有時聽管絃。持此聊過日，非忙亦非閑。山林太寂寞，朝闕空喧煩。唯兹郡閣内，囂静得中間。

【箋】作於長慶二年（八二二），五十一歲，杭州，杭州刺史。

〔虚白亭〕即虚白堂，在鳳凰山杭州刺史治所内。咸淳臨安志卷五二：「虚白堂，唐長慶中，刺史白文公有詩刻石堂上。」方輿勝覽卷一臨安府：「虚白堂，白居易詩刻石堂上。」白氏虚白堂詩（卷二〇）云：「虚白堂前衙退後，更無一事到中心。」又冷泉亭記（卷四三）云：「先是領郡者有相里君造作虚白亭。」則係另一亭在武林山，非此治所内之郡亭。又咸淳臨安志引此詩作「虚白堂」，疑此詩中之「虚白亭」爲「虚白堂」之訛。

〔海門山〕見本卷長慶二年七月自中書舍人出守杭州路次藍溪作詩箋。

詠　懷

昔爲鳳閣郎，今爲二千石。自覺不如今，人言不如昔。昔雖居近密，終日多憂惕。有詩不敢吟，有酒不敢喫。今雖在疏遠，竟歲無牽役。飽食坐終朝，長歌醉通夕。人生百年内，疾速如過隙。先務身安閑，次要心歡適。事有得而失，物有損而益。所以見道人，觀心不觀跡。

【箋】作於長慶二年（八二二），五十一歲，杭州，杭州刺史。

〔鳳閣郎〕指中書舍人。唐武后光宅元年改中書省爲鳳閣，神龍初復爲中書省。

立春後五日

立春後五日，春態紛婀娜。白日斜漸長，碧雲低欲墮。殘冰坼玉片，新萼排紅顆。遇物盡欣欣，愛春非獨我。迎芳後園立，就暖前簷坐。還有惆悵心，欲別紅爐火。

【箋】作於長慶三年（八二三），五十二歲，杭州，杭州刺史。陳譜長慶三年癸卯：「有立春後五日等詩。」唐宋詩醇卷二一：「『遇物盡欣欣』二句即茂叔『不除窗前草』之意。」

【校】〔婀娜〕馬本「婀」下注云：「烏可切。」「娜」下注云：「奴可切。」

郡中即事

漫漫潮初平，熙熙春日至。空闊遠江山，晴明好天氣。外有適意物，中無繫心事。數篇對竹吟，一杯望雲醉。行攜杖扶力，卧讀書取睡。久養病形骸，深諳閑氣味。遥思九城陌，擾擾趨名利。今朝是隻日，朝謁多軒騎。寵者防悔尤，權者懷憂畏。爲報高車蓋，恐非真富貴。

【箋】作於長慶三年（八二三），五十二歲，杭州，杭州刺史。汪立名云：「按今本此下尚有古詩三十餘首，乃長慶三年以後詩，不在元相勘定之長慶集者，今考正歸入後集。閑適詩本四卷，此卷雖卷尾不足，不欲删併卷數，所以存其舊也。」

【校】〔隻日〕「隻」，馬本、全詩俱作「雙」，那波本作「直」，俱非。城按：宋史張洎傳云：「自天寶兵興之後，四方多故，肅宗而下，咸隻日臨朝，雙日不坐。」則朝謁應在隻日，據宋本、汪本、盧校改正。又汪本注云：「一作『雙』。」全詩注云：「一作『隻』。」亦非是。

郡齋暇日辱常州陳郎中使君早春晚坐水西館書事詩十六韻見寄亦以十六韻酬之

新年多暇日，晏起褰簾坐。睡足心更慵，日高頭未裹。徐傾下藥酒，稍爇煎茶火。誰伴寂寥身？無絃琴在左。遥思毗陵館，春深物婀娜。波拂黄柳梢，風摇白梅朵。衙門排曉戟，鈴閤開朝鎖。太守水西來，朱衣垂素舸。良晨不易得，佳會無由果。五馬正相望，雙魚忽前墮。魚中獲瑰寶，持玩何磊砢？一百六十言，字字靈珠顆。上申心款曲，下叙時轗軻。才富不如君，道孤還似我。敢辭官遠慢，且貴身安妥。勿復問榮枯，冥心無不可。

【箋】

作於長慶三年（八二三），五十二歲，杭州，杭州刺史。汪本此首編在後集卷一。

〔常州〕隋毗陵郡。武德三年置常州。天寶元年改爲晉陵郡。乾元元年復爲常州。屬江南東道。見元和郡縣志卷二五、舊書卷四〇地理志。

〔陳郎中〕名未詳。咸淳毗陵志秩官類中亦未著録，當係賈餗之前任。

〔水西館〕全唐詩卷四八二李紳毗陵東山詩自注：「東山在毗陵驛，南連水西館。館即獨孤及在郡所置，荒廢已久，至孟公簡重修，植以花木松竹等，可玩。孟公在郡日，余以校書郎從役，同宴於此，今則荒廢仍舊。」

【校】

〔毗陵館〕「館」，馬本訛作「官」，據宋本、那波本、汪本、全詩、盧校改正。

〔素舸〕「舸」下馬本注云：「賈我切。」

〔磊砢〕「砢」下馬本注云：「郎果切。」

〔轗軻〕馬本「轗」下注云：「苦紺切。」「軻」下注云：「口我切。」

官舍

高樹换新葉，陰陰覆地隅。何言太守宅，有似幽人居。太守卧其下，閑慵兩有餘。起嘗一甌茗，行讀一卷書。早梅結青實，殘櫻落紅珠。稚女弄庭果，嬉戲牽人裾。是日晚彌静，巢禽下相呼。嘖嘖護兒鵲，啞啞母子烏。豈唯云鳥爾，吾亦引吾雛。

【箋】

作於長慶三年（八二三），五十二歲，杭州，杭州刺史。城按：汪本此首編在後集卷一。

【校】

〔嬉戲〕「戲」，馬本注云：「一作『姁』。」

〔下相呼〕「下」，馬本訛作「不」，據宋本、那波本、汪本、全詩改正。

吾雛

吾雛字阿羅，阿羅纔七齡。嗟吾不才子，憐爾無弟兄。撫養雖驕騃，性識頗聰明。學母畫眉樣，効吾詠詩聲。我齒今欲墮，汝齒昨始生。我頭髮盡落，汝頂髻初成。老幼不相待，父衰汝孩嬰。緬想古人心，茲愛亦不輕。蔡邕念文姬，于公歎緹縈。敢求得汝力，但未忘父情。

【箋】

作於長慶二年（八二二），五十一歲，杭州，杭州刺史。城按：汪本此首編在後集卷一。

〔阿羅〕白居易女。即白氏詩中所稱之「羅兒」及「羅子」。見卷七弄龜羅詩箋。

〔阿羅纔七齡〕阿羅生於元和十一年，至長慶二年，適爲七歲。白氏元和十二年所作羅子詩（卷十六）云：「有女名羅子，生來纔兩春。」又元和十三年所作之弄龜羅云：「有女生三年，其名曰羅兒。」

【校】

〔憐爾〕「爾」，宋本、那波本、盧校俱作「汝」。

題小橋前新竹招客

雁齒小虹橋，垂簷低白屋。橋前何所有？苒苒新生竹。皮開拆褐錦，節露抽青玉。筠翠如可飡，粉霜不忍觸。閑吟聲未已，幽玩心難足。管領好風烟，輕欺凡草木。誰能有月夜，伴我林中宿？爲君傾一盃，狂歌竹枝曲。

【箋】作於長慶三年（八二三），五十二歲，杭州，杭州刺史。城按：汪本此首編在後集卷一。唐宋詩醇卷二四：「筠翠一聯，寫得浮筠膩粉，光動紙上，曲盡新竹姿致。」

【校】〔虹橋〕「虹」，馬本、汪本、全詩俱作「紅」，據宋本、那波本改。全詩注云：「一作『虹』。」

病中逢秋招客夜酌

不見詩酒客，卧來半月餘。合和新藥草，尋檢舊方書。晚霽烟景度，早涼窗户虛。雪生衰鬢久，秋入病心初。卧簟蘄竹冷，風襟邛葛疏。夜來身校健，小飲復何如？

【箋】作於長慶三年（八二三），五十二歲，杭州，杭州刺史。城按：汪本此首編在後集卷一。

【校】〔蘄竹冷〕「冷」，馬本誤作「涼」，據宋本、那波本、汪本、全詩、盧校改正。〔何如〕馬本誤倒作「如何」，據宋本、那波本、汪本、全詩、盧校乙轉。

食飽

食飽拂枕卧，睡足起閑吟。淺酌一盃酒，緩彈數弄琴。既可暢情性，亦足傲光陰。誰知利名盡，無復長安心！

【箋】作於長慶三年（八二三），五十二歲，杭州，杭州刺史。城按：汪本此首編在後集卷一。

【校】〔數弄〕「弄」，馬本作「聲」，非。據宋本、那波本、汪本、全詩、盧校改正。汪本注云：「一作

『弄』。」亦非。

〔利名〕汪本作「名利」。全詩注云：「一作『名利』。」

嚴十八郎中在郡日改制東南樓因名清輝未立標牓徵歸郎署予既到郡性愛樓居宴遊其間頗有幽致聊成十韻兼戲寄嚴

嚴郎制茲樓，立名曰清輝。未及署花牓，遽徵還粉闈。去來三四年，塵土登者稀。今春新太守，灑掃施簾幃。院柳烟婀娜，簷花雪霏微。看山倚前户，待月闌東扉。碧窗戛瑶瑟，朱欄飄舞衣。燒香卷幕坐，風燕雙雙飛。君作不得住，我來幸因依。始知天地間，靈境有所歸。

【箋】作於長慶四年（八二四），五十三歲，杭州，杭州刺史。城按：唐語林卷二：「白居易，長慶二年，以中書舍人爲杭州刺史替嚴員外休復。休復有時名，居易喜爲之代。」所記蓋誤。據元稹元薁杭州刺史制及白氏此詩所云「去來三四年」，則元薁繼休復爲杭州約在元和末或長慶初。居易乃元薁之後任，其冷泉亭記云：「及右司郎中河南元薁最後作此亭。」亦元薁爲居易前任之證。勞格讀書雜識卷七杭州刺史考繫元藇於元和十五年，時間相近。參見後箋。又此詩汪本編在後集卷一。

〔嚴十八郎中〕嚴休復。元和十二年已爲杭州刺史。元稹永福寺石壁法華經記：「元和十二年，嚴休復爲（杭州）刺史。」又云：「其輸錢之貴者，若杭州刺史、吏部郎中嚴休復。」白氏又有馮閣老處見與嚴郎中酬和詩因戲贈絶句（卷十九）、酬嚴十八郎中見示（卷十九）、湖上醉中代諸妓寄嚴郎中（卷二十）等詩中之「嚴郎中」，均指休復。其中酬嚴十八郎中見示詩作於長慶元年，有句云：「承明長短君應入，莫憶家江七里灘。」可知此時休復已至長安。

〔東南樓〕在鳳凰山杭州刺史治所内。見咸淳臨安志卷五二。

【校】

〔制兹樓〕「制」，全詩作「置」。

〔灑掃〕宋本、那波本、盧校俱作「掃灑」。

〔闌東扉〕「闌」，全詩注云：「一作『闢』。」

南亭對酒送春

含桃實已落，紅薇花尚薰。冉冉三月盡，晚鶯城上聞。獨持一盃酒，南亭送殘春。半酣忽長歌，歌中何所云？云我五十餘，未是苦老人。刺史二千石，亦不爲賤貧。天下三品官，多老於我身。同年登第者，零落無一分。親故半爲鬼，僮僕多見孫。念此聊自解，逢酒且歡欣。

【箋】

作於長慶四年（八二四），五十三歲，杭州，杭州刺史。城按：汪本此首編在後集卷一。

〔南亭〕在鳳凰山杭州刺史治所内。

【校】

〔含桃〕「含」，馬本作「碧」。

〔尚薰〕「薰」，宋本、那波本、全詩俱作「熏」，字通。

玩新庭樹因詠所懷

靄靄四月初，新樹葉成陰。動摇風景麗，蓋覆庭院深。下有無事人，竟日此幽尋。豈唯玩時物，亦可開煩襟。時與道人語，或聽詩客吟。度春足芳色，入夜多鳴禽。偶得幽閑境，遂忘塵俗心。始知真隱者，不必在山林。

【箋】作於長慶四年（八二四），五十三歲，杭州，杭州刺史。城按：汪本編在後集卷一。

【校】〔葉成陰〕「葉」，汪本作「緑」。

仲夏齋戒月

仲夏齋戒月，三旬斷腥羶。自覺心骨爽，行起身翩翩。始知絶粒人，四體更輕便。初能脱病患，久必成神仙。禦寇馭泠風，赤松游紫烟。常疑此説謬，今乃知其然。我年過半百，氣衰神不全。已垂兩鬢絲，難補三丹田。但減葷血味，稍結清淨緣。脱巾且修養，聊以終天年。

【箋】作於長慶四年（八二四），五十三歲，杭州，杭州刺史。城按：汪本此首編在後集卷一。

【校】〔泠風〕「泠」，馬本、汪本、全詩俱訛作「冷」，據宋本、那波本改正。城按：莊子逍遥遊：「列子御風而行，泠然善也。」則當作「泠」。

除官去未間

除官去未間，半月恣游討。朝尋霞外寺，暮宿波上島。新樹少於松，平湖半連草。躋攀有次第，賞玩無昏早。有時騎馬醉，兀兀冥天造。窮通與生死，其奈吾懷抱。江山信爲美，齒髮行將老。在郡誠未厭，歸鄉去亦好。

【箋】

作於長慶四年（八二四），五十三歲，杭州，杭州刺史。見陳譜及汪譜。陳譜長慶四年甲辰：「是月（五月），除右庶子，有除官去未間及三年爲刺史詩。」城按：「右庶子」，舊書卷一六六及新書卷一一九本傳均作「左庶子」，李商隱墓碑同陳譜。汪本此首編在後集卷一。

【校】

〔未厭〕「厭」下宋本注云：「平。」全詩注云：「平聲。」

三年爲刺史二首

三年爲刺史，無政在人口。唯向郡城中，題詩十餘首。慚非甘棠詠，豈有思人不？

三年爲刺史，飲水復食蘗。唯向天竺山，取得兩片石。此抵有千金，無乃傷清白。

【箋】作於長慶四年（八二四），五十三歲，杭州，杭州刺史。見陳譜及汪譜。城按：汪本此首編在後集卷一。元集卷八有代杭民作使君一朝去詩二首。

【校】〔思人不〕馬本作「人思否」，非。據宋本、那波本、汪本、全詩、盧校改。

〔飲水〕「水」，宋本、汪本、全詩俱作「冰」。

別萱桂

使君竟不住，萱桂徒栽種。桂有留人名，萱無忘憂用。不如江畔月，步步來相送。

【箋】作於長慶四年（八二四），五十三歲，杭州，杭州刺史。城按：汪本此首編在後集卷一。

自餘杭歸宿淮口作

爲郡已多暇，猶少勤吏職。罷郡更安閑，無所勞心力。舟行明月下，夜泊清淮北。豈止吾一身，舉家同燕息。三年請禄俸，頗有餘衣食。乃至僮僕間，皆無凍餒色。行行弄雲水，步步近鄉國。妻子在我前，琴書在我側。此外吾不知，於焉心自得。

【箋】作於長慶四年（八二四），五十三歲，杭州至洛陽途中，太子左庶子分司。城按：汪本此首編在後集卷一。

〔餘杭〕餘杭郡。見本卷長慶二年七月自中書舍人出守杭州路次藍溪作詩箋。

舟中李山人訪宿

日暮舟悄悄，烟生水沉沉。何以延宿客？夜酒與秋琴。來客道門子，來自嵩高岑。軒軒舉雲貌，豁豁開清襟。得意言語斷，入玄滋味深。默然相顧哂，心適而忘心。

【箋】作於長慶四年(八二四),五十三歲,杭州至洛陽途中,太子左庶子分司。城按:汪本此首編在後集卷一。

【校】

〔門子〕「子」,那波本作「侶」。

〔嵩高〕「嵩」,馬本訛作「松」,據宋本、那波本、汪本、全詩、盧校改正。

洛下卜居

三年典郡歸,所得非金帛。天竺石兩片,華亭鶴一隻。飲啄供稻粱,苞裹用茵蓆。誠知是勞費,其奈心愛惜。遠從餘杭郭,同到洛陽陌。下擔拂雲根,開籠展霜翮。貞姿不可雜,高性宜其適。遂就無塵坊,仍求有水宅。東南得幽境,樹老寒泉碧。池畔多竹陰,門前少人跡。未請中庶禄,且脱雙驂易。買履道宅,價不足,因以兩馬償之。豈獨爲身謀?安吾鶴與石。

【箋】作於長慶四年（八二四），五十三歲，洛陽，太子左庶子分司。見汪譜。城按：汪本此首編在後集卷一。

〔華亭鶴〕唐華亭縣屬蘇州。元和郡縣志卷二五：「華亭谷在縣西三十五里，陸遜、陸抗宅在其側。陸機云：『華亭鶴唳。』此地是也。」城按：華亭縣本嘉興縣地，唐天寶十載置，因華亭谷以爲名。太平寰宇記卷九五秀州：「吴大帝以漢建安中封陸遜爲華亭侯，即以其所居爲封，（華亭）谷出佳魚蓴菜，又多白鶴清唳，故陸機嘆曰：華亭鶴唳，不可復聞。」白氏有劉蘇州以華亭一鶴遠寄以詩謝之詩（卷三一）。又池上篇序（卷六九）云：「樂天罷杭州刺史時，得天竺石一、華亭鶴二以歸。」

〔履道宅〕白氏履道坊宅，在洛陽長夏門之東第四街。池上篇序：「都城風土水木之勝在東南偏，東南之勝在履道里，里之勝在西北隅。西閈北垣第一第，即白氏叟樂天退老之地。地方十七畝，屋室三之一，水五之一，竹九之一，而島樹橋道間之。」舊書卷一六六本傳：「居易罷杭州，歸洛陽，于履道里得故散騎常侍楊憑宅，竹木池館，有林泉之致。」新書卷一一九本傳：「後履道第卒爲佛寺，東都、江州人爲立祠焉。」河南邵氏聞見後録卷二五：「大字寺園，唐白樂天園也。樂天云『吾有宅在履道坊，五畝之宅，十畝之園，有水一池，有竹千竿』者，是也。今張氏得其半爲會隱園，水竹尚甲洛陽。但以其圖考之，則凡曰某堂有某水，某亭有某木，至今猶在，而曰堂曰亭者，無復彷彿矣。寺中樂天刻尚多。」陳譜長慶四年甲辰:「公宅地方十七畝……至後唐爲普明禪院,有秦王從榮所施大字經藏及寫公集寘藏中,洛人但曰大字寺,其園張氏得其半爲會隱園,水竹尚在。寺中有公石刻甚多。見宋敏求河南志、李格非洛陽名園記。」又兩京城坊考卷五云:「按:居易宅在履道西門,宅西牆下臨伊水渠,渠又周其宅之北。宅去集賢裴度宅最近,故居易和劉汝州詩注云:『履道、集賢兩宅,相去一百三十步。』」白氏又有履道新居二十韻(卷二二)、履道春居(卷二五)、歸履道宅(卷二七)、履道池上作(卷二八)等詩。

【校】

〔苞裹〕「苞」,全詩作「包」,古字通。

〔下擔〕「擔」,那波本作「檐」,古字通。

〔雙驂易〕此下那波本無小注。

洛中偶作 自此後在東都作。

五年職翰林,四年涖潯陽。一年巴郡守,半年南宫郎。二年直綸閣,三年刺史堂。凡此十五載,有詩千餘章。境興周萬象,土風備四方。獨無洛中作,能不心悵恨。今爲春宫長,始來遊此鄉。徘徊伊澗上,睥睨嵩少傍。遇物輒一詠,一詠傾一觴。筆下成釋憾，卷中同補亡。往往顧自哂，眼昏鬢蒼蒼。不知老將至，猶自放詩狂。

【箋】

作於長慶四年（八二四），五十三歲，洛陽，太子左庶子分司。城按：汪本此首編在後集卷一。

〔潯陽〕見卷一潯陽三題詩箋。

〔伊澗〕伊水。元和郡縣志卷五：「伊闕山在（伊闕）縣北四十五里，兩山相對，望之若闕，伊水流其間，故名。」

〔嵩少〕少室山。初學記卷五引戴延之西征記：「嵩山東謂太室，西謂少室，相去十七里，嵩其總名也。謂之室者，以其下各有石室焉。」

【校】

〔春宮長〕「春宮」，各本俱訛作「春官」。城按：「春宮」爲太子宮，初學記云：「青宮一名春宮，太子居之。」通鑑卷一七二陳記宣帝太建八年：「皇太子養德春宮」，胡注：「太子居東宮，東方主春，故亦曰春宮。」居易此時爲太子左庶子，乃東宮官，故「春官長」應作「春宮長」，今改正。

〔鬢蒼蒼〕宋本、那波本、全詩、盧校俱作「鬚鬢蒼」。全詩注云：「一作『鬢蒼蒼』。」

〔猶自〕「猶」，那波本作「獨」。

贈蘇少府

籍甚二十年，今日方款顏。相送嵩洛下，論心盃酒間。河亞嬾出入，府寮多閑關。蒼髮彼此老，白日尋常閑。朝欲攜手出，暮思聯騎還。何當挈一榼，同宿龍門山？

【箋】

作於長慶四年（八二四），五十三歲，洛陽，太子左庶子分司。城按：汪本此首編在後集卷一。〔蘇少府〕疑即蘇弘。白氏答蘇庶子（卷二五）、答蘇六（卷二七）、答蘇庶子月夜聞家僮奏樂見贈（卷二七）諸詩，均爲酬弘之作。城按：此詩云：「河亞懶出入。」則「少府」當作「少尹」。〔龍門山〕即闕塞山，在洛陽南三十里，一名闕口山。山東曰香山，西曰龍門，兩山對峙，石壁峭立，望之若闕，伊水歷其門。見乾隆河南府志卷九。

【校】

〔河亞〕汪本、馬本俱誤作「何爲」，據宋本、那波本、全詩改正。盧校云：「宋作河亞，未詳。」城按：「河亞」即河南少尹。

移家入新宅

移家入新宅，罷郡有餘資。既可避燥濕，復免憂寒飢。疾平未還假，官閑得分司。幸有俸禄在，而無職役羈。清旦盥漱畢，開軒卷簾幃。家人及雞犬，隨我亦熙熙。取興不過酒，放情或作詩。何必苦修道！此即是無爲。外累信已遣，中懷時有思。有思一何遠？默坐低雙眉。十載囚竄客，萬里征戍兒。春朝鎖籠鳥，冬夜支床龜。驛馬走四蹄，痛酸無歇期。磑牛封兩目，闇閉何人知？誰能脱放去，四散任所之？各得適其性，如吾今日時。

【箋】

作於長慶四年（八二四），五十三歲，洛陽，太子左庶子分司。城按：汪本此首編在後集卷一。

【校】

〔俸禄〕宋本、那波本、汪本、盧校俱作「禄俸」。

〔不過酒〕「不過」，宋本、那波本、全詩、盧校俱作「或寄」。全詩注云：「一作『不過』。」汪本注云：「一作『或寄』。」

〔或作詩〕「或作」，宋本、那波本、全詩、盧校俱作「不過」。全詩注云：「一作『或作』。」汪本注云：「一作『或作』。」

云：「一作『不過』。」

〔磑牛〕「磑」，馬本注云：「魚胃切。磨也。」

琴

置琴曲几上，慵坐但含情。何煩故揮弄？風絃自有聲。

【箋】作於長慶四年（八二四），五十三歲，洛陽，太子左庶子分司。城按：汪本此首編在後集卷一。

【校】〔曲几〕「几」，宋本、那波本、萬首俱作「机」，字通。

鶴

人各有所好，物固無常宜。誰謂爾能舞？不如閑立時。

【箋】作於長慶四年（八二四），五十三歲，洛陽，太子左庶子分司。城按：汪本此首編在後集卷一。

自詠

夜鏡隱白髮，朝酒發紅顏。可憐假年少，自笑須臾間。朱砂賤如土，不解燒爲丹。玄鬢化爲雪，未聞休得官。咄哉箇丈夫，心性何墮頑？但遇詩與酒，便忘寢與飧。高聲發一吟，似得詩中仙。引滿飲一盞，盡忘身外緣。昔有醉先生，席地而幕天。于今居處在，許我當中眠。眠罷又一酌，酌罷又一篇。迴面顧妻子，生計方落然。誠知此事非，又過知非年。豈不欲自改，改即心不安。且向安處去，其餘皆老閑。

【箋】

作於長慶四年（八二四），五十三歲，洛陽，太子左庶子分司。城按：汪本此首編在後集卷一。

〔醉先生〕劉伶。竹林七賢之一。性尤嗜酒，作酒德頌云：「有大人先生，以天地爲一朝，萬期爲須臾。日月爲扃牖，八荒爲庭衢。行無轍迹，居無室廬。幕天席地，縱意所如。」

【校】

〔一盞〕「盞」，馬本作「杯」，據宋本、那波本、汪本、全詩、盧校改。

林下閑步寄皇甫庶子

扶杖起病初，策馬力未任。既懶出門去，亦無客來尋。以此遂成閑，閑步遶園林。天曉烟景淡，樹寒鳥雀深。一酌池上酒，數聲竹間吟。寄言東曹長，當知幽獨心！

【箋】

作於長慶四年（八二四），五十三歲，洛陽，太子左庶子分司。城按：汪本此首編在後集卷一。

〔皇甫庶子〕皇甫鏞。皇甫鎛之兄，字龢卿。歷官河南少尹，太子右庶子，太子賓客，秘書監分司等。開成元年七月十日以太子少保分司卒於東都宣教里第，年七十七。見舊書卷一三五、新書卷一六七本傳及白氏唐銀青光禄大夫太子少保安定皇甫公墓誌銘（卷七〇）。城按：舊書本傳謂卒年四十九，誤，應以白氏墓誌爲正。白氏又有酬皇甫庶子見寄（卷二三）、贈皇甫庶子（卷二三）、與皇甫庶子同遊城東（卷二三）等詩，均係酬鏞之作。

【校】

〔力未任〕「力」，宋本、那波本俱作「立」，非。

晏起

鳥鳴庭樹上，日照屋簷時。老去慵轉極，寒來起尤遲。厚薄被適性，高低枕得宜。神安體穩暖，此味何人知？睡足仰頭坐，兀然無所思。如未鑿七竅，若都遺四肢。緬想長安客，早朝霜滿衣。彼此各自適，不知誰是非？

【箋】作於長慶四年（八二四），五十三歲，洛陽，太子左庶子分司。城按：汪本此首編在後集卷一。

【校】〔尤遲〕「尤」，馬本訛作「猶」，據宋本、那波本、汪本、全詩改正。全詩注云：「一作『獨』。」

池畔二首

結構池西廊，疏理池東樹。此意人不知，欲爲待月處。

持刀剿密竹，竹少風來多。此意人不會，欲令池有波。

【箋】約作於長慶四年（八二四）至寶曆元年（八二五），洛陽，太子左庶子分司。城按：汪本此首編在後集卷一。

【校】

〔結構〕「結」下宋本注云：「犯御嫌名。」

〔剰密竹〕「剰」，宋本、那波本、萬首俱作「間」。全詩注云：「一作『間』。」馬本「剰」下注云：「古火切。」

春葺新居

江州司馬日，忠州刺史時。栽松滿後院，種柳蔭前墀。彼皆非吾土，栽種尚忘疲。況兹是我宅，葺藝固其宜。平旦領僕使，乘春親指揮。移花夾暖室，徙竹覆寒池。池水變渌色，池芳動清輝。尋芳弄水坐，盡日心熙熙。一物苟可適，萬緣都若遺。設如宅門外，有事吾不知。

【箋】作於寶曆元年（八二五），洛陽，太子左庶子分司。城按：汪本此首編在後集卷一。

【校】

〔徙竹〕「徙」，宋本、那波本、盧校俱作「洗」。

〔渌色〕「渌」，汪本、全詩俱作「緑」，非。

贈言

捧籯獻千金，彼金何足道。臨觴贈一言，此言真可寶。流光我已晚，適意君不早。況君春風面，柔促如芳草。二十方長成，三十向衰老。鏡中桃李色，不得十年好。胡爲坐脈脈，不肯傾懷抱？

【箋】

作於寶曆元年（八二五），洛陽，太子左庶子分司。城按：汪本此首編在後集卷一。

【校】

〔捧籯〕「籯」，宋本、那波本俱作「籝」。城按：「籯」、「籝」字同。

泛春池

白蘋湘渚曲，緑篠剡溪口。各在天一涯，信美非吾有。如何此庭内，水竹交左右。霜竹百千竿，烟波六七畝。泓澄動堦砌，淡泞映户牖。蛇皮細有紋，鏡面清無垢。主人過橋來，雙童扶一叟。恐污清泠波，塵纓先抖擻。波上一葉舟，舟中一樽酒。酒開舟不繫，去去隨所偶。或遶蒲浦前，或泊桃島後。未撥落杯花，低銜拂面柳。半酣迷所在，倚榜兀回首。不知此何處，復是人寰否？誰知始疏鑿，幾主相傳受？楊家去云遠，田氏將非久。天與愛水人，終焉落吾手。此池始楊常侍開鑿，中間田家爲主，予今有之，蒲浦、桃島皆池上所有。

【箋】

作於寶曆元年（八二五），洛陽，太子左庶子分司。汪本此首編在後集卷一。城按：此指東都履道宅之水池。

〔桃島〕即櫻桃島。白氏有履信池櫻桃島上醉後走筆送别舒員外兼寄宗正李卿考功崔郎中詩（卷二九）。

〔楊常侍〕楊憑。舊書卷一六六白居易傳：「居易罷杭州，歸洛陽，于履道里得故散騎常侍楊憑宅，竹木池館，有林泉之致。」城按：憑，字虚受，歷官湖南、江西觀察使，入爲左散騎常侍，刑部侍郎，元和四年拜京兆尹。約卒於元和十二年後。舊書卷一四六、新書卷一六〇俱有傳。劉集外五有和楊侍郎憑見寄二首。柳宗元有祭楊憑詹事文，均可參閲。

【校】

〔綠篠〕「篠」下馬本注云：「先了切。」

〔如何〕宋本、那波、全詩俱作「何如」。全詩注云：「一作『如何』。」

〔淡泞〕「泞」下馬本注云：「支吕切。」全詩注云：「一作『沱』。」

〔清泠〕「泠」，宋本、那波本、馬本、汪本俱訛作「冷」，據全詩、盧校改正。

〔吾手〕此下那波本無注。

白居易集箋校卷第九

感傷一　古調詩五言　凡五十五首

西明寺牡丹花時憶元九

前年題名處，今日看花來。一作芸香吏，三見牡丹開。豈獨花堪惜，方知老暗催。何況尋花伴，東都去未迴。詎知紅芳側，春盡思悠哉。

【箋】

作於永貞元年（八〇五），三十四歲，長安，校書郎。汪譜繫於元和三年，非是。城按：居易貞元十九年拔萃科登第，授秘書省校書郎，至永貞元年適爲三年，故詩云：「一作芸香吏，三見牡丹開。」又元稹貞元二十年曾旅歸洛陽，故詩云：「何況尋花伴，東都去未迴。」則知此篇係永貞元年所作無疑。

〔西明寺〕見卷四牡丹芳箋。

傷楊弘貞

顔子昔短命，仲尼惜其賢。楊生亦好學，不幸復徒然。誰識天地意？獨與龜鶴年。

【箋】

約作於元和元年（八〇六）至元和二年（八〇七），長安。

〔楊弘貞〕見卷五酬楊九弘貞長安病中見寄詩箋。

【校】

〔短命〕「短」，宋本、那波本俱作「知」。何校：「『短』，宋刻及蘭雪本皆作『知』。」汪本、全詩「短」下俱注云：「一作『知』。」

〔復徒然〕宋本、馬本、汪本、全詩俱注云：「一作『今復然』。」那波本作「今復然」。

〔龜鶴〕「鶴」，宋本、馬本、汪本、全詩俱注云：「一作『蛇』。」

權攝昭應早秋書事寄元拾遺兼呈李司録

夏閏秋候早，七月風騷騷。渭川烟景晚，驪山宫殿高。丹殿子司諫，赤縣我徒勞。相去半日程，不得同遊遨。到官來十日，覽鏡生二毛。可憐趨走吏，塵土滿青袍。郵傳擁兩驛，簿書堆六曹。爲問綱紀掾，何必使鉛刀？

【箋】

作於元和元年（八〇六），三十五歲，昭應。陳譜：「權攝昭應早秋書事亦云：『丹殿子司諫，赤縣我徒勞。』墓碑云：以對策語切，不得爲諫官。然第四等自當入赤尉。謂語切不得入三等乃可也。」元集卷五有酬樂天詩。

〔昭應〕長安志卷十五臨潼：「天寶四載（畢沅云：唐書志云二年，是。新唐志云三年，此云四載，非。）析新豐、萬年二縣，於温泉宫置會昌縣於今治，以山名名之，又外爲赤縣。七載，省新豐，改會昌縣及山曰昭應。」

〔元拾遺〕元稹。稹元和元年四月應制舉才識兼茂明於體用科，以第一人登科，除右拾遺。見舊書卷一六六本傳。

【校】

〔我徒勞〕何校：「『徒』疑作『獨』。」

〔郵傳〕「傳」，那波本作「亭」。

新栽竹

佐邑意不適，閉門秋草生。何以娱野性？種竹百餘莖。見此溪上色，憶得山中情。有時公事暇，盡日繞欄行。勿言根未固，勿言陰未成。已覺庭宇内，稍稍有餘清。最愛近窗卧，秋風枝有聲。

【箋】

作於元和元年（八〇六），三十五歲，盩厔，盩厔尉。

【校】

〔溪上〕「溪」，那波本作「階」。

秋霖中過尹縱之仙遊山居

慘慘八月暮，連連三日霖。邑居尚愁寂，况乃在山林。林下有志士，苦學惜光陰。歲晚千萬慮，併入方寸心。巖鳥共旅宿，草蟲伴愁吟。秋天床席冷，雨夜燈火深。憐君寂寞意，攜酒一相尋。

【箋】

作於元和元年（八〇六），三十五歲，盩厔，盩厔尉。

〔仙遊山〕在盩厔縣南。白氏又有遊仙遊山詩（卷十三）。

【校】

〔題〕題中「過」字，宋本、那波本俱誤作「遇」。汪本、全詩俱注云：「一作『遇』。」亦非。

寄江南兄弟

分散骨肉戀，趨馳名利牽。一奔塵埃馬，一泛風波船。忽憶分手時，憫默秋風前。別來朝復夕，積日成七年。花落城中地，春深江上天。登樓東南望，鳥滅烟蒼然。相去復幾許？道里近三千。平地猶難見，況乃隔山川！

【箋】

作於元和二年（八〇七），三十六歲，盩厔，盩厔尉。

【校】

〔一汎〕「汎」，全詩作「泛」。

〔分手〕「手」，宋本、那波本、盧校俱作「首」。

〔憫默〕「默」，馬本誤作「然」，據宋本、那波本、汪本、全詩、盧校改正。

〔城中地〕「地」，馬本、汪本、全詩俱作「池」，據宋本、那波本、盧校改。全詩注云：「一作『地』。」

曲江早秋　二年作。

秋波紅蓼水，夕照青蕪岸。獨信馬蹄行，曲江池四畔。早涼晴後至，殘暑暝來散。方喜炎燠銷，復嗟時節换。我年三十六，冉冉昏復旦。人壽七十稀，七十新過半。且當對酒笑，勿起臨風歎。

【箋】

作於元和二年（八〇七），三十六歲，長安，盩厔尉、集賢校理。城按：題下原注，宋本、馬本、全詩俱作「三年」，汪本作「二年」。「三年」應作「二年」，見陳譜及汪譜。陳譜元和二年丁亥：「有曲江早秋詩云：『我年三十六，冉冉復旦暮。』」

【校】

〔題〕那波本、英華題下俱無小注。兹據汪本改爲「二年」，參見前箋。

〔殘暑〕「暑」，馬本訛作「暮」，據宋本、那波本、汪本、全詩、查校、盧校改正。

〔炎燠銷〕「銷」，馬本訛作「清」，據宋本、那波本、汪本、英華、全詩、盧校改正。全詩注云：「一作『清』。」非是。

寄題盩厔廳前雙松 兩松自仙遊山移植縣廳。

憶昨爲吏日，折腰多苦辛。歸家不自適，無計慰心神。手栽兩樹松，聊以當嘉賓。乘春日一往，生意漸欣欣。清韻度秋在，綠茸隨日新。始憐澗底色，不憶城中春。有時晝掩關，雙影對一身。盡日不寂寞，意中如三人。忽奉宣室詔，徵爲文苑臣。閑來一惆悵，長似別交親。早知烟翠前，攀玩不逡巡。悔從白雲裏，移爾落囂塵。

【箋】

作於元和二年（八〇七），三十六歲，長安，翰林學士。陳譜元和二年丁亥：「入院後有寄題盩厔雙松詩云：『忽奉宣室召，徵爲文苑臣。』舊譜以爲與哥舒大詩，不知何據？」

〔手栽兩樹松兩句〕何義門云：「栽松當嘉賓。」

〔攀玩不逡巡〕此「不逡巡」即「不須臾」之意，言頃刻尚不可得，正極意形容時間之短促也。白氏秋槿詩云：「正憐少顏色，復歎不逡巡。」亦此意。見敦煌變文字義通釋第五篇釋情貌。

【校】

〔當嘉賓〕「當」下宋本注云：「去。」英華、汪本、全詩俱注云：「去聲。」

〔乘春日一往〕「乘春」，馬本作「春來」，據宋本、那波本、汪本、全詩、唐歌詩、盧校改。「往」，英華、汪本、全詩俱作「溉」。盧校云：「汪作『溉』非。」城按：盧校是。全詩注云：「一作『春來日一往』。」

〔長似〕「長」，英華、汪本、全詩俱作「恰」。

〔交親〕英華作「交情」，注云：「集作『交親』。一作『情親』。」汪本、全詩「親」下俱注云：「一作『情』。」

翰林院中感秋懷王質夫　王居仙遊山。

何處感時節？新蟬禁中聞。宮槐有秋意，風夕花紛紛。寄跡鴛鷺行，歸心鷗鶴羣。唯有王居士，知予憶白雲。何日仙遊寺，潭前秋見君？

【箋】作於元和三年（八〇八），三十七歲，長安，左拾遺、翰林學士。

〔王質夫〕見卷五招王質夫詩箋。

〔仙遊寺〕見卷五仙遊寺獨宿詩箋。

禁中月

海上明月出，禁中清夜長。東南樓殿白，稍稍上宮牆。净落金塘水，明浮玉砌霜。不比人間見，塵土污清光。

【箋】約作於元和二年（八〇七）至元和三年（八〇八），長安，翰林學士。何義門云：「此篇何以在感傷，更宜參取。」

〔禁中〕見卷五冬夜與錢員外同直禁中詩箋。

【校】

〔清夜〕「清」，汪本、全詩俱注云：「一作『秋』。」

〔金塘〕「塘」，英華作「盤」。全詩注云：「一作『盤』。」

贈賣松者

一束蒼蒼色，知從澗底來。斸掘經幾日？枝葉滿塵埃。不買非他意，城中無地栽。

【箋】約作於元和二年（八〇七）至元和三年（八〇八），長安，翰林學士。

【校】〔知從〕「知」，馬本訛作「如」，據宋本、那波本、汪本、全詩、盧校改正。

初見白髮

白髮生一莖，朝來明鏡裏。勿言一莖少，滿頭從此始。青山方遠別，黄綬初從仕。未料容鬢間，蹉跎忽如此！

【箋】約作於元和二年（八〇七）至元和三年（八〇八），長安，翰林學士。查慎行白香山詩評：「『勿言一莖少』二句口頭語，寫得透闢。」

別元九後詠所懷

零落桐葉雨，蕭條槿花風。悠悠早秋意，生此幽閑中。況與故人別，中懷正無悰。勿云不相送，心到青門東。相知豈在多，但問同不同。同心一人去，坐覺長安空。

【箋】

作於元和二年（八〇七），三十六歲，長安。城按：元稹元和元年九月十日自左拾遺出爲河南尉，詩中所云當指此。查慎行白香山詩評：「『同心一人去』二句，元、白交情兩言説盡。」

〔元九〕見卷一酬元九對新栽竹有懷見寄詩箋。

〔青門〕見卷一寄隱者詩箋。

【校】

〔無悰〕「悰」下馬本注云：「徂工切，樂也。」

禁中秋宿

風翻朱裏幕，雨冷通中枕。耿耿背斜燈，秋床一人寢。

【箋】約作於元和二年（八〇七）至元和三年（八〇八），長安，翰林學士。

【校】〔朱裏〕「朱」，萬首作來。汪本、全詩俱注云：「一作『來』。」

早秋曲江感懷

離離暑雲散，嫋嫋涼風起。池上秋又來，荷花半成子。朱顏自銷歇，白日無窮已。人壽不如山，年光急於水。青蕪與紅蓼，歲歲秋相似。去歲此悲秋，今秋復來此。

【箋】作於元和三年（八〇八），三十七歲，長安，左拾遺、翰林學士。

〔曲江〕見卷一杏園中棗樹詩箋。

【校】

〔自銷〕「自」，馬本、全詩俱作「易」，據宋本、那波本、汪本改。全詩注云：「一作『自』。」

〔今秋〕「秋」，馬本作「我」，據宋本、那波本、汪本、全詩、盧校改。

寄元九

身爲近密拘，心爲名檢縛。月夜與花時，少逢盃酒樂。唯有元夫子，閑來同一酌。把手或酣歌，展眉時笑謔。今春除御史，前月之東洛。別來未開顔，塵埃滿樽杓。蕙風晚香盡，槐雨餘花落。秋意一蕭條，離容兩寂寞。況隨白日老，共負青山約。誰識相念心？韝鷹與籠鶴。

【箋】

作於元和四年（八〇九），三十八歲，長安，左拾遺、翰林學士。

〔元九〕見卷一酬元九對新栽竹有懷見寄詩箋。

〔今春除御史二句〕元和四年二月，元稹除監察御史。八月，分司東都。

【校】

〔近密〕「密」，全詩注云：「一作『約』。」

〔樽杓〕「樽」，汪本、全詩俱作「尊」。城按：尊乃樽之本字。

〔韝鷹〕「韝」，宋本、那波本、全詩俱作「鞲」。城按：韝亦作鞲。

〔籠鶴〕「鶴」，宋本作「鸖」。城按：鸖同鶴，見正字通。

春暮寄元九

梨花結成實，燕卵化爲雛。時物又若此，道情復何如？但覺日月促，不嗟年歲徂。浮生都是夢，老小亦何殊。唯與故人别，江陵初謫居。時時一相見，此意未全除。

【箋】

作於元和五年（八一〇）春暮，三十九歲，長安，左拾遺、翰林學士。元集卷六有酬樂天早春見懷詩。

〔元九〕見卷一酬元九對新栽竹有懷見寄詩箋。

〔江陵初謫居〕元稹貶江陵士曹參軍在元和五年三月。

【校】

〔題〕全詩作「暮春寄元九」。

早梳頭

夜沐早梳頭，窗明秋鏡曉。颯然握中髮，一沐知一少。年事漸蹉跎，世緣方繳繞。不學空門法，老病何由了。未得無生心，白頭亦爲夭。

【箋】

作於元和五年（八一〇），三十九歲，長安，京兆户曹參軍、翰林學士。

〔未得無生心二句〕晁迥法藏碎金録卷七：「余嘗愛唐賢樂天有詩句云：『未得無生心，白頭亦爲夭。』及看韻對第四，有説宋蕭惠開嘗爲益州刺史，有所取求而不得。遂誣告其人訕毁朝政，先戮而後奏，孝武稱快。及明帝即位，惠開因四方反叛，後雖歸順，負亹不得志。每謂人曰：『人生不得行胸臆，雖百歲猶爲夭。』未幾發病嘔血，吐物如肺肝而死。因詳白、蕭二人之言，各歎人生心無所得，雖壽亦爲夭，而善惡智愚，相背絶遠，何啻霄壤之殊也。」

出關路

山川函谷路，塵土游子顔。蕭條去國意，秋風生故關。

【箋】

或作於元和五年（八一〇），三十九歲。

别舍弟後月夜

悄悄初别夜，去住兩盤桓。行子孤燈店，居人明月軒。平生共貧苦，未必日成歡。及此暫爲别，懷抱已憂煩。况是庭葉盡，復思山路寒。如何爲不念，馬瘦衣裳單。

【箋】

或作於元和五年（八一〇），三十九歲。城按：元集卷六有和樂天别弟後月夜作詩。

〔舍弟〕居易三弟白行簡。字知退，舊書卷一六六、新書卷一一九有傳。白氏又有孟夏思渭村舊居寄舍弟（卷十）、江州赴忠州至江陵以來舟中示舍弟五十韻（卷十七）、將歸渭村先寄舍弟

〔卷三二〕等詩。

【校】

〔初別夜〕「夜」，馬本作「後」，非。據宋本、那波本、汪本、全詩、盧校改。全詩注云：「一作『後』。」亦非。

新豐路逢故人

塵土長路晚，風烟廢宫秋。相逢立馬語，盡日此橋頭。知君不得意，鬱鬱來西游。惆悵新豐店，何人識馬周？

【箋】

或作於元和五年（八一〇），三十九歲。

〔新豐〕天寶七載省入昭應。雍録卷七：「唐新豐縣在〔京兆〕府東五十里，凡自長安東出而趨潼關，路必由此。」

〔惆悵新豐店二句〕馬周，字賓王。少孤貧好學，落拓不爲州里所重。西遊長安，宿於新豐逆旅，主人唯供諸商販而不顧待周。遂命酒一斗八升，悠然獨酌，主人深異之。至京師，因中郎將常何之薦，太宗召見，奏對稱旨，授監察御史，累遷至中書令。見舊書卷七四、新書卷九八本傳。

金鑾子晬日

行年欲四十，有女曰金鑾。生來始周歲，學坐未能言。慚非達者懷，未免俗情憐。從此累身外，徒云慰目前。若無夭折患，則有婚嫁牽。使我歸山計，應遲十五年。

【箋】

作於元和五年（八一〇），三十九歲，長安，京兆户曹參軍、翰林學士。見陳譜。

〔金鑾子〕白居易之女。元和四年生，元和六年死，年三歲。雲仙雜記卷三引豐寧傳云：「樂天女金鑾，十歲忽書北山移文示家人，樂天方買終南紫石，欲開文士傳，遂輟以勒之。」城按：白氏病中哭金鑾子詩（卷十四）云：「病來纔十日，養得已三年。」則知雲仙雜記所引甚誤，筆記小説之不可據也如此。清章大來倆陽雜録及俞樾茶香室叢鈔卷四均加以辯正。倆陽雜録云：「白樂天女金鑾，於元和三年生，五年遂死。有詩云：『衰病四十身，嬌癡三歲女。』又云：『病來纔十日，養得已三年。』其念金鑾詩云：『況念夭化時，啞啞初學語。與爾爲父子，八十有六旬。』其爲三歲無疑也。而雲仙雜記言金鑾十歲，……不可不辯。」章氏所考良是，然謂金鑾子生於元和三年，死於元和五年，亦誤。又清張澍養素堂文集卷三三名字録云：「白樂天之女名金鑾，十歲忽書北山移文示家人。見瀟湘録。」蓋亦沿襲雲仙雜記之誤，厲鶚玉臺書史引書史會要誤與張澍同。又袁宗道寄三弟書云：「昔白樂天無子，止有一女金蟾，慧甚，後復不育，竟以無子。」其所稱之「金蟾」當係「金鑾」之誤，且居易所育亦不止一女，袁氏所考亦疏。

【校】

〔題〕此下馬本、汪本俱注云：「晬，時遂切。子生一歲曰晬。」盧校云：「注後人所加。」城按：宋本無此注，盧校是也。

青龍寺早夏

塵埃經小雨，地高倚長坡。日西寺門外，景氣含清和。閑有老僧立，静無凡客過。殘鶯意思盡，新葉陰涼多。春去來幾日，夏雲忽嵯峨。朝朝感時節，年鬢暗蹉跎。胡爲戀朝市，不去歸烟蘿？青山寸步地，自問心如何？

【箋】

作於元和五年（八一〇），三十九歲，長安，京兆户曹參軍、翰林學士。

〔青龍寺〕在長安朱雀門街東第五街新昌坊。本隋之靈感寺，龍朔二年城陽公主奏立爲觀音寺。景雲二年改爲此名。見長安志卷九。宋張禮遊城南記：「樂遊之南，曲江之北，新昌坊有青龍寺。北枕高原，前對南山，爲登眺之絶勝。賈島所謂『行坐見南山』是也。」白氏和錢員外青龍寺上方望舊山詩（卷十四）云：「舊峯松雪舊溪雲，悵望今朝遥屬君。共道使臣非俗吏，南山莫動北山文。」又新昌新居書事四十韻因寄元郎中張博士詩（卷十九）云：「丹鳳樓當後，青龍寺在前。」

【校】

〔來幾日〕「來」，全詩注云：「一作『未』。」

〔暗蹉跎〕「暗」，全詩作「闇」。城按：暗、闇古字通。

秋題牡丹叢

晚叢白露夕，衰葉涼風朝。紅豔久已歇，碧芳今亦銷。幽人坐相對，心事共蕭條。

【箋】

作於元和五年（八一〇），三十九歲，長安，京兆户曹參軍、翰林學士。元集卷六有和樂天秋題牡丹叢詩。

勸酒寄元九

薤葉有朝露，槿枝無宿花。君今亦如此，促促生有涯。既不逐禪僧，林下學楞伽。又不隨道士，山中煉丹砂。百年夜分半，一歲春無多。何不飲美酒？胡然自悲嗟？俗號消愁藥，神速無以加。一盃驅世慮，兩盃反天和。三盃即酩酊，或笑任狂歌。陶陶復兀兀，吾孰知其他？況在名利途，平生有風波。深心藏陷穽，巧言織網羅。舉目非不見，不醉欲如何？

【箋】

作於元和五年（八一〇），三十九歲，長安，京兆户曹參軍、翰林學士。元集卷六有酬樂天勸酒詩。

〔元九〕元稹。見卷一酬元九對新栽竹有懷見寄詩箋。

【校】

〔消愁藥〕「愁」，宋本、那波本、盧校俱作「憂」。全詩注云：「一作『憂』。」

曲江感秋　五年作。

沙草新雨地，岸柳涼風枝。三年感秋意，併在曲江池。早蟬已嘹唳，晚荷復離披。前秋去秋思，一一生此時。昔人三十二，秋興已云悲。我今欲四十，秋懷亦可知。歲月不虛設，此身隨日衰。暗老不自覺，直到鬢成絲。

【箋】

作於元和四年（八〇九），三十八歲，長安，左拾遺、翰林學士。城按：元集卷六有和樂天秋題曲江詩。此詩題下原注「五年作」，當係「四年」之訛文。白氏曲江感秋二首詩序（卷十一）：「元和二年、三年、四年，予每歲有曲江感秋詩，凡三篇，編在第七集卷，是時予爲左拾遺、翰林學士。」此詩云：「前秋去秋思，一一生此時。」則當作於元和四年。

〔曲江〕見卷一杏園中棗樹詩箋。

【校】

〔秋意〕「意」，馬本作「思」，據宋本、那波本、盧校改。全詩注云：「一作『思』。」

〔嘹唳〕馬本「嘹」下注云：「連條切。」「唳」下注云：「力至切。」

〔暗老〕「暗」，全詩作「闇」，字通。

酬張太祝晚秋卧病見寄

高才淹禮寺，短羽翔禁林。西街居處遠，北闕官曹深。君病不來訪，我忙難往尋。差池終日别，寥落經年心。露濕緑蕪地，月寒紅樹陰。況兹獨愁夕，聞彼相思吟。上歎言笑阻，下嗟時歲侵。容衰曉窗鏡，思苦秋絃琴。一章錦繡段，八韻瓊瑶音。何以報珍重？慚無雙南金。

【箋】作於元和五年（八一〇），三十九歲，長安，京兆户曹參軍、翰林學士。

〔張太祝〕張籍。字文昌，和州烏江人。第進士，爲太常寺太祝，久次，遷秘書郎。見新書卷一七六本傳。城按：籍官太常寺太祝，約在元和初，白氏元和十年所作張十八詩（卷十五）云：「獨有詠詩張太祝，十年不改舊官銜。」可證元和五年籍仍官太祝無疑。又與元九書（卷四五）云：「張籍五十，未離一太祝。」

〔西街居處遠〕張籍是時住延康坊，在長安朱雀門街西第三街。白氏酬張十八訪宿見贈（卷六）云：「遠從延康里，來訪曲江濱。」又寄張十八（卷六）云：「同病者張生，僻住延康里。」

【校】

〔歎言〕馬本作「言歎」，據宋本、那波本、汪本、全詩、盧校改。汪本、全詩俱注云：「一作『言歎』。」

〔曉窗鏡〕「曉」，馬本作「晚」，據宋本、那波本、汪本、全詩、盧校改。全詩注云：「一作『晚』。」

立秋日曲江憶元九

下馬柳陰下，獨上堤上行。故人千萬里，新蟬三兩聲。城中曲江水，江上江陵城。兩地新秋思，應同此日情。

【箋】

作於元和五年（八一〇），三十九歲，長安，京兆户曹參軍、翰林學士。

〔曲江〕見卷一杏園中棗樹詩箋。

〔元九〕元稹。見卷一酬元九對新栽竹有懷見寄詩箋。

早朝賀雪寄陳山人

長安盈尺雪，早朝賀君喜。將赴銀臺門，始出新昌里。上堤馬蹄滑，中路蠟燭死。十里向北行，寒風吹破耳。待漏午門外，候對三殿裏。鬚鬢凍生冰，衣裳冷如水。忽思仙遊谷，暗謝陳居士。暖覆褐裘眠，日高應未起。

【箋】

作於元和五年（八一〇），三十九歲，長安，京兆户曹參軍、翰林學士。

〔陳山人〕陳鴻。陳鴻長恨歌傳：「元和元年冬十二月，太原白樂天自校書郎尉於盩厔，鴻與琅邪王質夫家于是邑，暇日相攜遊仙遊寺，話及此事，相與感歎。」城按：鴻字大亮，貞元二十一年乙酉進士，大和時主客郎中，與東城老父傳之作者陳鴻祖不能混爲一人。詳考見徐松登科記考卷十五、陳寅恪金明館叢稿初編讀東城老父傳。

〔銀臺門〕在長安大明宫。有左右二銀臺門，此處指右銀臺門，蓋由此而入翰林院也。見兩京城坊考卷一。

〔新昌里〕見卷二和答詩序箋。

〔中路蠟燭死〕何義門云：「死字疑譌，恐即死灰之意，方言也。」

〔三殿〕麟德殿。南部新書丙集：「麟德殿三面，亦謂之三殿。」兩京城坊考卷一：「麟德殿：殿有三面，南有閣，東西有樓，故曰三殿。憲宗謂李絳『明日三殿對來』是也。」

〔仙遊谷〕指仙遊山。見卷九秋霖中遇尹縱之仙遊山居詩箋。

〔陳居士〕陳鴻。

【校】

〔蠟燭〕「蠟」，宋本、汪本俱作「蝋」。城按：蝋爲蠟之俗字。

〔午門〕「午」，宋本、那波本俱作「五」，全詩注云：「一作『五』。」

初與元九别後忽夢見之及寤而書適至兼寄桐花詩悵然感懷因以此寄 元九初謫江陵。

永壽寺中語，新昌坊北分。歸來數行淚，悲事不悲君。悠悠藍田路，自去無消息。計君食宿程，已過商山北。昨夜雲四散，千里同月色。曉來夢見君，應是君相憶。夢中握君手，問君意何如？君言苦相憶，無人可寄書。覺來未及説，叩門聲鼕鼕。言是商州使，送君書一封。枕上忽驚起，顛倒著衣裳。開緘見手札，一紙十三行。上論遷謫心，下説離别腸。心腸都未盡，不暇叙炎涼。云作此書夜，夜宿商州東。獨對孤燈坐，陽城山館中。夜深作書畢，山月向西斜。月前何所有？一樹紫桐花。桐花半落時，復道正相思。殷勤書背後，兼寄桐花詩。桐花詩八韻，思緒一何深？以我今朝意，憶君此夜心。一章三遍讀，一句十迴吟。珍重八十字，字字化爲金。

【箋】作於元和五年（八一〇），三十九歲，長安，京兆户曹參軍、翰林學士。城按：元集卷一有桐花詩，卷六有三月二十四日宿曾峯館夜對桐花寄樂天及酬樂天書懷見寄兩詩。白氏有答桐花詩（卷二）、桐樹館重題（卷八）、商山路驛桐樹昔與微之前後題名處（卷十八）等詩。唐宋詩醇卷二一：「一意百折，往復纏綿，極平極曲，愈淺愈深，覺兩人覿面對語，無此親切也。杜甫於李白，居易於元微之，皆友誼中最篤者，故兩集中贈答詩，真摯乃爾。『悲事不悲君』一句，見從前之上章論救，不係於私情也。此是篇中眼目。」城按：居易上章論救元稹事，見舊書卷一六六本傳。

〔永壽寺中語二句〕白氏和答詩十首序（卷二）云：「五年春，微之從東臺來，不數日，又左轉爲江陵士曹掾。詔下日，會予下内直歸，而微之已即路，邂逅相遇於街衢中。自永壽寺南，抵新昌里北，得馬上語别，語不過相勉保方寸、外形骸而已。」永壽寺及新昌坊均見和答詩十首序箋。

〔藍田〕藍田縣。屬京兆府，以縣出美玉，故名。見元和郡縣志卷一。

〔商山〕見卷八登商山最高頂詩箋。

〔商州〕商州上洛郡，唐屬關内道，見新書卷三七地理志。

〔陽城〕陽城驛。在商山。白氏和陽城驛詩（卷二）：「商山陽城驛，中有歎者誰？云是元監察，江陵謫去時。」參見和陽城驛詩箋。

〔一樹紫桐花〕元稹桐花詩：「朧月上山館，紫桐垂好陰。」

〔桐花詩〕指元集卷六三月二十四宿曾峯館夜對桐花寄樂天詩，詩共八韻八十字。後此，元稹又有酬樂天書懷見寄詩，自注云：「本題云：初與微之别後，忽夢見之，及寤而微之書至，兼覽桐花之什，悵然書懷。此後五章並次用本韻。」

【校】

〔鼕鼕〕宋本、那波本、汪本、全詩、盧校俱作「冬冬」。全詩注云：「一作『鼕鼕』。」

〔月前〕「前」，汪本、全詩俱作「下」。全詩注云：「一作『前』。」

〔憶君〕「憶」，汪本作「想」。全詩注云：「一作『想』。」

〔三遍讀〕「三」，馬本作「一」，非。據宋本、那波本、汪本、全詩改正。全詩注云：「一作『一』。」亦非。

和元九悼往 感舊蚊幬作。

美人别君去，自去無處尋。舊物零落盡，此情安可任。唯有纈紗幌，塵埃日夜侵。馨香與顔色，不似舊時深。透影燈耿耿，籠光月沉沉，中有孤眠客，秋涼生夜衾。舊宅牡丹院，新墳松柏林。夢中咸陽淚，覺後江陵心。含此隔年恨，發爲中夜吟。無論君自感，聞者欲沾襟。

【箋】作於元和五年（八一〇），三十九歲，長安，京兆户曹參軍、翰林學士。城按：元集卷九有張舊蚊幬詩。元稹妻韋叢元和四年七月九日卒於長安靖安里第，見韓愈監察御史元君妻京兆韋氏夫人墓誌銘。故詩云：「含此隔年恨，發爲中夜吟。」

〔夢中咸陽淚〕韋叢墓在咸陽，韓愈墓誌云：「其年十月十三日葬咸陽，從先舅姑兆。」元集卷九聽庾及之彈烏夜啼引云：「當時爲我賽烏人，死葬咸陽原上地。」

【校】

〔題〕此下小注「幬」字，馬本、汪本俱作「幮」，據宋本、全詩改。又那波本無小注。

〔纈紗〕「纈」，馬本、汪本、全詩俱作「襭」，非。據宋本、那波本改正。

〔松柏〕「柏」，馬本作「木」，據宋本、那波本、汪本、全詩、盧校改。全詩注云：「一作『木』。」

〔沾襟〕「襟」，馬本作「中」，據宋本、那波本、汪本、全詩、盧校改。

重到渭上舊居

舊居清渭曲，開門當蔡渡。十年方一還，幾欲迷歸路。追思昔日行，感傷故游處。插柳作高林，種桃成老樹。因驚成人者，盡是舊童孺。試問舊老人，半爲繞村墓。浮生同過客，前後遞來去。白日如弄珠，出没光不住。人物日改變，舉目悲所遇。迴念念我身，安得不衰暮。朱顔銷不歇，白髮生無數。唯有山門外，三峯色如故。

【箋】

作於元和六年（八一一），四十歲，下邽。見汪譜。

〔渭上舊居〕居易故鄉下邽義津鄉金氏村（俗名紫蘭村）舊居，在渭河北岸邊，門當蔡渡。清統志西安府二：「白居易宅在渭南縣東北。居易有重到渭上舊居詩。縣志：宅在故下邽縣東紫蘭村。有樂天南園在宅南，至金時爲石氏園。」

〔蔡渡〕與紫蘭村隔渭河相對，渡以漢孝子蔡順得名。王士禛居易録卷十三：「予過江西建昌縣南渡修水上，有亭貯白樂天詩碣一絶句云：『修江江水縣門前，立馬教人唤渡船。好似當年歸蔡渡，草風莎雨渭河邊。』愛其風調，然未詳蔡渡所在。偶閲渭南縣圖經云：渭水至臨潼縣交口渡，東入渭南境，又東折至縣城，北曰上漲渡。又東南流曰下漲渡。又東北折而流曰蔡渡。以漢孝子蔡順得名。其地有蔡順碑。與樂天故居紫蘭村正隔渭河一水耳。」

〔十年方一還〕城按：居易貞元二十年春間，方自洛陽移家下邽，至元和六年丁憂返里，相距僅有八年，而詩云「十年方一還」者，蓋言其約數耳。

【校】

〔題〕「渭上」，馬本訛作「渭江」，據宋本、那波本、汪本、全詩改正。

〔出没〕「没」，馬本作「入」，據宋本、那波本、汪本、全詩，盧校改。全詩注云：「一作『入』。」

白髮

白髮知時節，暗與我有期。今朝日陽裏，梳落數莖絲。家人不慣見，憫默爲我悲。我云何足怪，此意爾不知。凡人年三十，外壯中已衰。但思寢食味，已減二十時。况我今四十，本來形貌羸。書魔昏兩眼，酒病沉四肢。親愛日零落，在者仍别離。身心久如此，白髮生已遲。由來生老死，三病長相隨。除却念無生，人間無藥治。

【箋】

作於元和六年（八一一），四十歲，下邽。見陳譜及汪譜。

【校】

〔今四十〕「今」，馬本作「年」，據宋本、那波本、汪本、全詩、盧校改。全詩注云：「一作『年』。」

秋日

池殘寥落水，窗下悠揚日。嫋嫋秋風多，槐花半成實。下有獨立人，年來四十一。

【箋】作於元和七年（八一二），四十一歲，下邽。見陳譜及汪譜。陳譜元和七年壬辰：「有秋日詩云：『下有獨立人，年來四十一。』」

將之饒州江浦夜泊

明月滿深浦，愁人臥孤舟。煩冤寢不得，夏夜長於秋。苦乏衣食資，遠爲江海游。光陰坐遲暮，鄉國行阻修。身病向鄱陽，家貧寄徐州。前事與後事，豈堪心併憂？憂來起長望，但見江水流。雲樹藹蒼蒼，烟波淡悠悠，故園迷處所，一望堪白頭。

【箋】作於貞元十四年（七九八），二十七歲，赴饒州途中。城按：是年夏，居易赴浮梁，往依其兄白幼文。陳譜繫此詩於貞元十五年，蓋據白氏傷遠行賦（卷三八）。考傷遠行賦云：「貞元十五年春，吾兄吏于浮梁，分微祿以歸養，命予負米而還鄉。」可知貞元十五年春居易已在浮梁，且此詩有：「夏夜長於秋」之句，故居易赴浮梁必在貞元十五年之前。

〔饒州〕隋鄱陽郡。武德四年置饒州。屬江南西道，領鄱陽、餘干、樂平、浮梁四縣。見舊書卷四〇地理志。

【校】

〔卧孤〕馬本作「獨卧」，非。據宋本、那波本、汪本、全詩、盧校改。全詩注云：「一作『獨卧』。」亦非。

〔一望〕「望」，宋本、那波本、汪本、全詩、盧校俱作「念」。全詩注云：「一作『望』。」

思歸 時初爲校書郎。

養無晨昏膳，隱無伏臘資。遂求及親祿，僶俛來京師。薄俸未及親，別家已經時。冬積温席戀，春違採蘭期。夏至一陰生，稍稍夕漏遲。塊然抱愁者，長夜獨先知。悠悠鄉關路，夢去身不隨。坐惜時節變，蟬鳴槐花枝。

【箋】作於貞元十九年(八〇三),三十二歲,長安,校書郎。

【校】〔長夜〕宋本、那波本、盧校俱作「夜長」。

冀城北原作

野色何莽蒼去聲?秋聲亦蕭疎。風吹黄埃起,落日驅征車。何代此開國?封疆百里餘。古今不相待,朝市無常居。昔人城邑中,今變爲丘墟。昔人墓田中,今化爲里閭。廢興相催迫,日月互居諸。世變無遺風,焉能知其初。行人千載後,懷古空躊躇!

【箋】或作於貞元二十年(八〇四)左右。

【校】〔莽蒼〕此下那波本無小注。

〔躊躇〕馬本作「躊躕」,據宋本、那波本、全詩改。

客路感秋寄明準上人

日暮天地冷，雨霽山河清。長風從西來，草木凝秋聲。已感歲倏忽，復傷物凋零。孰能不憯悽？天時牽人情。借問空門子，何法易修行？使我忘得心，不教煩惱生。

【箋】

或作於貞元十六年（八〇〇）以前。

〔明準上人〕生平未詳。能改齋漫録卷七：「唐詩多以僧爲上人。……按摩訶般若經云：何名上人？佛言若菩薩一心行阿耨菩提，心不散亂，是名上人。十誦律云：人有四種：一麤人，二濁人，三中間人，四上人。」又南史劉顯傳：武帝時有沙門訟田，帝大署曰貞，顯曰：「貞字文爲與上人。」則上人之稱已見於梁矣。

遊襄陽懷孟浩然

楚山碧巖巖，漢水碧湯湯。秀氣結成象，孟氏之文章。今我諷遺文，思人至其鄉。清風無人繼，日暮空襄陽。南望鹿門山，藹若有餘芳。舊隱不知處，雲深樹蒼蒼！

【箋】作於貞元十年（七九四），二十三歲，襄州。陳譜貞元十年甲戌：「五月，襄州府君卒於襄陽官舍。府君自徐徙佐衢，又徙襄。公有遊襄陽懷孟浩然詩，或是隨侍時作。」〔襄陽〕襄州襄陽郡之治所襄陽縣。本漢舊縣，因在襄水之陽，故名。見元和郡縣志卷二一。〔孟浩然〕襄州襄陽人。有詩名，隱居鹿門山不仕。開元末卒。見舊書卷一九〇下、新書卷二〇三本傳。白氏與元九書（卷四五）云：「況詩人多蹇，如陳子昂、杜甫各授一拾遺而迍剝至死，李白、孟浩然輩不及一命，窮悴終身。」

秋暮西歸途中書情

耿耿旅燈下，愁多常少眠。思鄉貴早發，發在雞鳴前。九月草木落，平蕪連遠山。秋陰和曙色，萬木蒼蒼然。去秋偶東遊，今秋始西旋。馬瘦衣裳破，別家來二年。憶歸復愁歸，歸無一囊錢。心雖非蘭膏，安得不自然？

【箋】或作於貞元十六年（八〇〇）前後。

【校】〔自然〕「然」，汪本作「燃」。按：燃爲然之俗字。

秋懷

月出照北堂，光華滿階墀。涼風從西至，草木日夜衰。桐柳減緑陰，蕙蘭銷碧滋。感物私自念，我心亦如之。安得長少壯？盛衰迫天時。人生如石火，爲樂常苦遲。

【箋】或作於貞元十六年（八〇〇）前後。

別楊穎士盧克柔殷堯藩

倦鳥暮歸林，浮雲晴歸山。獨有行路子，悠悠不知還。人生苦營營，終日羣動間。所務雖不同，同歸於不閑。扁舟來楚鄉，疋馬往秦關。離憂繞心曲，宛轉如循環。且持一盃酒，聊以開愁顔。

【箋】或作於貞元十六年（八〇〇）前後，蓋居易進士及第後即遊江南，詩云「扁舟來楚鄉」，或即是時。

〔楊潁士〕見卷五題楊潁士西亭詩箋。

〔殷堯藩〕唐才子傳卷六：「堯藩，秀州人。……元和九年韋貫之放榜，堯藩落第，楊尚書大爲稱屈料理，因擢進士。數年，爲永樂縣令。……及與沈亞之、馬戴爲詩友，贈答甚多。後仕終侍御史。」又唐摭言卷八：「元和九年韋貫之榜，殷堯藩雜文落矣，楊漢公尚書乃貫之前榜門生，盛言堯藩之屈，貫之爲之重收。」城按：直齋書録解題卷十九詩集類上云：「殷堯藩集一卷，唐侍御史殷堯藩撰，元和元年進士。」與摭言、唐才子傳所記異，登科記考亦載堯藩元和九年進士，陳氏所記疑誤。居易刺杭、蘇二州時，堯藩先後爲郡佐，白氏醉後狂言酬贈蕭殷二協律（卷十二）、和殷協律琴思（卷十九）、醉中酬殷協律（卷二〇）、九日宴集醉題郡樓兼呈周殷二判官（卷二一）、寄殷協律（卷二五）、見殷堯藩侍御憶江南詩三十首詩中多叙蘇杭勝事余嘗典二郡因繼和之（卷二六）等詩，均係酬堯藩之作。

【校】

〔穎士〕「穎」，宋本、那波本、汪本俱作「頴」，蓋爲「穎」之俗字。

題贈定光上人

二十身出家，四十心離塵。得徑入大道，乘此不退輪。一坐十五年，林下秋復春。春花與秋氣，不感無情人。我來如有悟，潛以心照身。誤落聞見中，憂喜傷形神。安得遺耳目，冥然反天真？

【箋】

或作於貞元十六年（八〇〇）前後。

【校】

〔天真〕何校：「『天』一作『其』。」

祗役駱口驛喜蕭侍御書至兼覩新詩吟諷通宵因寄八韻

時爲盩厔尉。

日暮心無憀，吏役正營營。忽驚芳信至，復與新詩并。是時天無雲，山館有月明。月下讀數遍，風前吟一聲。一吟三四歎，聲盡有餘清。雅哉君子文，詠性不詠情。使我靈府中，鄙吝不得生。始知聽韶濩，可使心和平。

【箋】

作於元和元年（八〇六），三十五歲，駱口，盩厔尉。見汪譜。何義門云：「陶、韋之詩所以高出衆流，其詠性不詠情之謂乎！」

〔駱口驛〕在盩厔縣南。

〔蕭侍御〕名未詳。與卷五見蕭侍御憶舊山草堂詩因以繼和、卷十三和王十八薔薇澗花時有懷蕭侍御兼見贈詩中之「蕭侍御」當係同一人。

【校】

〔憀〕此下馬本注云：「連條切。」

酬李少府曹長官舍見贈

低腰復斂手，心體不遑安。一落風塵下，始知爲吏難。公事與日長，宦情隨歲闌。惆悵青袍袖，芸香無半殘。賴有李夫子，此懷聊自寬。兩心如止水，彼此無波瀾。往往簿書暇，相勸强爲歡。白馬晚蹋雪，渌觴春暖寒。戀月夜同宿，愛山晴共看。野性自相近，不是爲同官。

【箋】

作於元和元年（八〇六），三十五歲，盩厔，盩厔尉。

〔李少府〕當係與居易同官盩厔之另一縣尉，名未詳。

【校】

〔始知〕「始」，宋本、那波本、全詩、盧校俱作「方」。全詩注云：「一作『始』。」汪本注云：「一作『方』。」

〔日長〕此下宋本、全詩俱注云：「上聲。」

〔晚蹋雪〕「晚」，宋本、那波本、盧校俱作「曉」。

〔渌觴〕「渌」，馬本、汪本俱訛作「緑」，據宋本、那波本、全詩、盧校改正。

〔晴共看〕「共」，馬本訛作「可」，據宋本、那波本、汪本、全詩、盧校改正。

留別

秋涼卷朝簟，春暖撤夜衾。雖是無情物，欲别尚沉吟。況與有情别，别隨情淺深。二年歡笑意，一旦東西心。獨留誠可念，同行力不任。前事詎能料，後期諒難尋。唯有潺湲淚，不惜共沾衿。

【箋】約作於元和元年（八〇六）至元和十年（八一五）。

曉別

曉鼓聲已半，離筵坐難久。請君斷腸歌，送我和淚酒。月落欲明前，馬嘶初别後。浩浩暗塵中，何由見迴首。

【箋】約作於元和元年（八〇六）至元和十年（八一五）。

北園

北園東風起，雜花次第開。心知須臾落，一日三四來。花下豈無酒，欲酌復遲迴。所思眇千里，誰勸我一盃？

【箋】約作於元和六年（八一一）至元和十年（八一五）。

惜栯李花

花細而繁，色豔而黯，亦花中之有思者。速衰易落，故惜之耳。

樹小花鮮妍，香繁條軟弱。高低二三尺，重疊千萬萼。朝豔藹霏霏，夕凋紛漠漠。辭枝朱粉細，覆地紅綃薄。由來好顏色，嘗苦易銷爍。不見莨蕩花，狂風吹不落。

【箋】約作於元和六年（八一一）至元和十年（八一五），下邽。

【校】

〔題〕此下那波本無小注。

〔藹霏霏〕「藹」，馬本作「靄」，據宋本、那波本、汪本、全詩、盧校改。

〔莨蕩〕「莨」下馬本注云：「魯堂切。」

照鏡

皎皎青銅鏡，斑斑白絲鬢。豈復更藏年，實年君不信。

【箋】

約作於元和六年（八一一）至元和十年（八一五），下邽。

新秋

西風飄一葉，庭前颯已涼。風池明月水，衰蓮白露房。其奈江南夜，緜緜自此長。

【箋】

約作於元和十一年（八一六）至元和十三年（八一八），江州，江州司馬。

【校】

〔風飄〕「飄」，全詩注云：「一作『吹』。」

夜雨

早蛩啼復歇，殘燈滅又明。隔窗知夜雨，芭蕉先有聲。

【箋】

約作於元和十一年（八一六）至元和十三年（八一八），江州，江州司馬。

秋江送客

秋鴻次第過，哀猿朝夕聞。是日孤舟客，此地亦離羣。濛濛潤衣雨，漠漠冒帆雲。不醉潯陽酒，烟波愁殺人。

【箋】

約作於元和十一年（八一六）至元和十三年（八一八），江州，江州司馬。

【校】

〔冒帆〕「帆」，宋本訛作「帆」。

感逝寄遠 寄通州元侍御、果州崔員外、澧州李舍人、鳳州李郎中。

昨日聞甲死，今朝聞乙死。知識三分中，二分化爲鬼。逝者不復見，悲哉長已矣！存者今如何？去我皆萬里。平生知心者，屈指能有幾？通果澧鳳州，眇然四君子。相思俱老大，浮世如流水。應歎舊交遊，凋零日如此。何當一杯酒，開眼笑相視。

【箋】

約作於元和十一年（八一六）至元和十三年（八一八），江州，江州司馬。

〔通州元侍御〕元稹。元和十年三月，自唐州從事移任通州司馬。

〔崔員外〕〔李舍人〕崔韶及李建。舊書卷十五憲宗紀：「（元和十一年九月）辛未，……禮部員外郎崔韶爲果州刺史，並爲補闕張宿所搆，言與貫之朋黨故也。」白氏有聞李十一出牧澧州崔二十二出牧果州因寄絶句（卷十六），知李建出牧澧州亦在是年。

【校】

〔題〕「逝」，馬本訛作「遊」。此下小注「元侍御」馬本訛作「嚴侍御」，據宋本、汪本、全詩改正。「澧州」，馬本、汪本俱訛作「澧州」，據宋本、全詩、盧校改正。後同。

〔日如此〕「日」，那波本作「一」，非。

秋月

夜初色蒼然，夜深光浩然。稍轉西廊下，漸滿南窗前。況是緑蕪地，復茲清露天。落葉聲策策，驚鳥影翩翩。棲禽尚不穩，愁人安可眠！

【箋】

約作於元和十一年（八一六）至元和十三年（八一八），江州，江州司馬。何義門云：「一氣注出不眠二字。」

【校】

〔驚鳥〕「鳥」，宋本、那波本俱作「烏」。全詩注云：「一作『烏』。」

白居易集箋校卷第十

感傷二　古調詩五言　凡七十八首

朱陳村

徐州古豐縣，有村曰朱陳。去縣百餘里，桑麻青氛氳。機梭聲札札，牛驢走紜紜。女汲澗中水，男採山上薪。縣遠官事少，山深人俗淳。有財不行商，有丁不入軍。家家守村業，頭白不出門。生爲陳村民，死爲陳村塵。田中老與幼，相見何欣欣！一村唯兩姓，世世爲婚姻。其村唯朱、陳二姓而已。親疏居有族，少長游有羣。黄雞與白酒，歡會不隔旬。生者不遠别，嫁娶先近隣。死者不遠葬，墳墓多遶村。既安生與死，不苦形與神。所以多壽考，往往見玄孫。我生禮義鄉，少小孤且貧。徒學辨是非，祇自取辛勤。世法貴名教，士人重官婚。以此自桎梏，信爲大謬人。十歲解讀書，十五能屬文。二十舉秀才，三十爲諫臣。下有妻子累，上有君親恩。承家與事國，望此不肖身。憶昨旅遊初，迨今十五春。孤舟三適楚，羸馬四經秦。晝行有飢色，夜寢無安魂。東西不暫住，來往若浮雲。離亂失故鄉，骨肉多散分。江南與江北，各有平生親。平生終日別，逝者隔年聞。朝憂卧至暮，夕哭坐達晨。悲火燒心曲，愁霜侵鬢根。一生苦如此，長羨陳村民。

【箋】

約作於元和三年（八〇八）至元和五年（八一〇），徐州。城按：明都穆南濠詩話云：「朱陳村在徐州豐縣東南一百里深山中，民俗淳質，一村惟朱、陳二姓，世爲婚姻。白樂天有朱陳村詩三十四韻。……予每誦之，則塵襟爲之一灑，恨不生長其地。後讀坡翁朱陳村嫁娶圖詩云：『我是朱陳舊使君，勸農曾入杏花村。而今風物那堪畫，縣吏催錢夜打門。』則宋之朱陳，已非唐時之舊。若以今視之，又不知其何如也？」此則清張道蘇亭詩話卷三亦引之。

〔朱陳村〕清統志徐州府二：「朱陳村在豐縣東南。」

〔豐縣〕元和郡縣志卷九：「豐縣本漢舊縣，屬沛郡。戰國時屬梁。後漢屬沛國。……清改屬徐州。」

【校】

〔豐縣〕「豐」，馬本訛作「灃」，據宋本、那波本、汪本、全詩、盧校改正。

〔曰朱陳〕「曰」，英華注云：「一作『名』。」

〔紜紜〕那波本作「紛紛」。

〔村業〕「村」，英華作「田」。

〔陳村民〕汪本、全詩俱作「村之民」。全詩「之」下注云：「一作『陳村』。」

〔陳村塵〕汪本、全詩俱作「村之塵」。全詩「之」下注云：「一作『陳村』。」

〔婚姻〕此下那波本無小注。

〔辨是非〕「辨」，宋本、那波本俱作「辯」。城按：辯、辨古字通。

〔官婚〕「官」，馬本、全詩俱作「冠」，據宋本、那波本、汪本、盧校改。全詩注云：「一作『官』。」何校：「『官』疑作『宦』，黄無改。英華作『冠』。」

〔來往若浮雲〕英華注云：「一作『飄作風中雲』。」

〔平生終日别〕「平生」，何校從英華作「存者」，似較長。

〔逝者〕「逝」，馬本訛作「近」，據宋本、那波本、汪本、全詩、盧校改正。

〔悲火〕「火」，馬本訛作「苦」，據宋本、那波本、汪本、全詩改正。

〔鬢根〕「鬢」下英華注云：「一作『髮』。」

〔陳村民〕「陳村」，盧校、全詩俱作「村中」，全詩注云：「一作『陳村』。」「民」，英華作「人」。

讀鄧魴詩

塵架多文集，偶取一卷披。未及看姓名，疑是陶潛詩。看名知是君，惻惻令我悲！詩人多蹇厄，近日誠有之。京兆杜子美，猶得一拾遺。襄陽孟浩然，亦聞鬢成絲。嗟君兩不如，三十在布衣。擢第禄不及，新婚妻未歸。少年無疾患，溘死於路歧。天不與爵壽，唯與好文詞。此理勿復道，巧曆不能推。

【箋】

作於元和三年（八〇六）至元和六年（八一一），長安，翰林學士。城按：詩云：「少年無疾患，溘死於路歧。」白氏又有鄧魴張徹落第詩（卷一）作於元和三年，則魴當死於三年以後。何義門云：「鄧魴詩似陶潛。」

〔鄧魴〕見卷一鄧魴張徹落第詩箋。

〔詩人多蹇厄十二句〕白氏與元九書（卷四五）：「有鄧魴者見僕詩而喜，無何而魴死。……況詩人多蹇，如陳子昂、杜甫，各授一拾遺而迍剥至死，李白、孟浩然輩，不及一命，窮悴終身。」

【校】

〔溘死〕「溘」，馬本注云：「苦盍切。」

寄元九 自此後在渭村作。

晨雞纔發聲，夕雀俄斂翼。晝夜往復來，疾如出入息。非徒改年貌，漸覺無心力。自念因念君，俱爲老所逼。君年雖校少，顦顇謫南國。三年不放歸，炎瘴銷顔色。山無殺草霜，水有含沙蜮。健否遠不知，書多隔年得。願君少愁苦，我亦加餐食。各保金石軀，以慰長相憶。

【箋】

作於元和七年（八一二），四十一歲，下邽。城按：汪譜繫於元和六年，非。

〔元九〕元稹。見卷一酬元稹對新栽竹有懷見寄詩箋。

【校】

〔題〕馬本無題下小注，據宋本、汪本、全詩增。那波本小注爲大字。

〔殺草霜〕「霜」，宋本、那波本俱作「雪」。

秋夕

葉聲落如雨，月色白似霜。夜深方獨卧，誰爲拂塵牀？

【箋】

作於元和六年（八一一），四十歲，下邽。

夜雨

我有所念人，隔在遠遠鄉。我有所感事，結在深深腸。鄉遠去不得，無日不瞻望。腸深解不得，無夕不思量。況此殘燈夜，獨宿在空堂。秋天殊未曉，風雨正蒼蒼。不學頭陀法，前心安可忘？

【箋】

作於元和六年（八一一），四十歲，下邽。

秋霽

金木不相待，炎涼雨中變。林晴有殘蟬，巢冷無留燕。沉吟卷長簟，愴惻收團扇。向夕稍無泥，閑步青苔院。月出砧杵動，家家擣秋練。獨對多病妻，不能理針線。冬衣殊未製，夏服行將綻。何以迎早秋？一盃聊自勸。

【箋】

作於元和六年（八一一），四十歲，下邽。

【校】

〔金木〕「木」，宋本、那波本、汪本、全詩俱作「火」。全詩注云：「一作『木』。」

〔愴惻〕宋本、那波本、盧校俱作「惻愴」。城按：「愴惻」亦作「惻愴」。

〔砧杵〕「杵」，馬本訛作「矸」，據宋本、那波本、汪本、全詩改正。

歎老三首

晨興照清鏡，形影兩寂寞。少年辭我去，白髮隨梳落。萬化成於漸，漸衰看不覺。但恐鏡中顏，今朝老於昨。人年少滿百，不得長歡樂。誰會天地心？千齡與龜鶴。吾聞善醫者，今古稱扁鵲。萬病皆可治，唯無治老藥。

我有一握髮，梳理何稠直！昔似玄雲光，今如素絲色。匣中有舊鏡，欲照先歎息。自從頭白來，不欲明磨拭。鴉頭與鶴頸，至老長如墨。獨有人鬢毛，不得終身黑。

前年種桃核，今歲成花樹。去歲新嬰兒，今年已學步。但驚物成長，不覺身衰暮。去矣欲何如？少年留不住。因書今日意，徧寄諸親故。壯歲不歡娛，長年當悔悟。

【箋】

作於元和六年（八一一），四十歲，下邽。

【校】

〔誰會〕「會」，馬本作「謂」，非。據宋本、那波本、汪本、全詩、盧校改正。

〔今如〕宋本、那波本、盧校俱作「如今」。何校：「『今如』，宋刻作『如今』。」

〔成長〕馬本、汪本、全詩俱倒，據宋本、那波本、盧校乙轉。

送兄弟迴雪夜

日晦雲氣黄，東北風切切。時從村南還，新與兄弟别。離襟淚猶濕，迴馬嘶未歇。欲歸一室坐，天陰多無月。夜長火消盡，歲暮雨凝結。寂寞滿爐灰，飄零上堦雪。對雪畫寒灰，殘燈明復滅。灰死如我心，雪白如我髮。所遇皆如此，頃刻堪愁絶。迴念入坐忘，轉憂作禪悦。平生洗心法，正爲今宵設。

【箋】作於元和六年（八一一），四十歲，下邽。查慎行白香山詩評：「『寂寞滿爐灰』六句詩境細静。」

【校】〔飄零〕那波本作「飄泠」。

〔頃刻〕「刻」，那波本作「尅」，字同。

溪中早春

南山雪未盡，陰嶺留殘白。西澗冰已銷，春溜含新碧。東風來幾日？蟄動萌草拆。潛知陽和功，一日不虛擲。愛此天氣暖，來拂溪邊石。一坐欲忘歸，暮禽聲嘖嘖。蓬蒿隔桑棗，隱映烟火夕。歸來問夜餐，家人烹薺麥。

【箋】

作於元和七年（八一二），四十一歲，下邽。唐宋詩醇卷二一：「通首寫早春之景，一結言外有情，悠然不盡。」

〔南山雪未盡四句〕清吳文溥南野堂筆記卷十：「陝西西安府爲唐京兆府，其南當南山之陰，白雲青靄，遥在空際，上有太古積雪。惟雨雪初霽，望之若刻劃然，了了在目，常時不能見也。乃知祖詠『終南陰嶺秀，積雪浮雲端。林表明霽色，城中增暮寒』二十字之妙，隱括無餘，故曰意盡。又如白樂天『南山雪未盡，陰嶺留殘白。西澗冰已銷，春柳含新碧』，亦當境入妙。」

同友人尋澗花

聞有澗底花，貰得村中酒。與君來校遲，已逢摇落後。臨觴有遺恨，悵望空溪口。記取花發時，期君重攜手。我生日日老，春色年年有。且作來歲期，不知身健否？

【箋】作於元和七年（八一二），四十一歲，下邽。

【校】〔貫得〕「貫」，英華作「買」。〔校遲〕「校」，那波本、英華俱作「較」。〔不知〕「不」，馬本作「未」，據宋本、那波本、汪本、全詩、盧校改。

登村東古塚

高低古時塚，上有牛羊道。獨立最高頭，悠哉此懷抱。迴頭向村望，但見荒田草。村人不愛花，多種粟與棗。自來此村住，不覺風光好。花少鶯亦稀，年年春暗老。

【箋】作於元和八年（八一三），四十二歲，下邽。

【校】〔時塚〕「塚」，汪本、全詩俱作「冢」。城按：塚乃冢之俗字。

夢裴相公

五年生死隔，一夕魂夢通。夢中如往日，同直金鑾宮。髣髴金紫色，分明冰玉容。勤勤相眷意，亦與平生同。既寤知是夢，憫然情未終。追想當時事，何殊昨夜中？自我學心法，萬緣成一空。今朝爲君子，流涕一霑胸！

【箋】

作於元和九年（八一四），四十三歲，下邽。城按：居易及元稹俱深受裴垍之知遇。元集卷七有感夢詩云：「僧云裴相君，如君恩有幾？我云滔滔衆，好直者皆是。唯我與白生，感遇同所以。官學不同時，生小異鄉里。拔我塵土中，使我名字美。美名何足多，深分從此始。吹噓莫我先，頑陋不我鄙。往往裴相門，終年不曾履。相門多衆流，多譽亦多毁。如聞風過塵，不動井中水。前時予掾荆，公在期復起。自從裴公無，吾道甘已矣。白生道亦孤，讒謗銷骨髓。司馬九江城，無人一言理。爲師陳苦言，揮涕滿十指。未死終報恩，師聽此男子。」

〔裴相公〕裴垍。字弘中，河東聞喜人。貞元中，制舉賢良極諫對策第一，拜監察御史。元和三年九月丙申（十七日），拜中書侍郎同平章事。卒於元和六年。見舊書卷一四八本傳、卷十四憲宗紀、新書卷六二宰相表。白氏薛中丞詩（卷一）云：「裴相昨已失，薛君今又去。」閑居詩（卷六）

云：「君看裴相國，金紫光照地。心苦頭盡白，纔年四十四。」〔五年生死隔〕裴垍卒於元和六年，詩云「五年生死隔」，則此詩至少應作於元和十年。然視詩意又似九年在下邽作，五年或就其大數而言也。

〔同直金鑾宫〕金鑾宫即金鑾殿，在長安大明宫，爲東翰林院之所在。見長安志卷六。此句乃言與裴垍同爲翰林學士也。城按：永貞元年十二月二十五日，裴垍自考功員外郎充翰林學士，元和三年四月二十五日出院，拜户部侍郎。白居易元和二年十一月六日自盩厔縣尉充翰林學士，五年五月五日改京兆府户曹參軍依前充。六年四月丁母憂退居下邽。見丁居晦重修承旨學士壁記及岑仲勉翰林學士壁記注補。

【校】

〔流涕〕「涕」，馬本作「淚」，據宋本、那波本、汪本、全詩、盧校改。

晝寢

坐整白單衣，起穿黄草屨。朝餐盥漱畢，徐下堦前步。暑風微變候，晝刻漸加數。院静地陰陰，鳥鳴新葉樹。獨行還獨卧，夏景殊未暮。不作午時眠，日長安可度？

【箋】作於元和八年（八一三），四十二歲，下邽。

別行簡

時行簡辟盧坦劍南東川府。

漠漠病眼花，星星愁鬢雪。筋骸已衰憊，形影仍分訣。梓州二千里，劍門五六月。豈是遠行時，火雲燒棧熱。何言巾上淚，乃是腸中血。念此早歸來，莫作經年別。

【箋】作於元和九年（八一四），四十三歲，下邽。城按：盧坦，元和八年八月出爲劍南東川節度使兼領梓州刺史，行簡入幕當在元和九年五六月間。

〔行簡〕白居易之三弟。見卷七對酒示行簡詩箋。

〔梓州〕東川節度使治所在梓州。

【校】此下宋本、那波本俱無小注。

觀兒戲

齠齔七八歲，綺紈三四兒。弄塵復鬭草，盡日樂嬉嬉。堂上長年客，鬢間新有絲。一看竹馬戲，每憶童騃時。童騃饒戲樂，老大多憂悲。静念彼與此，不知誰是癡？

【箋】作於元和九年（八一四），四十三歲，下邽。張培仁妙香室叢話：「樂天觀兒戲詩云：『齠齔七八歲，……不知誰是癡。』眼前光景，妙於領會。」

【校】〔齠齔〕馬本「齠」下注云：「田聊切。」「齔」下注云：「初謹切。」那波本「齔」訛作「齕」。

歎常生

西村常氏子，卧疾不須臾。前旬猶訪我，今日忽云殂。時我病多暇，與之同野居。園林青藹藹，相去數里餘。村鄰無好客，所遇唯農夫。之子何如者？往還猶勝無。于今亦已矣，可爲一長吁！

【箋】

作於元和九年（八一四），四十三歲，下邽。

【校】

〔云殂〕「殂」，馬本作「徂」，據宋本、那波本、汪本、全詩、盧校改。城按：殂、徂古字通。

〔何如〕馬本倒作「如何」，據宋本、那波本、汪本、全詩、盧校改正。

寄元九

一病經四年，親朋書信斷。窮通各易交，自笑知何晚！元君在荆楚，去日唯云遠。彼獨是何人？心如石不轉。憂我貧病身，書來唯勸勉。上言少愁苦，下道加餐飯。憐君爲謫吏，窮薄家貧褊。三寄衣食資，數盈二十萬。豈是貪衣食，感君心繾綣。念我口中食，分君身上暖。不因身病久，不因命多蹇。平生親友心，豈得知深淺？

【箋】

作於元和九年（八一四），四十三歲，下邽。

〔元九〕元稹。見卷一酬元九對新栽竹有懷見寄詩箋。

〔一病經四年〕謂居易在下邽守制時所患之眼疾。是時所作之眼暗詩（卷十四）云：「早年勤倦看書苦，晚歲悲傷出淚多。眼損不知都自取，病成方悟欲如何。」又得錢舍人書問眼疾（卷十四）云：「春來眼闇少心情，點盡黄連尚未平。」

〔三寄衣食資二句〕白氏丁憂家居，經濟頗感拮据，據此詩可知元稹時常予以資助。

【校】

〔各易交〕「各」，宋本、那波本、汪本、全詩、盧校俱作「合」。汪本、全詩俱注云：「一作『各』。」

〔唯云遠〕「唯」，汪本作「雖」。全詩注云：「一作『雖』。」

〔是何人〕「是」，馬本作「似」，非。據宋本、那波本、汪本、全詩、盧校改正。全詩注云：「一作『似』。」亦非。

以鏡贈别

人言似明月，我道勝明月。明月非不明，一年十二缺。豈如玉匣裏，如水常清澈。月破天暗時，圓明獨不歇。我慚貌醜老，繞鬢班班雪。不如贈少年，迴照青絲髪。因君千里去，持此將爲别。

【箋】約作於元和七年（八一二）至元和八年（八一三），下邽。城按：何義門云：「此刺詩。」

【校】〔常清澈〕宋本、那波本俱作「長澄澈」。全詩作「常澄澈」，「澄」下注云：「一作『清』。」

城上對月期友人不至

古人惜晝短，勸令秉燭遊。況此迢迢夜，明月滿西樓。復有樽中酒，置在城上頭。期君君不至，人月兩悠悠！照水烟波白，照人肌髮秋。清光正如此，不醉即須愁！

【箋】約作於元和七年（八一二）至元和八年（八一三），下邽。

【校】〔樽中〕宋本、那波本、盧校俱作「盈樽」。汪本作「尊中」，注云：「一作『盈尊』。」全詩作「盈尊」，注云：「一作『尊中』。」城按：尊爲樽之本字。

念金鑾子二首

衰病四十身，嬌癡三歲女。非男猶勝無，慰情時一撫。一朝捨我去，魂影無處所。況念夭化時，嘔啞初學語。始知骨肉愛，乃是憂悲聚。唯思未有前，以理遣傷苦。忘懷日已久，三度移寒暑。今日一傷心，因逢舊乳母！

與爾爲父子，八十有六旬。忽然又不見，邇來三四春。形質本非實，氣聚偶成身。恩愛元是妄，緣合暫爲親。念兹庶有悟，聊用遣悲辛。暫將理自奪，不是忘情人！

【箋】

作於元和八年（八一三），四十二歲，下邽。城按：金鑾子生於元和四年，死於元和六年，至元和八年適爲三年，故詩云：「忘懷日已久，三度移寒暑。」

〔金鑾子〕見卷九金鑾子晬日詩箋。

〔衰病四十身四句〕汪立名云：「按芥隱筆談，樂天多用淵明詩，如：『衰病四十身，嬌癡三歲女。非男猶勝無，慰情時一撫。』正用陶詩『弱女雖非男，慰情良勝無』。淵明有五男兒，此詩或作於未得子之前也。」

【校】

〔題〕宋本第二首前有「又」字，那波本第二首前有「又一首」三字。

〔夭化〕「化」，馬本、汪本、全詩俱訛作「札」，據宋本、那波本、盧校改正。全詩注云：「一作『化』。」亦非。

〔暫將〕「暫」，宋本、那波本、盧校俱作「慚」，全詩注云：「一作『慚』。」

對酒

人生一百歲，通計三萬日。何況百歲人，人間百無一！賢愚共零落，貴賤同埋沒。東岱前後魂，北邙新舊骨。復聞藥誤者，爲愛延年術。又有憂死者，爲貪政事筆。藥誤不得老，憂死非因疾。誰言人最靈，知得不知失。何如會親友，飲此盃中物？能沃煩慮銷，能陶真性出。所以劉阮輩，終年醉兀兀。

【箋】

約作於元和七年（八一二）至元和八年（八一三），下邽。

〔劉阮〕劉伶及阮籍。

【校】

〔延年〕馬本作「長生」，據宋本、那波本、汪本、全詩、盧校改。

〔誰言人〕宋本、那波本俱誤作「誰人言」。

渭村雨歸

渭水寒漸落，離離蒲稗苗。閑傍沙邊立，看人刈葦苕。近水風景冷，晴明猶寂寥。復茲夕陰起，野思重蕭條。蕭條獨歸路，暮雨濕村橋。

【箋】

約作於元和七年（八一二）至元和八年（八一三），下邽。唐宋詩醇卷二一：「意致簡遠，極似韋應物。」

〔渭村〕居易故鄉下邽義津鄉金氏村（俗名紫蘭村），在渭河北岸邊。白氏重到渭上舊居詩（卷九）云：「舊居清渭曲，開門當蔡渡。」

【校】

〔蒲稗〕此下馬本注云：「薄賣切。」

〔野思〕「思」，全詩作「色」。

諭懷

黑頭日已白，白面日已黑。人生未死間，變化何終極！常言在己者，莫若形與色。一朝改變來，止遏不能得。況彼身外事，悠悠通與塞！

【箋】約作於元和七年（八一二）至元和八年（八一三），下邽。

喜友至留宿

村中少賓客，柴門多不開。忽聞車馬至，云是故人來。況值風雨夕，愁心正悠哉！願君且同宿，盡此手中杯。人生開口笑，百年都幾回？

【箋】約作於元和七年（八一二）至元和八年（八一三），下邽。

西原晚望

花菊引閑步，行上西原路。原上晚無人，因高聊四顧。南阡有烟火，北陌連墟墓。村鄰何蕭疏？近者猶百步。吾廬在其下，寂寞風日暮。門外轉枯蓬，籬根伏寒兔。故園汴水上，離亂不堪去。近歲始移家，飄然此村住。新屋五六間，古槐八九樹。便是衰病身，此生終老處。

【箋】

約作於元和七年（八一二）至元和八年（八一三），下邽。

〔故園汴水上四句〕「故園汴水上」指符離舊居。貞元二十年暮春，居易遷洛陽之家於故鄉下邽金氏村舊居。汎渭賦並序（卷三八）云：「右丞相高公之掌貢舉也，予以鄉貢進士舉及第。左丞相鄭公之領選部也，予以書判拔萃選登科。十九年，天子並命二公對掌鈞軸，朝野無事，人物甚安。明年春，予爲校書郎，始徙家秦中，卜居於渭上。」

【校】

〔閑步〕「步」，宋本、那波本、汪本、全詩、盧校俱作「行」。汪本、全詩俱注云：「一作『步』。」

〔南阡〕「阡」，馬本作「陌」，據宋本、那波本、汪本、全詩、唐歌詩改。

〔蕭疏〕「疏」，馬本作「條」，據宋本、那波本、汪本、全詩、唐歌詩、盧校改。
〔猶百步〕「猶」，馬本作「無」，據宋本、那波本、汪本、全詩、唐歌詩、盧校改。
〔此生〕「生」，馬本作「身」，非。據宋本、那波本、汪本、全詩、盧校改正。

感鏡

美人與我别，留鏡在匣中。自從花顏去，秋水無芙蓉。經年不開匣，紅埃覆青銅。今朝一拂拭，自照顦顇容。照罷重惆悵，背有雙盤龍。

【箋】約作於元和七年（八一二）至元和八年（八一三），下邽。

【校】〔自照〕「照」，馬本、汪本俱作「顧」，據宋本、那波本、全詩、盧校改。全詩注云：「一作『顧』。」
〔背有〕「有」，馬本作「後」，據宋本、那波本、汪本、全詩、盧校改正。

村居卧病三首

戚戚抱羸病，悠悠度朝暮。夏木纔結陰，秋蘭已含露。前日巢中卵，化作雛飛去。昨日穴中蟲，蜕爲蟬上樹。四時未嘗歇，一物不暫住。唯有病客心，沉然獨如故！

新秋久病客，起步村南道。盡日不逢人，蟲聲徧荒草。西風吹白露，野緑秋仍早。草木猶未傷，先傷我懷抱。朱顔與玄鬢，强健幾時好？況爲憂病侵，不得依年老。

種黍三十畝，雨來苗漸大。種韮二十畦，秋來欲堪刈。望黍作冬酒，留韮爲春菜。荒村百物無，待此養衰瘵。葺廬備陰雨，補褐防寒歲。病身知幾時？且作明年計。

【箋】

約作於元和七年（八一二）至元和八年（八一三），下邽。

【校】

〔題〕馬本、全詩俱誤作「二首」，據宋本、那波本、汪本改正。又宋本、馬本、第二首及第三首前俱有「又」字，那波本有「又一首」三字。

〔蜕爲〕「蜕」下馬本注云：「輸芮切。」

〔未嘗〕「嘗」，宋本、那波本俱作「常」，字通。

沐浴

經年不沐浴，塵垢滿肌膚。今朝一澡濯，衰瘦頗有餘。老色頭鬢白，病形支體虛。衣寬有賸帶，髮少不勝梳。自問今年幾？春秋四十初。四十已如此，七十復何如？

【箋】約作於元和七年（八一二）至元和八年（八一三），下邽。城按：此詩陳譜繫於元和六年，非是。詩云：「經年不沐浴，塵垢滿肌膚。今朝一澡濯，衰瘦頗有餘。」蓋居易因喪母亡女，哀傷過度，身體極衰瘦，作此詩至早應爲元和七年。

栽松二首

小松未盈尺，心愛手自移。蒼然澗底色，雲濕烟霏霏。栽植我年晚，長成君性遲。如何過四十，種此數寸枝？得見成陰否？人生七十稀！

愛君抱晚節，憐君含直文。欲得朝朝見，堦前故種君。知君死則已，不死會凌雲。

【箋】約作於元和七年(八一二)至元和八年(八一三),下邽。城按:陳譜繫此詩於元和六年,非是。蓋詩云「如何過四十」,則知居易栽松時已年過四十歲。容齋續筆卷三:「白樂天栽松詩云:『小松未盈尺,……人生七十稀。』予治圃於鄉里,乾道己丑歲,正年四十七矣。自伯兄山居,手移穉松數十本,其高僅四五寸,植之雲壑石上,擁土以爲固,不能保其必活也。過二十年,蔚然成林,皆有干霄之勢。偶閲白集,感而書之。」

【校】〔數寸枝〕「枝」,馬本作「株」,非。據宋本、那波本、汪本、全詩、唐歌詩、盧校改。

病中友人相訪

卧久不記日,南窗昏復昏。蕭條草簷下,寒雀朝夕聞。强扶牀前杖,起向庭中行。偶逢故人至,便當一逢迎。移榻就斜日,披裘倚前楹。閑談勝服藥,稍覺有心情。

【箋】作於元和八年（八一三），四十二歲，下邽。

自覺二首

四十未爲老，憂傷早衰惡。前歲二毛生，今年一齒落。形骸日損耗，心事同蕭索。夜寢與朝餐，其間味亦薄。同歲崔舍人，容光方灼灼。始知年與貌，衰盛隨憂樂。畏老老轉迫，憂病病彌縛。不畏復不憂，是除老病藥。

朝哭心所愛，暮哭心所親。親愛零落盡，安用身獨存？幾許平生歡？無限骨肉恩。結爲腸間痛，聚作鼻頭辛。悲來四支緩，泣盡雙眸昏。所以年四十，心如七十人。我聞浮圖教，中有解脱門。置心爲止水，視身如浮雲。斗藪垢穢衣，度脱生死輪。胡爲戀此苦，不去猶逡巡？迴念發弘願，願此見在身。但受過去報，不結將來因。誓以智慧水，永洗煩惱塵。不將恩愛子，更種悲憂根。

【箋】作於元和六年（八一一），四十歲，下邽。見汪譜。

〔同歲崔舍人〕指崔羣。白氏七年元日對酒五首（卷三一）「同歲崔何在」句自注云：「余與吏部崔相公甲子同歲。」城按：崔羣元和五年五月五日加庫部郎中、知制誥，充翰林學士。見岑仲勉翰林學士壁記注補。白氏作此詩時，羣猶未正拜中書舍人，但唐人知制誥亦得稱舍人。

【校】

〔題〕第二首前宋本有「又」字，那波本有「又一首」三字。

〔老轉迫〕「迫」，馬本、汪本俱作「逼」，據宋本、那波本、全詩、盧校改。全詩注云：「一作『逼』。」

〔智慧〕宋本、那波本俱作「智惠」。

〔悲憂〕宋本、那波本俱作「憂悲」。

夜雨有念

以道治心氣，終歲得晏然。何乃戚戚意，忽來風雨天！既非慕榮顯，又不恤飢寒。胡爲悄不樂，抱膝殘燈前？形影暗相問，心默對以言。骨肉能幾人？各在天一端。吾兄寄宿州，吾弟客東川。南北五千里，我身在中間。欲去病未能，欲住心不安。有如波上舟，此縛而彼牽。自我向道來，于今六七年。錬成不二性，銷盡千萬緣。唯有恩愛火，往往猶熬煎。豈是藥無効？病多難盡蠲。

【箋】

作於元和九年（八一四），四十三歲，下邽。

〔吾兄寄宿州〕謂其兄白幼文仍居宿州符離家中。城按：貞元二十年春，居易始自洛陽移家故鄉下邽。據此詩則知仍有部分家人留居符離。故其元和十二年所作之與微之書（卷四五）云：「長兄去夏自徐州至，又有諸院孤小弟妹六七人提挈同來。」可證白幼文元和十一年始離徐州赴江州。符離原屬徐州，元和四年詔割符離、蘄縣及泗州之虹縣置宿州。見元和郡縣志卷九。

〔吾弟客東川〕謂白行簡元和九年五六月間赴劍南東川節度使盧坦幕。本卷別行簡詩云：「梓州二千里，劍門五六月。」

【校】

〔題〕宋本、那波本俱作「雨夜有念」。

〔悄不樂〕「悄」，馬本作「苦」，據宋本、那波本、汪本、全詩、盧校改。

〔暗相〕「暗」，全詩作「闇」，古字通。

〔千萬緣〕「千萬」，馬本倒作「萬千」，據宋本、那波本、汪本、全詩、盧校乙轉。

寄楊六 楊攝萬年縣尉，予爲贊善大夫。

青宮官冷静，赤縣事繁劇。一閑復一忙，動作經時隔。清觴久廢酌，白日頓虛擲。念此忽踟蹰，悄然心不適。豈無舊交結？久別或遷易。亦有新往還，相見多形迹。唯君於我分，堅久如金石。何況老大來？人情重姻戚。會稀歲月急，此事真可惜。幾迴開口笑，便到髭鬚白。公門苦鞅掌，晝日無閑隙。猶冀乘暝來，静言同一夕。

【箋】作於元和九年（八一四）冬，四十三歲，長安，太子左贊善大夫。見汪譜。

〔楊六〕楊汝士。字慕巢，虞卿從兄，居易妻兄。舊書卷一七六、新書卷一七五有傳。陳景雲韓集點勘誤爲楊嗣復。據此詩，汝士是時方官萬年縣尉。白氏楊六尚書新授東川節度使代妻戲賀兄嫂（卷三三）、寄楊六侍郎（卷三二）等詩均指汝士也。

〔形迹〕即形則，猶今所言「世故」，即「客氣」或「婉曲」之意。金華子雜編卷上：「杜晦辭……赴淮南之召，路經常州。李瞻給事方爲郡守，晦辭於祖席忽顧營妓朱娘言別，掩袂大哭。瞻曰：此風聲婦人，員外如要，但言之，何用形迹。」見敦煌變文字義通釋第四篇。

【校】

〔題〕此下那波本無小注。

〔赤縣事〕「事」，馬本誤作「有」，據宋本、那波本、汪本、全詩、盧校改正。

〔廢酌〕「廢」，馬本作「有」，據宋本、那波本、汪本、全詩、盧校改。

〔久别〕「别」，何校：「一作『則』。」

〔姻戚〕「姻」，馬本作「婚」，據宋本、那波本、汪本、全詩、盧校改。全詩注云：「一作『婚』。」

〔晝日〕「晝」，馬本、汪本俱作「盡」，據宋本、那波本、全詩、盧校改。汪本、全詩俱注云：「一作『晝』。」

送　春

三月三十日，春歸日復暮。惆悵問春風，明朝應不住。送春曲江上，眷眷東西顧。但見撲水花，紛紛不知數！人生似行客，兩足無停步。日日進前程，前程幾多路？兵刀與水火，盡可違之去。唯有老到來，人間無避處。感時良爲已，獨倚池南樹。今日送春心，心如别親故。

【箋】作於元和十年（八一五），四十四歲，長安，太子左贊善大夫。城按：全詩卷四六五楊衡亦有送春詩，與此詩内容雷同，疑爲全詩重誤。

〔曲江〕見卷一杏園中棗樹詩箋。

【校】

〔兵刀〕「刀」，英華作「刃」。

哭李三

去年渭水曲，秋時訪我來。今年常樂里，春日哭君迴。哭君仰問天，天意安在哉？若必奪其壽，何如不與才？落然身後事，妻病女嬰孩。

【箋】作於元和十年（八一五），四十四歲，長安，太子左贊善大夫。汪譜繫此詩於元和九年，非是。城按：李顧言卒於元和十年春間，其時居易尚在長安。翌年在江州作憶微之傷仲遠詩自注云：「李三仲遠，去年春喪。」又元集卷七續遺病詩作於元和十年微之赴通州後，詩云：「今年京城内，死者老少并。獨孤纔四十，仕宦方榮榮。李三三十九，登朝有清聲。」均可證汪譜之誤。

〔李三〕李顧言。見卷六村中留李三宿詩箋。

〔去年渭水曲二句〕元和九年秋，顧言至金氏村訪居易。白氏村中留李三宿詩云：「春明門前別，金氏陂中遇。村酒兩三盃，相留寒食暮。」

〔今年常樂里二句〕顧言居長安常樂里，元和十年春卒於此，故云。常樂里見卷五常樂里閑居偶題十六韻……詩箋。

别李十一後重寄　自此後江州路上作。

秋日正蕭條，驅車出蓬蓽。迴望青門道，目極心鬱鬱。豈獨戀鄉土？非關慕簪紱，所愴别李君，平生同道術。俱承金馬詔，聯秉諫臣筆。共上青雲梯，中途一相失。江湖我方往，朝庭君不出。蕙帶與華簪，相逢是何日？

【箋】

作於元和十年（八一五），四十四歲，長安至江州途中，江州司馬。何義門云：「江州諸詩，愈淡愈悲，昔讀殊不覺，特氣盛耳。今更尋諷，使我亦作惡矣。」

〔李十一〕李建。見卷五寄李十一建詩箋。城按：建出爲澧州刺史在元和十一年韋貫之罷相後，此時當爲京兆少尹。唐會要卷四一左降官及流人條：「長壽三年五月三日勅：貶降官並令於朝堂謝，仍容三五日裝束。」又：「天寶五載七月六日勅：應流貶之人，皆負譴罪，如聞在路多作逗留，郡縣阿容，許其停滯，自今以後，左降官量情狀稍重者，日馳十驛以上赴任。」故居易「左降詔下，明日而東」，啓程日，僅李建一人送行，楊虞卿自鄠縣趕來，追至滻水，與居易憫然而別。參見與楊虞卿書（卷四四）。

〔青門〕見卷一寄隱者詩箋。

【校】

〔題〕此下小注，馬本、汪本俱多「詩在」二字，盧校云：「『詩在』二字衍。」據宋本、那波本删。又小注那波本爲大字。全詩小注作「自此後詩江州路上作」。

初出藍田路作

停驂問前路，路在秋雲裹。蒼蒼縣南道，去途從此始。絶頂忽盤上，衆山皆下視。下視千萬峯，峯頭如浪起。朝經韓公坂，夕次藍橋水。潯陽僅四千，始行七十里。人煩馬蹄跙，勞苦已如此！

【箋】

作於元和十年（八一五），四十四歲，長安至江州途中，江州司馬。

〔藍田〕見卷九初與元九別後忽夢見之及寤而書適至兼寄桐花詩悵然感懷因以此寄詩箋。

〔韓公坂〕當在韓公堆驛附近。長安志卷十六藍田縣：「韓公堆驛在縣南三十五里。」白氏韓公堆寄元九詩（卷十五）云：「韓公堆北澗西頭，冷雨涼風拂面秋。」

〔藍橋水〕即藍溪水。見卷六遊藍田山卜居詩箋。

〔潯陽〕見卷一潯陽三題詩箋。

【校】

〔題〕英華作「初出藍田路」。

〔路在〕「在」，英華作「指」。全詩、汪本俱注云：「一作『指』。」

〔縣南道〕「道」，英華作「山」。汪本、全詩俱注云：「一作『山』。」

〔去途〕「去」，英華作「險」。汪本、全詩俱注云：「一作『險』。」

〔盤上〕英華、全詩俱作「上盤」。汪本注云：「一作『上盤』。」全詩注云：「一作『盤上』。」

〔僅四千〕「僅」，英華、全詩俱作「近」。全詩注云：「一作『僅』。」汪本注云：「一作『近』。」

〔馬蹄跙〕「跙」，英華作「阻」。

〔已如此〕「已」，英華作「又」。汪本、全詩俱注云：「一作『又』。」

仙娥峯下作

我爲東南行，始登商山道。商山無數峯，最愛仙娥好。參差樹若插，匼匝雲如抱。渴望寒玉泉，香聞紫芝草。青崖屏削碧，白石牀鋪縞。向無如此物，安足留四皓？感彼私自問，歸山何不早？可能塵土中，還隨衆人老！

【箋】

作於元和十年(八一五)，四十四歲，長安至江州途中，江州司馬。

〔仙娥峯〕在商州西十里。清統志商州：「西巖山在州西十里，山麓有西巖洞，甚深邃。其對峙者曰吸秀山，一名仙娥峯。」

〔商山〕見卷八登商山最高頂詩箋。

【校】

〔參差〕馬本誤倒作「差參」，據宋本、那波本、汪本、盧校乙轉。全詩注云：「一作『差參』。」亦非。

〔匼匝〕「匼」馬本注云：「遏合切。」

〔青崖〕「崖」，英華作「巖」。

微雨夜行

漠漠秋雲起，稍稍夜寒生。但覺衣裳濕，無點亦無聲。

【箋】作於元和十年（八一五），四十四歲，長安至江州途中，江州司馬。

【校】〔稍稍〕馬本作「悄悄」，據宋本、那波本、汪本、萬首、全詩、盧校改。汪本、全詩俱注云：「一作『悄悄』。」何校：「宋板作『稍』，蘭雪同。」

〔但覺〕「但」，萬首作「自」。全詩注云：「一作『自』。」

再到襄陽訪問舊居

昔到襄陽日，髯髯初有髭。今過襄陽日，髭鬢半成絲。舊遊都似夢，乍到忽如歸。東郭蓬蒿宅，荒涼今屬誰？故知多零落，閭井亦遷移。獨有秋江水，煙波似舊時。

【箋】作於元和十年（八一五），四十四歲，長安至江州途中，江州司馬。

〔襄陽〕見卷九遊襄陽懷孟浩然詩箋。

〔昔到襄陽日四句〕貞元七年，白季庚自衢州別駕移任襄州別駕，居易從父至任，時年方二十歲左右。

【校】

〔髯髯〕何校：「『髯髯』，疑有一字誤。」全詩注云：「一作『冉冉』。」

〔似夢〕「似」，馬本、汪本、全詩俱作「是」，據宋本、那波本改。汪本、全詩俱注云：「一作『似』。」

寄微之三首

江州望通州，天涯與地末。有山萬丈高，有江千里闊。間之以雲霧，飛鳥不可越。誰知千古險，爲我二人設。通州君初到，鬱鬱愁如結。江州我方去，迢迢行未歇。道路日乖隔，音信日斷絶。因風欲寄語，地遠聲不徹。生當復相逢，死當從此別。

君遊襄陽日，我在長安住。君今在通州，我過襄陽去。襄陽九里郭，樓雉連雲樹。顧此稍依依，是君舊遊處。蒼茫蒹葭水，中有潯陽路。此去更相思，江西少親故。

去國日已遠，喜逢物似人。如何含此意？江上坐思君。有如河嶽氣，相合方氛氳。狂風吹中絶，兩處成孤雲。風迴終有時，雲合豈無因？努力各自愛，窮通我爾身。

【箋】

作於元和十年（八一五），四十四歲，長安至江州途中，江州司馬。城按：元和十年正月，元稹自唐州從事召還，三月二十五日復出爲通州司馬。唐宋詩醇卷二一：「清空一氣如話，三首直如一首。反覆讀之，令人心惻惻，殊難爲懷。似古樂府，似蘇、李河梁詩，似杜甫夢李白二章，要自成爲香山之詩，惟其真也。詩文到真處，則千古流傳，不可磨滅也。」

【校】

〔題〕此詩第二首第三首前，宋本俱有「又」字，那波本俱有「又一首」三字。

〔通州〕何校：「宋板作『通川』，下同。」城按：何氏所見之宋本與紹興本異。

〔君今〕宋本、那波本、汪本、全詩、盧校俱作「今君」。

〔江西〕何校：「『西』疑作『南』。」

〔喜逢〕「喜」下汪本、全詩俱注云：「一作『稀』。」

〔爾身〕此下宋本、馬本俱注云：「『喜逢』一作『稀逢』。」何校：「黄校作『稀逢』。」

舟中雨夜

江雲暗悠悠，江風冷修修。夜雨滴船背，風浪打船頭。船中有病客，左降向江州。

【箋】作於元和十年（八一五），四十四歲，長安至江州途中，江州司馬。

【校】〔風浪〕「風」，宋本、那波本、汪本俱作「夜」。全詩注云：「一作『夜』。」

夜聞歌者 宿鄂州。

夜泊鸚鵡洲，秋江月澄澈。鄰船有歌者，發調堪愁絶。歌罷繼以泣，泣聲通復咽。尋聲見其人，有婦顔如雪。獨倚帆檣立，娉婷十七八。夜淚如真珠，雙雙墮明月。借問誰家婦？歌泣何凄切？一問一霑襟，低眉終不説。

【箋】作於元和十年（八一五），四十四歲，長安至江州途中，江州司馬。城按：容齋三筆卷六云：「白樂天琵琶行，蓋在潯陽江上爲商人婦所作。而商乃買茶於浮梁，婦對客奏曲，樂天移船，夜登其舟與飲，了無所忌。豈非以其長安故倡女不以爲嫌邪？集中又有一篇，題云『夜聞歌者』，時自京城謫潯陽，宿於鄂州，又在琵琶之前。其詞曰：……。」陳鴻長恨傳序云：「樂天深於詩，多於情者也。故所遇必寄之吟詠，非有意於漁色。然鄂州所見，亦一女子獨處，夫不在焉，瓜田李下之疑，唐人不譏也。今詩人罕談此章，聊復表出。」何義門云：「亦自謂耳，容齋之語真癡絶。」何氏之言，亦非無見。

〔鄂州〕隋江夏郡。武德四年改爲鄂州。天寶元年改爲江夏郡。乾元元年復爲鄂州。屬江南西道。見舊書卷四〇地理志。

〔鸚鵡洲〕元和郡縣志卷二七：「鸚鵡洲在（江夏）縣西南二里。」白氏盧侍御與崔評事爲予於黄鶴樓致宴宴罷同望詩（卷十五）云：「白花浪濺頭陀寺，紅葉林籠鸚鵡洲。」

【校】

〔題〕此下小注，英華無「宿」字。那波本無小注。

〔秋江月澄澈〕汪本注云：「一作『江月秋澄澈』。」「秋江月」，全詩作「江月秋」，注云：「一作『秋江月』。」

〔如真珠〕「如」，宋本、那波本、汪本俱作「似」。

〔霑襟〕「襟」，英華作「巾」。汪本、全詩俱注云：「一作『巾』。」

〔終不説〕「終」，英華作「竟」。汪本、全詩俱注云：「一作『竟』。」

江樓聞砧 江州作。

江人授衣晚，十月始聞砧。一夕高樓月，萬里故園心。

【箋】

作於元和十年（八一五），四十四歲，江州，江州司馬。

【校】

〔題〕那波本此下無小注。

〔江人〕查校謂「人」當作「城」。

宿東林寺

經窗燈焰短，僧爐火氣深。索落廬山夜，風雪宿東林。

【箋】

作於元和十一年（八一六），四十五歲，江州，江州司馬。

〔東林寺〕見卷一潯陽三題詩箋。

憶洛下故園　時淮、汝寇戎未滅。

潯陽遷謫地，洛陽離亂年。烟塵三川上，炎瘴九江邊。鄉心坐如此，秋風仍颯然。

【箋】

作於元和十一年（八一六），四十五歲，江州，江州司馬。

〔淮汝寇〕指淮西吳元濟之叛。見卷七春遊二林寺箋。

【校】

〔題〕那波本此下無小注。

贈別崔五

朝送南去客，暮迎北來賓。孰云當大路？少遇心所親。勞者念息肩，熱者思濯身。何如愁獨日，忽見平生人。平生已不淺，是日重殷勤。問從何處來？及此江亭春。江天春多陰，夜月隔重雲。移樽樹間飲，燈照花紛紛。一會不易得，餘事何足云。明旦又分手，今夕且歡忻。

【箋】

作於元和十一年（八一六），四十五歲，江州，江州司馬。

【校】

〔愁獨〕馬本作「獨愁」，據宋本、那波本、汪本、全詩改。全詩注云：「一作『獨愁』。」

〔春多陰〕「陰」，馬本作「雲」，非。據宋本、那波本、汪本、全詩、盧校改正。

〔隔重雲〕「雲」，馬本作「陰」，非。據宋本、那波本、汪本、全詩、盧校改正。

〔移樽〕何校：「『移』作『攜』。」「樽」，汪本、全詩俱作「尊」，乃樽之本字。

〔明旦〕「旦」，那波本作「朝」。

春晚寄微之

三月江水闊，悠悠桃花波。年芳與心事，此地共蹉跎。南國方譴謫，中原正兵戈。眼前故人少，頭上白髮多。通州更迢遞，春盡復如何？

【箋】

作於元和十一年（八一六），四十五歲，江州，江州司馬。

〔微之〕元稹。見卷一贈元稹詩箋。

【校】

〔共蹉跎〕「共」，馬本作「兩」，據宋本、那波本、汪本、全詩、盧校改。

漸老

今朝復明日，不覺年齒暮。白髮逐梳落，朱顏辭鏡去。當春頗愁寂，對酒寡歡趣。遇境多愴辛，逢人益敦故。形質屬天地，推遷從不住。所怪少年心，銷磨落何處？

【箋】

作於元和十一年（八一六），四十五歲，江州，江州司馬。

【校】

〔益敦故〕那波作「少舊故」。

送幼史

淮右寇未散，江西歲再徂。故里干戈地，行人風雪途。此時與爾别，江畔立踟躕。

【箋】作於元和十一年（八一六），四十五歲，江州，江州司馬。

〔淮右寇未散〕指元和十年蔡州吴元濟之亂事。元濟爲彰義軍節度使吴少陽長子，少陽死，元濟起兵叛。元和十二年十月爲裴度、李愬所平定。見舊書卷一四五吴元濟傳及通鑑唐紀五十六。

夜雪

已訝衾枕冷，復見窗户明。夜深知雪重，時聞折竹聲。

【箋】作於元和十一年（八一六），四十五歲，江州，江州司馬。

寄行簡

鬱鬱眉多斂，默默口寡言。豈是願如此，舉目誰與歡！去春爾西征，從事巴蜀間。今春我南謫，抱疾江海壖。相去六千里，地絶天邈然。十書九不達，何以開憂顏？渴人多夢飲，饑人多夢餐。春來夢何處？合眼到東川。

【箋】作於元和十一年（八一六），四十五歲，江州，江州司馬。城按：白行簡於元和九年春赴東川盧坦幕，見本卷白氏別行簡詩箋。居易元和十年八月貶江州。而此詩云：「去春爾西征，從事巴蜀間。今春我南謫，抱疾江海壖。」時間所叙不合，疑「去春」二字乃「前春」之誤。

〔行簡〕見卷七對酒示行簡詩箋。

【校】〔海壖〕「壖」下馬本注云：「而緣切。」

首夏

孟夏百物滋，動植一時好。麋鹿樂深林，蟲蛇喜豐草。翔禽愛密葉，游鱗悦新藻。天和遺漏處，而我獨枯槁。一身在天末，骨肉皆遠道。舊國無來人，寇戎塵浩浩。沉憂竟何益？祇自勞懷抱。不如放身心，冥然任天造。潯陽多美酒，可使杯不燥。湓魚賤如泥，烹炙無昏早。朝飯山下寺，暮醉湖中島。何必歸故鄉？兹焉可終老。

【箋】

作於元和十二年（八一七），四十六歲，江州，江州司馬。

〔潯陽多美酒八句〕白氏與微之書（卷四五）云：「江州風候稍涼，地少瘴癘，乃至蛇虺蚊蚋，雖有甚稀。湓魚頗肥，江酒極美，其餘食物多類北地。僕門内之口雖不少，司馬之俸雖不多，量入儉用，亦可自給，身衣口食，且免求人。此二泰也。」

【校】

〔沉憂〕馬本誤倒作「憂沉」，據宋本、那波本、汪本、全詩、盧校乙轉。

孟夏思渭村舊居寄舍弟

嘖嘖雀引雛，梢梢笋成竹。時物感人情，憶我故鄉曲。故園渭水上，十載事樵牧。手種榆柳成，陰陰覆牆屋。兔隱豆苗大，鳥鳴桑椹熟。前年當此時，與爾同遊矚。詩書課弟姪，農圃資僮僕。日暮麥登場，天晴蠶拆簇。弄泉南澗坐，待月東亭宿。興發飲數杯，悶來棋一局。一朝忽分散，萬里仍羈束。井鮒思返泉，籠鶯悔出谷。九江地卑濕，四月天炎燠。苦雨初入梅，瘴雲稍含毒。泥秧水畦稻，灰種畲田粟。已訝殊歲時，仍嗟異風俗。閑登郡樓望，日落江山綠。歸雁拂鄉心，平湖斷人目。殊方我漂泊，舊里君幽獨。何時同一瓢？飲水心亦足。

【箋】

作於元和十二年（八一七），四十六歲，江州，江州司馬。城按：唐宋詩醇卷二一：「村居之樂，寫來神往。歸雁平湖，風景亦自不惡，而煙波江上之愁，已盡此十字中，足抵一篇登樓賦。」

〔渭村舊居〕居易故鄉下邽金氏村（俗名紫蘭村）舊居，在渭水北岸，門當蔡渡。白氏重到渭上舊居詩（卷九）云：「舊居清渭曲，開門當蔡渡。」

〔舍弟〕白行簡。見卷九別舍弟後月夜詩箋。時行簡在東川節度使盧坦幕中。

【校】

〔梢梢〕那波本、馬本、汪本、全詩俱訛作「稍稍」，據宋本改正。

〔豆苗大〕「大」，馬本、全詩俱作「肥」。據宋本、那波本、盧校改。全詩注云：「一作『大』。」

〔鳥鳴〕「鳥」，汪本注云：「一作『犬』。」

〔棋一局〕「局」，宋本訛作「肩」。

早蟬

六月初七日，江頭蟬始鳴。石楠深葉裏，薄暮兩三聲。一催衰鬢色，再動故園情。西風殊未起，秋思先秋生。憶昔在東掖，宮槐花下聽。今朝無限思，雲樹遶湓城。

【箋】作於元和十二年（八一七），四十六歲，江州，江州司馬。

〔湓城〕即江州潯陽縣。見卷七登香鑪峯頂詩箋。

【校】〔再動〕「動」，馬本訛作「改」，據宋本、那波本、汪本、全詩、盧校改正。

感情

中庭曬服玩，忽見故鄉履。昔贈我者誰？東鄰嬋娟子。因思贈時語，特用結終始。永願如履綦，雙行復雙止。自吾謫江郡，漂蕩三千里。爲感長情人，提攜同到此。今朝一惆悵，反覆看未已。人隻履猶雙，何曾得相似？可嗟復可惜，錦表繡爲裏。況經梅雨來，色黯花草死。

【箋】

作於元和十二年（八一七），四十六歲，江州，江州司馬。

【校】

〔矖服玩〕「矖」，宋本、那波本、汪本俱作「曒」。城按：「曒」即「矖」之異體字。白氏如夢令（全詩卷八九〇）云：「頻日雅歡幽會，打得來來越曒。」越曒，即打得火熱之意。

〔江郡〕汪本訛作「江都」。

南湖晚秋

八月白露降，湖中水芳老。旦夕秋風多，衰荷半傾倒。手攀青楓樹，足蹋黄蘆草。慘淡老容顔，零落秋懷抱。有兄在淮楚，有弟在蜀道。萬里何時來？烟波白浩浩。

【箋】

作於元和十二年（八一七），四十六歲，江州，江州司馬。

〔南湖〕即彭蠡湖。在江州東南。太平寰宇記卷一一一江州：「彭蠡湖在（德化）縣東南，與都昌縣分界。」湛方生帆入南湖詩：「彭蠡紀三江，廬嶽主衆阜。」白氏過李生詩（卷七）：「蘋小蒲葉短，南湖春水生。」又有南湖早春詩（卷十七），均指彭蠡湖。

【校】

〔水芳老〕「芳」，馬本、全詩俱訛作「方」，據宋本、那波本、汪本、盧校改正。全詩注云：「一作『芳』。」亦非。

〔零落〕「零」，宋本、那波本、全詩、盧校俱作「冷」。汪本注云：「一作『冷』。」全詩注云：「一作『零』。」

郡廳有樹晚榮早凋人不識名因題其上

潯陽郡廳後，有樹不知名。秋先梧桐落，春後桃李榮。五月始萌動，八月已凋零。左右皆松桂，四時鬱青青。豈量雨露恩，霑濡不均平。榮枯各有分，天地本無情。顧我亦相類，早衰向晚成。形骸少多病，三十不豐盈。毛鬢早改變，四十白髭生。誰教兩蕭索？相對此江城。

【箋】作於元和十二年（八一七），四十六歲，江州，江州司馬。

〔潯陽郡〕見卷一潯陽三題詩箋。

【校】

〔萌動〕「萌」，馬本訛作「榮」，據宋本、那波本、汪本、全詩、盧校改正。

〔顧我〕「顧」，馬本作「而」，據宋本、那波本、汪本、全詩、盧校改。

〔亦相〕那波本作「本相」。

感秋懷微之

葉下湖又波，秋風此時至。誰知濩落心，先納蕭條氣。推移感流歲，漂泊思同志。昔爲烟霄侣，今作泥塗吏。白鷗毛羽弱，青鳳文章異。各閉一籠中，歲晚同顦顇。

【箋】作於元和十二年（八一七），四十六歲，江州，江州司馬。

〔微之〕元稹。見卷一贈元稹詩箋。

【校】

〔又波〕「又」，馬本作「有」，非。據宋本、那波本、汪本、全詩改正。

〔濩落〕「濩」，馬本訛作「獲」，據宋本、那波本、汪本、全詩、查校、盧校改正。

〔推移〕「移」，那波本作「遷」。何校：「『移』，黄校作『遷』。」

〔烟霄〕「霄」，馬本作「霞」，誤。據宋本、那波本、汪本、全詩、盧校改正。全詩注云：「一作『霞』。」亦非。

〔各閉〕「閉」，汪本作「閑」，注云：「一作『閉』。」全詩注云：「一作『閑』。」

因沐感髮寄朗上人二首

年長身轉慵，百事無所欲。乃至頭上髮，經年方一沐。沐稀髮苦落，一沐仍半禿。短鬢經霜蓬，老面辭春木。强年過猶近，衰相來何速？應是煩惱多，心焦血不足。

漸少不滿把，漸短不盈尺。況兹短少中，日夜落復白。既無神仙術，何除老死籍？祇有解脱門，能度衰苦厄。掩鏡望東寺，降心謝禪客。衰白何足言？剃落猶不惜。

【箋】

作於元和十二年（八一七），四十六歲，江州，江州司馬。

〔朗上人〕東林寺僧。白氏春憶二林寺舊遊因寄朗滿晦三上人詩（卷十九）云：「一別東林三度春，每春常似憶情親。」又草堂記（卷四三）：「四月九日，與河南元集虛、范陽張允中、南陽張深之、東西二林長老湊朗滿晦堅等凡二十有二人，具齋施茶果以落之，因爲草堂記。」

〔東寺〕東林寺。

【校】

〔題〕此詩第二首前，宋本有「又」字，那波本有「又一首」三字。

〔百事〕「事」，宋本、那波本俱作「年」。汪本、全詩俱注云：「一作『年』。」

早蟬

月出先照山，風生先動水。亦如早蟬聲，先入閑人耳。一聞愁意結，再聽鄉心起。渭上新蟬聲，先聽渾相似。衡門有誰聽？日暮槐花裏。

【箋】

作於元和十三年（八一八），四十七歲，江州，江州司馬。

〔渭上〕居易故鄉下邽金氏村舊居，在渭水北岸。

【校】

〔新蟬〕「新」，宋本、那波本、盧校俱作「村」。汪本、全詩俱注云：「一作『村』。」

苦熱喜涼

經時苦炎暑，心體但煩倦。白日一何長？清秋不可見。歲功成者去，天數極則變。潛知寒燠間，遷次如乘傳。火雲忽朝斂，金風俄夕扇。枕簟遂清涼，筋骸稍輕健。因思望月侶，好卜迎秋宴。竟夜無客來，引杯還自勸。

【箋】

作於元和十三年（八一八），四十七歲，江州，江州司馬。

【校】

〔炎暑〕「暑」，馬本、汪本俱作「熱」，非。據宋本、那波本、盧校改。汪本注云：「一作『暑』。」全詩注云：「一作『熱』。」亦非。

〔枕簟〕馬本誤倒作「簟枕」，據宋本、那波本、汪本、全詩改正。

〔輕健〕「輕」，馬本作「康」，非。據宋本、那波本、汪本、全詩、盧校改正。

早秋晚望兼呈韋侍御

九派繞孤城，城高生遠思。人煙半在船，野水多於地。穿霞日脚直，驅雁風頭利。去國來幾時？江上秋三至。夫君亦淪落，此地同飄寄。憫默向隅心，摧頽觸籠翅。且謀眼前計，莫問胸中事。潯陽酒甚濃，相勸時時醉。

【箋】

作於元和十三年（八一八），四十七歲，江州，江州司馬。

〔韋侍御〕名未詳。白氏有清明日送韋侍御貶虔州（卷十七），山中戲問韋侍御（卷十七），與此詩俱作於江州，則詩中所指之韋侍御，當同爲一人。

〔潯陽酒甚濃二句〕本卷白氏首夏詩云：「潯陽多美酒，可使杯不燥。湓魚賤如泥，烹炙無昏早。朝飯山下寺，暮醉湖中島。」

【校】

〔題〕那波本作「早秋晚望兼呈韋侍」，「侍」下脱「御」字。馬本、全詩作「韋侍郎」，俱誤。城按：據白氏另二首贈韋侍御詩（詳前箋），則當作「韋侍御」，從宋本改正。又全詩注云：「一作『御』。」亦非。

〔惘默〕「默」，馬本作「然」，非。據宋本、那波本、汪本、全詩改正。

〔潯陽〕宋本、馬本俱作「尋陽」，據那波本、汪本、全詩改。城按：晉置尋陽郡，隋改爲九江郡，唐改爲潯陽郡。

司馬宅

雨徑緑蕪合，霜園紅葉多。蕭條司馬宅，門巷無人過。唯對大江水，秋風朝夕波。

【箋】

作於元和十三年（八一八），四十七歲，江州，江州司馬。城按：唐宋詩醇卷二一云：「瀕江冷署，如在目前。」

〔司馬宅〕光緒江西通志卷二一八署宅五：「白司馬故宅：宋祥符三年十二月癸卯，令江州修白居易舊第，以廬山有居易草堂，江州有故宅，畫像猶存，故命葺之。」

司馬廳獨宿

荒涼滿庭草，偃亞侵簷竹。府吏下廳簾，家僮開被幞。數聲城上漏，一點窗前燭。官曹冷似冰，誰肯來同宿？

【箋】

作於元和十三年（八一八），四十七歲，江州，江州司馬。白氏有江州司馬廳記（卷四三）。

【校】

〔窗前〕「前」，宋本、那波本、汪本、全詩、盧校俱作「間」。全詩注云：「一作『前』。」

夢與李七庾三十二同訪元九

夜夢歸長安，見我故親友。損之在我左，順之在我右。云是二月天，春風出攜手。同過靖安里，下馬尋元九。元九正獨坐，見我笑開口。還指西院花，仍開北亭酒。如言各有故，似惜歡難久。神合俄頃間，神離欠伸後。覺來疑在側，求索無所有。殘燈影閃牆，斜月光穿牖。天明西北望，萬里君知否？老去無見期，踟躕搔白首！

【箋】

作於元和十三年（八一八），四十七歲，江州，江州司馬。

〔李七〕李宗閔。字損之。舊書卷一七六、新書卷一七四有傳。白氏廬山草堂夜雨獨宿寄牛二李七庾三十二員外（卷十七）、京使迴累得南省諸公書因以長句詩寄謝……李七……員外（卷十八）兩詩中之「李七」，亦指宗閔。

〔庾三十二〕庾敬休。字順之。舊書卷一八七下、新書卷一六一有傳。城按：白氏詩涉及庾三十二者極夥，如東南行一百韻寄……庾三十二補闕……（卷十六）、三月三日登庾樓寄庾三十二（卷十六）、廬山草堂夜雨獨宿寄牛二李七庾三十二員外（卷十七）等詩，京使迴……（卷十八）一詩亦稱「庾三十二」，唯此篇與潯陽歲晚寄元八郎中庾三十三員外（卷十七）及元稹酬樂天東南行詩注作「庾三十三」，岑仲勉唐人行第録謂「三十三」係「三十二」之訛，其説良是。花房英樹據天海校本白集東南行一百韻原注「庾三十三神貌迂徐，當時亦目爲蔫庾」，謂「三十二」係「三十三」之誤，論據似亦不足。

〔元九〕元稹。見卷一酬元九對新栽竹有懷見寄詩箋。

〔靖安里〕即靖安坊。在長安朱雀門街東第二街。元稹居此，其答姨兄胡靈之詩注云：「予宅在靖安北街。」白氏有靖安北街贈李二十詩（卷十五）。

【校】

〔庾三十二〕各本俱作「庾三十三」，非。見前箋。

〔俄頃〕「頃」，馬本訛作「傾」，據宋本、那波本、汪本、盧校、全詩改正。

秋　槿

風露颯已冷，天色亦黄昏。中庭有槿花，榮落同一晨。秋開已寂寞，夕殞何紛紛！正憐少顔色，復歎不逡巡。感此因念彼，懷哉聊一陳。男兒老富貴，女子晚婚姻。頭白始得志，色衰方事人。後時不獲已，安得如青春！

【箋】作於元和十三年(八一八)，四十七歲，江州，江州司馬。

【校】〔復歎〕「復」，宋本、那波本、何校俱作「後」。

答元郎中楊員外喜烏見寄 四十四字成。

南宫鴛鴦地，何忽烏來止？故人錦帳郎，聞烏笑相視。疑烏報消息，望我歸鄉里。我歸應待烏頭白，慚愧元郎誤歡喜！

【箋】

作於元和十三年（八一八），四十七歲，江州，江州司馬。

〔元郎中〕元宗簡。白氏故京兆元少尹文集序（卷六八）：「居敬姓元，名宗簡，河南人。自舉進士，歷御史府尚書郎訖京尹亞尹，凡二十年。」又見潯陽歲晚寄元八郎中庾三十二員外（卷十七）、晝木蓮花圖寄元郎中（卷十八）、吟元郎中白鬚詩兼飲雪水茶因題壁上（卷十九）、酬元郎中同制加朝散大夫書懷見贈（卷十九）、新昌新居書事四十韻因寄元郎中張博士（卷十九）等詩。

〔楊員外〕楊巨源。據白氏聞楊十二新拜省郎遥以詩賀（卷十七）、京使迴……（卷十八）諸詩及唐才子傳，知元和十三年官虞部員外郎。全詩卷三三三載有巨源寄江州白司馬詩。并參見卷十七聞楊十二新拜省郎遥以詩賀詩箋。

〔聞烏笑相視二句〕拜烏迷信，乃唐人之風俗。元集卷九聽庾及之彈烏夜啼引詩（城按：此詩程大昌演繁露引作「卷十三」，可見宋時程氏所見元集卷帙與今本次第不同）云：「四五年前作拾遺，諫書不密丞相知。謫官詔下吏驅遣，身作囚拘妻在遠。歸來相見淚如珠，唯説閑宵長拜烏。君來到舍是烏力，妝點烏盤邀女巫。今君爲我千萬彈，烏啼啄啄淚瀾瀾。感君此曲有深意，昨日烏啼桐葉墜。當時爲我賽烏人，死葬咸陽原上地。」演繁露卷六云：「案稹此詩，即是其妻爲稹賽烏而得還家者，則唐人祀賽烏鬼有自來矣。」城按：國史補卷上：「裴中令爲江陵節度使，使軍將譚弘受、王稹往嶺南充使，向至桂林館，爲羣烏所噪，王稹以石擊之，烏中腦而墜死于竹林中。其同行譚弘受忽病頭痛不可前，令王積先行去，戒迤邐相待，或先報我家，令人相接。尋裴中令夢譚弘受言：『在道爲王積所殺，掠其錢物，兩日内王積合到，乞令公治之。』王積至，遂付推司，箠楚伏法。旬日弘受到，知擊烏之事，乃是烏鬼報讎也。」其事雖荒誕無稽，然可以覘知當時信烏能神之迷信風尚。

〔疑烏報消息〕何義門云：「聞烏誤喜。」

【校】

〔題〕那波本無此下小注。

〔元郎誤歡喜〕何校：「『元郎』當作『元楊』，因題『元郎中』而訛也。」

白居易集箋校卷第十一

感傷三　古體五言　凡五十三首

初入峽有感

上有萬仞山，下有千丈水。蒼蒼兩崖間，闊狹容一葦。瞿唐呀直瀉，灩澦屹中峙。未夜黑巖昏，無風白浪起。大石如刀劍，小石如牙齒。一步不可行，況千三百里。自峽州至忠州，灘險相繼，凡一千三百里。苒蒻竹篾篸音念，欹危檝師趾。一跌無完舟，吾生繫於此。常聞仗忠信，蠻貊可行矣。自古漂沈人，豈盡非君子？況吾時與命，蹇舛不足恃。常恐不才身，復作無名死。

【箋】

作於元和十四年（八一九），四十八歲，江州至忠州途中，忠州刺史。見汪譜。何義門云：「此後詩忠州路上作。」

〔瞿唐〕瞿唐峽。太平寰宇記卷一四八夔州：「瞿塘峽在州東一里，大西陵峽也。連崖千丈，犇流電激，舟人爲之恐懼。」方輿勝覽卷五七夔州：「瞿唐峽在州東一里，舊名西陵峽。」清統志夔州府一：「瞿唐峽在奉節縣東十三里，即廣溪峽也。水經注：江水東逕廣溪峽，乃三峽之首。……明統志：瞿唐乃三峽之門，兩岸對峙，中貫一江，灩澦堆當其口。」白氏夜入瞿唐峽（卷十八）云：「瞿唐天下險，夜上信難哉。」

〔灩澦〕灩澦堆。太平寰宇記卷一四八夔州：「灩澦堆周迴二十丈，在州西南二百步蜀江中心，瞿唐峽口。」方輿勝覽卷五七夔州：「灩澦堆在州西南瞿唐峽口，蜀江之心。」清統志夔州府一：「灩澦堆在奉節縣西南瞿唐峽口。」白氏夜入瞿唐峽（卷十八）：「欲識愁多少，高於灩澦堆。」

〔苒蒻竹篾篸〕演繁露卷九：「白樂天集十一入峽詩曰：『苒蒻竹篾篸，欹危檝師趾。』篸即百丈也。」

〔常聞仗忠信二句〕何義門云：「唐介『平生仗忠信，今日任風波』，本此。」

【校】

〔古體〕「體」下馬本有「詞」字，據各本删。

〔千丈〕「千」，馬本訛作「十」，據宋本、那波本、汪本、全詩改正。

〔呀直瀉〕「呀」，馬本注云：「牛加切。」

〔三百里〕「里」下小注，「灘」字馬本作「艱」，非。據宋本、汪本、全詩改正。

〔苒蒻〕「蒻」下馬本注云：「如灼切。」

〔仗忠信〕何校：「宋刻缺『忠』字，蘭雪有之，無可疑者。」城按：紹興本有「忠」字，何校所據係另一宋本。

〔漂沈〕「沈」，馬本作「流」，據宋本、那波本、汪本、全詩改。全詩注云：「一作『流』。」

過昭君村　村在歸州東北四十里。

靈珠産無種，彩雲出無根。亦如彼姝子，生此遐陋村。至麗物難掩，遽選入君門。獨美衆所嫉，終棄於塞垣。唯此希代色，豈無一顧恩。事排勢須去，不得由至尊。白黑既可變，丹青何足論！竟埋代北骨，不返巴東魂。慘澹晚雲水，依稀舊鄉園。妍姿化已久，但有村名存。村中有遺老，指點爲我言。不取往者戒，恐貽來者冤。至今村女面，燒灼成瘢痕。

【箋】

作於元和十四年（八一九），四十八歲，江州至忠州途中，忠州刺史。

〔昭君村〕輿地紀勝卷七四歸州：「昭君村在州東四十里。」明統志卷六二荆州府：「昭君村在歸州東北四十里。」清統志宜昌府：「昭君村在興山縣南，有昭君院，開寶元年，移興山治於此。又有昭君臺。寰宇記：漢王嬙即此邑之人，故曰昭君之縣，村連巫峽，是此地。」白氏題峽中石上詩（卷十七）云：「巫女廟花紅似粉，昭君村柳翠於眉。」

〔至今村女面二句〕曾慥類説卷二引逸士傳云：「昭君村至今生女必炙（城按：炙，鈔本旁改爲灸字，非）其面。白樂天詩云：『至今村女面，燒灼成瘢痕。』」詩話總龜後集卷四一下歌詠門云：「韓子蒼題昭君圖詩：『寄語雙髮（鬟）負薪女，灸面謹勿輕離家。』余考唐逸士傳云：昭君村至今生女必灸其面。白樂天詩：『至今村女面，燒灼成瘢痕。』乃知灸面之事樂天已先道之也。」

【校】

〔於塞垣〕「於」，馬本訛作「如」，據宋本、那波本、汪本、盧校改正。全詩作「出」，注云「一作『於』」。

〔事排〕何校：「『事』疑作『争』。」

〔代北〕「代」，宋本、那波本俱訛作「岱」。

自江州至忠州

前在潯陽日，已歎賓朋寡。忽忽抱憂懷，出門無處寫。今來轉深僻，窮峽巔山下。五月斷行舟，灩堆正如馬。巴人類猿狖，矍鑠滿山野。敢望見交親，喜逢似人者。

【箋】

作於元和十四年（八一九），四十八歲，江州至忠州途中，忠州刺史。

〔江州〕見卷六江州雪詩箋。

〔忠州〕唐屬山南東道。通典卷一七五州郡五：「忠州，秦、二漢之巴郡地；晉、宋皆因之。梁置臨江郡。後周兼置臨州。隋初郡發。煬帝初州廢，併其地入巴東郡。大唐置忠州，或爲南賓郡。」參見白氏初到忠州登東樓寄萬州楊八使君（本卷）、除忠州寄謝崔相公（卷十七）、江州赴忠州至江陵已來舟中示舍弟五十韻（卷十七）、初到忠州贈李六（卷十八）、發白狗峽次黄牛峽登高寺却望忠州（卷十八）、中書夜直夢忠州（卷十九）等詩。

〔潯陽〕見卷一潯陽三題詩箋。

〔灩堆正如馬〕范成大吴船録卷下：「丁巳，水長未已。辰巳時遂決解維，至瞿唐口，水平如席，獨灩澦之頂猶渦紋瀺灂，舟拂其上以過，摇艫者汗手死心，皆面無人色。……每一舟入峽數里，後舟方敢續發，水勢怒急，恐猝相遇，不可解拆也。帥司遣卒執旗，次第立山之上下，一舟平安，則簸旗以招後船。舊圖云：灩澦大如襆，瞿唐不可觸。灩澦大如馬，瞿唐不可下。此俗傳灩澦大如象，瞿唐不可上。蓋非是也。後人立石辯之甚詳。」猗覺寮雜記卷上：「蜀人云：灩澦如馬，瞿唐莫下。灩澦如象，瞿唐莫上。杜云：『如馬戒車航。』白樂天云：『五月斷行舟，灩澦正如馬。』」

【校】

〔猿狖〕「狖」下馬本注云：「尤救切。」

〔矍鑠〕「鑠」，宋本、那波本俱作「爍」。城按：「鑠」、「爍」字通。

初到忠州登東樓寄萬州楊八使君

山東邑居窄，峽牽氣候偏。林巒少平地，霧雨多陰天。隱隱煮鹽火，漠漠燒畬煙。賴此東樓夕，風月時翛然。憑軒望所思，目斷心涓涓。背春有去雁，上水無來船。我懷巴東守，本是關西賢。平生已不淺，流落重相憐。水梗漂萬里，籠禽囚五年。新恩同雨露，遠郡鄰山川。書信雖往復，封疆徒接連。其如美人面，欲見杳無緣。

【箋】作於元和十四年（八一九），四十八歲，忠州，忠州刺史。見汪譜。

〔忠州〕見前一首自江州至忠州詩箋。

〔東樓〕在忠州城東。清統志忠州：「又城東有東樓，西有西樓。白居易皆有詩。」白氏又有東樓（卷十一）、東樓醉（卷十八）、東樓招客夜飲（卷十八）、題東樓前李使君所種櫻桃花（卷十八）諸詩，均係在忠州作。

〔萬州〕萬州南浦郡，唐屬山南東道，武德二年置。見新書卷四〇地理志。

〔楊八使君〕萬州刺史楊歸厚。花房英樹白氏文集の批判的研究中之「楊萬州」及「楊使君」均誤作「楊虞卿」。城按：白氏以元和十三年十二月二十日自江州司馬授忠州刺史，元和十五年夏召爲司門員外郎，此時期内，酬楊萬州之詩甚夥。如題郡中荔枝詩十八韻兼寄萬州楊八使君（卷十八）、和萬州楊使君四絶句（卷十八）、送高侍御使迴因寄楊八（卷十八）、答楊使君登樓見憶（卷十八）、寄胡餅與楊萬州（卷十八）、寄題楊萬州四望樓（卷十八）等詩中之「楊八」、「楊使君」、「楊萬州」均指歸厚，而非楊虞卿。蓋楊虞卿在元和末、長慶初任職京曹，固未出長州郡，至大和七年始出爲常州刺史。見舊書卷一七六本傳及咸淳毗陵志卷七。楊歸厚，元和七年十二月，自拾遺貶國子主簿分司，歷典萬、唐、壽、鄭、虢五州，大和六年卒於虢州任上。劉禹錫禁中寄楊八壽州、寄楊虢州與之舊姻、寄楊八拾遺、寄唐州楊八歸厚、祭虢州楊庶子文諸作，柳宗元奉酬楊侍郎因送八叔拾遺戲贈詔追南來諸賓詩，均指歸厚也。白氏又有楊歸厚授唐州刺史制（卷五〇）云：「以歸厚文行器能，辱在巴峽，勵精爲理，績茂課高，區區萬州，豈盡所用。」則知歸厚任唐州在萬州之後。又按：劉集外十祭虢州楊庶子文云：「與君交歡，已過三紀。維私之愛，與衆無比。乃命長嗣，爲君半子。誰無外姻，君實知己。」則歸厚不僅與禹錫同爲僚婿，且爲禹錫長子咸允之妻父也。

【校】

〔畬煙〕「畬」下馬本注云：「牛居切。」

〔時倏然〕「時」，馬本作「得」，非。據宋本、那波本、汪本、全詩、盧校改正。

〔本是〕「本」，馬本作「乃」，非。據宋本、那波本、汪本、全詩、盧校改正。

郡中

鄉路音信斷，山城日月遲。欲知州近遠，階前摘荔枝。

【箋】

作於元和十四年（八一九），四十八歲，忠州，忠州刺史。

【校】

〔題〕萬首作「忠州郡中」。

西樓夜

悄悄復悄悄，城隅隱林杪。山郭燈火稀，峽天星漢少。年光東流水，生計南枝鳥。月没江沈沈，西樓殊未曉。

【箋】

作於元和十四年(八一九)，四十八歲，忠州，忠州刺史。

〔西樓〕在忠州城西。見本卷初到忠州登東樓寄萬州楊八使君詩箋。

【校】

〔題〕英華作「西樓月」。全詩「夜」下注云：「一作『月』。」

〔江沈沈〕「江」，馬本作「光」，非。據宋本、那波本、汪本、全詩、盧校改。全詩注云：「一作『光』。」

東樓曉

脈脈復脈脈，東樓無宿客。城暗雲霧多，峽深田地窄。宵燈尚留焰，晨禽初展翮。欲知山高低，不見東方白。

【箋】作於元和十四年（八一九），四十八歲，忠州，忠州刺史。〔東樓〕見本卷初到忠州登東樓寄萬州楊八使君詩箋。

寄王質夫

憶始識君時，愛君世緣薄。我亦吏王畿，不爲名利著。春尋仙遊洞，秋上雲居閣。樓觀水潺潺，龍潭花漠漠。吟詩石上坐，引酒泉邊酌。因話出處心，心期老巖壑。忽從風雨别，遂被簪纓縛。君作出山雲，我爲入籠鶴。籠深鶴憔悴，山遠雲飄泊。去處雖不同，同負平生約。今來各何在？老去隨所託。我守巴南城，君佐征西幕。年顔漸衰颯，生計仍蕭索。方含去國愁，且羨從軍樂。舊遊疑是夢，往事思如昨。相憶春又深，故山花正落。

【箋】作於元和十四年（八一九），四十八歲，忠州，忠州刺史。見汪譜。唐宋詩醇卷二一：「前後叙交情，中間忽作比體，格調頗近建安。一結有風致。」

〔王質夫〕見卷五招王質夫詩箋。并參見祇役駱口因與王質夫同遊秋山偶題三韻（卷五）、翰林院中感秋懷王質夫（卷九）諸詩。據此詩知質夫是年在征西幕中。

〔仙遊洞〕在盩厔城南仙遊山。王質夫隱居於仙遊山薔薇澗，見白氏和王十八薔薇澗花時有懷蕭侍御兼見贈詩（卷十三）。

〔雲居閣〕疑在終南山雲居寺。見卷一雲居寺孤桐及卷十三遊雲居寺贈穆三十六地主詩箋。

〔樓觀〕即宗聖觀，在盩厔縣東。元和郡縣志卷二關内道二：「樓觀在縣東三十七里，本周康王大夫尹喜宅也。穆王爲召幽逸之人，置爲道院，相承至秦、漢皆有道士居之。晉惠帝時重置。其地舊有尹先生樓，因名樓觀。武德初改名宗聖觀。事具樓觀本記及先師傳焉。」

〔龍潭〕即仙遊潭，在盩厔縣南。長安志卷十八盩厔：「仙遊潭在縣南三十里，闊二丈，其水黑色，相傳號五龍潭，歲降中使投金龍。」

【校】

〔名利著〕「著」，馬本注云：「直略切。」

〔雲居閣〕「閣」，馬本、汪本俱作「閤」，據宋本、那波本、全詩改。

〔潺潺〕「潺」下馬本注云：「鉏山切。」

〔憔悴〕「憔」，宋本、那波本、全詩俱作「殘」。全詩注云：「一作『顦』。」

〔衰颯〕「颯」下馬本注云：「悉合切。」
〔去國〕「去」，汪本訛作「主」。
〔軍樂〕「軍」下汪本注云：「一作『君』。」非。「樂」下馬本注云：「音洛。」

南賓郡齋即事寄楊萬州

山上巴子城，山下巴江水。中有窮獨人，强名爲刺史。時時竊自哂，刺史豈如是？倉粟餧家人，黄縑裹妻子。忠州，刺史以下，悉以畬田粟給禄食，以黄絹支俸。莓苔翳冠帶，霧雨霾樓雉。衙鼓暮復朝，郡齋卧還起。迴首望南浦，亦在煙波裏。而我復何嗟，夫君猶滯此。

【箋】

作於元和十四年（八一九），四十八歲，忠州，忠州刺史。見汪譜。
〔南賓郡〕忠州南賓郡，唐屬山南東道。見新書卷四〇地理志。
〔楊萬州〕萬州刺史楊歸厚。見本卷初到忠州登東樓寄萬州楊八使君詩箋。
〔山上巴子城〕忠州古爲巴子國之地。方輿勝覽卷六一咸淳府：「古巴子國在恭、涪、夔、萬之間。」

〔迴首望南浦二句〕南浦指萬州。蜀爲南浦郡。唐初分信州之南浦縣置南浦州，復立浦州。太宗時改爲萬州。

【校】

〔黄縑裹妻子〕此下小注，全詩無「粟」字。宋本、全詩、盧校「支俸」俱作「支給充俸」。「以黄絹支俸」，汪本作「黄絹支俸」。那波本無注。

〔霾樓雉〕「霾」下馬本注云：「音埋，雨土蒙茂也。」

〔迴首〕「首」，宋本、那波本、汪本、全詩俱作「頭」。汪本、全詩俱注云：「一作『首』。」

招蕭處士

峽内豈無人？所逢非所思。門前亦有客，相對不相知。仰望但雲樹，俯顧惟妻兒。寢食起居外，端然無所爲。東郊蕭處士，聊可與開眉。能飲滿盃酒，善吟長句詩。庭前吏散後，江畔路乾時。請君攜竹杖，一赴郡齋期。

【箋】

作於元和十四年（八一九），四十八歲，忠州，忠州刺史。城按：汪譜繫此詩於元和十五年，非是。居易離忠州赴長安約在元和十五春末夏初之際，故其發白狗峽次黄牛峽登高寺却望忠州（卷十八）詩云：「巴曲春全盡，巫陽雨半收。」可知是年留居忠州之時間極短暫，復參以此詩前後諸篇之時間，應繫於元和十四年。并參見後箋。

〔蕭處士〕白氏送蕭處士遊黔南詩（卷十八）亦作於元和十四年爲忠州刺史時，與此詩中之「蕭處士」當同爲一人。

【校】

〔所逢〕「所」，那波本作「相」。

庭槐

南方饒竹樹，唯有青槐稀。十種七八死，縱活亦支離。何此郡庭下，一株獨華滋。蒙蒙碧煙葉，嫋嫋黄花枝。我家渭水上，此樹蔭前墀。忽向天涯見，憶在故園時。人生有情感，遇物牽所思。樹木猶復爾，況見舊親知！

【箋】

作於元和十四年（八一九），四十八歲，忠州，忠州刺史。

〔況見舊親知〕何義門云：「本欲不見，却云此見，妙絶。」

【校】

〔七八死〕唐歌詩作「八九死」。

〔支離〕「支」，馬本作「枝」，據宋本、那波本、汪本、唐歌詩、全詩改。

〔一株〕「株」，那波本作「樹」。

送客迴晚興

城上雲霧開，沙頭風浪定。參差亂山出，澹泞平江淨。行客舟已遠，居人酒初醒。嫋嫋秋竹梢，巴蟬聲似磬。

【箋】

作於元和十四年（八一九），四十八歲，忠州，忠州刺史。城按：唐宋詩醇卷二一：「江城風景，逐層寫得淒涼，筆墨之外，逼出一愁字。」

東樓竹

蕭灑城東樓，遶樓多修竹。森然一萬竿，白粉封青玉。捲簾睡初覺，欹枕看未足。影轉色入樓，牀席生浮緑。空城絶賓客，向夕彌幽獨。樓上夜不歸，此君留我宿。

【箋】作於元和十四年（八一九），四十八歲，忠州，忠州刺史。何義門云：「此等詩須觀其編次，乃覺味深。」

〔東樓〕見本卷初到忠州登東樓寄萬州楊八使君詩箋。

九日登巴臺

黍香酒初熟，菊暖花未開。閑聽竹枝曲，淺酌茱萸杯。去年重陽日，漂泊湓城隈。今歲重陽日，蕭條巴子臺。旅鬢尋已白，鄉書久不來。臨觴一搔首，座客亦徘徊！

【箋】作於元和十四年（八一九），四十八歲，忠州，忠州刺史。

〔巴臺〕即巴子臺。方輿勝覽卷六一咸淳府：「巴子臺在臨江縣。白公登城東古臺詩：『迢迢東郊上，有土青崔嵬。不知何代物，疑是巴王臺。』」清統志忠州：「巴子臺在州東。」

東城尋春

老色日上面，歡情日去心。今既不如昔，後當不如今。今猶未甚衰，每事力可任。花時仍愛出，酒後尚能吟。但恐如此興，亦隨日銷沈。東城春欲老，勉强一來尋。

【箋】

作於元和十五年（八二〇），四十九歲，忠州，忠州刺史。

〔老色日上面四句〕樓鑰攻媿集卷七六跋白樂天集目録：「山谷由貶所寄十小詩，如：『老色日上面，歡情日去心。今既不如昔，後當不如今。』又：『輕紗一幅巾，短簟六尺床。無客日自静，有風終夕涼。』妙絶一時，皆香山詩中句也。」

江上送客

江花已萎絶，江草已銷歇。遠客何處歸？孤舟今日發。杜鵑聲似哭，湘竹班如血。共是多感人，仍爲此中別。

【箋】作於元和十五年（八二〇），四十九歲，忠州，忠州刺史。

桐花

春令有常候，清明桐始發。何此巴峽中，桐花開十月。豈伊物理變，信是土宜別。地氣反寒暄，天時倒生殺。草木堅强物，所稟固難奪。風候一參差，榮枯遂乖刺。況吾北人性，不耐南方熱。强羸壽夭間，安得依時節！

【箋】作於元和十四年（八一九），四十八歲，忠州，忠州刺史。

【校】

〔乖刺〕那波本作「乖劣」。「刺」下馬本注云：「郎達切。」

〔北人性〕「性」，那波本訛作「情」。

〔不耐〕「耐」下馬本注云：「乃帶切。」

早祭風伯因懷李十一舍人

遠郡雖褊陋，時祀奉朝經。夙興祭風伯，天氣曉冥冥。導騎與從吏，引我出東垧。水霧重如雨，山火高於星。忽憶早朝日，與君趨紫庭。步登龍尾道，却望終南青。一別身向老，所思心未寧。至今想在耳，玉音尚玲玲。

【箋】

作於元和十五年（八二〇），四十九歲，忠州，忠州刺史。

〔李十一舍人〕李建。城按：據白氏東南行一百韻詩（卷十六）注，建出刺澧州在元和十一年冬，前此曾以兵部郎中知制誥，見舊書卷一五五、新書卷一六二本傳。唐人知制誥亦得稱爲舍人。白氏李十一舍人松園飲小酎酒得元八侍御詩序云在臺中推院有鞠獄之苦即事書懷因酬四韻（卷十五）、舟行阻風寄李十一舍人（卷十五）等詩中之「李十一舍人」均指李建。并參見別李十一後重寄詩箋。

【校】

〔東垧〕「垧」下馬本注云：「涓熒切。」

花下對酒二首

藹藹江氣春，南賓閏正月。梅櫻與桃杏，次第城上發。紅房爛簇火，素豔紛圍雪。香惜委風飄，愁牽壓枝折。樓中老太守，頭上新白髮。冷澹病心情，暄和好時節。故園音信斷，遠郡親賓絶。欲問花前樽，依然爲誰設？

引手攀紅櫻，紅櫻落似霰。仰首看白日，白日走如箭。年芳與時景，頃刻猶衰變。況是血肉身，安能長强健？人心苦迷執，慕貴憂貧賤。愁色常在眉，歡容不上面。況吾頭半白，把鏡非不見。何必花下杯，更待他人勸！

【箋】

作於元和十五年（八二〇），四十九歲，忠州，忠州刺史。城按：此詩第二首與蘇文忠公詩卷四七無題詩同，疑係後人將白詩誤羼入蘇集。

〔南賓〕忠州南賓郡。見本卷南賓郡齋即事寄楊萬州詩箋。

【校】

〔題〕此詩第二首前，宋本有「又」字，那波本有「又一首」三字。

〔紛圍〕「紛」，馬本訛作「粉」，據宋本、那波本改正。又「紛圍」，汪本、全詩俱作「粉團」，全詩注云：「一作『粉圍』。」俱非。

〔病心情〕「病」，那波本誤作「痛」。

〔似霰〕「霰」下馬本注云：「先見切。」

〔走如箭〕「走」，馬本作「妄」，非。據宋本、那波本、汪本、全詩改正。全詩注云：「一作『委』。」亦非。

不二門

兩眼日將闇，四支漸衰瘦。束帶賸昔圍，穿衣妨去聲寬袖。流年似江水，奔注無昏晝。志氣與形骸，安得長依舊？亦曾登玉陛，舉措多紕繆。至今金闕籍，名姓獨遺漏。亦曾燒大藥，消息乖火候。至今殘丹砂，燒乾不成就。行藏事兩失，憂惱心交鬬。化作顛顇翁，拋身在荒陋。坐看老病逼，須得醫王救。唯有不二門，其間無夭壽。

【箋】作於元和十五年（八二〇），四十九歲，忠州，忠州刺史。

〔醫王〕醫中之王。釋家頌佛爲醫王，以其可普救衆生也。

【校】

〔謄昔圍〕「謄」下馬本注云：「以證切。」

〔紕繆〕「紕」下馬本注云：「篇夷切。」

〔金闕〕「闕」，盧校作「閨」，並注云：「『闕』訛。」城按：盧校是。白氏題崔常侍濟源莊詩（卷二五）云：「籍在金閨内」，可證。

我身

我身何所似？似彼孤生蓬。秋霜翦根斷，浩浩隨長風。昔遊秦雍間，今落巴蠻中。昔爲意氣郎，今作寂寥翁。外貌雖寂寞，中懷頗沖融。賦命有厚薄，委心任窮通。通當爲大鵬，舉翅摩蒼穹。窮則爲鷦鷯，一枝足自容。苟知此道者，身窮心不窮！

【箋】

作於元和十五年（八二〇），四十九歲，忠州，忠州刺史。

【校】

〔昔遊〕「遊」，馬本作「於」，非。據宋本、那波本、汪本、全詩、盧校改正。全詩注云：「一作

『於』。」亦非。

〔寂寥〕馬本、汪本俱作「寂寞」，據宋本、那波本、全詩、盧校改。汪本「寞」下注云：「一作『寥』。」全詩「寥」下注云：「一作『寞』。」

哭王質夫

仙遊寺前別，別來十年餘。生別猶怏怏，死別復何如？客從梓潼來，道君死不虛。驚疑心未信，欲哭復踟躕。踟躕寢門側，聲發淚亦俱。衣上今日淚，篋中前月書。憐君古人風，重有君子儒。篇詠陶謝輩，風衿嵇阮徒。出身既蹇迍，生世仍須臾。誠知天至高，安得不一呼？江南有毒蟒，江北有妖狐。皆享千年壽，多於王質夫。不知彼何德？不識此何辜？

【箋】 作於元和十五年（八二〇）四十九歲，忠州，忠州刺史。

〔王質夫〕見卷五招王質夫詩箋。據本卷元和十四年寄王質夫詩，及此詩「衣上今日淚，篋中前月書」之句，知質夫卒於十四年末或十五年初。

〔仙遊寺〕見卷五仙遊寺獨宿詩箋。

【校】

〔淚亦俱〕「淚」，宋本、那波本、全詩、盧校俱作「涕」。全詩注云：「一作『淚』。」

〔蹇迍〕「迍」，宋本、那波本、盧校俱作「連」。汪本、全詩注云：「一作『連』。」

東坡種花二首

持錢買花樹，城東坡上栽。但購有花者，不限桃杏梅。百果參雜種，千枝次第開。天時有早晚，地力無高低。紅者霞豔豔，白者雪皚皚。遊蜂逐不去，好鳥亦棲來。前有長流水，下有小平臺。時拂臺上石，一舉風前盃。花枝蔭我頭，花蕊落我懷。獨酌復獨詠，不覺月平西。巴俗不愛花，竟春無人來。唯此醉太守，盡日不能迴！

東坡春向暮，樹木今何如？漠漠花落盡，翳翳葉生初。每日領僮僕，荷鋤仍決渠。剗土壅其本，引泉溉其枯。小樹低數尺，大樹長丈餘。封植來幾時？高下齊扶疏。養樹既如此，養民亦何殊？將欲茂枝葉，必先救根株。云何救根株？勸農均賦租。云何茂枝葉？省事寬刑書。移此爲郡政，庶幾甿俗蘇！

【箋】作於元和十五年（八二〇）春，四十九歲，忠州，忠州刺史。城按：此詩汪譜繫於元和十四年，非是。蓋十四年春暮，居易方至忠州也。陳譜元和十五年：「初春，有東坡種花詩。」今從陳譜。唐宋詩醇卷二一：「前一首細寫種花之趣，静觀物理，及時行樂，獨善之義也。後一首推廣言之，與柳宗元郭橐駝種樹説同意，兼濟之志也。妙在説得極纖悉，極平淡，乃具真實本領。」

〔東坡〕清統志忠州：「東坡，在州治，唐白居易於此種桃李，有詩。」城按：蘇軾别號東坡本之居易詩，屢見前人記載。如容齋三筆卷五：「蘇公責居黄州，始自稱東坡居士，詳考其意，蓋專慕白樂天而然。……非東坡之名偶爾暗合也。」二老堂詩話云：「白樂天爲忠州刺史，有東坡種花二詩，又有步東坡詩云：……本朝蘇文忠公不輕許可，獨敬愛樂天，屢形詩篇。蓋其文章皆主辭達，而忠厚好施，剛直盡言，與人有情，於物無著，大略相似。謫居黄州，始號東坡，其原必起於樂天忠州之作也。」施注蘇詩卷二二：「白樂天謫忠州，州有東坡，屢作詩以言之，故公在黄州亦作東坡，乃樂天之遺意也。」白氏又有步東坡（本卷）、西省對花憶忠州東坡新花樹因寄題東樓（卷十九）等詩。

【校】〔題〕第二首前宋本有「又」字，那波本有「又一首」三字。

〔但購〕「購」，馬本訛作「構」，據宋本、那波本、汪本、英華、全詩改正。

〔桃杏梅〕「杏」，英華、唐歌詩俱作「李」。汪本、全詩俱注云：「一作『李』。」

〔皚皚〕此下馬本注云：「魚開切。」

〔逐不去〕「逐」，宋本、那波本、唐歌詩俱作「遂」，誤。

〔棲來〕唐歌詩、全詩俱作「來棲」，全詩注云：「一作『棲來』。」汪本作「來栖」。

〔花蕊落〕「蕊」下馬本注云：「如累切，俗作蘂。」「落」，英華作「入」，全詩注云：「一作『入』。」

〔月平西〕「月」，英華作「日」，全詩注云「一作『日』。」

〔樹木〕「木」下全詩注云：「一作『下』。」

〔生初〕英華、汪本、全詩此下俱注云：「集作『初舒』。」

〔決渠〕「決」，英華作「鑿」，汪本、全詩注云：「一作『鑿』。」

〔剗土〕「剗」下馬本注云：「楚簡切。」

〔來幾時〕「來」，馬本作「未」，據宋本、那波本、汪本、英華、全詩改。

〔齊扶疏〕「齊」，全詩作「隨」。

登城東古臺

迢迢東郊上，有土青崔嵬。不知何代物？疑是巴王臺。巴歌久無聲，巴宮没黄埃。靡靡春草合，牛羊緣四隈。我來一登眺，目極心悠哉！始見江山勢，峯疊水環迴。憑高視聽曠，向遠胸衿開。唯有故園念，時從東北來。

【箋】

作於元和十五年（八二〇），四十九歲，忠州，忠州刺史。

〔城東古臺〕即巴子臺。本卷白氏九日登巴臺詩云：「今歲重陽日，蕭條巴子臺。」參閱同詩「巴子臺」箋。

〔巴王臺〕蜀中名勝記卷十九忠州：「白傅登城東古臺詩：迢迢東郊上，……巴宫没黄埃。」志云：「巴王廟在州東一里，神即蔓子將軍也。歲三月七日，太守以豕帛致祭，先期士人具千鈞蠟祠之。宋爲永順祠，今爲忠貞祠。」

【校】

〔時從〕「從」，馬本、全詩俱誤作「時」，據宋本、那波本、汪本改。

哭諸故人因寄元八

昨日哭寢門，今日哭寢門。借問所哭誰？無非故交親。偉卿既長往，質夫亦幽淪。屈指數年世，收涕自思身。彼皆少於我，先爲泉下人。我今頭半白，焉得身久存？好在元郎中，相識二十春。昔見君生子，今聞君抱孫。存者盡老大，逝者已成塵。早晚升平宅，開眉一見君。

【箋】

作於元和十五年（八二〇），四十九歲，忠州，忠州刺史。

〔元八〕元宗簡。見卷五答元八宗簡同遊曲江後明日見贈詩箋。

〔質夫〕王質夫。見卷五招王質夫詩箋。本卷哭王質夫詩云：「客從梓潼來，道君死不虛。驚疑心未信，欲哭復踟躕。」

〔元郎中〕元宗簡。見卷十答元郎中楊員外喜烏見寄詩箋。

【校】

〔題〕「元八」，馬本、汪本俱訛作「元九」，據宋本、那波本、全詩、盧校改正。

〔好在〕「在」，馬本、汪本俱訛作「懷」。城按：「好在」乃唐人存問之辭。白氏初到忠州贈李六詩：「好在天涯李使君，江頭相見日黃昏。」代人贈王員外詩：「好在王員外，平生記得不？」均可證。據宋本、那波本改正。又盧校、全詩俱作「好狂」，全詩注云：「一作『懷』。」俱非。

郡中春宴因贈諸客

僕本儒家子，待詔金馬門。塵忝親近地，孤負聖明恩。一旦奉優詔，萬里牧遠人。可憐島夷帥，自稱爲使君。身騎牂牁馬，口食塗江鱗。闇淡緋衫故，斕斑白髮新。是時歲二月，玉曆布春分。頒條示皇澤，命宴及良辰。冉冉趨府吏，蚩蚩聚州民。有如蟄蟲鳥，亦應天地春。薰草席鋪座，藤枝酒注樽。中庭無平地，高下隨所陳。蠻鼓聲坎坎，巴女舞蹲蹲。使君居上頭，掩口語衆賓。勿笑風俗陋，勿欺官府貧。蜂巢與蟻穴，隨分有君臣。

【箋】

作於元和十五年（八二〇），四十九歲，忠州，忠州刺史。見陳譜及汪譜。陳譜元和十五年：「二月，有郡中春讌詩。」

〔金馬門〕在未央宫，爲宦者署門。漢書公孫弘傳：「策奏，天子擢弘對爲第一。召入見，容貌甚麗，拜爲博士，待詔金馬門。」顔師古注：「如淳曰：武帝時，相馬者東門京作銅馬法獻之，立馬於魯班門外，更名魯班門爲金馬門。」

【校】

〔塵忝〕馬本誤倒作「忝塵」，據宋本、那波本、汪本、英華、全詩、盧校乙轉。

〔島夷帥〕「帥」，宋本、那波本俱訛作「師」。

〔塗江〕「塗」，英華、汪本俱作「巴」。

〔蜂巢〕此下汪本、全詩俱注云：「一作『窠』。」

開元寺東池早春

池水暖温暾，水清波瀲灔。蔟蔟青泥中，新蒲葉如劍。梅房小白裹，柳彩輕黄染。順氣草薰薰，適情鷗汎汎。舊遊成夢寐，往事隨陽焱。芳物感幽懷，一動平生念。

【箋】

作於元和十五年（八二〇），四十九歲，忠州，忠州刺史。

〔池水暖温暾〕輟耕録卷八：「南人方言曰温暾者，乃懷暖也。唐王建宫詞：『新晴草色煖温暾』，又白樂天詩：『池水煖温暾』，則已然矣。」歷代詩話卷五〇：「致虚雜俎云：今人以人性不爽利者曰温暾湯，言不冷不熱也。樂天慣以俗語入詩。王建亦云：『新晴草色暖温暾』。」

【校】

〔温暾〕「暾」下馬本注云：「他昆切。」

〔瀲灔〕「瀲」，宋本、那波本、盧校俱作「瀲」。「瀲」下馬本注云：「力冉切。」「灔」下馬本注云：「以冉切。」

〔陽焱〕「焱」下馬本注云：「以冉切。」

東澗種柳

野性愛栽植，植柳水中坻。乘春持斧斫，裁截而樹之。長短既不一，高下隨所宜。倚岸埋大榦，臨流插小枝。松柏不可待，楩柟固難移。不如種此樹，此樹易榮滋。無根亦可活，成陰況非遲。三年未離郡，可以見依依。種罷水邊憩，仰頭閑自思。富貴本非望，功名須待時。不種東溪柳，端坐欲何爲？

【箋】

作於元和十五年（八二〇），四十九歲，忠州，忠州刺史。城按：汪譜繫於元和十四年，非是。

〔東澗〕方輿勝覽卷六一咸淳府：「東澗在開元寺。」蜀中名勝記卷十九忠州：「志云：東澗在治西開元寺側，亦樂天時鑿。公有東澗種柳詩云。」

【校】

〔題〕全詩作「東溪種柳」，「溪」下注云：「一作『澗』。」

〔水中坻〕「坻」下馬本注云：「陳知切。」

〔大榦〕「榦」，馬本訛作「斡」，據宋本、那波本、汪本、全詩、盧校改正。

卧小齋

朝起視事畢，晏坐飽食終。散步長廊下，退卧小齋中。拙政自多暇，幽情誰與同？孰云二千石？心如田野翁。

【箋】作於元和十五年（八二〇），四十九歲，忠州，忠州刺史。見汪譜。

步東坡

朝上東坡步，夕上東坡步。東坡何所愛？愛此新成樹。種植當歲初，滋榮及春暮。信意取次栽，無行亦無數。綠陰斜景轉，芳氣微風度。新葉鳥下來，萎花蝶飛去。閑攜斑竹杖，徐曳黄麻屨。欲識往來頻，青苔成白路。

【箋】作於元和十五年（八二〇），四十九歲，忠州，忠州刺史。

〔東坡〕見本卷東坡種花詩箋。

【校】〔青苔〕「苔」，宋本、那波本、全詩、盧校俱作「蕪」。

徵秋税畢題郡南亭

高城直下視，蠢蠢見巴蠻。安可施政教？尚不通語言。且喜賦斂畢，幸聞閭井安。豈伊循良化？賴此豐登年。案牘既簡少，池館亦清閑。秋雨簷果落，夕鐘林鳥還。南亭日蕭灑，偃卧恣疏頑。

【箋】作於元和十四年（八一九），四十八歲，忠州，忠州刺史。

【校】〔案牘〕「案」，那波本、馬本、汪本俱作「按」，據宋本、全詩改。

蚊蟆

巴徼炎毒早，三月蚊蟆生。咂膚拂不去，遶耳薨薨聲。斯物頗微細，中人初甚輕。如有膚受譖，久則瘡痏成。痏成無奈何，所要防其萌。麽蟲何足道，潛喻儆人情。

【箋】作於元和十五年（八二〇），四十九歲，忠州，忠州刺史。

【校】〔三月〕馬本、汪本、全詩俱作「二月」，據宋本、那波本改。

〔咂膚〕「咂」下馬本注云：「作答切。」

〔瘡痏〕「痏」下馬本注云：「羽委切。」

登龍昌上寺望江南山懷錢舍人

騎馬出西郭，悠悠欲何之？獨上高寺去，一與白雲期。虚檻晚蕭灑，前山碧參差。忽似青龍閣，同望玉峯時。因詠松雪句，永懷鸞鶴姿。六年不相見，況乃隔榮衰！昔常與錢舍人登青龍寺上方，同望藍田山，各有絶句。錢詩云：「偶來上寺因高望，松雪分明見舊山。」

【箋】作於元和十五年（八二〇），四十九歲，忠州，忠州刺史。見汪譜。

〔龍昌上寺〕方輿勝覽卷六一咸淳府：「龍昌寺在臨江縣，今爲治平寺。白公嘗於寺旁植柳，……僧愛此柳，比之甘棠。」蜀中名勝記卷十九：「龍昌有上寺、下寺，俱唐建。在西山頂者爲上寺，即巴臺寺也。與翠屏山相對，故云可以望江南。志謂之巴子臺，巴子所築也，唐、宋詩刻存焉。下寺即治平寺。」寰宇記曰：「龍昌寺在臨江縣東，今爲治平寺。」清統志忠州：「治平寺在州東一里，唐建，名龍昌，宋改今名。」城按：白氏有龍昌寺荷池詩（卷十八），亦作於忠州。方輿勝覽、清統志所謂之治平寺，乃龍昌下寺也。

〔錢舍人〕錢徽。見卷七答崔侍郎錢舍人書問因繼以詩箋。城按：此時錢徽已自太子右庶子出爲虢州刺史。見舊書憲宗紀、册府元龜卷一八一。

〔青龍閣〕長安青龍寺閣。見卷九青龍寺早夏詩箋。

〔玉峯〕藍田山。見卷六遊藍田山卜居詩箋。

【校】

〔榮衰〕此下小注，「各」馬本訛作「閣」，據宋本、汪本、全詩改正。又「絶句」下馬本脱「錢詩」二字，據宋本、汪本、全詩增補。那波本無此注。

郊　下

西日照高樹，樹頭子規鳴。東風吹野水，水畔江蘺生。盡日看山立，有時尋澗行。兀兀長如此，何許似專城？

【箋】作於元和十五年（八二〇），四十九歲，忠州，忠州刺史。

【校】〔江蘺〕「蘺」，宋本、馬本、汪本俱訛作「籬」，據那波本、全詩、盧校改正。

遣懷

樂往必悲生，泰來由否極。誰言此數然？吾道何終塞？嘗求詹尹卜，拂龜竟默默。亦曾仰問天，天但蒼蒼色。自兹唯委命，名利心雙息。近日轉安閑，鄉園亦休憶。迴看世間苦，苦在求不得。我今無所求，庶離憂悲域。

【箋】作於元和十五年（八二〇），四十九歲，忠州，忠州刺史。

【校】〔由否極〕「由」，宋本、那波本、汪本俱作「猶」，據全詩、盧校改。城按：「猶」、「由」字通。

〔安閑〕那波本倒作「閑安」。

歲晚

霜降水返壑，風落木歸山。冉冉歲將晏，物皆復本源。何此南遷客，五年獨未還！命迍分已定，日久心彌安。亦嘗心與口，静念私自言。去國固非樂，歸鄉未必歡。何須自生苦，捨易求其難？

【箋】

作於元和十四年（八一九），四十八歲，忠州，忠州刺史。

〔霜降水返壑四句〕道清詩話：「曾紆云：山谷用樂天語作黔南詩。白云：『霜降水返壑，風落木歸山。冉冉歲將晏，物皆復本原。』山谷云：『霜降水返壑，風落木歸山。冉冉歲華晚，昆蟲皆閉關。』」

〔何此南遷客二句〕白氏元和十年貶江州司馬，至元和十四年適爲五年。

【校】

〔獨未還〕「獨」，汪本作「猶」。

負冬日

杲杲冬日出，照我屋南隅。負暄閉目坐，和氣生肌膚。初似飲醇醪，又如蟄者蘇。外融百骸暢，中適一念無。曠然忘所在，心與虚空俱。

【箋】

作於元和十四年（八一九），四十八歲，忠州，忠州刺史。

【校】

〔冬日〕「冬」，英華作「東」，非。

〔和氣〕「氣」，英華作「風」，非。

委順

山城雖荒蕪，竹樹有嘉色。郡俸誠不多，亦足充衣食。外累由心起，心寧累自息。尚欲忘家鄉，誰能算官職？宜懷齊遠近，委順隨南北。歸去誠可憐，天涯住亦得。

【箋】作於元和十五年（八二〇），四十九歲，忠州，忠州刺史。

宿溪翁 時初除郎官赴朝。

衆心愛金玉，衆口貪酒肉。何此溪上翁，飲瓢亦自足？溪南刈薪草，溪北修牆屋。歲種一頃田，春驅兩黄犢。於中甚安適，此外無營欲。溪畔偶相逢，庵中遂同宿。辭翁向朝市，問我何官禄？虚言笑殺翁，郎官應列宿。

【箋】作於元和十五年（八二〇），四十九歲，忠州至長安途中，司門員外郎。城按：陳譜云：「冬，召爲司門員外郎。」非是，參見本卷招蕭處士詩箋。

【校】〔何此溪上翁〕汪本、全詩、盧校俱作「何如溪上翁」。全詩注云：「一作『何此溪上翁』。」

重過壽泉憶與楊九別時因題店壁

商州南十里，有水名壽泉。涌出石崖下，流經山店前。憶昔相送日，我去君言還。寒波與老淚，此地共潺湲。一去歷萬里，再來經六年。形容已變改，處所猶依然。他日君過此，殷勤吟此篇。

【箋】

作於元和十五年（八二〇），四十九歲，忠州至長安途中，司門員外郎。

〔楊九〕楊漢公。城按：此詩係元和十五年居易由忠州回京時所作，據「他日君過此，殷勤吟此篇」詩意，可知此「楊九」決非楊弘貞，蓋弘貞卒於元和初，見白氏傷楊弘貞詩（卷九）。又據白氏和東川楊慕巢尚書府中獨坐感戚在懷見寄十四韻（卷三四）「行斷風驚雁」句原注云：「慕巢及楊九、楊十前年來，兄弟三人，各在一處。」可知此「楊九」必係漢公無疑。

【校】

〔處所〕全詩此下注云：「一作『泉水』。」

西掖早秋直夜書意 自此後中書舍人時作。

涼風起禁掖，新月生宫沼。夜半秋暗來，萬年枝嫋嫋。炎涼遞時節，鐘鼓交昏曉。遇聖惜年衰，報恩愁力小。素餐無補益，朱紱虚纏繞。冠蓋栖野雲，稻粱養山鳥。量力私自省，所得已非少。五品不爲賤，五十不爲夭。若無知足心，貪求何日了？

【箋】

作於長慶元年(八二一)，五十歲，長安，中書舍人。

【校】

〔遇聖〕「遇」，宋本、英華、盧校俱作「偶」。

〔朱紱〕「紱」，英華、汪本俱作「紱」。全詩注云：「一作『紱』。」

〔量力〕「力」，汪本作「能」。

庭松

堂下何所有？十松當我階。亂立無行次，高下亦不齊。高者三丈長，下者十尺低。有如野生物，不知何人栽？接以青瓦屋，承之白沙臺。朝昏有風月，燥濕無塵泥。疏韻秋槭槭，涼陰夏凄凄。春深微雨夕，滿葉珠蓑蓑。歲暮大雪天，壓枝玉皚皚。四時各有趣，萬木非其儕。去年買此宅，多爲人所咍。一家二十口，移轉就松來。移來有何得？但得煩襟開，即此是益友。豈必交賢才？顧我猶俗士，冠帶走塵埃。未稱爲松主，時時一愧懷！

【箋】

作於長慶二年（八二二），五十一歲，長安，中書舍人。城按：此詩云：「去年買此宅，多爲人所咍。」考居易買新昌里宅在長慶元年二月初（見後一首竹窗詩），故知作於二年無疑。

【校】

〔燥濕〕英華作「燥温」。汪本、全詩俱注云：「一作『燥温』。」

〔槭槭〕馬本此下注云：「止戟切，隕落貌。」英華二字作「瑟瑟」。汪本、全詩俱注云：「一作『瑟瑟』。」

〔蓑蓑〕那波本作「漼漼」。英華注云：「集作『漼漼』。」汪本、全詩俱注云：「一作『漼漼』。」馬本「蓑」下注云：「蘇回切。」

〔皚皚〕馬本此下注云：「魚開切。」

〔所咍〕「咍」下馬本注云：「呼來切。」

〔二十〕「二」，全詩注云：「一作『三』。」

〔移來〕英華作「近松」。汪本、全詩俱注云：「一作『近松』。」

〔交賢才〕「交」，英華作「須」。

〔猶俗士〕「猶」，那波本作「唯」。

〔冠帶〕「帶」，馬本訛作「蓋」，據宋本、那波本、汪本、全詩、盧校改正。

竹窗

嘗愛輞川寺，竹窗東北廊。一别十餘載，見竹未曾忘。今春二月初，卜居在新昌。未暇作厩庫，且先營一堂。開窗不糊紙，種竹不依行。意取北簷下，窗與竹相當。遶屋聲淅淅，逼人色蒼蒼。煙通杳靄氣，月透玲瓏光。是時三伏天，天氣熱如湯。獨此竹窗下，朝迴解衣裳。輕紗一幅巾，小簟六尺牀。無客盡日静，有風終夜涼。乃知前古人，言事頗諳詳。清風北窗卧，可以傲羲皇。

【箋】作於長慶元年（八二一），五十歲，長安，主客郎中、知制誥。

〔輞川寺〕即清源寺，在藍田縣西南輞谷内。國史補卷上：「王維好釋氏，故字摩詰。玄性高致，得宋之問輞川别業，山水勝絶，今清源寺是也。」白氏宿清源寺詩（卷八）：「往謫潯陽去，夜憩輞溪曲。今爲錢塘行，重經兹寺宿。」

〔新昌〕新昌里。見卷二和答詩序箋。據此詩則知白氏購新昌宅在長慶元年二月。

同韓侍郎遊鄭家池吟詩小飲

野艇容三人，晚池流浼浼。悠然倚棹坐，水思如江海。宿雨洗沙塵，晴風蕩煙靄。殘陽上竹樹，枝葉生光彩。我本偶然來，景物如相待。白鷗驚不起，緑芡行堪採。齒髪雖已衰，性靈未云改。逢詩遇盃酒，尚有心情在。

【箋】

作於長慶二年（八二二），五十一歲，長安，中書舍人。

〔韓侍郎〕韓愈。字退之，登進士第，自比部郎中轉考功郎中、知制誥，拜中書舍人。元和十四年，以諫迎佛骨貶爲潮州刺史。十五年，徵爲國子祭酒。長慶元年七月，轉兵部侍郎。尋又改吏部侍郎。長慶四年十二月卒。所爲文，務及近體，抒意立言，自成一家新語。後學之士，取爲師法，當時作者甚衆，無以過之，故世稱「韓文」焉。見舊書卷一六〇、新書卷一七六本傳、舊書穆宗紀。白氏又有和韓侍郎苦雨（卷十九）、久不見韓侍郎戲題四韻以寄之（卷十九）、和韓侍郎題楊舍人林池見寄（卷十九）、酬韓侍郎張博士雨後遊曲江見寄（卷十九）諸詩。

【校】

〔浼浼〕此下馬本注云：「莫賄切。」

晚歸有感

朝弔李家孤，暮問崔家疾。時李十一侍郎諸子尚居憂，崔二十二員外三年卧病。迴馬獨歸來，低眉心鬱鬱。平生所善者，多不過六七。如何十年間，零落三無一？劉曾夢中見，元向花前失。劉三十二校書殁後，嘗夢見之。元八少尹今春櫻桃花時長逝。漸老與誰遊？春城好風日。

【箋】

作於長慶二年（八二二），五十一歲，長安，中書舍人。

〔李十一侍郎〕李建。長慶元年二月二十三日，卒於長安修行里第。見白氏有唐善人墓碑銘（卷四一）。

〔崔二十二員外〕崔韶。白氏商山路有感詩序（卷二〇）云：「前年夏，予自忠州刺史除書歸闕，時刑部李十一侍郎、崔二十員外（城按：「二十」係「二十二」之訛）亦自澧、果二郡守徵還，相次入關，皆同此路。今年予自中書舍人授杭州刺史，又由此途出，二君已逝。」則知崔韶卒於長慶二年春夏之間。

〔劉三十二校書〕劉敦質。見卷五常樂里閑居偶題十六韻詩箋。城按：敦質卒於貞元二十年左右。

〔元八少尹〕元宗簡。見卷五答元八宗簡同遊曲江後明日見贈詩箋。城按：白氏故京兆元少尹文集序（卷六八）謂宗簡卒於長慶三年冬，據此詩自注，則知係長慶二年春之訛。

【校】

〔崔家疾〕此下小注中「李十一侍郎」，馬本訛作「李十一侍御」，據宋本、汪本、全詩、盧校改正。那波本無小注，下同。

曲江感秋二首　并序

元和二年、三年、四年，予每歲有曲江感秋詩，凡三篇，編在第七集卷。是時予爲左拾遺、翰林學士。無何，貶江州司馬，忠州刺史。前年還主客郎中、知制誥。未周歲，授中書舍人。今遊曲江，又值秋日，風物不改，人事屢變。況予中否後遇，昔壯今衰，慨然感懷，復有此作。噫！人生多故，不知明年秋又何許也。時二年七月十日云耳。

元和二年秋，我年三十七。長慶二年秋，我年五十一。中間十四年，六年居譴黜。窮通與榮悴，委運隨外物。遂師廬山遠，重弔湘江屈。夜聽竹枝愁，秋看灩堆没。近辭巴郡印，又秉綸闈筆。晚遇何足言！白髮映朱紱。銷沈昔意氣，改换舊容質。獨有曲江秋，風煙如往日。

疏蕪南岸草，蕭颯西風樹。秋到未幾時？蟬聲又無數。莎平緑茸合，蓮落青房露。今日臨望時，往年感秋處。池中水依舊，城上山如故。獨我鬢間毛，昔黑今垂素。榮名與壯齒，相避如朝暮。時命始欲來，年顔已先去。當春不歡樂，臨老徒驚悮。故作詠懷詩，題於曲江路。

【箋】

作於長慶二年（八二二），五十一歲，長安，中書舍人。

〔予每歲有曲江感秋詩〕指元和二年作曲江早秋，元和三年作早秋曲江感懷，元和四年作曲江感秋三詩。城按：三詩均載在白集第九卷中，而此詩序謂「編在第七集卷」，或係唐寫本編次不同，或疑「七」係「九」之訛。汪立名亦云：「按今本第七卷乃江州詩，而所謂第七集已莫可考。可見編次之大非其舊矣。」

【校】

〔題〕宋本「二首」爲小注。又第二首前宋本有「又」字，那波本有「又一首」三字。

〔未幾時〕「未」，宋本、那波本、盧校俱作「來」。汪本、全詩俱注云：「一作『來』。」

玩松竹二首

龍蛇隱大澤，麋鹿遊豐草。栖鳳安於梧，潛魚樂於藻。吾亦愛吾廬，廬中樂吾道。前松後脩竹，偃卧可終老。各附其所安，不知他物好。坐愛前簷前，卧愛北窗北。窗竹多好風，簷松有嘉色。幽懷一以合，俗念隨緣息。在爾雖無情，於予即有得。乃知性相近，不必動與植。

【箋】

作於長慶二年（八二二），五十一歲，長安，中書舍人。

衰病無趣因吟所懷

朝餐多不飽，夜卧常少睡。自覺寢食間，都無少年味。平生好詩酒，今亦將捨棄。酒唯下藥飲，無復曾歡醉。詩多聽人吟，自不題一字。病姿引衰相，日夜相繼至。況當尚少朝，彌慚居近侍。終當求一郡，聚少漁樵費。合口便歸山，不問人間事。

【箋】

作於長慶二年（八二二），五十一歲，長安，中書舍人。

【校】

〔都無〕「都」，馬本、全詩俱作「多」，非。據宋本、那波本、汪本改。

〔引衰相〕「引」，馬本、汪本、全詩俱作「與」。汪本、全詩俱注云：「一作『引』。」城按：視詩意似以「引」字爲長，據宋本、那波本改。

逍遥詠

亦莫戀此身，亦莫厭此身。此身何足戀？萬劫煩惱根。此身何足厭？一聚虚空塵。無戀亦無厭，始是逍遥人。

【箋】

作於長慶二年（八二二），五十一歲，長安，中書舍人。

白居易集箋校卷第十二

感傷四　歌行曲引雜體　凡二十九首

短歌行

曈曈太陽如火色，上行千里下一刻。出爲白晝入爲夜，圓轉如珠住不得。住不得，可奈何！爲君舉酒歌短歌。歌聲苦，詞亦苦，四座少年君聽取。今夕未竟明夕催，秋風纔往春風迴。人無根蔕時不駐，朱顔白日相隳頽。勸君且强笑一面，勸君且强飲一盃。人生不得長歡樂，年少須臾老到來！

【箋】約作於元和元年（八〇六）至元和十年（八一五）。

【校】

〔雜體〕「體」，宋本、那波本俱作「言」。

〔題〕英華作「短歌」，此首爲第二首。

〔曈曈〕此下馬本注云：「徒紀切。」

〔可奈何〕「可」，馬本作「無」，據宋本、那波本、汪本、英華、全詩改。全詩注云：「一作『無』。」

〔明夕〕「夕」，汪本、英華俱作「旦」。全詩注云：「一作『旦』。」汪本注云：「一作『夕』。」

〔纔往〕「往」，樂府作「住」。

〔且强飲一盃〕「且」，宋本、那波本、汪本、樂府俱作「復」。全詩注云：「一作『復』。」

生離别

食蘗不易食梅難，蘗能苦兮梅能酸。未如生别之爲難，苦在心兮酸在肝。晨雞再鳴殘月没，征馬連嘶行人出。迴看骨肉哭一聲，梅酸蘗苦甘如蜜。黄河水白黄雲秋，行人河邊相對愁。天寒野曠何處宿？棠梨葉戰風颼颼。生離别，生離别，憂從中來無斷絶。憂極心勞血氣衰，未年三十生白髮。

【箋】

約作於貞元十六年（八〇〇）以前。

【校】

〔題〕英華作「生別離」。

〔連嘶〕英華作「嘶風」。汪本、全詩俱注云：「一作『嘶風』。」

〔黄河水〕那波本作「河水」。

〔野曠〕「野」，英華、那波本俱作「路」。汪本、全詩俱注云：「一作『路』。」

〔颼颼〕此下馬本注云：「疏鳩切。」

〔生離別二句〕文粹不重。

〔中來〕「中」，那波本、英華俱作「何」。宋本、全詩俱注云：「一作『何』。」

〔憂極〕「極」，英華作「積」。汪本、全詩俱注云：「一作『積』。」

浩歌行

天長地久無終畢，昨夜今朝又明日。鬢髮蒼浪牙齒疏，不覺身年四十七。前去五十有幾年，把鏡照面心茫然。既無長繩繫白日，又無大藥駐朱顔。朱顔日漸不如故，青史功名在何處？欲留年少待富貴，富貴不來年少去。去復去兮如長河，東流赴海無迴波。賢愚貴賤同歸盡，北邙塚墓高嵯峨。古來如此非獨我，未死有酒且高歌。顔回短命伯夷餓，我今所得亦已多。功名富貴須待命，命若不來知奈何！

【箋】

作於元和十三年（八一八），四十七歲，江州，江州司馬。見汪譜及陳譜。

〔既無長繩繫白日〕能改齋漫録云：「白樂天『既無長繩繫白日，又無大藥駐朱顔』，蓋本陳沈炯幽庭賦『那得長繩繫白日，年年月月俱如春』。然江總歲暮還宅詩亦云：『長繩豈繫日，濁酒傾一杯。』」城按：此則亦見吴幵優古堂詩話。又猗覺寮雜記卷上：「太白云：『恨不挂長繩於青天，繫西飛之白日。』李長吉云：『長繩繫日樂當年』，樂天云：『既無長繩繫白日』，二公用太白意也。」

【校】

〔題〕英華作「浩歌」。

〔日漸〕「漸」，英華作「夜」。

〔古來〕樂府此下注云：「一作『古今』。」全詩「來」下注云：「一作『今』。」

〔高歌〕那波本、樂府俱作「酣歌」。「歌」下英華注云：「一作『醉』。」

〔待命〕「待」，英華作「推」。汪本、全詩俱注云：「一作『推』。」

〔命若〕「若」，英華作「苟」。汪本、全詩俱注云：「一作『苟』。」

〔知奈何〕「知」，汪本作「争」。全詩注云：「一作『争』。」

王夫子

王夫子，送君爲一尉，東南三千五百里。道途雖遠位雖卑，月俸猶堪活妻子。男兒口讀古人書，束帶斂手來從事。近將徇祿給一家，遠則行道佐時理。行道佐時須待命，委身下位無爲恥。命苟未來且求食，官無高卑及遠邇。男兒上既未能濟天下，下又不至飢寒死。吾觀九品至一品，其間氣味都相似。紫綬朱紱青布衫，顔色不同而已矣。王夫子，別有一事欲勸君，遇酒逢春且歡喜。

【箋】

作於元和十三年（八一八），四十七歲，江州，江州司馬。

〔王夫子〕疑爲王質夫。見卷五招王質夫詩箋。城按：據白氏哭王質夫詩（卷十一），王質夫約死於元和十五年。

〔紫綬朱紱〕見卷二輕肥詩箋。

【校】

〔從事〕「事」，文粹作「仕」。

〔高卑〕汪本倒作「卑高」。

〔遇酒〕「遇」，馬本、汪本俱作「逢」，非。據宋本、那波本、全詩、盧校改。汪本注云：「一作『遇』。」全詩注云：「一作『逢』。」

〔逢春〕「春」，文粹作「花」。

江南遇天寶樂叟

白頭老叟泣且言，禄山未亂入梨園。能彈琵琶和法曲，多在華清隨至尊。是時天下太平久，年年十月坐朝元。千官起居環珮合，萬國會同車馬奔。金鈿照耀石甕寺，蘭麝薰煮温湯源。貴妃宛轉侍君側，體弱不勝珠翠繁。冬雪飄飖錦袍煖，春風蕩漾霓裳翻。歡娱未足燕寇至，弓勁馬肥胡語喧。豳土人遷避夷狄，鼎湖龍去哭軒轅。從此漂淪到南土，萬人死盡一身存。秋風江上浪無限，暮雨舟中酒一樽。涸魚久失風波勢，枯草曾沾雨露恩。我自秦來君莫問，驪山渭水如荒村。新豐樹老籠明月，長生殿暗鏁黄昏。紅葉紛紛蓋欹瓦，緑苔重重封壞垣。唯有中官作宫使，每年寒食一開門！

【箋】約作於元和十一年（八一六）至元和十三年（八一八），江州，江州司馬。城按：唐宋詩醇卷二二：「前叙樂叟之言，天寶舊事也。後叙告樂叟之言，亂後景象也。俯仰今昔，滿目蒼涼，言外黯然欲絶。樂叟未必實有其人，特借以抒感慨之思耳。」白氏贈康叟（卷十八）詩云：「八十秦翁老不歸，南賓太守乞寒衣。再三憐汝非他意，天寶遺民見漸稀。」此詩元和十四年作於忠州，可與江南遇天寶樂叟詩相參看。

〔梨園〕見卷三胡旋女詩箋。

〔華清〕華清宫。在驪山。元和郡縣志卷一：「華清宫在驪山上。開元十一年初置温泉宫，天寶六年（城按：應作六載）改爲華清宫。又造長生殿，名爲集靈臺，以祀神也。」

〔朝元〕朝元閣。在驪山華清宫。鄭嵎津陽門詩「朝元閣成老君見，會昌縣以新豐移」句注：「時有詔改新豐爲會昌縣，移自陰盤（城按：當作陰盤）故城，置於山下。至明年十月，老君見於朝元閣南，而於其處置降聖觀。復改新豐爲昭應縣，廨宇始成，令大將軍高力士率禁樂以落之。」長安志卷十五臨潼：「天寶七載玄元皇帝見于朝元閣，即改名降聖閣。」

〔石甕寺〕在驪山華清宫。鄭嵎津陽門詩「慶山汙瀦石甕毁」句注：「石甕寺，開元中以創造華清宫餘材修繕，佛殿中玉石像，皆幽州進來，與朝元閣道像同日而至，精妙無比，叩之如磬。餘像並楊惠之手塑，肢空，像皆元伽兒之制，能妙纖麗，曠古無儔。」又同詩「石魚巖底百尋井」句注云：「石魚巖下有天絲石，其形如甕，以貯飛泉，故上以石甕爲寺名。……寺既毁拆，石甕今已埋没矣。」長安志卷十五臨潼：「福嚴寺：兩京道里記曰：在縣東五里南山半腹，臨石甕谷，有懸泉激石成臼似甕形，因以谷名，名石甕寺。太平興國七年改。」

〔驪山〕長安志卷十五臨潼：「驪山在縣東南二里，驪戎來居此山，故以名。……天寶元年，更驪山曰會昌山。七載，改曰昭應山。」

〔新豐〕新豐縣。見卷三新豐折臂翁詩箋。

〔長生殿〕在驪山華清宫。見本卷長恨歌箋。

【校】

〔老叟〕「老」，宋本、那波本、英華、全詩、盧校俱作「病」。汪本注云：「一作『病』。」全詩注云：「一作『老』。」

〔金鈿〕「鈿」，馬本訛作「殿」。據宋本、那波本、汪本、英華、全詩、盧校改正。

〔飄飄〕「飄」，英華作「飄」。

〔黄昏〕馬本、汪本、全詩俱作「春雲」，據宋本、那波本、英華、盧校改。汪本、全詩俱注云：「一作『黄昏』。」

〔寒食〕「食」，英華作「夕」。

送張山人歸嵩陽

黄昏慘慘天微雪，修行坊西鼓聲絶。張生馬瘦衣且單，夜扣柴門與我别。愧君冒寒來别我，爲君沽酒張燈火。酒酣火煖與君言，何事入關又出關？答云前年偶下山，四十餘月客長安。長安古來名利地，空手無金行路難。朝遊九城陌，肥馬輕車欺殺客。暮宿五侯門，殘茶冷酒愁殺人。春明門，門前便是嵩山路。幸有雲泉容此身，明日辭君且歸去。

【箋】約作於元和九年（八一四）至元和十年（八一五），長安，太子左贊善大夫。城按：詩云：「修行坊西鼓聲絶」，修行坊在昭國坊東，居易元和九年至十年官左贊善大夫時寓居昭國坊，故知爲此時所作。

〔嵩陽〕嵩陽縣。唐屬河南府。見新書卷三八地理志。

〔修行坊〕即修行里。在長安朱雀門街東第四街。見兩京城坊考卷三。白氏有唐善人墓碑銘（卷四一）：「長慶元年二月二十三日夜無疾即世於長安修行里第。」

〔春明門〕見卷六村中留李三宿詩箋。

【校】

〔修行坊〕「修」，汪本、英華俱訛作「循」。全詩注云：「一作『循』。」亦非。蓋汪本、全詩俱承英華之誤。城按：唐長安無「循行坊」。

〔何事入關又出關〕馬本、汪本俱訛作「何事出關又入關」，據宋本、那波本、盧校改正。汪本注云：「一作『君何入關又出關』。」全詩「何事」下注云：「一作『君何』。」

〔春明門二句〕英華作「春明門外高城處直下便是嵩山路」。全詩注云：「一作『春明門外高高處直下便是嵩山路』。」疑「高高」當爲「高城」二字之訛。汪本作「春明門外城高處直下便是嵩山路」，「城」下注云：「一作『高』。」「直下」下注云：「一作『門前』。」

醉後走筆酬劉五主簿長句之贈兼簡張大賈二十四先輩昆季

劉兄文高行孤立，十五年前名翕習。是時相遇在符離，我年二十君三十。得意忘年心迹親，寓居同縣日知聞。衡門寂寞朝尋我，古寺蕭條暮訪君。朝來暮去多攜手，窮巷貧居何所有？秋燈夜寫聯句詩，春雪朝傾煖寒酒。陴湖綠愛白鷗飛，濉水清憐紅鯉肥。偶語閑攀芳樹立，相扶醉踏落花歸。張賈弟兄同里巷，乘閑數數來相訪。

雨天連宿草堂中，月夜徐行石橋上。我年漸長忽自驚，鏡中冉冉髭鬚生。心畏後時同勵志，身牽前事各求名。問我棲棲何所適？鄉人薦爲鹿鳴客。二千里別謝交遊，三十韻詩慰行役。出門可憐唯一身，弊裘瘦馬入咸秦。鼕鼕街鼓紅塵闇，晚到長安無主人。二賈二張與余弟，驅車邐迤來相繼。操詞握賦爲干戈，鋒鋭森然勝氣多。齊入文場同苦戰，五人十載九登科。二張得儁名居甲，美退争雄重告捷。棠棣輝榮並桂枝，芝蘭芬馥和荆葉。唯有沅犀屈未伸，握中自謂駭雞珍。三年不鳴鳴必大，豈獨駭雞當駭人。元和運啓千年聖，同遇明時余最幸。始辭秘閣吏王畿，遽列諫垣升禁闈。蹇步何堪鳴珮玉？衰容不稱著朝衣。閶闔晨開朝百辟，冕旒不動香煙碧。步登龍尾上虚空，立去天顔無咫尺。宫花似雪從乘輿，禁月如霜坐直廬。身賤每驚隨内宴，才微常愧草天書。晚松寒竹新昌第，職居密近門多閉。日暮銀臺下直迴，故人到門門暫開。迴頭下馬一相顧，塵土滿衣何處來？斂手炎涼叙未畢，先説舊山今悔出。岐陽旅宦少歡娱，江左羈遊費時日。贈我一篇行路吟，吟之句句披沙金。歲月徒催白髮貌，泥塗不屈青雲心。誰會茫茫天地意？短才獲用長才棄。我隨鵷鷺入煙雲，謬上丹墀爲近臣。君同鸞鳳棲荆棘，猶著青袍作選人。惆悵知賢不能薦，徒爲出入蓬萊殿。月慚諫紙二百張，歲愧俸錢三十萬。大底浮榮何足道，幾度相逢即身老。

且傾斗酒慰羇愁，重話符離問舊遊。北巷鄰居幾家去，東林舊院何人住？武里村花落復開，流溝山色應如故。感此酬君千字詩，醉中分手又何之？須知通塞尋常事，莫歎浮沈先後時。慷慨臨歧重相勉，殷勤別後加餐飯。君不見，買臣衣錦還故鄉，五十身榮未爲晚！

【箋】

作於元和四年（八〇九），三十八歲，長安，左拾遺、翰林學士。城按：此詩花房英樹據汪譜繫於元和三年，非是。詩云：「二張得雋名居甲」，二張者，張徹及弟張復也。張徹，元和四年始中進士第，見登科記考卷十七。白氏又有鄧魴張徹落第詩（卷一）作於元和三年，故此詩應繫於元和四年。唐宋詩醇卷二一：「七古長篇，一氣盤旋，不必刻意苛求，自居大家風格，非晚唐人寒儉迫促者所能到。『惆悵知賢不能薦』四句，自佔身份極高。末段仍歸曠達。是詩作於元和之初，居易爲左拾遺，未幾即丐改官，除京兆户曹參軍外出，蓋立朝而道不行，則奉身而退，知愧者庶可無愧也。」

〔劉五主簿〕名未詳。據此詩，知係十五年前在符離相識之舊友。白氏又有縣南花下醉中留劉五（卷十三）、送劉五司馬赴任硤州兼寄崔使君（卷三一）兩詩，疑同指一人。

〔張大〕張徹。見卷一鄧魴張徹落第詩箋。李賀有酒罷張大徹索贈詩。白氏又有張徹宋申錫可並監察御史制(卷四八)。

〔賈二十四〕賈餗。字子美,進士擢第。長慶末出爲常州刺史。大和九年拜中書侍郎、同平章事。見舊書卷一六九、新書卷一七九本傳。

〔符離〕符離縣。元和郡縣志卷九:符離縣,本秦舊縣。漢屬沛郡。高齊時屬睢南郡。開皇三年罷郡,以縣屬徐州。爾雅曰:「莞,苻離也。以地多此草,故名。」城按:元和四年有詔割符離、蘄縣及泗州之虹縣置宿州。見舊書卷三八地理志。白氏有祭符離六兄文(卷四〇)。此詩云:「是時相遇在符離,我年二十君三十。」則居易在符離時當爲貞元七年。考「符離」本作「苻離」,詳後校文。

〔陴湖〕水經注睢水:「睢水,又東與滭湖水合,水上承甾丘縣之渒陂。」楊守敬水經注疏:「趙渒改滭。會貞按:新唐志:宿州符離東北九十里有隋故牌湖隄。九域志:符離有陴河。金史地理志:符離有陴湖。又云:陴湖即今滭湖。滭也,渒也,牌也,陴也,皆以形聲相近錯出,竊以牌、陴、渒三字皆從卑,而滭又從水,當以作渒爲是,故至今猶稱渒湖(見一統志)。此注滭渒參差,當改上句滭作渒,趙氏反改下句渒作滭,失之,在今宿州東北。」據此則「陴湖」當作「渒湖」。

〔濉水清憐紅鯉肥〕太平寰宇記卷十七宿州:「睢水在符離縣北二十里。」清統志鳳陽府一:「睢水在宿州北二十里。」白氏祭符離六兄文:「春草之中,畫爲墓田。濉水南岸,符離東偏。」

〔張賈弟兄同里巷〕居易與張徹及賈餗兄弟同在符離,爲鄰居,故云。

〔二張得雋名居甲〕二張指張徹及其弟張復。張徹見前箋。張復擢進士第在元和元年。韓愈張徹墓誌銘：「君弟復亦進士。」五百家注引孫注：「元和元年，復中進士。」城按：張復後爲元稹從事。幽閑鼓吹：「元稹在鄂州，張復爲從事。稹常賦詩，命院中屬和，復乃簪笏見稹曰：『某偶以大人往還高門，謬獲一第，其實詩賦皆不能也。』稹嘉之曰：『質實如是，賢於能詩者矣。』」

〔美退争雄重告捷〕指賈餗及白行簡。城按：賈餗，字子美，貞元十九年進士擢第，元和三年又登制策甲科，見登科記考卷十五及卷十七。白行簡，字知退，元和二年登進士第，見唐詩紀事卷四一。

〔唯有沅犀屈未伸四句〕戰國策楚策一：「（楚王）乃遣使車百乘，獻雞駭之犀、夜光之璧於秦王。」城按：駭雞犀乃犀角名。抱朴子登涉：「通天犀角有一赤理如綖，自本徹末，以角盛米置羣雞中，雞欲往啄之，未至數寸，即驚卻退，故南人名通天犀爲駭雞犀。」此蓋指劉五未登科第而言。

〔新昌〕新昌里。見卷二和答詩序箋。

〔銀臺〕見卷九早朝賀雪寄陳山人詩箋。

〔岐陽〕指鳳翔府。

〔蓬萊殿〕在長安大明宮紫宸殿之後。見兩京城坊考卷一。

〔月慚諫紙二百張〕據此詩可知月領諫紙二百張爲唐代諫官之定制。白氏論制科人狀（卷五八）：「臣今職爲學士，官是拾遺，日草詔書，月請諫紙。」

〔武里村〕在符離，今無考。

〔流溝山〕當在符離附近。白氏亂後過流溝寺詩（卷十三）：「九月徐州新戰後，悲風殺氣滿山河。唯有流溝山下寺，門前依舊白雲多。」又有題流溝寺古松詩（卷十三）。城按：此兩詩俱作於貞元十六年以前，是時符離尚屬徐州。

【校】

〔題〕「張大」，汪本訛作「張太」。

〔符離〕「符」字當從「草」作「苻」，後多從竹。城按：漢書地理志沛郡，王先謙補注云：「爾雅：莞，苻離也。地多此草，故名。見元和志。先謙按：苻離之『苻』當從草，據莽改『符合』，取符之義，似從竹已久矣。」王昶金石萃編卷一一四韓昶自爲墓誌按語云：「誌云：生徐之符離，小名曰符。元和郡縣志：符離本秦舊縣。漢屬沛縣。高齊時屬睢南郡。開皇三年罷符離縣屬徐州。爾雅曰：莞，苻離也。以地多此草故名。據此則符離當從艸，今從竹。」兩王氏所考俱是。楊守敬水經注疏卷二四據漢書地理志謂當作「符離」，失考。宋本、那波本、馬本、汪本、全詩俱作「符離」，非。

〔陴湖〕當作「渒湖」，各本白集及全詩俱非，參見前箋。

〔濉水〕「濉」下馬本注云：「蘇回切。」

〔醉踏〕「踏」，汪本、全詩俱作「蹋」。城按：蹋爲踏之本字。

〔二千里別〕「别」，馬本作「外」，非。據宋本、那波本、汪本、全詩、盧校改。

〔邐迤〕馬本「邐」下注云：「良以切。」「迤」下注云：「延知切。」

〔齊入文場同苦戰〕馬本作「同入文場多苦戰」，據宋本、那波本、汪本、全詩、盧校改。

〔運啓〕「啓」，馬本訛作「氣」，據宋本、那波本、汪本、全詩、盧校改正。

〔岐陽〕「岐」，宋本誤作「歧」。

〔羈遊〕「羈」，馬本訛作「遷」，據宋本、那波本、汪本、全詩、盧校改正。

〔誰會〕「會」，馬本作「謂」，據宋本、那波本、汪本、全詩、盧校改。

和錢員外答盧員外早春獨遊曲江見寄長句

春來有色闇融融，先到詩情酒思中。柳岸霏微裛塵雨，杏園澹蕩開花風。聞君獨遊心鬱鬱，薄晚新晴騎馬出。醉思詩侶有同年，春歎翰林無暇日。雲夫首唱寒玉音，蔚章繼和春搜吟。此時我亦閉門坐，一日風光三處心。雲夫、蔚章同年及第，時予與蔚章同在翰林。

【箋】作於元和三年（八〇八）至元和六年（八一一），長安，左拾遺、翰林學士。城按：丁居晦重修承旨學士壁記：「錢徽，元和三年八月二十六日，自祠部員外郎充。六年四月二十五日，加司封郎中。」則此詩必作於六年四月前。

〔錢員外〕錢徽。見卷五冬夜與錢員外同直禁中詩箋。並參見和錢員外禁中夙興見示（卷五）、同錢員外題絶糧僧巨川（卷十四）、杏園花落時招錢員外同醉（卷十四）等詩。

〔盧員外〕盧汀。字雲夫，舊、新唐書俱無傳。據韓愈酬司門盧四兄雲夫院長望秋作、和虞部盧四汀酬翰林錢七徽赤藤杖歌、盧郎中寄示送盤谷子詩兩章歌以和之、和庫部盧四兄元日朝回、早赴街西行香贈盧李二中舍、酬盧給事曲江荷花行諸詩考之，蓋歷虞部、司門、庫部郎曹，遷中書舍人，爲給事中，其後不知所終。城按：登科記考卷十二：「錢徽、盧汀，貞元元年鄭全濟榜同年及第。」故白氏此詩自注云：「雲夫、蔚章同年及第。」又郎官石柱題名主客郎中有盧汀名，知其亦曾歷此官。

【校】

〔褭塵〕「褭」下馬本注云：「乙業切。」

東墟晚歇　時退居渭村。

涼風冷露蕭索天，黄蒿紫菊荒涼田。遶塚秋花少顔色，細蟲小蝶飛翻翻。中有騰騰獨行者，手拄漁竿不騎馬。晚從南澗釣魚迴，歇此墟中白楊下。褐衣半故白髮新，人逢知我是何人？誰言渭浦棲遲客，曾作甘泉侍從臣？

【箋】約作於元和六年（八一一）至元和九年（八一四），下邽。

〔渭浦〕渭水。

〔甘泉〕甘泉宮。三輔黄圖卷二引關輔記：「林光宮，一曰甘泉宮。秦所造，在今池陽縣西故甘泉山，宮以山爲名，宮周匝十餘里，漢武帝建元中增廣之，周十九里，去長安三百里，望見長安城黄帝以來圓丘祭天處。」

客中月

客從江南來，來時月上弦。悠悠行旅中，三見清光圓。曉隨殘月行，夕與新月宿。誰謂月無情？千里遠相逐。朝發渭水橋，暮入長安陌。不知今夜月，又作誰家客？

【箋】或作於元和十五年（八二〇），長安。

挽歌詞

丹旐何飛揚？素驂亦悲鳴。晨光照閭巷，輀車儼欲行。蕭條九月天，哀挽出重城。借問送者誰？妻子與弟兄。蒼蒼上古原，峨峨開新塋。含酸一慟哭，異口同哀聲。舊壠轉蕪絶，新墳日羅列。春風草緑北邙山，此地年年生死别。

【箋】

約作於長慶三年（八二三）以前。城按：白氏長慶集後序（卷二一）云：「前三年，元微之爲予編次文集而序之，凡五帙，每帙十卷，訖長慶二年冬，號白氏長慶集。」據此，凡不能考定其作年而原編次在前集内者，悉爲長慶三年前作。後同此。

〔北邙山〕在洛陽北。清統志河南府：「北邙山在洛陽縣北，東接孟津、偃師、鞏三縣，亦作芒山。」白氏孔戡詩（卷一）云：「形骸隨衆人，斂葬北邙山。」此地自古爲死者葬處。

【校】

〔題〕英華作「古挽歌」。

〔輀車〕「輀」，宋本、那波本、汪本、英華、樂府、盧校俱作「轜」。城按：輀車即喪車，亦作「轜」。馬本「輀」下注云：「音而。」

〔哀挽出重城〕英華、汪本倶作「晚出洛陽城」。汪本注云：「一作『哀挽出重城』。」全詩「哀挽出重」下注云：「一作『晚出洛陽』。」

〔上古原〕英華、汪本倶作「古原上」。全詩注云：「一作『古原上』。」

〔慟哭〕「慟」，英華作「悲」。

〔巽口〕「口」，英華訛作「日」。

〔草緑〕汪本作「秋草」，注云：「一作『草緑』。」全詩注云：「一作『秋草』。」

長相思

九月西風興，月冷霜華凝。思君秋夜長，一夜魂九升。二月東風來，草拆花心開。思君春日遲，一日腸九迴。妾住洛橋北，君住洛橋南。十五即相識，今年二十三。有如女蘿草，生在松之側。蔓短枝苦高，縈迴上不得。人言人有願，願至天必成。願作遠方獸，步步比肩行。願作深山木，枝枝連理生。

【箋】約作於長慶三年（八二三）以前。

〔洛橋〕即洛中橋。在洛陽洛水上。見乾隆河南府志卷六九。同書卷八六橋梁：「上元二年，司農卿韋機始移中橋，自立德坊西南，置于安衆坊之左，南當長夏門街，都人甚以爲便。」白氏洛橋寒食日作十韻詩（卷二六）云：「上苑風烟好，中橋道路平。」

【校】

〔草拆〕「拆」，馬本訛作「折」，據宋本、那波本、汪本、樂府、全詩、盧校改正。

山鷓鴣

山鷓鴣，朝朝暮暮啼復啼。啼時露白風凄凄。黄茅崗頭秋日晚，苦竹嶺下寒月低。畬田有粟何不啄？石楠有枝何不棲？迢迢不緩復不急，樓上舟中聲闇入。夢鄉遷客展轉卧，抱兒寡婦彷徨立。山鷓鴣，爾本此鄉鳥。生不辭巢不別群，何苦聲聲啼到曉？啼到曉，唯能愁北人。南人慣聞如不聞。

【箋】

作於元和十年（八一五），四十四歲，江州，江州司馬。

〔南人慣聞如不聞〕查慎行白香山詩評：「『南人慣聞如不聞』，黄山谷『北人墮淚南人笑』，語意本此。」

【校】

〔聲闇入〕「聲」，那波本訛作「夜」。

放旅雁 元和十年冬作。

九江十年冬大雪，江水生冰樹枝折。百鳥無食東西飛，中有旅雁聲最飢。雪中啄草冰上宿，翅冷騰空飛動遲。江童持網捕將去，手攜入市生賣之。我本北人今譴謫，人鳥雖殊同是客。見此客鳥傷客人，贖汝放汝飛入雲。雁雁汝飛向何處？第一莫飛西北去。淮西有賊討未平，百萬甲兵久屯聚。官軍賊軍相守老，食盡兵窮將及汝。健兒飢餓射汝喫，拔汝翅翎爲箭羽。

【箋】

作於元和十年（八一五），四十四歲，江州，江州司馬。

〔淮西有賊討未平〕指蔡州吴元濟之叛。元濟，彰義軍節度使吴少陽長子。元和九年九月，少陽卒，元濟不發喪，出兵攻掠魯山、襄城、汝州、許州等地，關東震恐。同年十月，憲宗詔李光顔、嚴綬督諸道兵討伐吴元濟。師久無功，至元和十二年十月（城按：舊書元濟傳誤作十一月，當以通鑑爲正），始爲裴度、李愬等所平定。見舊書卷一四五吴元濟傳及通鑑卷二四〇唐紀五六。

【校】

〔樹枝折〕宋本、那波本俱訛作「析」。

送春歸 元和十一年三月三十日作。

送春歸，三月盡日日暮時。去年杏園花飛御溝緑，何處送春曲江曲。今年杜鵑花落子規啼，送春何處西江西。帝城送春猶怏怏，天涯送春能不加惆悵？莫惆悵，送春人。冗員無替五年罷，應須准擬再送潯陽春。五年炎涼凡十變，又知此身健不健？好送今年江上春，明年未死還相見。

【箋】

作於元和十一年（八一六），四十五歲，江州，江州司馬。

〔杏園〕見卷一杏園中棗樹詩箋。

〔曲江〕見卷一杏園中棗樹詩箋。

〔潯陽〕見卷一潯陽三題詩箋。

【校】

〔五年罷〕「年」上那波本衍「十」字。

〔好送〕「送」，宋本、那波本、全詩、盧校俱作「去」。全詩注云：「一作『送』。」

山石榴寄元九

山石榴，一名山躑躅，一名杜鵑花，杜鵑啼時花撲撲。九江三月杜鵑來，一聲催得一枝開。江城上佐閑無事，山下斸得廳前栽。爛熳一欄十八樹，根株有數花無數。千房萬葉一時新，嫩紫殷紅鮮麴塵。淚痕裛損燕支臉，剪刀裁破紅綃巾。謫仙初墮愁在世，姹女新嫁嬌泥去聲春。日射血珠將滴地，風翻火焰欲燒人。閑折兩枝持在手，細看不似人間有。花中此物是西施，芙蓉芍藥皆嫫母。奇芳絶豔别者誰？通州遷客元拾遺。拾遺初貶江陵去，去時正值青春暮。商山秦嶺愁殺人，山石榴花紅夾路。題詩報我何所云？苦云色似石榴裙。當時叢畔唯思我，今日欄前只憶君。憶君不見坐銷落，日西風起紅紛紛。

【箋】

作於元和十一年（八一六），四十五歲，江州，江州司馬。城按：白氏有題山石榴花（卷十六）及戲問山石榴（卷十六）詩，可參看。

〔元九〕元稹。見卷一酬元九對新栽竹有懷見寄詩箋。

〔通州〕通州通川郡，唐屬山南西道。見新書卷四〇地理志。

〔元拾遺〕元稹。見卷九權攝昭應早秋書事寄元拾遺兼呈李司録詩箋。

〔拾遺初貶江陵去二句〕元和五年三月，元稹貶爲江陵士曹參軍。

〔題詩報我何所云〕白氏武關南見元九題山石榴花見寄詩（卷十五）云：「往來同路不同時，前後相思兩不知。行過關門三四里，榴花不見見君詩。」即此詩所指。

〔商山秦嶺〕通典卷一七五：「上洛，漢舊縣，有秦嶺山。」

【校】

〔斸得〕「斸」下馬本注云：「之六切。」

〔裛損〕「裛」下馬本注云：「乙業切。」

〔奼女〕「奼」下馬本注云：「齒下切。少女也。」

〔火焰〕馬本誤倒作「焰火」，據宋本、那波本、汪本、全詩、盧校乙轉。

〔是西施〕「是」，宋本、那波本、全詩俱作「似」。

〔愁殺人〕「人」，宋本、那波本、全詩、盧校俱作「君」。全詩注云：「一作『人』。」

〔苦云〕「苦」，馬本作「若」，非。據宋本、那波本、汪本、全詩改正。全詩注云：「一作『若』。」亦非。

畫竹歌 并引

協律郎蕭悦善畫竹，舉時無倫，蕭亦甚自秘重，有終歲求其一竿一枝而不得者。知予天與好事，忽寫一十五竿，惠然見投，予厚其意、高其藝，無以答貺，作歌以報之，凡一百八十六字云。

植物之中竹難寫，古今雖畫無似者。蕭郎下筆獨逼真，丹青以來唯一人。人畫竹身肥擁腫，蕭畫莖瘦節節竦。人畫竹梢死羸垂，蕭畫枝活葉葉動。不根而生從意生，不笱而成由筆成。野塘水邊碕岸側，森森兩叢十五莖。嬋娟不失筠粉態，蕭颯盡得風煙情。舉頭忽看不似畫，低耳静聽疑有聲。西叢七莖勁而健，省向天竺寺前石上見。東叢八莖疏且寒，憶曾湘妃廟裏雨中看。幽姿遠思少人别，與君相顧空長歎。蕭郎蕭郎老可惜，手顫眼昏頭雪色。自言便是絶筆時，從今此竹尤難得。

【箋】

約作於長慶二年（八二二）至長慶三年（八二三），杭州，杭州刺史。城按：唐宋詩醇卷二二：「波瀾意度，直逼子美堂奥，與香山平日面貌不類，蓋有意規倣子美題畫諸作而爲之者。」

〔蕭悦〕蘭陵人，唐代名畫家。居易爲杭州刺史時之僚屬。歷代名畫記卷十：「蕭悦，協律郎，工竹，一色有雅趣。」宣和畫譜卷十五著録其作品有烏節照碧、梅竹鶉鷯、風竹、筍竹等圖，並云：「蕭悦，不知何許人也。時官爲協律郎，人皆以官稱其名，謂之蕭協律。唯喜畫竹，深得竹之生意，名擅當世。白居易詩名擅當世，一經題品者，價增數倍，題悦畫竹詩云：『舉頭忽見不似畫，低耳静聽疑有聲。』其被推稱如此，悦之畫可想見矣。今御府所藏五。」又唐朝名畫録能品中載有蕭悦云：「蕭悦畫竹又偏妙也。」白氏又有醉後狂言酬贈蕭殷二協律（本卷）、與范陽盧賈汝南周元範蘭陵蕭悦清河崔求東萊劉方輿同遊恩德寺（卷二〇）、歲假内命酒贈周判官蕭協律（卷二〇）、憶杭州梅花因叙舊遊寄蕭協律（卷二三）諸詩，俱可參看。

〔西叢七莖勁而健四句〕明謝榛詩家直説卷四：「白樂天畫竹歌云：『西叢七莖勁而健，省向天竺寺前石上見。東叢八莖疎且寒，憶曾湘妃廟裏雨中看。』此作造語清潤，讀者襟抱灑然，能發萬里之興，所謂淘沙拂金，難得之句也。釋景雲畫松詩云：『畫松一似真松樹，見待思量記得無？憶在天台山上見，石橋南畔第三株。』此詩全襲樂天，未見超絶，皎然所論三偷，雲公可當一二。」天竺寺在杭州。咸淳臨安志卷八〇：「下竺靈山教寺，在錢唐縣西一十七里。隋開皇十五年僧真觀法師與道安禪師建，號南天竺。唐永泰中賜今額。」城按：杭州天竺寺有三：上天竺寺創自石晉天福間，中天竺寺創自宋太平興國元年，下天竺寺創自隋開皇中。上中二寺皆唐以後所建，其始亦無天竺寺之名。唐之天竺寺乃今之下天竺也。

【校】

〔題〕「并引」，馬本作并序。據宋本、那波本、汪本、全詩改。

〔舉時〕「時」下全詩注云：「一作『世』。」

〔天與好事〕四字文粹作「好事」。

〔以報之〕「報」，英華作「答」。全詩注云：「一作『答』。」

〔下筆〕英華作「手下」。

〔枝活葉葉動〕那波本作「竹枝活葉動」。

〔碕岸〕「碕」下馬本注云：「渠宜切。」

〔低耳〕「耳」，文粹作「眉」。

〔寺前〕「前」下，英華、全詩俱注云：「一作『邊』。」

〔憶曾〕馬本誤倒作「曾憶」。據宋本、那波本、汪本、全詩、盧校乙轉。

〔手顫〕「顫」，宋本、那波本、文粹俱作「戰」。汪本、全詩俱注云：「一作『戰』。」馬本「顫」下注云：「六善切。」

〔尤難得〕「尤」，馬本訛作「猶」。據宋本、那波本、汪本、全詩改正。

真娘墓　墓在虎丘寺。

真娘墓，虎丘道。不識真娘鏡中面，唯見真娘墓頭草。霜摧桃李風折蓮，真娘死時猶少年。脂膚荑手不牢固，世間尤物難留連。難留連，易銷歇。塞北花，江南雪。

【箋】

約作於寶曆元年（八二五）至寶曆二年（八二六），蘇州，蘇州刺史。城按：劉集外二有和樂天題真娘墓詩。

〔真娘〕唐之名妓。李紳真娘墓詩序（全詩卷四八二）：「吳之妓人，歌舞有名者，死葬於吳武丘寺（城按：唐諱虎爲武）前，吳中少年從其志也。墓多花草，以蔽其上。」雲溪友議卷中：「真娘者，吳國之佳人也，時人比於蘇小小，死葬吳宮之側。行客感其華麗，競爲詩題於墓樹，櫛比鱗臻。」吳地記：「虎丘山寺側有真娘墓，吳國之佳麗也。行客才子多題墓上，有舉子譚銖作詩一絶，其後人稍稍息筆。」唐詩紀事卷五六：「真娘者，葬吳宮之側，行客賦詩多矣。銖書一絶，題者遂止。詩曰：『武丘山下冢纍纍，松柏蕭條盡可悲。何事世人偏重色，真娘墓上獨題詩。』」吳郡志卷三九：「真娘墓在虎丘寺側。」

〔虎丘寺〕在蘇州虎丘山。吳郡志卷三二：「雲巖寺即虎丘山寺，晉司徒王珣及弟司空王珉之別業也。咸和二年捨以爲寺。即劍池而分東西，今合爲一。寺之勝聞天下，四方遊客過吳者，未有不訪焉。」城按：唐諱虎，改爲武丘寺。

〔虎丘〕越絶書記吳地傳曰：「闔廬冢在閶門外，名虎丘，千萬人築治之。築三日而白虎居上，故號爲虎丘。」元和郡縣志：「虎丘山在（吳）縣西南八里。」

【校】

〔題〕此下小注英華作「其墓前乃虎丘寺也」。

〔尤物〕「尤」，宋本、那波本、馬本俱訛作「有」。據汪本、全詩、盧校改正。

〔易銷歇〕此上馬本脱「難留連」三字，據宋本、那波本、汪本、全詩、盧校補。

長恨歌傳

前進士陳鴻撰

開元中，泰階平，四海無事。玄宗在位歲久，倦于旰食宵衣，政無小大，始委于右丞相。深居遊宴，以聲色自娱。先是元獻皇后、武淑妃皆有寵，相次即世。宫中雖良家子千數，無可悦目者。上心忽忽不樂。時每歲十月，駕幸華清宫，内外命婦，熠燿景從，浴日餘波，賜以湯沐，春風靈液，澹蕩其間。上心油然，若有顧遇。左右前後，粉色如土。詔高力士潛搜外宫，得弘農楊玄琰女于壽邸。既笄矣，鬒髮膩理，纖穠中度，舉止閑冶，如漢武帝李夫人。别疏湯泉，詔賜澡瑩。既出水，體弱力微，若不任羅綺，光彩焕發，轉動照人。上甚悦，進見之日，奏霓裳羽衣曲以導之。定情之夕，授金釵鈿合以固之。又命戴步摇，垂金璫。明年，册爲貴妃，半后服用。繇是冶其容，敏其詞，婉孌萬態，以中上意，上益嬖焉。時省風九州，泥金五岳，驪山雪夜，上陽春朝，與上行同輦，居同室，宴專席，寢專房，雖有三夫人、九嬪、二十七世婦、八十一御妻暨後宫才人、樂府妓女，使天子無顧盼意。自是六宫無復進幸者。非徒殊豔尤態致是，蓋才智明慧，善巧便佞，先意希旨，有不可形容者。叔父昆弟皆列在清貫，爵爲通侯。姊妹封國夫人，富埒王室，車服邸第與大長公主侔，而恩澤勢力則又過之。出入禁門不問，京師長吏爲側目。故當時謡詠有云：生女勿悲酸，生男勿喜歡。又曰：男不封侯女作妃，看女却爲門上楣。其人心羡慕如此。天寶末，兄國忠盜丞相位，愚弄國柄。及安禄山引兵向闕，以討楊氏爲辭。潼關不守，翠華南幸，出咸陽，道次馬嵬亭，六軍徘徊，持戟不進，從官郎吏伏上馬前，請誅錯以謝天下。國忠奉氂纓盤水，死於道周。左右之意未快。上問之，當時敢言者請以貴妃塞天下怒。上知不免，而不忍見其死，反袂掩面，使牽之而去，蒼黄展轉，竟就絶於尺組之下。既而玄宗狩成都，肅宗受禪靈武。明年，大兇歸元，大駕還都，尊玄宗爲太上皇，就養南宫，遷于西内。時移事去，樂盡悲來。每至春之日，冬之夜，池蓮夏開，宫槐秋落，梨園弟子玉琯發音，聞霓裳羽衣一聲，則天顔不怡，左右歔欷。三載一意，其念不衰。求之夢魂，杳不能得。適有道士自蜀來，知上皇心念楊妃如是，自言有李少君之術。玄宗大喜，命致其神。方士乃竭其術以索之，不至。又能遊神馭氣，出天界，没地府以求之，不見。又旁求四虚上下，東極大海，跨蓬壺，見最高仙山，上多樓闕，西廂下有洞户東向，闔其門，署曰玉妃太真院。方士抽簪叩扉，有雙童女出應門，方士造次未及言，而雙鬟復入，俄有碧衣侍女又至，詰其所從，方士因稱唐天子使者，且致其命。碧衣云：玉妃方寢，請少待之。于時雲海沈沈，洞天日晚，瓊户重闔，悄然無聲。方士屏息斂足，拱手門下，久之而碧衣延入，且曰：玉妃出。見一人冠金蓮，披紫綃，珮紅玉，曳鳳舄，左右侍者七八人。揖方士，問皇帝安否？次問天寶十四年已還事。言訖憫然，指碧衣取金釵鈿合，各析其半授使者曰：爲謝太上皇，謹獻是物，尋舊好也。方士受辭與信，將行，色有不足。玉妃固徵其意，復前跪致詞，請當時一事不爲他人聞者，驗於太上皇，不然恐鈿合金釵負新垣平之詐也。玉妃茫然退立，若有所思。徐而言之曰：昔天寶十載，侍輦避暑驪山宫，秋七月，牽牛織女相見之夕，秦人風俗，是夜張錦繡，陳飲食，樹瓜華，焚香于庭，號爲乞巧。宫掖間尤尚之。夜始半，休侍衛於東西廂，獨侍上。上凭肩而立，因仰天感牛女事，密相誓心，願世世爲夫婦。言畢，執手各嗚咽。此獨君王知之耳！因自悲曰：由此一念，又不得居此，復墮下界，且結後緣，或爲天，或爲人，決再相見，好合如舊。因言太上皇亦不久人間，幸惟自安，無自苦耳！使者還奏太上皇，皇心震悼，日日不豫。其年夏四月，南宫晏駕。元和元年冬十二月，太原白樂天自校書郎尉于盩厔，鴻與瑯邪王質夫家于是邑，暇日相攜遊仙遊寺，話及此事，相與感歎。質夫舉酒於樂天前曰：夫希代之事，非遇出世之才潤色之，則與時消没，不聞于世。樂天深於詩、多於情者也，試爲歌之如何？樂天因爲長恨歌，意者不但感其事，亦欲懲尤物，窒亂階，垂於將來也。歌既成，使鴻傳焉。世所不聞者，予非開元遺民，不得知；世所知者，有玄宗本紀在，今但傳長恨歌云爾。

長恨歌

漢皇重色思傾國，御宇多年求不得。楊家有女初長成，養在深閨人未識。天生麗質難自棄，一朝選在君王側。迴眸一笑百媚生，六宫粉黛無顏色。春寒賜浴華清池，温泉水滑洗凝脂。侍兒扶起嬌無力，始是新承恩澤時。雲鬢花顔金步摇，芙蓉帳暖度春宵。春宵苦短日高起，從此君王不早朝。承歡侍宴無閑暇，春從春遊夜專夜。後宫佳麗三千人，三千寵愛在一身。金屋妝成嬌侍夜，玉樓宴罷醉和春。姊妹弟兄皆列土，可憐光彩生門户。遂令天下父母心，不重生男重生女。驪宫高處入青雲，仙樂風飄處處聞。緩歌慢舞凝絲竹，盡日君王看不足。漁陽鞞鼓動地來，驚破霓裳羽衣曲。九重城闕煙塵生，千乘萬騎西南行。翠華摇摇行復止，西出都門百餘里。六軍不發無奈何，宛轉娥眉馬前死！花鈿委地無人收，翠翹金雀玉搔頭。君王掩面救不得，迴看血淚相和流。黄埃散漫風蕭索，雲棧縈紆登劍閣。峨嵋山下少人行，旌旗無光日色薄。蜀江水碧蜀山青，聖主朝朝暮暮情。行宫見月傷心色，夜雨聞鈴腸斷聲。天旋日轉迴龍馭，到此躊躇不能去。馬嵬坡下泥土中，不見玉顔空死處。君臣相顧盡霑衣，東望都門信馬歸。歸來池苑皆依舊，太液芙蓉未央柳。芙蓉如面柳如眉，對此如何不淚垂？春風桃李花開夜，秋雨梧桐葉落時。西宫南苑多秋草，宫葉滿階紅不掃。梨園弟子白髮新，椒房阿監青娥老。夕殿螢飛思悄然，孤燈挑盡未成眠。遲遲鐘鼓初長夜，耿耿星河欲曙天。鴛鴦瓦冷霜華重，翡翠衾寒誰與共？悠悠生死別經年，魂魄不曾來入夢。臨邛道士鴻都客，能以精誠致魂魄。爲感君王展轉思，遂教方士殷勤覓。排空馭氣奔如電，昇天入地求之遍。上窮碧落下黄泉，兩處茫茫皆不見。忽聞海上有仙山，山在虚無縹渺間。樓閣玲瓏五雲起，其中綽約多仙子。中有一人字太真，雪膚花貌參差是。金闕西廂叩玉扃，轉教小玉報雙成。聞道漢家天子使，九華帳裏夢魂驚。攬衣推枕起徘徊，珠箔銀屏邐迤開。雲鬢半偏新睡覺，花冠不整下堂來。風吹仙袂飄飄舉，猶似霓裳羽衣舞。玉容寂寞淚闌干，梨花一枝春帶雨。含情凝睇謝君王，一别音容兩渺茫。昭陽殿裏恩愛絶，蓬萊宫中日月長。迴頭下望人寰處，不見長安見塵霧。唯將舊物表深情，鈿合金釵寄將去。釵留一股合一扇，釵擘黄金合分鈿。但令心似金鈿堅，天上人間會相見。臨别殷勤重寄詞，詞中有誓兩心知。七月七日長生殿，夜半無人私語時。在天願作比翼鳥，在地願爲連理枝。天長地久有時盡，此恨緜緜無絶期！

【箋】

作於元和元年（八〇六），三十五歲，盩厔，盩厔尉。見陳譜及汪譜。城按：白氏與元九書（卷四五）云：「及再來長安，又聞有軍使高霞寓者，欲聘倡妓，妓大誇曰：『我誦得白學士長恨歌，豈同他妓哉？』由是增價。……又昨過漢南日，適遇主人集衆樂娱他賓，諸妓見僕來，指而相顧曰：『此是秦中吟、長恨歌主耳。』」編集拙詩成一十五卷因題卷末戲贈元九李二十（卷十六）云：「一篇長恨有風情，十首秦吟近正聲。每被老元偷格律，苦教短李伏歌行。世間富貴應無分，身後文章合有名。莫怪氣粗言語大，新排十五卷詩成。」則此詩實爲白氏生平最自負之傑作。而宋人論詩，輒加貶斥，如魏泰臨漢隱居詩話云：「白居易曰：『六軍不發將（無）奈何，宛轉蛾眉馬前死。』此乃歌詠禄山能使官軍皆叛，逼迫明皇，明皇不得已而誅楊妃也。噫！豈特不曉文章體裁，而造語拙蠢，已失臣下事君之禮也。老杜則不然，其北征詩曰：『惟昔狼狽初，事與古先别。不聞夏商衰，中自誅褒妲。』方見明皇鑑夏、商之敗，畏天悔過，賜妃子死，官軍何預焉。」唐闕史載鄭畋馬嵬詩，命意似矣，而詞句凡下，比説無狀，不足道也。」其議論極迂腐，故汪立名駁之云：「此論爲推尊少陵則可，若以此貶樂天，則不可。論詩須相題，長恨歌本與陳鴻、王質夫話楊妃始終而作，猶慮詩有未詳，陳鴻又作長恨歌傳，所謂不特感其事，亦欲懲尤物、窒亂階，垂於將來也，自與北征詩不同。若諱馬嵬事實，則『長恨』兩字便無着落矣。讀書全不理會作詩本末，而執片詞肆議古人，已屬太過，至謂歌詠禄山能使官軍云云，則尤近乎鍛鍊矣。宋人多文字吹求之禍，皆釀於此等議論。若唐人作詩本無所謂忌諱，忠厚之風，自可慕也。然陳傳中叙貴妃進於壽邸，而白詩諱之，但云：『楊家有女初長成，養在深閨人未識。天生麗質難自棄，一朝選在君王側。』安得謂樂天不知文章大體耶！」汪氏之説誠是，然猶未能擺脱所謂「温柔敦厚」之旨。又馬永卿嬾真子卷二：「詩人之言，爲用固寡，然大有益於世者，若長恨歌是也。」何義門云：「是傳奇體，然法度好，風神頓挫，亦要爲才子之最也。」翁方綱石洲詩話卷二：「白公之爲長恨歌、霓裳羽衣曲諸篇，自是不得不然，不但不蹈杜公、韓公之轍也。是乃瀏離頓挫，獨出冠時，所以爲豪傑耳。始悟後之欲復古者，是强作解事。」唐宋詩醇卷二二：「長恨一傳自是當時傅會之説，其事殊無足論者。居易詩詞特妙，情文相生，沉鬱頓挫，哀豔之中，具有諷刺。『漢皇重色思傾國』、『從此君王不早朝』、『君王掩面救不得』，皆微詞也。『養在深閨人未識』，爲尊者諱也。欲不可縱，樂不可極，結想成因，幻緣奚罄，總以爲發乎情而不能止乎禮義者戒也。通首分四段：『漢皇重色思傾國』至『驚破霓裳羽衣曲』暢述楊妃擅寵之事，却以『漁陽鞞鼓動地來』二句，暗攝下意，一氣直下，滅去轉落之痕。『九重城闕煙塵生』至『夜雨聞鈴腸斷聲』叙馬嵬賜死之事，『行宫見月傷心色』二句暗攝下意，蓋以幸蜀之靡日不思，引起還京之徬徨念舊，一直説去，中間暗藏馬嵬改葬一節，此行文之飛渡法也。『天旋地轉回龍馭』至『魂魄不曾來入夢』叙上皇南宫思舊之情，『悠悠生死别經年』二句亦暗攝下意。『臨邛道士鴻都客』至末叙方士招魂之事，結處點清長恨爲一詩結穴，戛然而止，全勢已足，更不必另作收束。」王國維人間詞話：「以長恨歌之壯采，而所隸之事，只『小玉雙成』四字，才有餘也。梅村歌行，則非隸事不辦。白、吴優劣，即此可見。不獨作詩爲然，填詞家亦不可不知也。」陳寅恪元白詩箋證稿：「就文章體裁演進之點言之，則長恨歌者，雖從一完整機構之小説，即長恨歌及傳中分出别行，爲世人所習誦，久已忘其與傳文本屬一體。然其本身無真正收結，無作詩緣起，實不能脱離傳文而獨立也。」以上諸説中，王、陳兩家之論，尤能突破前人藩籬。

〔陳鴻〕貞元二十一年登進士第。故元和元年作此傳時稱前進士。見登科記考卷十五。白氏早朝賀雪寄陳山人詩（卷九）：「忽思仙游谷，暗謝陳居士」，亦爲酬鴻之作。

〔元獻皇后〕玄宗元獻皇后楊氏，弘農華陽人。景雲八年選入太子宫。生肅宗。開元十七年卒。見舊書卷五二后妃傳下。

〔武淑妃〕應作武惠妃。舊書卷五一后妃傳上：「玄宗貞順皇后武氏，則天從父兄子恒安王攸止女也。攸止卒後，后尚幼，隨例入宫。上即位，漸承恩寵。及王庶人廢後，特賜號爲惠妃，宫中禮秩，一同皇后。……以開元二十五年十二月薨，年四十餘。」城按：舊唐書、新唐書楊貴妃傳均謂惠妃卒於開元二十四年，誤。據陳寅恪考證，應以卒於開元二十五年爲正。

〔華清宫〕在驪山。元和郡縣志卷一：「華清宫在驪山上。開元十一年，初置温泉宫。天寶六年（城按：應作六載）改爲華清宫。又造長生殿，名爲集靈臺，以祀神也。」鄭嵎津陽門詩「暖山度臘東風微，宫娃賜浴長湯池。刻成玉蓮噴香液，漱迴煙浪深逶迤」句原注：「宫内除供奉兩湯池，内外更有湯十六所。長湯每賜諸嬪御，其修廣與諸湯不侔，甃以文瑶寶石，中央有玉蓮捧湯泉，噴以成池。又縫綴綺繡爲鳧雁於水中，上時於其間泛鈒鏤小舟以嬉遊焉。」按：楊氏進宫在開元二十五年十二月七日武惠妃卒後，天寶四載八月十七日册爲貴妃，天寶六載温泉宫始改名華清。長恨歌及傳所記賜浴華清池事與事實不合。程大昌雍録卷四云：「白居易追咎其事，作歌以爲後鑑，世喜傳誦，然詩多不得其實也。華清宮本太宗温泉宮也，天寶六載始名華清，而楊妃入宮，以太真得幸，已在三載，則華清未名，而妃已先幸。今曰：『春寒賜浴華清池，始是初承恩幸時。』此已誤矣。」程氏之説良是。

〔高力士〕潘州人。本姓馮，少閹，内官高延福收爲假子，則天時召入禁中。玄宗在藩，力士傾心奉之。及玄宗平内難，昇儲位，奏屬内坊。以誅蕭、岑功，爲右監門衛將軍、知内侍省事。玄宗立，寵眷極專，四方奏請，先省後進，於是權臣豪將，競相結納，勢傾中外。累官驃騎大將軍，封齊國公。肅宗立，爲李輔國所劾，長流巫州。寶應初卒。見舊書卷一八四、新書卷二〇七本傳。

〔得弘農楊玄琰女于壽邸〕新書卷七六楊貴妃傳：「玄宗貴妃楊氏，隋梁郡通守汪四世孫，徙籍蒲州，遂爲永樂人。幼孤，養叔父家，始爲壽王妃。開元二十四年武惠妃薨（城按：舊、新書楊貴妃傳均誤，應以通鑑卒於二十五年十二月爲正），後廷無當帝意者。或言妃姿質天挺，宜充掖廷，遂召内禁中，異之，即爲自出妃意者，丐籍女官，號太真，更爲壽王聘韋昭訓女，而太真得幸。善歌舞，邃曉音律，且智算警穎，迎意輒悟。帝大悦，遂專房宴，宮中號娘子，儀禮與皇后等。天寶初，進册貴妃。追贈父玄琰太尉、齊國公。擢叔玄珪光禄卿。宗兄銛鴻臚卿。錡侍御史，尚太華公主。……而釗亦浸顯。釗，國忠也。三姊皆美劭，帝呼爲姨，封韓、虢、秦三國爲夫人，出入宮掖，恩寵聲焰震天下。」

〔霓裳羽衣曲〕碧雞漫志卷三：「霓裳羽衣曲，説者多異。予斷之曰：西涼創作，明皇潤色，又爲易美名，其他飾以神怪者，皆不足信也。唐史云河西節度使楊敬述獻，凡十二遍。白樂天和元微之霓裳羽衣曲歌云：『由來能事各有主，楊氏創聲君造譜。』自注云：『開元中，西涼節度楊敬述造。』鄭愚（當作鄭嵎）津陽門詩注亦稱『西涼府都督楊敬述進』。予又攷唐史突厥傳，開元間，涼州都督楊敬述爲暾煌谷所敗，白衣檢校涼州事。樂天、鄭愚之説是也。……元微之法曲詩云：『明皇度曲多新態，宛轉浸淫易沈著。赤白桃李取花名，霓裳羽衣號天樂。』……李詩謂明皇厭梨園舊曲，故有此新製。元詩謂明皇作此曲多新態，霓裳羽衣非人間服，故號天樂。然元指爲法曲，而樂天亦云：『法曲法曲歌霓裳，政和世理音洋洋，開元之人樂且康。』又知其多法曲一類也。夫西涼既獻此曲，而三人者又謂明皇製作，予以是知爲西涼創作，明皇潤色者也。」城按：霓裳羽衣曲，晦叔已考定爲法曲無疑，而陳寅恪元白詩箋證稿云：「此曲本出天竺，經由中亞，開元時始輸入中國。」又云：「據唐會要叄叄諸樂條云：天寶十三載七月十日，太樂署供奉曲名及改諸樂名，婆羅門改爲霓裳羽衣。則知霓裳羽衣曲，實原本胡樂，又何華聲之可言？開元之世治民康與此無涉，固不待言也。」任半塘則主霓裳羽衣曲係清胡合滲之法曲，並非純粹外來之胡樂，其教坊記箋訂弁言中力駁陳氏之説云：「陳寅恪不信盛唐法曲爲清胡合滲、融鑄入妙之樂，均足使國人於此之意識流於偏頗。甚至不提唐代音樂則已，若經提及，即認爲無非胡樂之天下而已，胡樂之外更不必考慮。陳氏且認琵琶所到之處莫非胡樂，指白居易新樂府内以霓裳爲法曲，乃白氏之誤，則未免自信太過，而信唐人之識唐樂者太輕。白氏有家樂，調霓裳甚精，於此事豈得爲門外漢！在新樂府内，白氏之説明法曲，頗爲具體，其可信程度，顧猶不及今人之對法曲視聽已毫無所及，但憑一種偏向之臆想而已者乎?」任氏教坊記箋訂曲名又云:「羯鼓録於太簇商有婆羅門。唐會要三三於黄鍾商有婆羅門,改爲霓裳羽衣,乃同名異曲。婆羅門是佛曲,霓裳是道曲。此霓裳羽衣既由婆羅門改名,可知其並非法曲霓裳,蓋亦同名異曲耳。詳唐戲弄稿二。」任氏之説良是,盛唐法曲以清商樂爲主,霓裳羽衣曲爲法曲中之代表作,絶非純粹之胡樂也。

〔步摇〕西京雜記卷上:「趙飛燕爲皇后,其女弟遺書上襚三十五條,有黄金步摇。」釋名釋首飾:「步摇上有垂珠,步則摇也。」楊太真外傳卷上:「是夕授金釵鈿合,上又自執麗水鎮庫紫磨金琢成步摇,至妝閣親與插鬢。上喜甚,謂後宫人曰:『朕得楊貴妃如得至寶也。』乃製曲子曰得寶子。」柳亭詩話卷十八:「東觀漢記曰:鄧太后賜馬貴人步摇一具。……沈滿願詩:『珠花縈翡翠,寶葉間金瓊。』得其形製。羅虬詩:『粧成渾欲認前朝,金鳳雙釵逐步摇。未必慕容宫裏伴,舞風歌月勝纖腰。』寫其風神。」

〔及安禄山引兵向闕二句〕舊書卷二〇〇上安禄山傳:「(天寶十四載)十一月,反於范陽。」

〔馬嵬亭〕即馬嵬驛。元和郡縣志卷二:「馬嵬故城在(興平)縣西北二十三里。馬嵬於此築城以避難,未詳何代人也。」雍録卷六:「馬嵬故城在興平縣西北二十三里,雍都西九十里。城本是馬嵬築以避難。馬嵬者,姓名也。有驛,楊妃死於驛,白居易詩曰:『西出都門百餘里。』」

〔梨園〕在長安。詳胡旋女(卷三)「梨花園」箋。胡旋女詩云:「梨花園中册作妃」,又江南遇天寶樂叟(卷十二)云:「白頭病叟泣且言,禄山未亂入梨園。」均指此處。

〔自言有李少君之術〕何義門云：「夜致李夫人者，乃齊人少翁，即所謂文成將軍也。李少君已前死矣。事具漢郊祀志及外戚傳。此偶訛爲少君，後來賦李夫人事者亦仍之，爲可笑也。」

〔新垣平〕漢方士。趙人，以善望氣見文帝，後爲人上書告其詐而遭誅夷。見史記卷二八封禪書。

〔避暑驪山宮〕何義門云：「驪山非避暑之所。明皇紀：天寶十載十月辛亥幸華清，明年正月辛亥還京。書生不見國史故爾。」

〔秦人風俗七句〕何義門云：「『秦人風俗』以下七句稍贅，宮掖人言宮掖事，何必自注耶？」

〔南宮晏駕〕何義門云：「晏駕在西内，非南内也。」城按：乾元三年七月丁未，玄宗移幸西内之甘露殿。上元二年四月甲寅，崩于神龍殿。見舊書玄宗紀。神龍殿在甘露殿之左，何氏所考是也。

〔王質夫〕見卷五招王質夫詩箋。並參見祇役駱口因與王質夫同遊秋山偶題三韻（卷五）、翰林院中感秋懷王質夫（卷九）、寄王質夫（卷十一）、哭王質夫（卷十一）、期李二十文略王十八質夫不至獨宿仙遊寺（卷十三）等詩。

〔仙遊寺〕見卷五仙遊寺獨宿詩箋。並參見白氏禁中寓直夢遊仙遊寺（卷五）、期李二十文略王十八質夫不至獨宿仙遊寺（卷十三）、送王十八歸山寄題仙遊寺（卷十四）等詩。

〔漢皇重色思傾國〕漢書外戚傳引李夫人兄延年歌曰：「北方有佳人，絶世而獨立。一顧傾人城，再顧傾人國。」

〔養在深閨人未識〕何義門云：「此爲尊者諱。」

〔驪宮〕即華清宮。

〔仙樂風飄處處聞〕何義門云：「仙樂風飄乃暗入霓裳曲，不爲突也。此處不甚舖叙最是。」

〔凝絲竹〕文選謝朓鼓吹曲「凝笳翼高蓋」李善注：「徐引聲謂之凝。」

〔漁陽〕漁陽郡。天寶時隸范陽節度。舊書卷三九地理志幽州：「天寶九年改范陽郡，屬范陽、上谷、嬀川、密雲、歸德、漁陽、順義、歸化八郡。」高步瀛唐宋詩舉要卷二：「唐薊州天寶時改漁陽郡，隸范陽節度。安禄山據范陽反唐，如彭寵據漁陽反漢，故不舉范陽而舉漁陽也。」

〔驚破霓裳羽衣曲〕何義門云：「霓裳羽衣曲、金釵鈿合二事乃傳中綱領，此處宜先伏，然後照顧有情。今則『驚破霓裳』句既覺其突，『唯將舊物表深情』『舊』字都無着落，亦不見二物繫情之重矣。」

〔六軍不發無奈何〕周禮夏官司馬：「凡制軍，萬有二千五百人爲軍，王六軍，大國三軍，次國二軍，小國一軍。」城按：唐制至德前僅有四軍而無六軍，白氏蓋誤沿天子六軍舊説。元白詩箋證稿引岑建功舊唐書校勘記玄宗楊貴妃傳「既而四軍不散」條略云：「御覽一四一作六軍。按張氏宗泰云，以新書兵志考之，大抵以左右龍武、左右羽林軍合成四軍。及至德二載，始置左右神武軍。是至德以前有四軍無六軍明矣。白居易長恨歌傳曰：『六軍徘徊。』歌曰：『六軍不發無奈何。』蓋詩人沿天子六軍舊説，未考盛唐之制耳。此作四軍，是。因附辨於此。」何義門云：「不直書六軍二句，則恨字不出。以北征比擬而議之者，真癡俗也。」

〔宛轉蛾眉馬前死〕國史補卷上：「玄宗幸蜀，至馬嵬驛，命高力士縊貴妃于佛堂前梨樹下。」

津陽門詩注云：「時肅宗詔令改葬太真，高力士知其所瘞，在嵬坡驛西北十餘步。當時乘輿匆遽，無復備周身之具，但以紫縟裹之。及改葬之時，皆已朽壞，惟有胸前紫繡香囊中，尚得冰麝香，時以進上皇，上皇泣而佩之。」又劉禹錫馬嵬行云：「貴人飲金屑，倏忽蕣英暮。」或以楊貴妃爲吞金而非縊死，則係對此詩之誤解。清沈濤瑟榭叢談卷下：「楊貴妃縊死馬嵬，傳記無異説。劉夢得詩『貴人服金屑』，迺用晉書賈后傳『趙王倫矯遺尚書劉宏等齎金屑酒賜后死』故事，以喻當日貴妃賜死情事耳！或遂疑貴妃實服金屑，誤矣。」其説甚是。

〔花鈿〕舊書卷四五輿服志：「内外命婦服花釵。」注：「施兩博鬢，寶鈿飾也。」

〔玉搔頭〕西京雜記卷上：「武帝過李夫人就取玉簪搔頭，自此宮人搔頭皆用玉。」

〔劍閣〕元和郡縣志卷三三：「大劍山亦曰梁山，在（普安）縣西北四十九里。姜維保劍門以拒鍾會即此也。大劍鎮在（普安）縣東四十八里。劍閣道自利州益昌縣西南十里至大劍鎮合。今驛道，諸葛亮相蜀，鑿石駕空，爲飛梁閣道以通行路。」清統志保寧府：「大劍山在劍州北二十五里，蜀所恃爲外户，其山削壁中斷，兩崖相嵌，如門之闢，如劍之植，又名劍門山。」

〔峨嵋山下少人行〕水經注青衣水引益州記云：「平羌江東逕蛾眉山，在南安縣界，去成都南千里。然秋日清澄，望見兩山相峙如蛾眉焉。」清統志嘉定府：「峨眉山在峨眉縣西南。」城按：「峨嵋」、「蛾眉」、「峨眉」通用。夢溪筆談卷二三云：「白樂天長恨歌云：『峨嵋山下少人行，旌旗無光日色薄。』峨嵋山在嘉州，與幸蜀路並無交涉。」詩人玉屑卷十：「峨眉在嘉州，與幸蜀全無交涉。」郭紹虞宋詩話輯佚卷上録宋范温潛溪詩眼云：「白樂天長恨歌，工矣，而用事猶誤。峨眉山下少人行，明皇幸蜀，不行峨眉山也。當改云劍門山。」袁枚隨園詩話卷十三云：「明皇幸蜀何曾路過峨嵋山耶？」然元稹使東川詩好時節云：「身騎驄馬峨嵋下，面帶霜威卓氏前。虛度東川好時節，酒樓元被蜀兒眠。」微之亦無緣騎馬經過峨嵋山下，不過泛用典故耳。故元白詩箋證稿云：「微之親到東川，尚復如此，何況樂天之泛用典故乎？故此亦不足爲樂天深病。」陳氏之言是也。

〔夜雨聞鈴腸斷聲〕樂府雜録雨霖鈴云：「雨淋鈴者，因唐明皇駕迴至駱谷，聞雨淋鑾鈴，因令張野狐撰爲曲名。（依御覽補）」張祜雨霖鈴詩云：「雨霖鈴夜却歸秦，猶見張徽一曲新。長説上皇和淚教，月明南内更無人。」段安節及張祜均以此事屬之至德二載明皇由蜀返長安途中。鄭處誨明皇雜録補遺則云：「明皇既幸蜀，西南行。初入斜谷，屬霖雨涉旬，於棧道雨中聞鈴音與山相應。上既悼念貴妃，採其聲爲雨霖鈴曲，以寄恨焉。」其時在天寶十五載赴蜀途中，與樂天詩意相合。據陳寅恪考證，玄宗由蜀返長安，行程全在冬季，與製曲本事之氣候情狀不相適應，故取此事屬之赴蜀途中較合史實。城按：雨淋鈴一作「雨霖鈴」，據崔道融羯鼓詩，知此曲樂器中亦用羯鼓。見任半塘教坊記箋訂大曲名。

〔不見玉顔空死處〕唐宋詩舉要卷二引吴北江曰：「空死處言空見死處也。」

〔太液〕太液池。三輔黄圖卷四：「太液池在長安故城西，建章宫北。」

〔未央〕未央宫。史記高祖本紀：「八年，蕭丞相營作未央宫，立東闕、北闕。」

〔春風桃李花開夜〕何義門云：「此處舖叙專爲透出恨字。」

〔梨園弟子白髮新二句〕何義門云：「二語亦是襯貴妃之横夭。」

〔夕殿螢飛思悄然二句〕邵氏聞見續録卷十九云：「寧有興慶宫中夜不燒蠟油，明皇自挑燈者乎？書生之見可笑耳！」城按：富貴人燒蠟燭不點油燈，自古已然。邵氏所言甚是。但據陳寅恪考證，居易作此詩在其爲翰林學士前，宫禁夜間情狀，自有所未悉，固不必爲之諱辨。

〔臨邛〕元和郡縣志卷三三：「劍南道邛州臨邛縣，本漢縣也。」

〔鴻都〕鴻都門。後漢書靈帝紀：「光和元年二月，始置鴻都門學士。」韓愈石鼓歌：「觀經鴻都尚填咽，坐見舉國來奔波。」

〔忽聞海上有仙山〕指蓬萊、方丈、瀛洲三神山。史記卷二八封禪書：「自威、宣、燕昭使人入海求蓬萊、方丈、瀛洲。此三神山者，其傳在勃海中，去人不遠，患且至則船風引而去。蓋嘗有至者，諸僊人及不死之藥皆在焉。其物禽獸盡白而黄金銀爲宫闕。未至，望之如雲。及到，三神山反居水下。臨之風輒引去，終莫能至云。」

〔太真〕楊貴妃之道號。楊太真外傳上：「（開元）二十八年十月，玄宗幸温泉宫，使高力士取楊氏女於壽邸，度爲女道士，號太真。住内太真宫。」

〔參差〕即「差不多」或「幾乎」之意。見敦煌變文字義通釋第六篇釋虚字。

〔小玉〕白氏霓裳羽衣歌（卷二一）『吴妖小玉飛作烟』句原注云：「夫差女小玉死後形見於

王，其母抱之，霏微若烟霧散空。」

〔雙成〕漢武帝内傳：「西王母命玉女董雙成吹雲和之笙。」

〔雲鬢半偏新睡覺〕何義門云：「雲鬢花冠與前新承恩澤相應。」

〔風吹仙袂飄飄舉二句〕舊書卷五一楊貴妃傳：「（太真）善歌舞，邃曉音律，且智算警穎，迎意輒悟。」楊太真外傳上：「上又宴諸王於木蘭殿。時木蘭花發，皇情不悦。妃醉中舞霓裳羽衣一曲，天顔大悦。」白氏胡旋女（卷三）云：「天寶季年時欲變，臣妾人人學圓轉。中有太真外禄山，二人最道能胡旋。」可知太真既善胡旋舞，又善霓裳羽衣舞。

〔梨花一枝春帶雨〕何義門云：「畫出玉真。」

〔昭陽殿〕漢書卷九七下外戚傳：「趙飛燕立爲皇后，寵少衰，女弟絶幸，爲昭儀，居昭陽殿。」城按：杜甫哀江頭詩云：「昭陽殿裏第一人，同輦隨君侍君側。」李白宮中行樂詞云：「宮中誰第一？飛燕在昭陽。」均指貴妃也。

〔蓬萊宮〕指蓬萊神山之宮闕，非長安之蓬萊宮。見「忽聞海上有仙山」句箋。

〔鈿合金釵寄將去〕何義門云：「唯其定情時所授之妙，故曰謹獻以尋舊好，前半不伏，此處遂少情致。白公此詩流傳且向千載，愚者獨妄議之如此。」

〔七月七日長生殿二句〕長生殿乃華清宮之齋殿，白氏此詩誤作寢殿。鄭嵎津陽門詩注云：「飛霜殿即寢殿，而白傳長恨歌以長生殿爲寢殿，殊誤矣。」又云：「有長生殿，乃齋殿也。有事於朝元閣，即御長生殿以沐浴也。」長生殿又名集靈臺。舊書卷九玄宗紀：「（天寶元年冬十月辛丑），新成長生殿，名曰集靈臺。」唐會要卷三〇華清宫條：「天寶元年十月造長生殿，名爲集靈臺，以祀神。」長安志卷十五臨潼：「長生殿，齋殿也。有事於朝元閣，即齋沐此殿。……天寶元年新作長生殿集靈臺以祀神。」陳寅恪元白詩箋證稿謂樂天作此詩時猶未入翰林，不諳國家典故，遂致失言，推其致誤之由，蓋因唐代寢殿習稱「長生殿」，其説良是。如通鑑卷二〇七長安四年「太后寢疾居長生院」條胡三省注云：「長生院，即長生殿。明年五王誅二張，進至太后所寢長生殿，同此處也。蓋唐寢殿皆謂之長生殿。此武后寢疾之長生殿，洛陽宫寢殿也。肅宗大漸，越王係授甲長生殿，長安大明宫之寢殿也。白居易所謂『七月七日長生殿，夜半無人私語時』，華清宫之長生殿也。」唐代宫中長生殿雖爲寢殿，獨華清宫之長生殿爲祀神之齋宫。胡氏混淆不清，遂致失考，而博雅如程大昌亦致誤在胡氏之前，其所著之雍録卷四云：「肅宗在長生殿，使使者逼張后下殿，則『長生』也者，必寢殿也。……驪山别有寢殿，亦名『長生』，在華清，不在大明也。」至於陳寅恪據兩唐書玄宗紀，謂玄宗無一次於夏日炎暑時幸驪山，并據范正敏遯齋閑覽辨駁杜牧詩、袁郊甘澤謡、新書禮樂志，程大昌考古録之誤，未免失之太泥，蓋玄宗暑間微行間出，唐書不必盡書也。雍録卷四二云：「帝又未嘗以七月至驪山，則白歌皆不審也。杜牧詩亦曰：『一騎紅塵妃子笑，無人知道荔枝來。』元（玄）宗亦未嘗以六七月幸華清宫，則遞進荔枝亦不在幸山時也。按：樂天集長恨歌不自爲叙，以陳鴻所傳驪山事爲叙，樂天所歌謂妃得幸在賜浴華清之時，及方士傳道妃語皆本鴻傳以爲之説也。歌之作也在元和元年冬，蓋王質夫用鴻説勸樂天爲之，而鴻自言亦謂得之傳聞，非元(玄)宗本紀所載也。則樂天之誤出於陳鴻也。然事有不可專執於故常者。觀風殿有複道可以潛通大明，則微行間出亦不必正在十月矣。唐志記荔枝香曲所起曰：貴妃生日宴長生殿，南方適進荔枝，因以荔枝香爲曲，則荔枝熟時亦自可幸驪山也。故予謂不可執守故常也。」程氏之説甚是。清杭世駿訂譌類編卷五斥范元實謂長生殿爲華清宮寢殿之誤，并謂：「七月七日之私誓爲焚香乞巧之時，亦祀雙星也。故妃後爲方士述之。」其説亦可與元白詩箋證稿互相參證。

〔此恨綿綿無絶期〕何義門云：「留在作結，煞出恨字，纏綿中轉峭拔。」

【校】

〔題〕馬本長恨歌傳附詩後。宋本、那波本長恨歌傳置於長恨歌前，傳與詩題合并，皆大字。城按：元白詩箋證稿云：「長恨歌爲具備衆體體裁之唐代小説中歌詩部份，與長恨歌傳爲不可分離獨立之作品。」陳氏所考良是。今從宋本、那波本，傳改置詩前。全詩作「長恨歌」，傳置詩前。

〔開元中〕岑校：「廣記上有『唐』字，顯係編者加入。」全詩此上增「前進士陳鴻撰長恨歌傳曰」十一字。

〔玄宗〕岑校：「『玄宗』，全詩『明皇』，乃清人諱改，下同。」

〔小大〕岑校：「廣記『小大』乙。」

〔深居〕「深」上英華、岑校俱有「稍」字。

〔千數〕廣記作「千萬數」。

〔熠燿〕「熠」，廣記作「焜」。

〔顧遇〕英華作「遇顧」。岑校：「『上心油然，若有顧遇，左右前後，粉色如土』，廣記作『恍若有遇，顧左右前後』，『顧』字屬下讀，是也。」

〔鬒髮〕「鬒」，馬本注云：「止忍切。」英華「鬒」作「鬢」。岑校：「『鬒』，廣記作『鬢』，非是。」

〔澡瑩〕「澡」，宋本、那波本俱作「藻」。岑校：「『藻』，廣記、馬本、全詩『澡』此誤。」城按：岑氏校是。

〔定情之夕〕「夕」，馬本訛作「日」，據宋本、那波本、盧校改正。

〔行同〕「同」下宋本、那波本、汪本、全詩俱脱「輦居同」三字，據英華增。岑校：「『行同室』三字頗不順，廣記爲『行同輦，止同室』，今本應是奪誤也，兩『同』字、兩『專』字正相對。」城按：岑校是。

〔顧盼〕「盼」，宋本、那波本俱作「眄」。城按：盼、眄二字宋人多混書。

〔列在〕「在」，英華作「位」。

〔清貫〕「貫」，那波本、馬本俱訛作「貴」，據宋本、汪本、全詩、盧校改正。

〔姊妹〕「姊」，宋本作「姉」。城按：姉爲姊之本字。下同。

〔王室〕「室」，英華作「宮」。岑校：「『王』，廣記『主』，亦通。」

〔爲側目〕「爲」下那波本、英華俱有「之」字。

〔生男〕「男」，宋本、那波本、全詩俱作「兒」。

〔喜歡〕岑校：「廣記倒，非是。」

〔看女却爲門上楣二句〕岑校：「廣記作『君看女卻爲門楣』。又『其』下有『爲』字，均佳，言『門上楣』則近於贅也。」

〔天寶末〕「末」，宋本訛作「來」。何校：「一本無『天寶末』三字。」

〔向闕〕「向」，宋本、那波本、全詩俱作「嚮」。

〔次馬嵬亭〕岑校：「廣記無『亭』字。」

〔徘徊〕全詩作「裴徊」。按：徘徊亦作裴徊。

〔誅錯〕「錯」上英華有「晁」字。「誅」下汪本脱「錯」字。

〔天下怒〕「怒」，英華作「怨」。「怒」，岑校云：「廣記作『之怒』。」

〔使牽之而去〕廣記作「使牽而去之」。

〔蒼黄〕英華、廣記俱作「倉皇」。

〔就絶〕「絶」，英華作「死」。

〔肅宗受禪〕廣記無「受」字。

〔大兇歸元〕英華作「大赦改元」。

〔遷于西内〕「遷」上廣記多「自南宫」三字。

〔玉琯〕「琯」，廣記作「管」。

〔求之夢魂〕「夢魂」，全詩倒作「魂夢」。

〔杳不能得〕廣記作「杳杳而不能得」。

〔上皇心念楊妃〕「皇」，馬本作「意」，據宋本、那波本、汪本、全詩、盧校改。廣記「上」下脱「皇」字。

〔不見〕「不」上廣記有「又」字。

〔東極大海〕「大」，宋本、那波本、汪本俱作「天」。廣記作「東極絶天涯」。

〔見最高仙山〕汪本、盧校俱作「見最高山山」，非。岑校：「盧校『見最高仙』爲『見最高山』，則原文之山屬下讀，未見其是。歌云『忽聞海上有仙山』，『仙』字似不可改。」城按：岑説是。

〔上多樓闕〕「闕」，廣記作「閣」。

〔東向〕「向」，宋本、那波本俱作「嚮」。

〔闔其門〕「闔」，廣記作「闕」。

〔雙童女〕英華、廣記俱作「雙鬟童女」。

〔出應門〕「門」，馬本作「問」，據宋本、那波本、汪本、廣記、全詩、盧校改。英華作「出應其門」。

〔碧衣侍女又至〕廣記無「又」字。

〔詰其所從〕「從」下廣記有「來」字。

〔日晚〕「晚」，馬本作「曉」，據宋本、那波本、汪本、全詩、盧校改。

〔延入〕「延」，那波本作「迎」。

〔十四年〕「年」，英華、廣記俱作「載」。岑校：「『年』，廣記『載』較佳。」

〔憫然〕「然」，宋本、那波本、汪本、全詩俱作「默」。岑校：「廣記、馬刻『憫然』，下文即接貴妃之辭，余頗主廣記也。」城按：岑校是。

〔碧衣〕「衣」下廣記有「女」字。

〔各析其半〕「析」，宋本、那波本俱作「柝」。汪本、廣記作「拆」。英華作「折」。

〔爲謝〕「爲」下英華有「我」字。

〔固徵〕岑校：「『固』，廣記『因』，方士方欲致辭，何待妃之固徵，作『固』則情文不相生也。」城按：岑校是。

〔請當時一事不爲他人聞者〕廣記作「乞當時一事不聞於他人者」。

〔負新垣平之詐〕「負」，廣記作「罹」。

〔徐而言之曰〕廣記無「之」字。

〔天寶十載〕「載」，廣記作「年」，岑校謂「有戾乎前文之稱十四載」，其言是也。

〔侍輦〕「輦」，馬本作「駕」，據宋本、那波本、汪本、英華、廣記、全詩、盧校改。

〔樹瓜華焚香于庭〕「樹瓜華」，馬本、汪本、全詩俱作「樹瓜果」，據宋本、那波本、英華、盧校改。廣記作「樹花燔香於庭」。

〔尤尚之〕「尤」，馬本、汪本俱訛作「猶」，據宋本、那波本、英華、廣記、全詩改正。

〔夜始半〕廣記作「時夜始半」。「始」，宋本、那波本、英華、全詩俱作「殆」。

〔復墮下界〕「復墮」，廣記作「復於」。

〔或爲天或爲人〕岑校：「兩『爲』字廣記均作『在』，前句用『在』字似較順也。」城按：岑校是。

〔亦不久人間〕「亦不」，那波本誤倒作「不亦」。「間」，馬本作「世」，據宋本、那波本、汪本、英華、廣記、全詩改。

〔無自苦耳〕岑校：「『耳』，廣記『也』，余以爲『也』字較好。」

〔皇心震悼〕廣記作「上心嗟悼久之」。自此以下至傳末，廣記删改太多，不復校。

〔琅邪〕馬本作「瑯琊」，據各本改。

〔將來也〕「來」下英華有「者」字。

〔漢皇〕「皇」，馬本作「王」，據宋本、那波本、汪本、廣記、全詩改。

〔未識〕「未」，廣記作「不」。

〔迴眸〕「眸」，馬本作「頭」，據宋本、那波本、汪本、廣記、全詩改。

〔花顔〕「顔」，英華作「冠」。全詩、汪本俱注云：「一作『冠』。」

〔暖度〕英華作「裏暖」。全詩注云：「一作『裏暖』。」汪本「宵」下注云：「一作『帳裏暖春宵』。」

〔侍宴〕「宴」，英華作「寢」。汪本、全詩注云：「一作『寢』。」

〔後宫〕「後」，廣記作「漢」。汪本、全詩俱注云：「一作『漢』。」

〔慢舞〕「慢」，馬本、汪本俱作「謾」，據宋本、英華、廣記、全詩改。那波本作「縵」。

〔看不足〕「看」，英華作「聽」。汪本、全詩俱注云：「一作『聽』。」

〔鞞鼓〕「鞞」，那波本作「鼙」。

〔無奈何〕「無」，英華作「知」。全詩注云：「一作『知』。」何校：「『知』字從英華。」

〔迴看〕「看」，馬本作「首」，據宋本、那波本、汪本、英華、廣記、全詩、盧校改。全詩注云：「一作『首』。」

〔縈紆〕「紆」，英華、廣記俱作「迴」。全詩注云：「一作『迴』。」

〔山下少人行〕英華作「山上少行人」，注云：「川文粹作『下』。」廣記「人行」亦作「行人」。

〔天旋日轉〕「日」，馬本作「地」，據宋本、那波本、汪本、廣記、全詩、盧校改。

〔泥土中〕「泥」，英華作「塵」。汪本、全詩俱注云：「一作『塵』。」

〔花開夜〕「夜」，英華、汪本俱作「日」。汪本注云：「一作『夜』。」全詩注云：「一作『日』。」

〔南苑〕「苑」，汪本、英華俱作「内」。全詩注云：「一作『内』。」

〔宮葉〕「宮」，英華、那波本、汪本俱作「落」，全詩注云：「一作『落』。」

〔孤燈〕「孤」，英華作「秋」。汪本、全詩俱注云：「一作『秋』。」

〔鐘鼓〕「鐘」，那波本作「鍾」，古字通。「鼓」，英華、廣記俱作「漏」。

〔翡翠衾寒〕英華作「舊枕故衾」。全詩、汪本俱注云：「一作『舊枕故衾』。」

〔臨邛道士〕「道」，英華作「方」。全詩注云：「一作『方』。」

〔精誠〕「誠」，英華作「神」。

〔展轉思〕「思」，英華作「恩」。汪本、全詩俱注云：「一作『恩』。」

〔遂教〕「教」，廣記作「令」。

〔排空〕「空」下英華注云：「集作『雲』。」汪本作「雲」。全詩注云：「一作『雲』。」

〔縹緲〕「緲」，英華、廣記俱作「渺」。

〔樓閣〕「閣」，英華、廣記俱作「殿」。汪本、全詩俱注云：「一作『殿』。」

〔其中〕「中」，英華作「間」。

〔字太真〕英華作「名玉妃」，注云：「川文粹作『字玉真』，一作『字太真』。」汪本、全詩俱注云：「一作『字玉真』，又作『名玉妃』。」廣記作「名太真」。那波本作「字玉真」。

〔西廂〕「西」，英華作「兩」。全詩注云：「一作『兩』。」岑校：「由傳文觀之，『兩』字顯傳寫之訛。」城按：岑校是。

〔九華帳裏夢魂驚〕英華作「九華帳下夢中驚」。那波本「夢魂」作「夢中」。全詩「裏」下注云：「一作『下』。」

〔銀屏〕「屏」，英華、汪本俱作「鉤」。全詩注云：「一作『鉤』。」

〔邐迤〕廣記作「迤浬」，「浬」蓋俗字。汪本作「迤邐」。全詩注云：「一作『迤邐』。」

〔雲鬢〕「鬢」，英華作「髻」。全詩注云：「一作『髻』。」

〔飄飄〕宋本、那波本、汪本、全詩、盧校俱作「飄颻」。

〔闌干〕「闌」，那波本訛作「攔」。

〔凝睇〕「睇」，馬本、汪本俱作「涕」。汪本注云：「一作『睇』。」全詩注云：「一作『涕』。」據宋本、那波本、廣記、盧校改。

〔下望〕「望」，英華作「問」。全詩注云：「一作『問』。」

〔唯將〕英華作「空持」。汪本、全詩俱注云：「一作『空持』。」廣記作「空將」。

〔但令〕「令」，英華、全詩俱作「教」。全詩注云：「一作『令』。」

〔在天願作〕「作」，英華作「爲」。全詩注云：「一作『爲』。」

〔絶期〕「絶」，英華作「盡」。全詩注云：「一作『盡』。」

婦人苦

蟬鬢加意梳，蛾眉用心掃。幾度曉粧成，君看不言好。妾身重同穴，君意輕偕老。惆悵去年來，心知未能道。今朝一開口，語少意何深？願引他時事，移君此日心。人言夫婦親，義合如一身。及至死生際，何曾苦樂均？婦人一喪夫，終身守孤孑。有如林中竹，忽被風吹折。一折不重生，枯死猶抱節。男兒若喪婦，能不暫傷情？應似門前柳，逢春易發榮。風吹一枝折，還有一枝生。爲君委曲言，願君再三聽。須知婦人苦，從此莫相輕！

【箋】約作於長慶三年（八二三）以前。城按：俞正燮癸巳存稿卷四：「白居易婦人苦詩云：『婦人一喪夫……從此莫相輕。』其言尤藹然。莊子天道篇云：堯告舜曰：吾不虐無告；不廢窮民，苦死者，嘉孺子而哀婦人，此吾所以用心也。書梓材：成王謂康叔：至于敬寡，至于屬婦，合由以容。此聖人言也。天方典禮引謨罕墨特云：妻暨僕，民之二弱也。衣之食之，勿命以所不能。蓋持世之人未有不計及此者。」

長安道

花枝缺處青樓開，豔歌一曲酒一盃。美人勸我急行樂，自古朱顔不再來。君不見，外州客，長安道。一迴來，一迴老！

【箋】

約作於長慶二年（八二二）以前。

【校】

〔外州客〕「客」上馬本、汪本俱衍「官」字，據宋本、那波本、英華、全詩、盧校改正。全詩「州」下注云：「一本此下有『官』字。」亦非。

〔一迴來〕「來」下馬本、汪本俱衍「時」字，據宋本、那波本、英華、全詩、盧校改正。全詩「來」下注云：「一本此下有『時』字。」亦非。

潛別離

不得哭，潛別離。不得語，暗相思。兩心之外無人知。深籠夜鎖獨棲鳥，利劍春斷連理枝。河水雖濁有清日，烏頭雖黑有白時。唯有潛離與暗別，彼此甘心無後期。

【箋】約作於長慶三年（八二三）以前。

【校】

〔雖濁有清日〕英華作「雖清濁有日」，非。

〔有白時〕英華作「白有時」，非。

隔浦蓮

隔浦愛紅蓮，昨日看猶在。夜來風吹落，只得一迴採。花開雖有明年期，復愁明年還暫時。

【箋】約作於長慶三年（八二三）以前。

寒食野望吟

丘墟郭門外，寒食誰家哭？風吹曠野紙錢飛，古墓纍纍春草緑。棠梨花映白楊樹，盡是死生離别處。冥寞重泉哭不聞，蕭蕭暮雨人歸去。

【箋】

約作於長慶三年（八二三）以前。賀裳載酒園詩話卷一（清詩話續編本）：「樂天：『丘墟北門外，寒食誰家哭？風吹曠野紙錢飛，古墓纍纍春草緑。棠梨花映白楊樹，盡是死生離别處。冥漠重泉哭不聞，瀟瀟暮雨人歸去。』東坡易以『烏飛鵲噪昏喬木，清明寒食誰家哭』，此如美人梳掠已竟，增插一釵，究其美處豈係此？至張子野衍其『花非花』爲小詞，則掖庭之流入北里也。」

【校】

〔冥寞〕「寞」，馬本、汪本俱作「漠」，據宋本、那波本、全詩、盧校改。

琵琶引 并序

元和十年，予左遷九江郡司馬。明年秋，送客湓浦口。聞舟中夜彈琵琶者，聽其音，錚錚然有京都聲。問其人，本長安倡女，嘗學琵琶於穆曹二善才，年長色衰，委身爲賈人婦。遂命酒，使快彈數曲，曲罷憫默。自叙少小時歡樂事，今漂淪憔悴，轉徙於江湖間。予出官二年，恬然自安；感斯人言，是夕始覺有遷謫意。因爲長句，歌以贈之，凡六百一十六言，命曰琵琶行。

潯陽江頭夜送客，楓葉荻花秋瑟瑟。主人下馬客在船，舉酒欲飲無管絃。醉不成歡慘將別，別時茫茫江浸月。忽聞水上琵琶聲，主人忘歸客不發。尋聲暗問彈者誰？琵琶聲停欲語遲。移船相近邀相見，添酒迴燈重開宴。千呼萬喚始出來，猶抱琵琶半遮面。轉軸撥絃三兩聲，未成曲調先有情。絃絃掩抑聲聲思，似訴平生不得意。低眉信手續續彈，説盡心中無限事。輕攏慢撚抹復挑，初爲霓裳後緑腰。大絃嘈嘈如急雨，小絃切切如私語。嘈嘈切切錯雜彈，大珠小珠落玉盤。間關鶯語花底滑，幽咽泉流冰下難。冰泉冷澀絃凝絶，凝絶不通聲暫歇。别有幽愁暗恨生，此時無聲勝有聲。銀瓶乍破水漿迸，鐵騎突出刀槍鳴。曲終收撥當心畫，四絃一聲如裂帛。東船西舫悄無言，唯見江心秋月白。沈吟放撥插絃中，整頓衣裳起斂容。自言本是京城女，家在蝦蟆陵下住。十三學得琵琶成，名屬教坊第一部。曲罷曾教善才伏，粧成每被秋娘妬。五陵年少争纏頭，一曲紅綃不知數。鈿頭雲篦擊節碎，血色羅裙翻酒污。今年歡笑復明年，秋月春風等閑度。弟走從軍阿姨死，暮去朝來顏色故。門前冷落鞍馬稀，老大嫁作商人婦。商人重利輕别離，前月浮梁買茶去。去來江口守空船，遶船月明江水寒。夜深忽夢少年事，夢啼妝淚紅闌干。我聞琵琶已歎息，又聞此語重唧唧。同是天涯淪落人，相逢何必曾相識！我從去年辭帝京，謫居卧病潯陽城。潯陽小處無音樂，終歲不聞絲竹聲。住近湓江地低濕，黄蘆苦竹繞宅生。其間旦暮聞何物？杜鵑啼血猿哀鳴。春江花朝秋月夜，往往取酒還獨傾。豈無山歌與村笛，嘔啞嘲哳難爲聽。今夜聞君琵琶語，如聽仙樂耳暫明。莫辭更坐彈一曲，爲君翻作琵琶行。感我此言良久立，却坐促絃絃轉急，淒淒不似向前聲，滿座重聞皆掩泣。座中泣下誰最多？江州司馬青衫濕。

【箋】

作於元和十一年（八一六），四十五歲，江州，江州司馬。見陳譜及汪譜。城按：此詩作於元稹琵琶歌後，其造詣則遠勝元作，歷來與白氏之長恨歌相提並論。唐摭言卷十五雜記：「白樂天去世，大中皇帝以詩弔之曰：『綴玉聯珠六十年，誰教冥路作詩仙？浮雲不繫名居易，造化無爲字樂天。童子解吟長恨曲，胡兒能唱琵琶篇。文章已滿行人耳，一度思卿一愴然。』」張戒歲寒堂詩話卷上：「長恨歌，元和元年（居易）尉盩厔時作，是時年三十五。謫江州，十一年作琵琶行。二詩工拙遠不侔矣。如琵琶行，雖未免於煩悉，然其語意甚當，後來作者，未易超越也。」張氏謂「後來作者，未易超越」，所言甚當，然謂長恨歌遠不侔琵琶行，則殊非公允之論。詩中情節與白氏夜聞歌者詩（卷十）相似，容齋三筆卷六云：「白樂天琵琶行，蓋在潯陽江上爲商人婦所作。而商乃買茶於浮梁，婦對客奏曲，樂天移船，夜登其舟與飲，了無所忌。豈非以其長安故倡女不以爲嫌邪？集中又有一篇，題云夜聞歌者，時自京城謫潯陽，宿於鄂州，又在琵琶之前。其詞曰：『夜泊鸚鵡洲，秋江月澄澈。鄰船有歌者，發調堪愁絶。歌罷繼以泣，泣聲通復咽。尋聲見其人，有婦顔如雪。獨倚帆檣立，娉婷十七八。夜淚似真珠，雙雙墮明月。借問誰家婦，歌泣何凄切？一問一霑襟，低眉終不説。』陳鴻長恨傳序云：『樂天深於詩，多於情者也。』故所遇必寄之吟詠，非有意於漁色。然鄂州所見，亦一女子獨處，夫不在焉。瓜田李下之疑，唐人不譏也。今詩人罕談此章，聊復表出。」又容齋五筆卷七：「白樂天琵琶行一篇，讀者但羨其風致，敬其詞章，至形於樂府，詠歌之不足，遂以謂真爲長安故倡所作。予竊疑之。唐世法網雖於此爲寬，然樂天嘗居禁密，且謫官未久，必不肯乘夜入獨處婦人船中，相從飲酒，至於極彈絲之樂，中夕方去。豈不虞商人者它日議其後乎？樂天之意，直欲攄寫天涯淪落之恨爾。東坡謫黄州，賦定惠院海棠詩，有『陋邦何處得此花，無乃好事移西蜀。天涯流落俱可念，爲飲一尊歌此曲』之句，其意亦爾也。或謂殊無一話一言與之相似。是不然，此真能用樂天之意者，何必效常人章摹句寫而後已哉！」唐宋詩醇卷二二：

滿腔遷謫之感，借商婦以發之，有同病相憐之意焉。比興相緯，寄託遥深，其意微以顯，其音哀以思，其辭麗以則。十九首云：『清商隨風發，中曲正徘徊。一彈再三歎，慷慨有餘哀。』及杜甫觀公孫大娘弟子舞劍器行，與此篇同爲千秋絶調，不必以古、近、前、後分也。」其説亦與洪氏相同。陳寅恪元白詩箋證稿則駁斥洪氏不明唐代士大夫放蕩不拘禮法之風習，謂「樂天之於此故倡，茶商之于此外婦，皆當日社會輿論所視爲無足重輕，不必顧忌者也」。城按：陳氏熟於唐史，其説自有見地，惟解釋文學作品，似亦過於拘泥，蓋詩人之假託，往往出於想像及虚構，其事實固屬於「子虚」、「烏有」也。

〔九江郡〕即江州。禹貢揚、荆二州之境。秦屬廬江郡。漢屬淮南國。晉太康十年置江州。大業三年罷江州爲九江郡。武德四年復置江州。天寶元年改爲潯陽郡。乾元元年復爲江州。州治城，古之湓口城也。見元和郡縣志卷二八。舊書卷四〇地理志：「江州（中）：隋九江郡。……武德四年置江州。……天寶元年改爲潯陽郡。乾元元年復爲江州。」城按：舊書卷一六六白居易傳：「（元和）十年七月，盜殺宰相武元衡，居易首上疏論其寃，急請捕賊以雪國恥。宰相以宫官非諫職，不當先諫官言事。會有素惡居易者，掎摭居易言浮華無行，其母因看花墮井而死，而居易作賞花及新井詩，甚傷名教，不宜寘彼周行。執政方惡其言事，奏貶爲江表刺史。詔出，中書舍人王涯上疏論之，言居易所犯狀迹，不宜治郡，追詔江州司馬。」

〔湓浦〕見卷一潯陽三題詩箋。

〔穆曹二善才〕樂府雜録卷上琵琶：「貞元中有王芬、曹保保，其子善才，其孫曹綱，皆襲所藝。次有裴興奴，與綱同時。曹綱善運撥，若風雨，而不事扣絃。興奴長於攏撚，不撥，稍軟。時人謂曹綱有右手，興奴有左手。」趙德麟侯鯖録卷一所引與此同。城按：「綱」，今本譌作「鋼」，兹據太平御覽所引琵琶録改。白氏聽曹剛琵琶兼示重蓮詩（卷二六）則作「剛」，蓋唐人此二字常混書也。向達唐代長安與西域文明云：「唐代琵琶名手尤多曹姓：曹保保，子善才，孫綱，俱以琵琶著稱當世。」又李紳有悲善才詩，即爲感曹善才之歿而作。又按：「善才」蓋當時曲師之稱。元稹琵琶歌「鐵山已近曹穆間」句原注云：「二善才姓。」

〔潯陽江頭夜送客〕潯陽江亦名九江。在江州西北。明統志卷五二九江府：「潯陽江在府城北，源自岷山，至此下流四十里，會彭蠡湖水東流入海。」嘉慶九江府志：「潯陽江在府城西北。」清統志九江府：「潯陽口在府城北，亦名九江，即大江也。」城按：今九江大江濱有琵琶亭。太平寰宇記卷一一一江州：「琵琶亭在州西江邊，白司馬送客湓浦口，夜聞鄰舟琵琶聲，問之是長安商女嫁與商人，乃爲作琵琶行，因名亭。」清統志九江府：「琵琶亭在德化縣西大江濱。唐白居易作琵琶行，後人因以名亭。」洪北江詩話卷三：「今人以九江郡西琵琶洲謂得名於白傅爲江州司馬時，聽商婦琵琶於此，因號琵琶洲，不知非也。水經注江水下：江水東逕琵琶山南，山下有琵琶灣。考其道里，正在潯陽境内，則『琵琶』之名久矣。」清嚴元照蕙櫋雜記：「予向讀吴梅村琵琶行，喜其瀏離頓挫，謂勝白文公琵琶行，後乃知其謬也。白詩開手便從江頭送客説到聞琵琶，此直敘法也。吴詩先將琵琶鋪陳一段,便成空套。」

〔楓葉荻花秋瑟瑟〕瑟瑟,蕭瑟也。劉楨贈從弟詩:「瑟瑟谷中風」,宋紹興本、那波本俱作「索索」。楊慎升庵詩話卷十一:「白樂天琵琶行『楓葉荻花秋瑟瑟』,今詳者,多以爲蕭瑟,非也。瑟瑟本是寶名,其色碧。此句言楓葉赤、荻花白、秋色碧也。或者咸怪今説之異。余曰:曷不以樂天他詩證之。其出府歸吾廬詩曰:『嵩碧伊瑟瑟。』重修香山寺排律云:『兩面蒼蒼岸,中心瑟瑟流。』薔薇云:『猩猩凝血點,瑟瑟蹙金匡。』閑遊即事云:『寒食青青草,春風瑟瑟波。』太湖石云:『未秋已瑟瑟,欲雨先沉沉。』又云:『隱起磷磷狀,凝成瑟瑟胚。』亦狀太湖石也。早春懷微之云:『沙頭雨染斑斑草,水面風驅瑟瑟波。』暮江曲云:『一道殘陽照水中,半江瑟瑟半江紅。』諸詩以瑟瑟對斑斑,對蒼蒼,對猩猩,豈是蕭瑟乎?」清吴旦生以楊氏之言爲可信,其所撰之歷代詩話卷五〇云:「博雅:瑟瑟,碧珠也。杜陽雜編:有瑟瑟幕,其色輕明虚薄,無與爲比。唐語林:盧昂有瑟瑟枕,憲宗估其值曰:至寶無價。水經注:水木明瑟。韋莊詩:『留得谿頭瑟瑟波,潑成紙上猩猩色。』……據此,則升庵之説益信。」迺陳晦伯以劉楨『瑟瑟谷中風』正之,蓋樂天詩言色,公幹詩言聲,用意各別,安得强證爲『蕭瑟』之『瑟』也。若盧照鄰秋霖賦:『風横天而瑟瑟,雲覆海而沈沈。』乃與公幹同意。」城按:楊、吴兩氏之説均非是,「瑟瑟」誠可作「碧色」解,而在「楓葉荻花秋瑟瑟」句中則不可,似仍以作「蕭瑟」解爲長。

〔移船相近邀相見〕元白詩箋證稿:「『移船相近邀相見』之『船』,乃『主人下馬客在船』之

『船』，非『去來江口守空船』之『船』。蓋江州司馬移其客之船，以就浮梁茶商外婦之船，而邀此長安故倡從其所乘之船出來，進入江州司馬所送客之船中，故能添酒重宴。否則江口茶商外婦之空船中，恐無如此預設之盛筵也。」

〔霓裳〕見本卷長恨歌詩箋。

〔緑腰〕唐大曲名，即樂世。白氏聽歌六絶句樂世（卷三五）自注云：「一名六幺。」城按：緑腰又名「録要」。程大昌演繁露（卷十二）云：「段安節琵琶録云：貞元中康崑崙善琵琶，彈一曲新翻羽調緑腰。注云：緑腰即録要也。本自樂工進曲，上令録出要者，乃以爲名，誤言緑腰也。據此即録要已訛爲緑腰，而白樂天集有聽緑腰詩，注云即六幺也。今世亦有六幺，然其曲已自有高平、仙吕兩調，又不與羽調相協，抑不知是唐遺聲否耶？」程氏所云樂天聽緑腰詩即聽歌六絶句中之樂世也。周密齊東野語卷八復駁正程氏之誤云：「按：今六幺中吕調亦有之，非特高平、仙吕也。唐禮樂志：俗樂二十八調。中吕、高平、仙吕在七羽之數，蓋中吕夾鍾羽也，高平林鍾羽也，仙吕夷則羽也，安得謂之不與羽調相協？蓋未之考爾。」碧雞漫志卷三：「六幺，一名緑腰，一名樂世，一名録要。元微之琵琶歌云：『緑腰散序多攏撚。』又云：『管兒還爲彈緑腰，緑腰依舊聲迢迢。』又云：『逡巡彈得六幺徹，霜刀破竹無殘節。』沈亞之歌者葉記云：合韻奏緑腰。又志盧金蘭墓云：爲緑腰、玉樹之舞。唐史吐蕃傳云：奏涼州、胡渭、録要雜曲。段安節琵琶録云：緑腰，本録要也，樂工進曲，上令録其要者。白樂天楊柳枝詞云：『六幺水調家家唱，白雪梅花處處吹。』又聽歌六絶句内樂世一篇云：『管急弦繁拍漸稠，緑腰宛轉曲終頭。誠知樂世聲聲樂，老病人聽（人聽一作殘軀）未免愁。』注云：『樂世一名六幺。』王建宫詞云：『琵琶先抹六幺頭。』故知唐人以腰作幺者，惟樂天與王建耳。或云：此曲拍無過六字者，故曰六幺。至樂天又謂之樂世，他書不見也。……今六幺行於世者四：曰黄鍾羽，即俗呼般涉調；曰夾鍾羽，即俗呼中吕調；曰林鍾羽，即俗呼高平調；曰夷則羽，即俗呼仙吕調。皆羽調也。」城按：晦叔考釋六幺尤精博，而緑腰非起於元、白詩中所詠，蓋初唐時已有之，張説之樂世可證，説詳任二北敦煌曲初探曲調考證及教坊記箋訂大曲名。

〔蝦蟆陵〕在長安城南。雍録卷七：「蝦蟆陵在萬年縣南六里。」長安志卷十一萬年縣：「蝦蟆陵在縣南六里。韋述兩京記：本董仲舒墓。李肇國史補曰：昔漢帝幸芙蓉園，即秦之宜春苑也，每至此墓下馬，時人謂之下馬陵。歲月深遠，誤傳蝦蟆爾。」城按：今本國史補卷下云：「舊説：董仲舒墓，門人過皆下馬，故謂之下馬陵。後語訛爲蝦蟆陵。」清統志西安府：「董仲舒墓在咸寧治南。」又國史補卷下云：「（酒則有）京城之西市腔，蝦蟆陵郎官清、阿婆清。」

〔教坊〕崔令欽教坊記：「西京右教坊在光宅坊，左教坊在延政坊。右多善歌，左多工舞，蓋相因成習。」按：唐教坊之始義，泛指教習之所，不限於伎樂一端，後始專教伎樂。教坊分爲内外：内教坊在宫城内蓬萊宫側，設置較早。外教坊在宫禁之外，即崔書所言之左右教坊。外教坊除左右教坊外，尚有仗内教坊，屬鼓吹署，在宣平坊，純爲音樂範圍，故崔書不詳也。詳見任半塘教坊記箋訂制度與人事及附録一。

〔第一部〕即坐部。白氏立部伎題（卷三）下注云：「太常選坐部伎無性識（陳寅恪謂當作靈）者，退入立部伎。」詩云：「太常部伎有等級，堂上者坐堂下立。……立部賤，坐部貴，坐部退爲立部伎，擊鼓吹笙和雜戲。」據此可知「第一部」係「坐部」之代稱，亦隱含「第一流」、「第一等」之意。國史補卷下云：「李衮善歌，初于江外，而名動京師。崔昭入朝。密載而至。乃邀賓客，請第一部樂及京邑之名倡，以爲盛會。」亦爲一有力之旁證。

〔秋娘〕當時長安善歌舞之名倡。何義門謂係杜秋娘，大誤。高步瀛唐宋詩舉要卷二：「秋娘，或以李錡妾當之，非是。元和二年，李錡滅，杜秋籍入宫，有寵於憲宗（見杜牧之杜秋娘詩序）。此詩作於元和十一年，杜秋在宫中，安得遂見於吟詠耶？元微之贈吕三校書（城按：「三」爲「二」之訛文，當作「吕二」）云：『競添錢貫定秋娘』，當與此同，特其事蹟未詳耳。」陳寅恪元白詩箋證稿云：「韋縠才調集壹載樂天江南喜逢蕭九徹因話長安舊遊戲贈五十韻云：『多情推阿軟，巧語許秋娘。』即此琵琶引中之秋娘，蓋當時長安負盛名之倡女也。樂天天涯淪落，感念昔遊，遂取以入詩耳。而坊本釋此詩，乃以杜秋娘當之，妄繆極矣。」高、陳兩氏之説良是。城按：陳氏所引白氏贈蕭九徹詩句，汪立名白香山詩集補遺卷上及全唐詩卷四六二均作「名情推阿軌，巧語許秋娘」，任半塘唐戲弄劇録及初盛中唐優伶兩章據以謂此二句詩「可能即指義陽主劇内之表情與説白耳。阿軌爲生，扮駙馬；秋娘爲旦，扮公主」。考「軌」字乃「軟」字之誤，元稹贈吕三校書（城按：「吕三」當作「吕二」）詩自注云：「元和己丑歲八月，偶於陶化坊會宿。」己丑即元和四年。此時白氏和元九與吕二同宿話舊感贈詩云：「聞道秋娘猶且在，至今時復問微之。」則知正爲阿軟、秋娘馳譽藝林之時。白氏微之到通州日授館未安見塵壁間有數行字讀之即僕舊詩其落句云淥水紅蓮一朵開千花百草無顔色然不知題者何人也微之吟歎不足因綴一章兼録僕詩本同寄省其詩乃是十五年前初及第時贈長安妓人阿軟絶句緬思往事杳若夢中懷舊感今因酬長句詩（卷十五）云：「十五年前似夢遊，曾將詩句結風流。」贈阿軟絶句作於貞元十六年，可證阿軟馳譽長安在貞元末、元和初之際，與元詩時間正合。且白氏他作中亦從無言及「阿軌」者，則此詩當以才調集作「阿軟」爲正。又才調集「多情」二字亦與白氏詩意相合，似較「名情」爲勝。

〔前月浮梁買茶去〕浮梁，浮梁縣。原爲新昌縣，天寶元年改名浮梁，屬饒州。爲唐代著名之産茶地。産量極豐，每歲約産七百萬馱，税十五餘萬貫。見元和郡縣志卷二八。國史補卷下：「風俗貴茶，茶之品名益衆。……而浮梁之商貨不在焉。」猗覺寮雜記卷上：「白云：『前月浮梁買茶去』，舊唐史，風俗貴茶之名，劍南之蒙頂云云。浮梁之商貨不在焉。是唐之茶商多在浮梁焉。」

〔夢啼妝淚紅闌干〕啼妝，啼眉妝也。白氏代書詩一百韻寄微之（卷十三）詩『風流誇墜髻，時世鬥啼眉』句自注：「貞元末，城中復爲墜馬髻、啼眉妝也。」

〔湓江〕湓水。見卷六湓浦早冬及卷七遊湓水詩箋。

〔江州司馬青衫濕〕唐制服色不視職事官，而視階官之品。元和十一年，樂天作此詩時，雖爲江州司馬，秩從五品下，但由於其階官係從第九品下將仕郎，故不得著五品服淺緋，而著九品服青衫也。詳見陳寅恪元白詩箋證稿。

【校】

〔舟中〕「舟」下宋本、那波本俱有「船」字。全詩「舟」作「船」，注云：「一作『舟』。」

〔京都〕「都」下英華注云：「集作『邑』。」汪本、全詩俱注云：「一作『邑』。」

〔本長安倡女〕「本」下英華有「是」字。

〔憫默〕「默」，馬本、英華俱作「然」，視文意以「默」字爲勝，據宋本、那波本、汪本、全詩改。英華注云：「集作『默』。」

〔六百一十六言〕「十六」，各本俱誤作「十二」，據盧校改正。

〔琵琶行〕何校「『行』，英華作『引』。」城按：序當與題同，英華是。

〔秋瑟瑟〕「瑟瑟」，宋本、那波本、全詩、盧校俱作「索索」。何校：「『索索』，蘭雪同。」又馬本「瑟瑟」下注云：「半紅半白之貌。」

〔暗問〕「暗」，宋本、那波本俱作「闇」。字通。

〔猶抱〕「抱」，宋本、英華俱作「把」。汪本、全詩俱注云：「一作『把』。」何校：「蘭雪作『把』，英華同。『把』字勝，『抱』字則『猶』字語脈皆死矣。」

〔三兩聲〕「兩」，英華作「五」。全詩注云：「一作『五』。」

〔得意〕「意」，馬本、汪本俱作「志」，據宋本、那波本、英華、全詩、盧校改。汪本注云：「一作『意』。」全詩注云：「一作『志』。」

〔輕攏〕「攏」下馬本注云：「盧容切。」

〔慢撚〕「撚」下馬本注云：「乃殄切。」

〔綠腰〕馬本、汪本、全詩俱作「六幺」。英華注云：「集作『六幺』，從俗。」汪本、全詩俱注云：「一作『綠腰』。」據宋本、那波本、英華、盧校改。

〔冰下難〕馬本、汪本、英華、全詩俱作「水下灘」。英華、汪本、全詩「水」下俱注云：「一作『冰』。」汪本、全詩「灘」下俱注云：「一作『難』。」宋本作「水下難」。那波本作「冰下灘」。盧校作「水下難」。城按：何校作「冰下難」，并謂「下句『水』字亦作冰」，其説是也。段玉裁經韻樓集卷八與阮芸臺書云：「白樂天『間關鶯語花底滑，幽咽泉流水下灘』，『泉流水下灘』不成語，且何以與上句屬對？昔年曾謂當作『泉流冰下難』，故下文接以『冰泉冷澀』。『難』與『滑』對，難者滑之反也。鶯語花底，泉流冰下，形容澀滑二境，可謂工絶。」疑段氏蓋引申何氏之義。陳寅恪元白詩箋證稿據段氏説復加論證（陳氏或未見何校），謂當作「冰下難」，其説亦是。今據何、段、陳三校改定。

〔冰泉〕「冰」，馬本、汪本、全詩、盧校俱作「水」，非。據宋本、那波本、英華、何校改正。

〔凝絶〕「凝」，宋本、汪本、全詩、盧校俱作「疑」。城按：疑通凝，下同。英華注云：「集作

『疑』。」

〔幽愁〕「愁」，英華、汪本俱作「情」。

〔此時無聲勝有聲〕元白詩箋證稿：「唐詩別裁捌選録此詩，並論此句云：諸本『此時無聲勝有聲』，既無聲矣，下二句如何接出。宋本『無聲復有聲』，謂住而又彈也。古本可貴如此。寅恪案：詩中『此時無聲勝有聲』句上有『冰泉冷澀弦疑絶，疑絶不通聲暫歇』之語。夫既曰『聲暫歇』，即是『無聲』也。『聲暫歇』之後，忽起『銀瓶乍破』、『鐵騎突出』之聲，何爲不可接出？沈氏之疑滯，誠所不解。且遍考白集諸善本，未見有作『此時無聲復有聲』者，不知沈氏所見是何古本，深可疑也。」高步瀛唐宋詩舉要卷二：「『無聲復有聲』，語雜而意淺，并失下二句斗轉之妙，沈説非是。」城按：各本白集俱無作「復有聲」者，高氏、陳氏説是。

〔東船〕「船」，宋本、全詩俱作「舟」。

〔唯見〕「見」，英華作「有」。全詩注云：「一作『有』。」

〔家在〕「在」，英華作「近」。

〔曾教〕「曾」，馬本作「長」，據宋本、那波本、汪本、全詩、盧校改。

〔善才伏〕「伏」，馬本作「服」，據宋本、那波本、汪本、全詩、盧校改。

〔雲篦〕「雲」，馬本作「銀」，非。據宋本、那波本、汪本、全詩、盧校改。

〔輕別離〕「別離」，英華作「離別」。

〔前月〕「月」，汪本作「年」，視詩意以「月」字爲長。

〔月明〕馬本倒作「明月」，據宋本、那波本、汪本、全詩、盧校乙轉。

〔夢啼妝淚〕英華作「啼妝淚落」。汪本、全詩俱注云：「一作『啼妝淚落』。」

〔辭帝京〕「辭」，英華作「離」。汪本、全詩俱注云：「一作『離』。」

〔小處〕馬本、汪本作「地僻」，據宋本、那波本、英華、全詩、盧校改。汪本注云：「一作『小處』。」全詩注云：「一作『地僻』。」

〔地低濕〕何校：「『低』，蘭雪作『卑』。」

〔啼血〕「血」，宋本作「哭」。

〔獨傾〕何校：「『獨』，英華下注：『集作自。』『自』字佳，不因侑酒而始傾也。」

〔嘔啞〕「嘔」，宋本作「歐」。城按：嘔、歐、謳字通。

〔嘲哳〕「哳」，宋本、汪本俱作「哳」。全詩注云：「一作『哳』。」

〔座中〕「座」，宋本、那波本、英華俱作「就」。汪本、全詩俱注云：「一作『就』。」

〔泣下〕「下」，汪本、全詩俱注云：「一作『淚』。」

簡簡吟

蘇家小女名簡簡，芙蓉花腮柳葉眼。十一把鏡學點妝，十二抽針能繡裳。十三行坐事調品，不肯迷頭白地藏。玲瓏雲髻生菜樣，飄颻風袖薔薇香。殊姿異態不可狀，忽忽轉動如有光。二月繁霜殺桃李，明年欲嫁今年死。丈人阿母勿悲啼，此女不是凡夫妻。恐是天仙謫人世，只合人間十三歲。大都好物不堅牢，彩雲易散琉璃脆。

【箋】

約作於長慶三年（八二三）以前。

〔簡簡〕白氏詩云：「蘇家小女名簡簡」，疑爲蘇弘之女。參見白氏贈蘇少府（卷八）、答蘇庶子（卷二五）、答蘇庶子月夜聞家僮奏樂見贈（卷二七）、答蘇六（卷二七）等詩。

【校】

〔菜樣〕「菜」，馬本、全詩俱作「花」。據宋本、那波本、汪本、盧校改。

花非花

花非花，霧非霧。夜半來，天明去。來如春夢幾多時，去似朝雲無覓處。

【箋】

約作於長慶三年（八二三）以前。

【校】

〔來如〕「如」，馬本訛作「時」，據宋本、那波本、汪本、全詩、查校改正。

醉後狂言酬贈蕭殷二協律

餘杭邑客多羈貧，其間甚者蕭與殷。天寒身上猶衣葛，日高甑中未拂塵。江城山寺十一月，北風吹砂雪紛紛。賓客不見綈袍惠，黎庶未霑襦袴恩。此時太守自慚愧，重衣複衾有餘温。因命染人與針女，先製兩裘贈二君。吴縣細軟桂布密，柔如狐腋白似雲。勞將詩書投贈我，如此小惠何足論？我有大裘君未見，寬廣和煖如陽春。此裘非繒亦非纊，裁以法度絮以仁。刀尺鈍拙製未畢，出亦不獨裹一身。若令在郡得五考，與君展覆杭州人。

【箋】

作於長慶二年（八二二），五十一歲，杭州，杭州刺史。城按：白氏新製布裘詩（卷一）云：「桂布白似雪，吴綿軟於雲。布重綿且厚，爲裘有餘温。……安得萬里裘，蓋裹周四垠。穩暖皆如我，天下無寒人。」與此詩可以互相參證。唐宋詩醇卷二二云：「即杜甫『廣厦千萬間』意而暢言之。

前段『黎庶未沾襦袴恩』句，已伏後意。末段又推廣一層，淋漓暢竭，言大而非誇也。」何義門云：「大才小用，又不久任，曰醉曰狂，傷之至也。」

〔蕭殷二協律〕蕭悦及殷堯藩。蕭悦見本卷畫竹歌詩箋。殷堯藩見卷九別楊穎士盧克柔殷堯藩詩箋。

〔餘杭〕餘杭郡。見卷八自餘杭歸宿淮口作詩箋。

〔桂布〕見卷一新制布裘詩箋。

【校】

〔絜以仁〕「以」，馬本訛作「似」，據宋本、那波本、汪本、全詩、盧校改正。

〔畢出〕宋本、那波本二字俱倒。

醉歌 示妓人商玲瓏。

罷胡琴，掩秦瑟，玲瓏再拜歌初畢。誰道使君不解歌？聽唱黄雞與白日。黄雞催曉丑時鳴，白日催年酉前没。腰間紅綬繫未穩，鏡裏朱顔看已失。玲瓏玲瓏奈老何！使君歌了汝更歌。

【箋】

作於長慶三年(八二三),五十二歲,杭州,杭州刺史。城按:此詩汪本編在後集卷一,并云:「此詩亦作於長慶三年,各本誤入前集,今改正。」

〔商玲瓏〕阮閱詩話總龜卷四〇樂府門:「高玲瓏,餘杭之歌者。白公守郡,白與歌曰:『罷胡琴,……使君歌,汝更歌。』時元微之在越州,聞之,厚幣來邀,樂天即時遣去,到越州,住月餘,使盡歌所唱之曲,即賞之。後遣之歸,作詩送行,兼寄樂天曰:『休遣玲瓏唱我詞,我詞都是寄君詩。却向江邊整迴棹,月落潮平是去時。』」唐語林卷二文學:「長慶二年,白居易自中書舍人爲杭州刺史,替嚴員外休復。休復有時名,居易喜爲之代。時吴興守錢徽、吴郡守李穰(城按:應爲李諒,語林誤)皆文學士,悉生平舊友,日以詩酒寄贈。官妓高玲瓏、謝好好,巧於應對,善歌舞。後元相稹鎮會稽,參其酬唱,每以筒竹盛詩來往。」城按:高玲瓏,白氏此詩自注作「商玲瓏」,苕溪漁隱叢話後集卷十三及詩人玉屑卷十六所引俱作「商玲瓏」,當以作「商玲瓏」爲正。又白氏霓裳羽衣歌「玲瓏箜篌謝好箏,陳寵觱篥沈平笙,清絃脆管纖纖手,教得霓裳一曲成」自注云:「玲瓏以下,皆杭之妓名。」則亦指商玲瓏也。又按:居易自中書舍人爲杭州刺史,乃替元藇,非嚴休復,語林誤。參見卷八嚴十八郎中在郡日改制東南樓……詩箋。

【校】

〔酉前没〕「前」,馬本、汪本俱作「時」,據宋本、那波本、全詩、盧校改。

白居易集箋校卷第十三

律詩　五言　七言　自兩韻至一百韻　凡九十九首

代書詩一百韻寄微之

憶在貞元歲，初登典校司。身名同日授，心事一言知。貞元中與微之同登科第，俱授秘書省校書郎，始相識也。肺腑都無隔，形骸兩不羈。疏狂屬年少，閑散爲官卑。分定金蘭契，言通藥石規。交賢方汲汲，友直每偲偲。有月多同賞，無盃不共持。秋風拂琴匣，夜雪卷書帷。高上慈恩塔，幽尋皇子陂。唐昌玉蕊會，崇敬牡丹期。唐昌觀玉蕊，崇敬寺牡丹，花時多與微之有期。笑勸迂辛酒，閑吟短李詩。辛大丘度性迂嗜酒，李二十紳形短能詩，故當時有迂辛、短李之號。儒風愛敦質，佛理尚玄師。劉三十二敦質雅有儒風，庾七玄師談佛理有可賞者。度日曾無悶，通宵靡不爲。雙聲聯律句，八面對宫棋。雙聲聯句、八面宫棋，皆當時事。往往遊三省，騰騰出九逵。寒銷直城路，春到曲江池。樹暖枝條弱，山晴彩翠奇。峯攢石綠點，柳宛麴塵絲。岸草煙鋪地，園花雪壓枝。早光紅照耀，新溜碧逶迤。幄幕侵堤布，盤筵占地施。徵伶皆絶藝，選妓悉名姬。粉黛凝春態，金鈿耀水嬉。風流誇墜髻，時世鬭啼眉。貞元末，城中復爲墜馬髻、啼眉粧也。密坐隨歡促，華樽逐勝移。香飄歌袂動，翠落舞釵遺。籌插紅螺椀，觥飛白玉巵。打嫌調笑易，飲訝卷波遲。拋打曲有調笑，飲酒有卷白波。殘席諠譁散，歸鞍酩酊騎。酡顔烏帽側，醉袖玉鞭垂。紫陌傳鐘鼓，紅塵塞路歧。幾時曾暫别？何處不相隨？荏苒星霜换，迴環節候推。兩衙多請假，三考欲成資。運偶千年聖，天成萬物宜。皆當少壯日，同惜盛明時。光景嗟虚擲，雲霄竊暗窺。攻文朝矻矻，講學夜孜孜。策目穿如札，時與微之結集策略之目，其數至百十。毫鋒鋭若錐。時與微之各有纖鋒細管筆，攜以就試，相顧輒笑，目爲毫錐。繁張獲鳥網，堅守釣魚坻。謂自冬至夏，頻改試期，竟與微之堅待制試也。並受夔龍薦，齊陳晁董詞。萬言經濟略，三道太平基。中第争無敵，專場戰不疲。輔車排勝陣，掎角搴降旗。並謂同鋪席、共筆硯。雙闕紛容衛，千僚儼等衰。謂制舉人欲唱第之時也。恩隨紫泥降，名向白麻披。既在高科選，還從好爵縻。東垣君諫諍，西邑我驅馳。元和元年同登制科，微之拜拾遺，予授盩厔尉。再喜登烏府，多慚侍赤墀。四年，微之復拜監察，予爲拾遺、學士也。官班分内外，遊處遂參差。每列鵷鸞序，偏瞻獬豸姿。簡威霜凜冽，衣彩繡葳蕤。正色摧强禦，剛腸嫉喔咿。常憎持禄位，不擬保妻兒。養勇期除惡，輸忠在滅私。下鞲驚燕雀，當道懾狐狸。南國人無怨，東臺吏不欺。微之使東川，奏冤八十餘家，詔從而平之，因分司東都。理冤多定國，切諫甚辛毗。造次行於是，平生志在兹。道將心共直，言與行兼危。水暗波翻覆，山藏路險巇。未爲明主識，已被倖臣疑。木秀遭風折，蘭芳遇霰萎。千鈞勢易壓，一柱力難支。騰口因成痏，吹毛遂得疵。憂來吟貝錦，謫去詠江蘺。邂逅塵中遇，殷勤馬上辭。賈生離魏闕，王粲向荆夷。水過清源寺，山經綺季祠。心摇漢皐珮，淚墮峴亭碑。並途中所經歷者也。驛路緣雲際，城樓枕水湄。思鄉多繞澤，望闕獨登陴。林晚青蕭索，江平緑渺瀰。野秋鳴蟋蟀，沙冷聚鸕鷀。官舍黄茅屋，人家苦竹籬。白醪充夜酌，紅粟備晨炊。寡鶴摧風翮，鰥魚失水鬐。暗雛啼渴旦，涼葉墜相思。此四句兼含微之鰥居之思。一點寒燈滅，三聲曉角吹。藍衫經雨故，驄馬卧霜羸。念涸誰濡沫？嫌醒自歠醨。耳垂無伯樂，舌在有張儀。負氣衝星劍，傾心向日葵。金言自銷鑠，玉性肯磷緇。伸屈須看蠖，窮通莫問龜。定知身是患，當用道爲醫。想子今如彼，嗟予獨在斯。無憀當歲杪，有夢到天涯。坐阻連襟帶，行乖接履綦。潤銷衣上霧，香散室中芝。念遠緣遷貶，驚時爲別離。素書三往復，明月七盈虧。自與微之別經七月，三度得書。舊里非難到，餘歡不可追。樹依興善老，草傍靖安衰。微之宅在靖安坊，西近興善寺。前事思如昨，中懷寫向誰？北村尋古柏，南宅訪辛夷。開元觀西北院，即隋時龍村，佛堂有古柏一株，至今存焉。微之宅中有辛夷兩樹，常此與微之遊息其下。此日空搔首，何人共解頤？病多知夜永，年長覺秋悲。不飲長如醉，加餐亦似飢。狂吟一千字，因使寄微之。

【箋】

作於元和五年（八一〇），三十九歲，長安，京兆户曹參軍、翰林學士。見汪譜。城按：元集卷十有酬翰林白學士代書一百韻詩。何義門云：「張曲江有南還以詩代書贈京師舊寮長律一篇，白公體源於此。」唐宋詩醇卷二二：「長律百韻始於杜甫夔府詠懷一篇，繼之者元微之、白居易。居易集中百韻詩凡三篇，杜甫排奡沉鬱，局陣變化，其才氣筆力，自非居易所及。居易法律井然，條暢流美，實可爲後來之法。學者未能闚杜之閫奥，且從此問津，自無艱澀凌亂之病。」唐詩別裁凡例：「元、白長律，滔滔百韻，使事亦復工穩，但流易有餘，變化不足。」清林聯桂見星廬館閣詩話卷一：「沈歸愚尚書謂五言長律貴嚴整，貴句稱，貴屬對工切，貴脈血動盪。唐初應制諸篇，王、楊、盧、駱、陳、杜、沈、宋、燕、許、曲江並皆佳妙。少陵出而瑰奇宏麗，變動開合，後此無能爲役。

元、白長律，滔滔百韻，使事亦復工穩。館閣體裁權輿於此，帖括家所當家流溯源也。」

〔微之〕元稹。見卷二和答詩序箋。

〔慈恩塔〕慈恩寺塔。慈恩寺在長安朱雀門街東第三街晉昌坊，長安志卷八唐京城二：「慈恩寺，隋無漏寺之地，武德初廢。貞觀二十二年十二月二十四日，高宗在春宮，爲文德皇后立爲寺，故以『慈恩』爲名。」兩京城坊考卷三：「寺有牡丹。唐語林：慈恩浴堂院有牡丹兩叢，每開及五六百朵。唐詩紀事：長安三月十五日，兩街看牡丹甚盛，慈恩寺元果院花最先開，太平院開最後。裴潾作白牡丹詩題壁間。」同卷又云：「（慈恩）寺西院浮圖六級，崇三百尺。永徽三年，沙門玄奘所立。……按：上官昭容、宋之問有九月九日上幸慈恩寺登浮圖詩，自後唐人詩甚多。又爲進士題名之所。」城按：李肇國史補卷上云：「進士爲時所尚久矣。……既捷，列書其姓名於慈恩寺塔，謂之題名會。大讌於曲江亭子，謂之曲江會。」其實今傳石刻題名不止新進士也。查慎行得樹樓雜鈔卷三云：「唐人雁塔題名石刻，僧道士庶，前後非一，不止新進士也。進士特於曲江宴賞之暇有此會耳。……後世專以屬新進士者，未見石刻故也。」大雁塔即慈恩寺塔。白氏有三月三十日題慈恩寺（卷十三）、酬元員外三月三十日慈恩寺相憶見寄（卷十六）、慈恩寺有感（卷十九）諸詩。

〔皇子陂〕雍録卷六：「（皇子陂）在萬年縣西南二十五里，周七里。」長安志卷十一萬年：「永安坡在縣南二十五里，周七里。十道志曰：秦葬皇子，起冢陂北原上，因名皇子陂。」城按：畢沅云：「此即秦悼太子塚，前人俱未考耳。」白氏與元九書（卷四五）云：「如今年春遊城南時，與足下馬上相戲，因各誦新豔小律，不雜他篇。自皇子陂歸昭國里，迭吟遞唱，不絕聲者二十里餘，樊、李在旁，無所措口。」

〔唐昌玉蕊會〕指唐昌觀玉蕊花。見卷一白牡丹詩箋。

〔崇敬牡丹期〕崇敬寺即崇敬尼寺。在長安朱雀門街東第二街靖安坊。長安志卷七：「崇敬尼寺，本僧寺，隋文帝所立。大業中廢。龍朔二年，高宗爲長女定安公主薨後改立爲尼寺。」本卷白氏自城東至以詩代書戲招李六拾遺詩云：「應過唐昌玉蕊後，猶當崇敬牡丹時。」

〔辛大丘度〕元、白之科第同年。白氏有辛丘度可工部員外郎制（卷四八）云：「勅：朝散大夫、右補闕内供奉、飛騎尉辛丘度等，……」元集卷十有病減逢春期白二十二辛大不至十韻詩。唐語林卷四豪爽云：「辛氏郎君即丘度之子也。來謁李丞相（紳），因謂李公曰：『小子每憶白二十二丈詩：悶勸疇昔酒，閑吟廿丈詩。』李曰：『辛大有此狂兒，吾敢不存舊乎？』凡諸宦族，快辛氏子之能忤，丞相之受侮。」

〔李二十紳〕字公垂，舊書卷一七三、新書卷一八一有傳。城按：紳元和元年進士，是年由長安東歸，經潤州，浙西（鎮海軍）節度使李錡留掌書記。至元和四年始至長安爲校書郎。元和八年前後爲國子助教。舊、新書本傳謂紳「元和初登進士第，釋褐國子助教」，誤。考白氏作此詩時，紳仍爲校書郎。白氏編集拙詩成一十五卷因題卷末戲贈元九李二十詩（卷十六）云：「每被老元偷格律，苦教短李伏歌行。」又有看渾家牡丹花戲贈李二十（本卷）、渭村酬李二十見寄（卷十五）、靖安北街贈李二十（卷十五）諸詩中之「李二十」均指李紳。

〔劉三十二敦質〕見卷五常樂里閑居偶題十六韻詩箋，並參見卷一哭劉敦質、卷十三過劉三十二故宅、卷十四感化寺見元九劉三十二題名處等詩。

〔庾七玄師〕見卷六聞庾七左降因詠所懷詩箋。

〔曲江〕見卷一杏園中棗樹詩箋。

〔風流誇墜髻二句〕白氏新樂府時世妝（卷四）云：「時世妝，時世妝，出自城中傳四方。時世流行無遠近，顋不施朱面無粉。烏膏注脣脣似泥，雙眉畫作八字低。妍蚩黑白失本態，妝成盡似含悲啼。圓鬟無鬢堆髻樣，斜紅不暈赭面狀。」城按：唐婦人妝名時世妝。因話録卷三：「（西平王）治家整肅，貴賤皆不許時世妝梳。勳臣之家，特數西平禮法。」時世妝又作時勢妝，胡震亨唐音癸籤：「（時世妝）亦有作時勢者。權德輿詩：『叢鬟愁眉時勢新。』元微之教閨人妝束詩：『人人總解争時勢，都大須看各自宜。』豈時人避廟諱改世爲勢乎？抑以鬆鬌危髻，取勢頗高，改勢字貌之乎？正不如作時世爲雅切耳。」又新書卷三四五行志云：「元和末，婦人爲圓鬟椎髻，不設鬢飾，不施朱粉，惟以烏膏注脣，狀似悲啼者。圓鬟者，上不自樹也。悲啼者，憂恤象也。」蓋本於居易詩。漢書卷九五西南夷傳云：「此皆椎結。」師古注云：「結讀曰髻，爲髻如椎之形也。」

〔打嫌調笑易二句〕任二北敦煌曲初探第四章舞容一得：「打，猶舞也。羯鼓録：『璡常戴砑絹帽打曲。上自摘紅槿花一朵，置於帽上。……奏舞山香一曲，而花不墜落。』白居易江南喜逢蕭九徹詩：『巡次合當誰改令？先須爲我打還京。』范攄雲溪友議下謂『裴諴、温岐作楊柳枝，當時飲筵競唱打令』。失調名（二〇九）云：『令籌更打江神。』孫光憲更漏子云：『歌皓齒，舞紅籌。』可知『紅籌』即『令籌』，而『打』正謂『舞』也。蓋唐人酒令中專有一種曰『拋打令』，當筵歌舞；其曲曰『拋打曲』，如拋毬樂、調笑、楊柳枝、香毬、莫走、舞引、紅娘等皆是。惟元稹詩『峴亭今日顛狂醉，舞引紅娘亂打人』，『打人』之説未曉，或亦指舞人而言。」

〔策目穿如札〕洪邁容齋五筆卷七：「白樂天、元微之同習制科，中第之後，白公寄微之詩曰：『皆當少壯日，同惜盛明時。光景嗟虚擲，雲霄竊暗闚。攻文朝矻矻，講學夜孜孜。策目穿如札，毫鋒鋭若錐。』注云：『時與微之結集策略之目，其數至百十，各有纖鋒細管筆，攜以就試，相顧輒笑，目爲毫錐。』乃知士子待敵，編綴應用，自唐以來則然。毫錐筆之名，起於此也。」藝林伐山卷十七：「白樂天詩：『策目穿如札，毫鋒利似錐。』札，甲也。」城按：居易與元稹構策林七十五門在元和元年。白氏策林序（卷六二）云：「元和初，予罷校書郎，與元微之將應制舉。退居於上都華陽觀，閉户累月，揣摩當代之事，構成策目七十五門。及微之首登科，予次焉。凡所應對者，百不用其一二，其餘目以精力所致，不能棄捐，次而集之，分爲四卷，命曰策林云耳。」

〔清源寺〕見卷八宿清源寺詩箋。

〔綺季祠〕即四皓廟。長安志卷十一萬年：「四皓廟在終南山，去縣五十里。唐元和八年重建。」

〔樹依興善老二句〕兩京城坊考卷二：「白居易寄微之詩：『樹依興善老，艸傍靖安衰。』注云：『微之宅在靖安坊，西近興善寺。』城按：興善寺在靖善坊，靖善東與靖安鄰，故元宅西與之接也。元集亦有靖安窮居詩。又答姨兄胡靈之詩注云：『予宅在靖安北街。』」白氏夢與李七庾三十三同訪元九詩（卷十）云：「同過靖安里，下馬尋元九。」靖安北街贈李二十詩（卷十五）云：「榆莢抛錢柳展眉，兩人並馬語行遲。還似往年安福寺，共語私試却迴時。」

【校】

〔律詩〕此下小注，汪本作「九十二首」。

〔初登〕才調、汪本俱作「俱昇」。全詩注云：「一作『俱升』。」

〔夜雪〕「雪」，馬本作「月」，據宋本、那波本、汪本、才調、全詩、盧校改。

〔迂辛〕那波本訛作「還辛」，此蓋日人不通中國文義者所妄改。

〔短李詩〕此下小注「辛大丘度」，馬本、汪本、全詩俱訛作「辛大立度」，據宋本改正。並參見前箋。又「形短」馬本作「體短」，據宋本、汪本、全詩改。那波本、才調無注，下同。

〔對宮棋〕「對」，才調、汪本俱作「數」。

〔春到〕「到」，才調、何校俱作「滿」。全詩注云：「一作『滿』。」

〔柳宛〕「宛」，才調、那波本、汪本俱作「惹」。全詩注云：「一作『惹』。」

〔幕侵〕「侵」，才調作「分」。全詩注云：「一作『分』。」

〔皆絶藝〕「皆」，才調、何校俱作「求」。全詩、汪本俱注云：「一作『求』。」

〔選妓〕「選」，才調作「迎」。汪本、全詩俱注云：「一作『迎』。」

〔悉名姬〕「悉」，才調、何校俱作「選」。汪本、全詩俱注云：「一作『選』。」

〔粉黛〕宋本、那波本、汪本俱作「鉛黛」。才調作「鉛粉」。全詩注云：「一作『鉛粉』。」

〔凝春態〕「態」，才調作「豔」。汪本、全詩俱注云：「一作『豔』。」

〔墜髻〕「墜」，才調、汪本、全詩俱作「墮」。

〔啼眉〕「啼」，才調作「愁」。全詩注云：「一作『愁』。」城按：據此詩自注，當作「啼」，才調非。又自注中「貞元末」，馬本作「貞元中」，據宋本、汪本、全詩改。

〔翠落〕「翠」，馬本、才調俱作「醉」，據宋本、那波本、汪本、全詩改。

〔卷波遲〕此下小注馬本、汪本、全詩俱作「調笑令」及「飲酒曲」，據宋本改。

〔節候推〕「推」，馬本、全詩俱作「催」。據宋本、那波本、汪本、才調、盧校改。全詩注云：「一作『推』。」查校：「『催』字出誤，疑當作『推』。」

〔請假〕「假」，才調、汪本、全詩俱作「告」。全詩注云：「一作『假』。」

〔欲成資〕「欲」，才調作「遂」。全詩注云：「一作『遂』。」

〔運偶〕「偶」，才調、汪本、全詩俱作「啓」。

〔暗窺〕宋本、那波本俱作「闇闚」，字通。

〔矻矻〕才調作「吃吃」。

〔穿如札〕此下小注，「集」上馬本、汪本俱無「結」字，據宋本、全詩增。何校「『結』，黄校作『搆』，此板有南宋、北宋之判也。當作『搆』。」

〔毫鋒〕馬本、全詩俱倒作「鋒毫」，據宋本、那波本、汪本、才調、何校、盧校乙轉。全詩注云：「一作『毫鋒』。」

〔釣魚坻〕「坻」下馬本注云：「陳知切。」

〔齊陳〕「陳」，才調作「登」。全詩注云：「一作『登』。」

〔三道〕「道」，馬本、全詩、汪本俱作「策」，非。據宋本、那波本、才調、盧校改。盧校云：「案集中有『甲乙三道科，蘇杭兩州主』之句。」城按：盧校是也。汪本、全詩俱注云：「一作『道』。」

〔中第〕「中」，才調作「取」。全詩注云：「一作『取』。」

〔搴降旗〕「搴」，才調、何校俱作「奪」。全詩注云：「一作『奪』。」

〔驅馳〕此下小注「元和」下宋本脱「元」字。

〔官班〕「班」，宋本作「斑」，古字通。

〔鵷鸞〕「鵷」，才調作「鴛」。

〔霜凛冽〕「霜」，馬本作「寒」，據宋本、那波本、汪本、才調、全詩、盧校改。

〔期除惡〕「期」，馬本作「當」，據宋本、那波本、汪本、才調、全詩、盧校改。

〔燕雀〕「燕」，才調作「鸞」。

〔無怨〕「怨」，才調、何校作「枉」。全詩注云：「一作『枉』。」

〔吏不欺〕此下小注「東川」，馬本訛作「東原」，據宋本、汪本、全詩改正。

〔理冤〕「理」，才調、何校俱作「雪」。全詩注云：「一作『雪』。」

〔切諫〕「切」，才調、何校俱作「犯」。全詩注云：「一作『犯』。」

〔志在茲〕「茲」，才調、何校俱作「斯」。全詩注云：「一作『斯』。」

〔行兼危〕「兼」，才調作「相」。全詩注云：「一作『相』。」

〔力難支〕「支」，才調、全詩俱作「搘」，義同。汪本訛作「楮」。

〔因成痏〕「因」，才調作「方」。全詩注云：「一作『方』。」又「痏」下馬本注云：「羽委切。」

〔詠江蘺〕「蘺」，馬本訛作「籬」，據宋本、那波本、汪本、才調、全詩、查校、盧校改正。

〔水過〕「過」，才調作「渡」。全詩注云：「一作『度』。」

〔綺季祠〕「季」，才調作「里」。全詩注云：「一作『里』。」

〔峴亭〕「亭」，才調作「山」。全詩注云：「一作『山』。」

〔望闕〕「闕」，才調、何校俱作「國」。全詩注云：「一作『國』。」

〔沙冷〕「冷」，馬本訛作「泠」，據宋本、那波本、汪本、才調、全詩、盧校改正。

〔水髻〕此下馬本注云：「渠宜切。」

〔啼渴旦〕「渴旦」，才調作「鶡旦」，那波本倒作「旦渴」。全詩「渴」下注云：「一作『鶡』。」

〔寒燈滅〕「寒」，才調作「秋」。全詩注云：「一作『秋』。」

〔歡醽〕此下馬本注云：「鄰溪切。」

〔無伯樂〕「無」，才調作「懷」。全詩注云：「一作『懷』。」

〔有張儀〕「有」，才調作「感」。全詩注云：「一作『感』。」

〔獨在斯〕「斯」，才調、何校俱作「茲」。全詩注云：「一作『茲』。」

〔無憀〕「憀」，才調、何校俱作「悰」。汪本、全詩俱注云：「一作『悰』。」又「憀」下馬本注云：「連條切。」

〔緣遷貶〕「緣」，才調作「傷」。全詩注云：「一作『傷』。」

〔爲別離〕「爲」，才調作「歎」。全詩注云：「一作『歎』。」

〔舊里〕「里」，全詩注云：「一作『理』。」誤。

〔不可追〕「可」，才調作「易」。全詩注云：「一作『易』。」

〔靖安衰〕「靖安」，宋本、那波本、馬本、全詩俱作「靜安」，據才調、汪本改。全詩注云：「一作『靖』。」此下小注同。城按：元稹宅在長安靖安坊，又作靜安坊，蓋同音而轉寫。新書武元衡傳亦作「靜安」，參見前箋。

〔辛夷〕馬本此下小注「開元」下脱「觀」字，「一株」誤作「一枝」。據宋本、汪本、全詩、盧校改。

〔空搔首〕「空」，才調作「徒」。全詩注云：「一作『徒』。」

〔狂吟〕「吟」，才調作「書」。全詩注云：「一作『書』。」

和鄭方及第後秋歸洛下閑居　同高侍郎下隔年及第。

勤苦成名後，優遊得意間。玉憐同匠琢，桂恨隔年攀。山靜豹難隱，谷幽鶯暫還。微吟詩引步，淺酌酒開顔。門迥暮臨水，窗深朝對山。雲衢日相待，莫悮許身閑。

【箋】

作於貞元十七年（八〇一），三十歲，洛陽。城按：花房英樹繫此詩於貞元十八年，非是。考鄭方進士及第在貞元十七年，登科記考卷十五貞元十七年：「蓋高郢連放三榜，樂天在十六年第二榜，鄭方在十七年第三榜。」故此詩原注亦云：「同高侍郎下隔年及第。」

【校】

〔鄭方〕馬本、那波本、汪本、全詩俱作「鄭元」，非。城按：鄭元，舊書卷一四六有傳，元和二年已爲户部侍郎、御史大夫，如在貞元末始進士及第，則升遷必不能如是之速也。徐松登科記考卷十五貞元十七年亦引作「鄭方」。今據宋本、英華改正。汪本、全詩俱注云：「一作『方』。」亦非。

〔朝對山〕「朝」，英華作「秋」。

〔莫悮〕「悮」，英華作「悟」。

與諸同年賀座主侍郎新拜太常同宴蕭尚書亭子 座主於蕭尚書下及第，得羣字韻。

寵新卿典禮，會盛客徵文。不失遷鶯侶，因成賀燕羣。池臺晴間雪，冠蓋暮和雲。共仰曾攀處，年深桂尚薰。

【箋】作於貞元十七年（八〇一），三十歲，洛陽。何義門云：「門生門下見門生，絶好故實。」

〔座主侍郎〕高郢。郢知貢舉時官禮部侍郎。見舊書卷一四七，新書卷一六五本傳。居易貞元十六年在高郢放第二榜時進士及第。見登科記考卷十五。白氏與陳給事書（卷四四）云：「今禮部高侍郎爲主司，則至公矣。」舊書卷一六六白居易傳云：「貞元十四年，始以進士就試，禮部侍郎高郢擢升甲科，吏部判入等，授秘書省校書郎。」城按：白氏貞元十五年就試禮部，十六年春中第。舊書本傳誤作「貞元十四年」。又按：舊書德宗紀：（貞元十六年十一月）戊申，以太府卿韋渠牟爲太常寺卿。……（貞元十九年）庚申，以太常卿高郢爲中書侍郎、同中書門下平章事。」又據舊書韋渠牟傳，渠牟卒於貞元十七年，則高郢初除太常卿必在是年，乃韋渠牟之後任。白氏此詩當作於貞元十七年，陳譜繫於貞元十六年，非。花房英樹亦襲陳氏之誤。

〔蕭尚書〕蕭昕。舊書卷一四六本傳：「貞元初，兼禮部尚書。尋復知貢舉。五年，致仕。」城按：此詩原注云：「座主於蕭尚書下及第，得羣字韻。」蕭昕曾兩度知貢舉：一在寶應二年，一在貞元三年。新書卷一六五高郢傳云：「寶應初，及進士第。」洪邁容齋五筆卷七云：「予考登科記，樂天以貞元十六年庚辰中書舍人高郢下第四人登科，郢以寶應二年癸卯禮部侍郎蕭昕下第九人登科，迨郢拜太常時，幾四十年矣。昕自癸卯放進士之後二十四年丁卯，又以禮部尚書再知貢舉，可謂壽俊。觀白公所賦，益可見唐世舉子之尊尚主司也。」則知郢中進士第在寶應二年癸卯，昕初次知貢舉時也。

【校】

〔題〕「蕭尚書」，那波本誤作「肅尚書」。又題下小注「於」字，馬本訛作「與」，據宋本、汪本、全詩改正。

〔池臺〕汪本、全詩俱注云：「一作『塘』。」

東都冬日會諸同年宴鄭家林亭　得先字。

盛時陪上第，暇日會羣賢。桂折因同樹，鶯遷各異年。賓階紛組珮，妓席儼花鈿。促膝齊貧賤，差肩次後先。助歌林下水，銷酒雪中天。他日昇沈者，無忘共此筵。

【箋】作於貞元十七年（八〇一），三十歲，洛陽。

【校】〔題〕「同年」，宋本作「同聲」。何校：「『年』，黄校旁注『聲』字。」〔因同樹〕「因」，宋本，那波本、英華俱作「應」。〔組珮〕「珮」，英華作「綬」。全詩注云：「一作『綬』。」〔貧賤〕「貧」，英華、全詩俱作「榮」。

敘德書情四十韻上宣歙崔中丞 宣州薦送及第後重投此詩。

元聖生乘運，忠賢出應期。還將稽古力，助立太平基。土控吴兼越，州連歙與池。山河地襟帶，軍鎮國藩維。廉察安江甸，澄清肅海夷。股肱分外守，耳目付中司。楚老歌來暮，秦人詠去思。望如時雨至，福似歲星移。政静民無訟，刑行吏不欺。撝謙驚主寵，陰德畏人知。白玉慚温色，朱繩讓直辭。行爲時領袖，言作世蓍龜。盛幕招賢士，連營訓鋭師。光華下鵷鷺，氣色動熊羆。出入麾幢引，登臨劍戟隨。好風迎解榻，美景待搴帷。晴野霞飛綺，春郊柳宛絲。城烏驚畫角，江雁避紅旗。藉草朱輪駐，攀花紫綬垂。山宜謝公屐，洲稱柳家詩。酒氣和芳杜，絃聲亂子規。分毬齊馬首，列舞匝蛾眉。醉惜年光晚，歡憐日影遲。迴塘排玉棹，歸路擁金羈。自顧龍鍾者，嘗蒙噢咻之。仰山塵不讓，涉海水難爲。身忝鄉人薦，名因國士推。提攜增善價，拂拭長妍姿。射策端心術，遷喬整羽儀。幸穿楊遠葉，謬折桂高枝。佩德潛書帶，銘仁闇勒肌。鞠躬趨館舍，拜手挹階墀。霄漢程雖在，風塵迹尚卑。弊衣羞布素，敗屋厭茅茨。養乏晨昏膳，居無伏臘資。盛時貧可恥，壯歲病堪嗤。擢第名方立，躭書力未疲。磨鉛重剸割，策蹇再奔馳。相馬須憐瘦，呼鷹正及飢。扶摇重即事，會有答恩時。

【箋】

作於貞元十六年（八〇〇），二十九歲，宣州。城按：汪譜繫此詩於貞元十六年，是也。此詩云：「晴野霞飛綺，春郊柳宛絲。」當爲是年春暮至宣州所作，蓋居易次年（貞元十七年）秋始再赴宣州也。陳譜繫此詩於貞元十七年，非是。花房英樹亦襲陳譜之誤。

〔宣歙〕宣歙觀察使，治所在宣州。管宣、歙、池三州。見元和郡縣志卷二八。

〔崔中丞〕宣歙觀察使崔衍。舊書卷一八八、新書卷一六四有傳。舊書卷十三德宗紀：「（貞元十二年八月）癸酉，以虢州刺史崔衍爲宣歙池觀察使。」同書卷十四憲宗紀上：「（永貞元年）八月甲寅，……以前宣歙觀察使崔衍爲工部尚書。」同書卷一八八本傳：「（衍）居宣州十年，頗勤儉，府庫盈溢。」白氏送侯權秀才序（卷四三）云：「貞元十五年秋，予始舉進士，與侯生俱爲宣城守所貢。明年春，予中春官第。」則知衍貞元十六年仍在宣州任。城按：舊、新唐書俱未言衍官御史中丞，據此詩知衍官宣州必帶有中丞之憲銜也。何義門云：「中丞當是敦詩。」大誤。

【校】

〔崔中丞〕「崔」，馬本、全詩俱訛作「翟」，據宋本、那波本、汪本改正。全詩「翟」下注云：「一作『崔』。」又題下那波本無小注。

〔福似〕「似」，全詩作「是」，注云：「一作『似』。」

〔玉棹〕「棹」，全詩作「櫂」，字通。

〔鞠躬〕「鞠」，那波本、汪本、全詩俱作「飭」。宋本訛作「飭」。全詩注云：「一作『鞠』。」

〔布素〕馬本倒作「素布」。據宋本、那波本、汪本、全詩乙轉。

〔厭茅茨〕「厭」，馬本訛作「壓」，據宋本、那波本、汪本、全詩改正。

〔剸割〕「剸」下馬本注云：「朱緣切。」

〔呼鷹〕「鷹」，馬本訛作「鶯」，據宋本、那波本、汪本、全詩、查校、盧校改正。

〔答恩時〕「時」，馬本訛作「詩」，據宋本、那波本、汪本、全詩、盧校改正。

和渭北劉大夫借便秋遮虜寄朝中親友

巨鎮爲邦屏，全材作國楨。韜鈐漢上將，文墨魯諸生。豹虎關西卒，金湯渭北城。寵深初受棨，威重正揚兵。陣占山河布，軍諳水草行。夏苗侵部落，宵遁失蕃營。雲隊攢戈戟，風行卷旆旌。候空烽火滅，氣勝鼓鼙鳴。胡馬辭南牧，周師罷北征。迴頭問天下，何處有欃槍？

【箋】

作於貞元十九年（八〇三），三十二歲，長安，校書郎。

〔渭北劉大夫〕渭北節度使劉公濟。舊書卷十三德宗紀：「（貞元十八年）十一月丙辰，以同州刺史劉公濟爲鄜州刺史、鄜坊丹延節度使。……（二十年正月）己亥，以鄜坊丹延節度使劉公濟爲工部尚書。」城按：鄜坊節度即渭北節度，上元元年置，貞元三年復置。柳宗元先友記云：「劉公濟，河間人，寬厚碩大，與物無忤，爲渭北節度，入爲工部尚書，卒。」權德輿哭劉四尚書詩中之「劉四尚書」，劉禹錫許給事見示哭工部劉尚書因命同作詩中之「劉尚書」，均指公濟。禹錫詩自注云：「從叔自渭北節度以疾歸朝，比及拜尚書，竟不克中謝。」則公濟卒於貞元二十年春間，白氏此詩蓋作於貞元十九年無疑。

【校】

〔軍諳〕「諳」，馬本作「由」，非。據宋本、那波本、汪本、全詩、盧校改。

〔侵部落〕何校：「『侵』疑作『清』。」「部」，宋本、那波本、全詩俱作「虎」。全詩注云：「一作『部』。」

〔風行〕「行」，馬本作「馳」，據宋本、那波本、汪本、全詩、盧校改。

〔攙槍〕馬本誤倒作「槍攙」，據宋本、那波本、汪本、全詩、盧校乙轉。

題故曹王宅 宅在檀溪。

甲第何年置？朱門此地開。山當賓閣出，溪繞妓堂迴。覆井桐新長，蔭窗竹舊栽。池荒紅菡萏，砌老綠莓苔。捐館梁王去，思人楚客來。西園飛蓋處，依舊月徘徊！

【箋】

或作於貞元十八年（八〇二）以前，襄州。

〔曹王〕李皐。字子蘭。曹王明玄孫，嗣王戢之子。貞元三年除襄州刺史、山南東道節度使。貞元八年暴卒於位。見舊書卷一三一本傳及韓愈曹成王碑。居易貞元九年從父至襄州任，曹王已卒。

〔依舊月徘徊〕何義門云：「『依舊』二字便有言外味，凡子必用『唯有』也。」

自江陵之徐州路上寄兄弟

岐路南將北，離憂弟與兄。關河千里別，風雪一身行。夕宿勞鄉夢，晨裝慘旅情。家貧憂後事，日短念前程。煙雁翻寒渚，霜烏聚古城。誰憐陟岡者？西楚望南荆。

【箋】

或作於貞元十八年（八〇二）以前。

〔江陵〕見卷二和答詩序箋。

〔徐州〕隋爲彭城郡。唐武德四年置徐州總管府。後爲徐泗節度使治所，屬河南道。見元和郡縣志卷九。白氏有江南送北客因憑寄徐州兄弟書（本卷）、送徐州高僕射赴鎮（卷二六）等詩。

【校】

〔題〕馬本「上」下衍「作」字，據宋本、那波本、汪本、全詩改正。

酬哥舒大見贈 去年與哥舒等八人同登科第。今叙會散之意。

去歲歡遊何處去？曲江西岸杏園東。花下忘歸因美景，樽前勸酒是春風。各從微宦風塵裏，共度流年離別中。今日相逢愁又喜，八人分散兩人同。

【箋】

作於貞元二十年（八〇四），三十三歲，長安。城按：汪譜繫此詩於貞元十九年，非是。居易貞元十九年與哥舒恒等八人應吏部試同登第。詩注云「去年」，故此詩當作於二十年。

〔哥舒大〕哥舒恒。恒一作垣。貞元十九年居易應吏部試以拔萃科入等。同年八人：呂炅、王起、白居易、李復禮、呂穎（城按：元和姓纂及白集均作「穎」，登科記考據元集作「頻」，蓋誤）、哥舒恒、元稹、崔玄亮。見登科記考卷十五。城按：哥舒恒又作「哥舒煩」，元稹酬哥舒大少府寄同年科第詩原注云：「同年科第：宏詞呂二炅、王十一起，拔萃白二十二居易，平判李十一復禮、呂四頻、哥舒大煩、崔十八玄亮，不肖八人，皆奉榮養。」

〔曲江〕見卷一杏園中棗樹詩箋。

【校】

〔題〕此下小注宋本作「去年與哥舒等八人同共登科第今叙會散之愁意」。那波本無小注。

〔何處去〕「去」下馬本、汪本、全詩俱注云：「一作『好』。」宋本注云：「『何處去』一作『何處好』。」

和談校書秋夜感懷呈朝中親友

遥夜凉風楚客悲，清砧繁漏月高時。秋霜似鬢年空長，春草如袍位尚卑。詞賦擅名來已久，煙霄得路去何遲。漢庭卿相皆知己，不薦楊雄欲薦誰？

【箋】

約作於貞元十九年（八〇三）至貞元二十年，長安，校書郎。

〔談校書〕名未詳。疑爲居易婿談弘謩之先人。

感秋寄遠

惆悵時節晚，兩情千里同。離憂不散處，庭樹正秋風。燕影動歸翼，蕙香銷故叢。佳期與芳歲，牢落兩成空！

【箋】約作於貞元十九年（八〇三）至永貞元年（八〇五）。城按：本卷另有冬至夜懷湘靈、寄湘靈二詩，作於此詩之前，時間相去甚邇，疑此詩亦係寄其早年戀人湘靈之作。據詩云：「佳期與芳歲，牢落兩成空。」則知好事或已不諧矣。唐宋詩醇卷二二：「律法整嚴，尚與盛唐相近。腹聯已開晚唐李商隱一派。」

春題華陽觀 觀即華陽公主故宅。有舊内人存焉。

帝子吹簫逐鳳皇，空留仙洞號華陽。落花何處堪惆悵？頭白宫人掃影堂。

【箋】作於永貞元年（八〇五），三十四歲，長安，校書郎。

〔華陽觀〕即宗道觀。在長安朱雀門街東第三街永崇坊。長安志卷八：「宗道觀本興信公主宅，賣與劍南節度使鄭英乂（城按：兩京城坊考作「郭英乂」，據舊書卷一一七、新書卷一三三本傳，應以「郭英乂」爲正，長安志誤），其後入官。大曆十二年爲華陽公主追福，立爲觀。」兩京城坊考卷三：「按：觀爲華陽公主立，故亦曰華陽觀。」全詩卷三四九歐陽詹玩月詩序：「貞元十二年，甌閩君子陳可封游在秦，寓於永崇里華陽觀。」本卷白氏又有華陽觀桃花時招李六拾遺飲、華陽觀中八月十五日夜招友玩月、春中與盧四周諒華陽觀同居及重到華陽觀舊居（卷十五）等詩。又策林序（卷六二）云：「元和初，予罷校書郎，與元微之將應制舉，退居於上都華陽觀，閉户累月，揣摩當代之事，構成策目七十五門。」

【校】

〔帝子〕指華陽公主。

〔題〕此下那波本無小注。

秋雨中贈元九

不堪紅葉青苔地，又是涼風暮雨天。莫怪獨吟秋思苦，比君校近二毛年。

【箋】

作於貞元十八年（八〇二），三十一歲，長安。城按：元、白當訂交於是年之前，陳譜謂相識於貞元十九年，恐非是。白氏元和五年所作酬元九對新栽竹有懷見寄詩亦云：「昔我十年前，與君始相識。」以時間逆數，亦當爲十八年之前。元集卷十六有酬樂天秋興見贈本句云莫怪獨吟秋興苦比君校近二毛年詩。

〔元九〕元稹。見卷一酬元九對新栽竹有懷見寄詩箋。

【校】

〔題〕「秋雨」，馬本訛作「大雨」。據宋本、那波本、汪本、萬首、全詩改正。

城東閑遊

寵辱憂歡不到情，任他朝市自營營。獨尋秋景城東去，白鹿原頭信馬行。

【箋】

約作於貞元十八年（八〇二）至貞元十九年（八〇三），長安。

〔白鹿原〕元和郡縣志卷一：「白鹿原在（萬年）縣東二十里，亦謂之霸上。漢文帝葬其上，謂之霸陵。」長安志卷十一萬年：「白鹿原在縣東南二十里。」

【校】

〔題〕「城東」，馬本訛作「城中」，據宋本、那波本、汪本、萬首、全詩改正。

答韋八

麗句勞相贈，佳期恨有違。早知留酒待，悔不趁花歸。春盡緑醅老，雨多紅萼稀。今朝如一醉，猶得及芳菲。

【箋】

約作於貞元十八年（八〇二）至貞元十九年（八〇三），長安。

〔韋八〕與白氏贈韋八詩（卷十七）中之「韋八」當同爲一人，名未詳。

【校】

〔期悵〕英華作「音悵」，注云：「集作『期悵』。」全詩注云：「一作『音悵』。」汪本注云：「一作『佳音悵有違』。」

〔緑醅〕馬本此下注云：「鋪杯切，酒未漉也。」

華陽觀桃花時招李六拾遺飲

華陽觀裏仙桃發，把酒看花心自知。争忍開時不同醉？明朝後日即空枝。

【箋】

約作於永貞元年（八〇五）至元和元年（八〇六），長安，校書郎。

〔華陽觀〕見本卷春題華陽觀詩箋，并參見華陽觀中八月十五日夜招友玩月（本卷）、春中與盧四周諒華陽觀同居（本卷）、重到華陽觀舊居（卷十五）等詩及策林序（卷六二）。

〔李六拾遺〕李諒。諒，字復言，兩唐書俱無傳。柳宗元爲王户部薦李諒表：「臣自任度支等副使，以諒爲巡官，未及薦聞。至某月日荆南奏官敕下本道。諒實國器，合在朝行。臣之所知，尤惜其去。伏望天恩，授以諫官，使備獻納。……」册府元龜卷四八一臺省部譴責：「李諒爲左拾（拾）遺。元和二年，……以交遊猥雜，……諒貶爲澄城縣令。」城按：「王户部」爲王叔文，所謂「交遊猥雜」即譴責永貞時李諒參加王叔文政治集團。據此可考知李諒元和二年前爲左拾遺，岑仲勉唐人行第録謂白氏華陽觀桃花時招李六拾遺飲及自城東至以詩代書戲招李六拾遺（卷十六）兩詩中之「李六拾遺」指李景儉，失考。并參見白氏獨樹浦雨夜寄李六郎中（卷十五）、初到郡齋寄錢湖州李蘇州（卷二〇）、錢湖州以箬下酒李蘇州以五酘酒相次寄到無因同飲聊詠所懷（卷二〇）、見李蘇州示男阿武詩自感成詠（卷二〇）、蘇州李中以丞元日郡齋感懷詩寄微之及予輒依來篇七言八韻走筆奉答兼呈微之（卷二三）、重答汝州李六使君見和憶吴中舊遊五首（卷二六）等詩。

和友人洛中春感

莫悲金谷園中月，莫歎天津橋上春。若學多情尋往事，人間何處不傷神？

【箋】作於永貞元年（八〇五），三十四歲，長安，校書郎。

〔金谷園〕晉書石崇傳：「崇有別館，在河陽之金谷，一名梓澤。」太平寰宇記河南府河南縣：「金谷：郭緣生述征記云：金谷，谷也。地有金水，自太白原南流經此谷，晉衛尉石崇因即川阜而造爲園館。崇金谷詩序云：余有別廬，在河南縣界金谷澗中，有清泉茂樹，衆果竹柏，藥物備具云云。」清統志河南府：「金谷園在洛陽縣西北。」

〔天津橋〕在洛陽西南洛水上。元和郡縣志卷五：「天津橋在（河南）縣北四里，隋煬帝大業元年初造此橋，以架雒水。用大纜維舟，皆以鐵鎖鉤連之，南北夾路對起四樓，其樓爲日月表勝之象。然雒水溢，浮橋輒壞。貞觀十四年更令石工累方石爲脚。爾雅：斗牛之間爲天漢之津，故名取焉。」兩京城坊考卷五：「按：唐人由西京至東都，皆由天津橋，高宗還東都，百官見於天津橋南是也。」白氏天津橋詩（卷二八）云：「津橋東北斗亭西，到此令人詩思迷。」又有雪後早過天津橋偶呈諸客（卷二八）、曉上天津橋閑望偶逢盧郎中張員外攜酒同傾（卷三二）、春盡日天津橋醉吟偶呈李尹侍郎（卷三三）等詩。

【校】

〔題〕萬首作「洛中春感」。全詩注云：「一作『感春』。」

〔傷神〕「神」，宋本、那波本俱作「人」。何校：「宋刻、蘭雪皆作『人』。」

送張南簡入蜀

昨日詔書下，求賢訪陸沈。無論能與否，皆起徇名心。君獨南遊去，雲山蜀路深。

【箋】作於永貞元年(八〇五),三十四歲,長安,校書郎。

寄陸補闕 前年同登科。

忽憶前年科第後,此時雞鶴暫同羣。秋風惆悵須吹散,雞在中庭鶴在雲。

【箋】作於永貞元年(八〇五),三十四歲,長安,校書郎。

〔陸補闕〕名未詳。登科記考卷十五謂陸係貞元十六年居易同年進士。然據此詩云「忽憶前年科第後」及白氏自注,則「前年」似指貞元十九年,而非貞元十六年。徐氏所考疑誤。

【校】

〔題〕此下那波本無小注。

〔中庭〕馬本作「庭前」,據宋本、那波本、汪本、萬首、全詩、盧校改。全詩注云:「一作『前庭』。」

華陽觀中八月十五日夜招友玩月

人道秋中明月好，欲邀同賞意如何？華陽洞裏秋壇上，今夜清光此處多！

【箋】

作於永貞元年（八〇五），三十四歲，長安，校書郎。

〔華陽觀〕見本卷春題華陽觀詩箋。

【校】

〔秋中〕萬首作「中秋」。全詩注云：「一作『中秋』。」何校：「宋刻、蘭雪皆『秋中』。」

曲江憶元九

春來無伴閑遊少，行樂三分減二分。何況今朝杏園裏，閑人逢盡不逢君！

【箋】

約作於貞元十九年（八〇三）至貞元二十年（八〇四），長安，校書郎。

〔曲江〕見卷一杏園中棗樹詩箋。

〔元九〕元稹。見卷一酬元九對新栽竹有懷見寄詩箋。
〔杏園〕見卷一杏園中棗樹詩箋。
〔閑人逢盡不逢君〕何義門云：「元稹明經出身，不舉進士，豈謂此耶？」

過劉三十二故宅

不見劉君來近遠，門前兩度滿枝花。朝來惆悵宣平過，柳巷當頭第一家。

【箋】
作於永貞元年（八〇五），三十四歲，長安，校書郎。
〔劉三十二故宅〕在長安朱雀門街東第四街宣平坊。劉三十二即劉敦質（太白），參見卷一哭劉敦質詩箋。
〔宣平〕宣平坊。

下邽莊南桃花

村南無限桃花發，唯我多情獨自來。日暮風吹紅滿地，無人解惜爲誰開？

【箋】作於貞元二十年（八〇四），三十三歲，下邽，校書郎。

〔下邽莊南〕指居易故鄉下邽金氏村住宅之南。城按：下邽縣，唐屬華州。

三月三十日題慈恩寺

慈恩春色今朝盡，盡日徘徊倚寺門。惆悵春歸留不得，紫藤花下漸黄昏。

【箋】作於永貞元年（八〇五），三十四歲，長安，校書郎。城按：吴可藏海詩話：「白樂天詩云：『紫藤花下怯黄昏。』荆公作苑中絶句，其卒章云：『海棠花下怯黄昏。』乃是用樂天語。而易『紫藤』爲『海棠』，便覺風韻超然。」

〔慈恩寺〕在長安朱雀門街東第三街晉昌坊。長安志卷八唐京城二：「慈恩寺，隋無漏寺之地，武德初廢。貞觀二十二年十二月二十四日，高宗在春宫，爲文德皇后立爲寺，故以『慈恩』爲名。」城按：寺有牡丹。劇談録卷下：「京國花卉之晨，尤以牡丹爲上，至于佛宇道觀，遊覽者罕不經歷。慈恩浴堂院有花兩叢，每開及五六百朵，繁豔芬馥，近少倫比。」又寺有浮圖，崇三百尺，即大雁塔，爲唐進士題名之所。李肇國史補卷下：「進士爲時所尚久矣。……既捷，列書其姓名於慈恩寺塔，謂之題名會。」本卷代書詩一百韻寄微之云：「高上慈恩塔，幽尋皇子陂。」

【校】

〔徘徊〕全詩作「裴回」。城按：徘徊同裴回。

看渾家牡丹花戲贈李二十

香勝燒蘭紅勝霞，城中最數令公家。人人散後君須看，歸到江南無此花。

【箋】

作於永貞元年（八〇五），三十四歲，長安，校書郎。

〔渾家〕渾瑊宅。兩京城坊考卷三：「白居易有看渾家牡丹花詩，疑渾令之宅也。」城按：河中節度使兼中書令渾瑊宅在長安大寧坊。劉禹錫渾侍中宅牡丹詩云：「徑尺千餘朵，人間有此花。今朝見顏色，更不問諸家。」又送渾大夫赴豐州詩云：「其奈明年好春日，無人喚看牡丹花。」渾大夫即渾瑊第三子渾鐬。則渾宅之牡丹花擅名可知，宜劉、白一再以之爲詩料也。

〔李二十〕李紳。新書卷一八一、舊書卷一七三俱有傳。城按：紳於貞元二十年至長安，準備應進士試。其年九月，曾宿於元稹靖安里第，太平廣記卷四八八鶯鶯傳云：「貞元歲九月，執事李公垂宿于予靖安里第，語及于是，公垂卓然稱異，遂爲鶯鶯歌以傳之。崔氏小名鶯鶯，公垂以命篇。」傳中所稱之「貞元歲」即貞元二十年。是年紳因元稹識白居易，故此詩作於永貞元年。白氏後有醉送李二十常侍赴鎮浙東詩（卷三一）云：「靖安客舍花枝下，共脱青衫典濁醪。」即追憶當時情景。又有渭村酬李二十見寄（卷十五）、靖安北街贈李二十（卷十五）、編集拙詩成一十五卷因題卷末戲贈元九李二十（卷十六）等詩。

【校】

〔題〕「渾」，馬本、汪本、全詩俱訛作「惲」，據宋本、那波本改正。何校：「唐人惲姓無作中令者。黄校亦作『渾』。」按：何校是也。又全詩「惲」下注云：「一作『渾』。」亦非。并參見前箋。

春中與盧四周諒華陽觀同居

性情懶慢好相親，門巷蕭條稱作鄰。背燭共憐深夜月，踏花同惜少年春。杏壇住僻雖宜病，芸閣官微不救貧。文行如君尚憔悴，不知霄漢待何人？

【箋】

作於永貞元年（八〇五），三十四歲，長安，校書郎。

〔盧四周諒〕新書卷七三上宰相世系表，道將之後有周諒。不詳官歷。

〔華陽觀〕見本卷春題華陽觀詩箋。

〔杏壇〕俞樾九九消夏録：「白香山長慶集有春中與盧四周諒華陽觀同居詩云：『杏壇住僻雖宜病，芸閣官微不救貧。』又有尋王道士藥堂詩云：『行行覓路緣松嶠，步步尋花到杏壇。』是唐人於杏壇二字多用之道觀也。按：『杏壇』二字出莊子漁父篇，所謂『孔子游乎緇帷之林，休坐乎杏壇之上』。本屬寓言。東家雜記言本朝乾興間，增廣殿廷，移大殿於後，講堂舊基，不欲拆毁，即以瓴甓爲壇，環植以杏，魯人因名之曰杏壇。是唐以前孔氏無杏壇之名。然用之道觀，未詳其故，或别有所出乎？」城按：杏壇謂道家修煉之所，蓋用三國吴時董奉杏林事，見神仙傳。

〔杏壇住僻雖宜病四句〕何義門云：「後半皆自謂也。」

【校】

〔題〕「周諒」，馬本訛作「周鯨」。據宋本、那波本、汪本、全詩改正。全詩注云：「一作『周鯨』。」亦非。

自城東至以詩代書戲招李六拾遺崔二十六先輩

青門走馬趁心期，惆悵歸來已校遲。應過唐昌玉蕊後，猶當崇敬牡丹時。暫遊還憶崔先輩，欲醉先邀李拾遺。尚殘半月芸香俸，不作歸糧作酒資。

【箋】

作於元和元年（八〇六），三十五歲，長安，校書郎。

〔李六拾遺〕李諒。見本卷華陽觀桃花時招李六拾遺飲詩箋。

〔青門〕見卷一寄隱者詩箋。

〔應過唐昌玉蕊後〕見本卷代書詩一百韻寄微之詩箋。

〔猶當崇敬牡丹時〕見本卷代書詩一百韻見微之詩箋。

【校】

〔題〕「崔二十六先輩」，宋本爲旁注，那波本無。

盩厔縣北樓望山 自此後詩爲畿尉時作。

一爲趨走吏，塵土不開顔。辜負平生眼，今朝始見山。

【箋】

作於元和元年（八〇六），三十五歲，盩厔，盩厔尉。見陳譜及汪譜。

〔盩厔縣〕唐屬京兆府。山曲曰盩，水曲曰厔。貞觀元年屬雍州。天寶中改名宜壽。後復名盩厔。見元和郡縣志卷二。

【校】

〔題〕此下小注馬本脱「幾」字，據宋本、汪本、全詩增。那波本小注爲大字。

〔塵土〕「土」，馬本訛作「上」，據宋本、那波本、汪本、唐歌詩、全詩改正。

〔辜負〕「辜」，馬本、汪本、全詩俱作「孤」，據宋本、那波本、萬首、唐歌詩、盧校改。

縣西郊秋寄贈馬造

紫閣峯西清渭東，野煙深處夕陽中。風荷老葉蕭條緑，水蓼殘花寂寞紅。我厭宦遊君失意，可憐秋思兩心同！

【箋】

作於元和元年（八〇六），三十五歲，盩厔，盩厔尉。唐宋詩醇卷二二：「前四句寫景，極蕭瑟之致。結出懷人意，自然警動。」

〔馬造〕疑爲馬逢之昆仲輩。參見卷十四答馬侍御見贈詩箋。

〔紫閣峯〕明統志卷三二西安府：「紫閣峯在鄠縣東南三十里。杜甫詩：『紫閣峯陰入渼陂。』」清統志西安府：「紫閣峯在鄠縣東南。縣志：峯在縣東南三十里，迤東有白閣、黄閣峯，三峯相距不甚遠。」白氏宿紫閣山北村詩（卷一）云：「晨游紫閣峯，暮宿山下村。」

【校】

〔題〕「造」，英華注云：「集作『達』。」全詩注云：「一作『達』。」

〔老葉〕「老」，英華作「落」，注云：「一作『老』。」全詩注云：「一作『落』。」

〔殘花〕「殘」，英華作「開」，注云：「一作『殘』。」全詩注云：「一作『開』。」

別韋蘇

百年愁裏過，萬感醉中來。惆悵城西別，愁眉兩不開。

【箋】

作於元和二年（八〇七），三十六歲，盩厔，盩厔尉。柳亭詩話卷十三：「白香山詩：『百年愁裏過，萬感醉中來。』蘇老泉衍爲七言曰：『佳節每從愁裏過，壯心偶傍醉中來。』」

【校】

〔題〕馬本、汪本、萬首、全詩俱誤作「別韋蘇州」。趙翼甌北詩話卷四云：「（集中）又有別韋蘇州一首。按：香山自叙，年十四五時，遊蘇、杭間，見太守甚尊，不得從遊宴之列，則於左司年輩本不相及，何得有辭別之作？此詩必非香山所作，或他人詩攙入耳。」城按：此詩宋本、那波本、英華俱作「別韋蘇」。何校：「黄云：校本去『州』字。」「州」字蓋衍。趙氏所考非是。今據宋本、那波本、英華、何校改正。又中華書局本張籍詩集卷五據四庫本增入别韋蘇州詩一首，内容與白氏詩同，蓋亦係自白集羼入者。

戲題新栽薔薇　時尉盩厔。

移根易地莫憔悴，野外庭前一種春。少府無妻春寂寞，花開將爾當夫人。

【箋】

作於元和二年（八〇七），三十六歲，盩厔，盩厔尉。時居易猶未婚，此詩孤寂之意，溢於言表。

城按：居易應才識兼茂明於體用科登第在元和元年四月，見舊書卷一六六本傳及通鑑卷二三七，則尉盩厔當已過春時。花房英樹繫此詩於元和元年，疑非。

〔少府無妻春寂寞二句〕何義門云「可作故事用。」

【校】

〔題〕此下那波本無注。

酬王十八李大見招遊山

自憐幽會心期阻，復愧嘉招書信頻。王事牽身去不得，滿山松雪屬他人。

【箋】作於元和元年(八〇六),三十五歲,盩厔,盩厔尉。〔王十八〕王質夫。隱居於盩厔城南仙遊寺薔薇澗。白氏有和王十八薔薇澗花時有懷蕭侍御兼見贈(本卷)、期李二十文略王十八質夫不至獨宿仙遊寺(本卷)、送王十八歸山寄題仙遊寺(卷十四)、酬王十八見寄(卷十四)等詩。陳鴻長恨歌傳(卷十二)云:「元和元年冬十二月,太原白樂天自校書郎尉於盩厔,鴻與琅邪王質夫家於是邑,暇日相攜遊仙遊寺,話及此事,相與感歎。」

縣南花下醉中留劉五

百歲幾迴同酩酊?一年今日最芳菲。願將花贈天台女,留取劉郎到夜歸。

【箋】作於元和二年(八〇七),三十六歲,盩厔,盩厔尉。〔劉五〕見卷十二醉後走筆酬劉五主簿長句之贈兼簡張大賈二十四先輩昆季詩箋。

宿楊家

楊氏弟兄俱醉臥,披衣獨起下高齋。夜深不語中庭立,月照藤花影上階。

【箋】作於元和二年（八〇七），三十六歲，盩厔，盩厔尉。城按：居易是年三月間赴長安，宿楊汝士家，時已屬意汝士之妹。參見後一首醉中留别楊六兄弟詩。

〔楊家〕楊汝士家。在長安靖恭坊。兩京城坊考卷三：「與其弟虞卿、漢公、魯士同居，號靖恭楊家，爲冠蓋盛游。」

〔楊氏弟兄〕指楊汝士、楊虞卿兄弟等。

【校】

〔上階〕「上」，馬本作「下」，據宋本、那波本、汪本、萬首、全詩改。全詩注云：「一作『下』。」

醉中留别楊六兄弟 三月二十日别。

春初攜手春深散，無日花間不醉狂。别後何人堪共醉？猶殘十日好風光。

【箋】作於元和二年（八〇七），三十六歲，盩厔，盩厔尉。

〔楊六兄弟〕楊汝士兄弟。城按：是年汝士、虞卿兄弟均猶未進士及第。三月間，居易由盩厔至長安，宿汝士家。見本卷宿楊家詩。

【校】

〔題〕此下那波本無注。

醉中歸盩厔

金光門外昆明路，半醉騰騰信馬迴。數日非關王事繫，牡丹花盡始歸來。

【箋】

作於元和二年（八〇七），三十六歲，盩厔，盩厔尉。城按：陳譜繫此詩於元和元年，非是。蓋此詩與前一首醉中留别楊六兄弟相關連也。

〔金光門〕長安志卷七唐京城：「西面三門：北曰開遠門，中曰金光門，南曰延平門。」

〔昆明路〕兩京城坊考卷二：「金光門西出趣昆明池。」

遊雲居寺贈穆三十六地主

亂峯深處雲居路，共踏花行獨惜春。勝地本來無定主，大都山屬愛山人。

【箋】

作於元和二年（八〇七），三十六歲，盩厔，盩厔尉。

〔雲居寺〕見卷一雲居寺孤桐詩箋。城按：白氏寄王質夫（卷十一）詩云：「春尋仙遊洞，秋上雲居閣。」以此詩之編次參證，時間與地點俱相合。

【校】

〔共踏〕「踏」，汪本、全詩俱作「蹋」。城按：蹋爲踏之本字。

和王十八薔薇澗花時有懷蕭侍御兼見贈

霄漢風塵俱是繫，薔薇花委故山深。憐君獨向澗中立，一把紅芳三處心。

【箋】

作於元和二年（八〇七），三十六歲，盩厔，盩厔尉。

〔王十八〕王質夫。見本卷酬王十八李大見招遊山詩箋。

〔薔薇澗〕在仙遊寺。

〔蕭侍御〕與卷九祗役駱口驛喜蕭侍御書至兼覩新詩吟諷通宵因寄八韻詩中之「蕭侍御」，當同係一人。

再因公事到駱口驛

今年到時夏雲白，去年來時秋樹紅。兩度見山心有愧，皆因王事到山中。

【箋】

作於元和二年（八〇七），三十六歲，盩厔，盩厔尉。

〔駱口驛〕見卷九祗役駱口驛喜蕭侍御書至兼覩新詩吟諷通宵因寄八韻詩箋。

期李二十文略王十八質夫不至獨宿仙遊寺

文略也從牽吏役，質夫何故戀囂塵？始知解愛山中宿，千萬人中無一人。

【箋】

作於元和二年（八〇七），三十六歲，盩厔，盩厔尉。

〔李二十文略〕未詳，俟考。

酬趙秀才贈新登科諸先輩

莫羨蓬萊鸞鶴侶，道成羽翼自生身。君看名在丹臺者，盡是人間修道人。

【箋】

作於元和二年（八〇七），三十六歲，長安。

過天門街

雪盡終南又欲春，遥憐翠色對紅塵。千車萬馬九衢上，迴首看山無一人。

【箋】

作於元和二年（八〇七），三十六歲，長安，翰林學士。

〔天門街〕長安承天門街。兩京城坊考卷一：「宫城南門（即承天門）外有東西大街，謂之横街。横街之南有南北大街，曰承天門街。」宋張禮遊城南記：「翠臺莊，不知其所以。莊之前有南北大路，俗曰天門界，北直京城之明德門，皇城之朱雀門，宫城之承天門，則界當爲街，俗呼之訛耳。許渾有天門街望雲詩，可證。」

惜玉蕊花有懷集賢王校書起

芳意將闌風又吹，白雲離葉雪辭枝。集賢讎校無閑日，落盡瑶花君不知！

【箋】作於元和二年（八〇七），三十六歲，長安，盩厔尉。〔玉蕊花〕以長安唐昌觀最著名。見本卷代書詩一百韻寄微之詩箋。汪立名云：「周必大玉蕊辨證：『唐人甚重玉蕊花，故唐昌觀有之，集賢院有之，翰林院亦有之，皆非凡境也。』」〔王校書起〕見卷五常樂里閑居偶題十六韻兼寄劉十五公輿王十一起等詩箋。

春送盧秀才下第遊太原謁嚴尚書

未將時會合，且與俗浮沈。鴻養青冥翮，蛟潛雲雨心。煙郊春別遠，風磧暮程深。墨客投何處？并州舊翰林。

【箋】作於元和二年（八〇七），三十六歲，長安，盩厔尉。

〔太原〕太原府。屬河東道。原爲太原郡，唐置北都。又爲河東節度使治所，最爲天下雄鎮。見元和郡縣志卷十三。

〔嚴尚書〕嚴綬。貞元末，檢校工部尚書、兼太原尹、北都留守、充河東節度使。在鎮九年。元和四年，入拜尚書右僕射。見舊書卷一四六本傳。白氏有嚴綬可太子少傅制（卷五二）、批百寮嚴綬等賀御撰屏風表（卷五六）、論嚴綬狀（卷五九）等文。

〔墨客投何處二句〕據舊書卷十三德宗紀，貞元十三年八月戊午，以河南行軍司馬嚴綬檢校工部尚書、兼太原尹、御史大夫、河東節度，則嚴尚書即綬無疑。「并州舊翰林」云者，亦指綬無疑。顧考之元稹嚴綬行狀暨舊書卷一四六、新書卷一二九綬本傳，綬在元和以前所颺歷，除一度召充刑部員外，皆任外職。唐代嚴姓曾充翰林者，亦止有晚唐嚴祁，此詩「翰林」兩字，乃一般藻飾之辭耳。見岑仲勉翰林學士壁記注補。

長安送柳大東歸

白社羈遊伴，青門遠別離。浮名相引住，歸路不同歸。

【箋】作於元和二年（八〇七），三十六歲，長安，盩厔尉。

〔柳大〕名未詳。據詩意，似爲居易之洛陽舊交。

〔白社〕洛陽地名。水經穀水注：「洛陽城東有馬市，北則白社故里也。昔孫子荆會董威輦於白社，謂此矣。以同載爲榮，故有威輦圖。」城按：元河南志卷二云：「（白社）里在建春門東。」後人亦誤爲居易香山社。查愼行得樹樓雜鈔卷一云：「按：白社，洛中地名。晉書：董京，字威輦，初至洛陽，被髮行吟，常宿白社中，時乞于市，得殘碎繒絮，結以自覆。孫楚時爲著作郎，數就社中與語，勸之仕，京以詩答之，遂遁去云云。王維詩云：『自從歸白社，不復到青門。』正用其事。後人指白樂天香山社爲白社者，訛也。」

〔青門〕見卷一寄隱者詩箋。

【校】

〔白社〕宋本、那波本俱誤作「白杜」。盧校：「白杜疑地名。」失考。參見前箋。汪本、萬首、全詩俱同馬本。又白氏題新館詩云：「曾爲白社羈遊子，今作朱門醉飽身。」

送文暢上人東遊

得道即無著，隨緣西復東。貌依年臘老，心到夜禪空。山宿馴溪虎，江行濾水蟲。悠悠塵客思，春滿碧雲中。

【箋】

作於元和二年（八〇七），三十六歲，長安，盩厔尉。

〔文暢上人〕權德輿、吕温均有送文暢上人東遊詩。見文苑英華卷二二二。

〔貌依年臘老二句〕何義門云：「何如『僧臘堦前樹，禪心江上山』。」

〔江行濾水蟲〕楊慎丹鉛雜録卷十：「唐人白行簡以濾水羅賦得名，其警句云：『焦螟之生必全，有以小爲貴者；江漢之流雖大，蓋可一以貫之。』靈一詩曰：『濾泉侵月起，掃徑避蟲行。』濾水，蓋僧家戒律有此，欲全水蟲之命，故濾而後飲。今蜀中深山古寺猶有此規。白居易送文暢詩：『山宿馴溪虎，江行濾水蟲』。」

【校】

〔濾水蟲〕「濾」，英華訛作「慮」。見前箋。馬本「濾」下注云：「良據切。」

〔滿碧〕英華作「色滿」。全詩注云：「一作『色滿』。」

社日關路作

晚景函關路，涼風社日天。青巖新有燕，紅樹欲無蟬。愁立驛樓上，厭行官堠前。蕭條秋興苦，漸近二毛年。

【箋】約作於貞元十六年（八〇〇）至貞元十七年（八〇一）。

【校】〔新有燕〕「燕」，盧校云：「當作『雁』。」城按：盧校是，各本俱誤。

重到毓材宅有感

欲入中門淚滿巾，庭花無主兩迴春。軒窗簾幕皆依舊，只是堂前欠一人！

【箋】作於貞元十六年（八〇〇），二十九歲，洛陽。

〔毓材〕毓材坊。在洛陽東城之東第五南北街。城按：「毓材」亦作「毓財」。程鴻詔兩京城坊考校補記：「毓財，考作『材』。」兩京城坊考卷三引此詩云：「未知誰氏之宅，俟考。」

【校】〔毓材〕「材」，那波本、馬本、全詩俱訛作「村」。據宋本、萬首、汪本、盧校改正。見前箋。全詩注云：「一作『材』。」亦非。

亂後過流溝寺

九月徐州新戰後，悲風殺氣滿山河。唯有流溝山下寺，門前依舊白雲多。

【箋】

作於貞元十六年（八〇〇），二十九歲。

〔流溝寺〕當在符離流溝山。白氏醉後走筆酬劉五主簿長句之贈兼簡張大賈二十四先輩昆季詩（卷十二）云：「武里村花落復開，流溝山色應如故。」又有題流溝寺古松詩（本卷）。

〔九月徐州新戰後〕貞元十六年五月，徐泗濠節度使張建封卒，徐州軍亂，迫建封子愔爲留後。請于朝，德宗不許。詔淮南節度使杜佑討之，不克引還。是年九月，詔以徐州授愔。見舊書卷十三德宗紀下、舊書卷一四〇張建封傳、卷一四七杜佑傳。城按：舊書杜佑傳謂建封卒於貞元十三年，誤。

【校】

〔悲風〕「悲」，全詩注云：「一作『急』。」

歎髮落

多病多愁心自知，行年未老髮先衰。隨梳落去何須惜？不落終須變作絲。

【箋】

或作於貞元十七年（八〇一），三十歲。

留別吴七正字

成名共記甲科上，署吏同登芸閣間。唯是塵心殊道性，秋蓬常轉水長閑。

【箋】

作於貞元十九年（八〇三），三十二歲，長安，校書郎。

〔吴七正字〕吴丹。字真存。貞元十六年白居易同年進士，歷官正字、監察殿中侍御史、水部庫部員外郎、駕部郎中、饒州刺史。卒於寶曆元年六月。見白氏故饒州刺史吴府君神道碑銘（卷六九）及登科記考卷十四。白氏又有酬吴七見寄（卷六）、吴七郎中山人待制班中偶贈絶句（卷十九）、七言十二句贈駕部吴郎中七兄（卷十九）等詩。

除夜宿洺州

家寄關西住，身爲河北遊。蕭條歲除夜，旅泊在洺州。

【箋】　作於貞元二十年（八〇四），三十三歲，洛州，校書郎。城按：白氏汎渭賦序云：「（貞元）十九年，天子並命二公對掌鈞軸，朝野無事，人物甚安。明年春，予爲校書郎，始徙家於秦中，卜居於渭上。」此詩云：「家寄關西住，身爲河北遊。」蓋此時已自洛陽移家下邽，故必係貞元二十年所作無疑。花房英樹繫於貞元十六年，疑非是。

〔洛州〕隋武安郡。武德元年改爲洺州。天寶元年改爲廣平郡。乾元元年復爲洺州，屬河北道。見舊書卷三九地理志。

〔河北〕指河北道洺州。

邯鄲冬至夜思家

邯鄲驛裏逢冬至，抱膝燈前影伴身。想得家中夜深坐，還應説著遠行人。

【箋】　作於貞元二十年（八〇四），三十三歲，邯鄲，校書郎。

〔邯鄲〕磁州邯鄲縣。貞觀元年改屬洺州。永泰間還屬磁州。見元和郡縣志卷十五。城按：邯鄲去洺州約一百餘里。

〔還應説著遠行人〕何義門云：「却翻轉道，妙甚。『遥知兄弟登高處，遍插茱萸少一人。』」范晞文對牀夜話：「白樂天『想得家中夜深坐，還應説著遠行人』，語頗直，不如王建『家中見月望我歸，正是道上思家時』，有曲折之意。」

【校】

〔題〕「冬至」，宋本、那波本、才調俱誤作「至除」。全詩注云：「一作『至除』。」亦非。

〔邯鄲驛〕「驛」，馬本訛作「夜」，據宋本、那波本、汪本、萬首、全詩改正。

〔影伴身〕「伴」，那波本作「對」，非。

冬至夜懷湘靈

豔質無由見，寒衾不可親。何堪最長夜，俱作獨眠人！

【箋】

約作於貞元二十年（八〇四），三十三歲，邯鄲，校書郎。

〔湘靈〕居易早年之戀人。必非後日結褵之楊氏夫人。此時白氏又有寄湘靈詩云：「淚眼零寒凍不流，每經高處即迴頭。遥知別後西樓上，應凭欄杆獨自愁。」又本卷感秋寄遠詩云：「惆悵時節晚，兩情千里同。離憂不散處，庭樹正秋風。燕影動歸翼，蕙香銷故叢。佳期與芳歲，牢落兩成空。」當亦係感念湘靈之作。

感故張僕射諸妓

黄金不惜買蛾眉，揀得如花三四枝。歌舞教成心力盡，一朝身去不相隨。

【箋】

作於元和元年（八〇六）以後。城按：張愔卒於元和元年十二月，故此詩之作不得早於元和二年，花房英樹繫於元和元年，非是。又汪本此詩編在第十五卷燕子樓三首詩後。

〔張僕射〕張愔。徐泗濠節度使張建封子。建封死，愔爲留後，俄進武寧軍節度使。元和元年，以疾求代，召爲工部尚書。卒於是年十二月，贈尚書右僕射。見新書卷一五八本傳及舊書卷十四憲宗紀。白氏燕子樓詩序（卷十五）云：「徐州故張尚書有愛妓曰盼盼，善歌舞，雅多風態。」此張尚書亦即張愔。明蔣一葵堯山堂外紀、郎瑛七修類稿卷三六俱謂此詩乃諷盼盼以死事而作，則係出於附會。清張宗泰質疑删存辨之云：「盼盼以舞妓爲故主守義不嫁，此姬妾中所不可多覯，豈必死而後可傳世。或謂白樂天諷之以詩，遂不食而卒。故陳彦之有詩云：『僕射新阡狐兔遊，美人猶住水邊樓。樂天才思如春雨，斷送殘花一夜休。』今按：樂天所贈之詩，即『黄金不惜買蛾眉，揀得如花三四枝。歌舞教成心力盡，一朝身去不相隨』一絶。而此詩在長慶集中次燕子樓詩後，其題云『感故張僕射諸妓』，或樂天和燕子樓詩時，僕射諸妓有不得其所者，並感而賦之，故有名花三四之句。味其語意，乃是惜張公不於心力未盡時早爲散遣之，而致身去不能相隨，祇爲蓄妓者感慨，非以責諸妓也。況詩云『三四枝』，題云『諸妓』，非指一人言也。則此詩與盼盼無涉，明矣。況白公乃最深於情之人，其於樊素則一再遣之必去而後已。若於己之愛妓，則恐其死殉；而於人之愛妓，乃責其偷生，殊非情理之平。其云『一朝身去不相隨』，即推務遣樊素之意，以嘆張公之不能耳。且世有生不如死者，或其各爲守義而不免滋物議，則愛之以德，莫如諷之以死，則死尚爲全人也。而白公所和燕子樓詩，其末章云：『見説白楊堪作柱，争教紅粉不成灰？』則所以信其守者至矣。於信之至之人而猶責其死，毋乃不止於苛哉！」

遊仙遊山

闇將心地出人間，五六年來人怪閑。自嫌戀著未全盡，猶愛雲泉多在山。

【箋】

作於元和元年（八〇六），三十五歲，盩厔，盩厔尉。

〔仙遊山〕見卷九秋霖中過尹縱之仙遊山居詩箋。

見尹公亮新詩偶贈絶句

袖裏新詩十首餘，吟看句句是瓊琚。如何持此將干謁，不及公卿一字書？

【箋】

作於元和元年（八〇六），三十五歲，長安，盩厔尉。

〔尹公亮〕疑即卷九秋霖中過尹縱之仙遊山居詩中之尹縱之。

〔如何持此將干謁二句〕何義門云：「持將干謁，恐便減瓊琚光價。」

長安閑居

風竹煙松晝掩關，意中長似在深山。無人不怪長安住，何獨朝朝暮暮閑？

【箋】

約作於貞元十八年（八〇二）至貞元十九年（八〇三），長安。

【校】

〔煙松〕宋本、那波本、萬首、全詩、盧校俱作「松煙」。何校：「『煙松』，宋刻、蘭雪俱作『松煙』。黄校無改。」

早春獨遊曲江　時爲校書郎。

散職無羈束，羸驂少送迎。朝從直城出，春傍曲江行。風起池東暖，雲開山北晴。冰銷泉脈動，雪盡草芽生。露杏紅初拆，烟楊緑未成。影遲新度雁，聲澀欲啼鶯。閑地心俱静，韶光眼共明。酒狂憐性逸，藥効喜身輕。慵慢疏人事，幽棲逐野情。迴看芸閣笑，不似有浮名。

【箋】

作於貞元十九年（八〇三），三十二歲，長安，校書郎。見汪譜。

〔曲江〕見卷一杏園中棗樹詩箋。

〔風起池東暖二句〕何義門云：「風雲二句闊遠，而無刻畫之迹。」

【校】

〔題〕那波本此下無側注。

〔羈束〕「羈」，馬本作「拘」，全詩注云：「一作『拘』。」據宋本、那波本、汪本改。

〔閑地〕「閑」，馬本作「闕」，非。據宋本、那波本、汪本、全詩、何校改。城按：何校云：

「『閑』，宋刻作『關』，從蘭雪。」則何氏所見當係另一宋本。

〔逐野情〕「逐」，宋本、那波本俱作「遂」。全詩注云：「一作『遂』。」

秘書省中憶舊山

厭從薄宦校青簡，悔別故山思白雲。猶喜蘭臺非傲吏，歸時應免動移文。

【箋】約作於貞元十九年（八〇三）至永貞元年（八〇五），長安，校書郎。

【校】〔應免〕「免」，宋本訛作「兔」。

涼夜有懷　自此後詩並未應舉時作。

清風吹枕席，白露濕衣裳。好是相親夜，漏遲天氣涼。

【箋】約作於貞元十六年（八〇〇）以前。城按：此詩亦白氏懷念其戀人所作，疑與湘靈有關。參見本卷冬至夜懷湘靈詩。

【校】

〔題〕此下注那波本爲大字。

〔清風〕汪本作「凉風」。

送武士曹歸蜀 士曹即武中丞兄。

花落鳥嚶嚶，南歸稱野情。月宜秦嶺宿，春好蜀江行。鄉路通雲棧，郊扉近錦城。烏臺陟岡送，人羨别時榮。

【箋】

作於元和元年（八〇六），三十五歲，長安，校書郎。見汪譜。

〔武中丞〕武元衡。城按：元衡貞元二十年自左司郎中遷御史中丞。見舊書卷一五八武元衡傳。

【校】

〔題〕此下那波本無注。

〔秦嶺宿〕「宿」，英華作「過」。全詩注云：「一作『過』。」

〔蜀江〕英華作「蜀川」。

〔鄉路〕英華作「江路」。

〔陟岡送〕「送」，英華作「老」。全詩注云：「一作『老』。」

江南送北客因憑寄徐州兄弟書 時年十五。

故園望斷欲何如？楚水吴山萬里餘。今日因君訪兄弟，數行鄉淚一封書。

【箋】

作於貞元二年（七八六），十五歲，避難旅居蘇、杭二州。見陳譜及汪譜。陳譜貞元二年丙寅：「公年十五，有江南送北客寄徐州兄弟詩，自此始有文見於集。公父襄州府君，建中初令彭城，東平叛命，與李洧謀以徐州歸國，就擢本州别駕，至是猶在徐。公避江南，故以詩寄兄弟也。」城按：居易吴郡詩石記（卷六八）云：「貞元初，韋應物爲蘇州牧，房孺復爲杭州牧。……予始年十四五，旅二郡。」又本卷江樓望歸詩亦作於是年，自注云：「時避難在越中。」

【校】

〔題〕此下那波本無注。

賦得古原草送別

離離原上草，一歲一枯榮。野火燒不盡，春風吹又生。遠芳侵古道，晴翠接荒城。又送王孫去，萋萋滿別情！

【箋】　或作於貞元三年（七八七），十六歲。見陳譜及汪譜。幽閑鼓吹：「白尚書應舉，初至京，以詩謁顧著作。顧睹姓名，熟視白公，曰：『米價方貴，居亦弗易！』乃披卷，首篇曰：『離離原上草，一歲一枯榮。……』即嗟賞曰：『道得個語，居即易矣！』因爲之延譽，聲名大振。」唐摭言卷七：「白樂天初舉，名未振，以歌詩謁顧況。況謔之曰：『長安百物貴，居大不易。』及讀至賦得原上草送友人詩曰：『野火燒不盡，春風吹又生。』況歎之曰：『有句如此，居天下有甚難！老夫前言戲之耳。』」後此如唐語林、北夢瑣言、能改齋漫録、全唐詩話、詩話總龜、堯山堂外紀均載此事，内容多雷同。城按：幽閑鼓吹、摭言均未載樂天謁顧況時之年歲，陳譜及汪譜所引「年十五六」當係承舊書白居易傳之誤。又按：摭言等書所記亦誤，居易十五六歲時在江南，至長安實不可能，往長安至少在貞元五年以後，而此時顧況已貶官饒州司户，則此詩或係在江南時作。何義門云：「少作自不足存，如古原草之屬，編爲外集可耳。」何氏亦未能領略此詩之佳處，少作更爲可貴。

〔野火燒不盡二句〕范晞文對牀夜話：「劉商柳詩『幾回離别折欲盡，一夜春風吹又長』，不如樂天詩『野火燒不盡，春風吹又生』語簡而思暢。或又謂樂天此聯不如『春入燒痕青』之句。」又田雯古歡堂集雜著卷三（清詩話續編本）：「劉孝綽妹詩『落花掃更合，叢蘭摘復生』，孟浩然『林花掃更落，徑草踏還生』，此聯豈出自劉歟？白樂天咏原上草送客詩：『野火燒不盡，春風吹又生。』一句之意，分爲兩句，風致亦自不減。古人作詩，皆有所本，而脱化無窮，非蹈襲也。」

【校】

〔離離〕汪本注云：「一作『咸陽』。」

夜哭李夷道

逝者絶影響，空庭朝復昏。家人哀臨畢，夜鎖壽堂門。無妻無子何人葬？空見銘旌向月翻？

【箋】

約作於貞元十六年（八〇〇）以前。城按：此詩汪本編在第十二卷。

病中作 時年十八。

久爲勞生事，不學攝生道。年少已多病，此身豈堪老？

【箋】

作於貞元五年（七八九），十八歲，長安。汪譜貞元五年己巳：「公年十八，時在京師。」陳譜貞元五年己巳：「有□中作詩。」容齋隨筆卷一：「今人富貴中作不如意語，少壯時作衰病語，詩家往往以爲讖。白公十八歲病中作絶句云：『久爲勞生事，不學攝生道。少年已多病，此身豈堪老！』然白公壽七十五。」何義門云：「余未三十而多病，每同此歎。然此詩出自香山老居士，每誦以自慰也。」汪本此詩編在第十二卷。

【校】

〔題〕此下小注宋本作「年十八」。那波本無注。

〔年少〕宋本、那波本、萬首俱作「少年」。

秋江晚泊

扁舟泊雲島，倚棹念鄉國。四望不見人，煙江澹秋色。客心貧易動，日入愁未息。

【箋】約作於貞元十六年（八〇〇）以前。城按：此詩汪本編在第十二卷。

旅次景空寺宿幽上人院

不與人境接，寺門開向山。暮鐘鳴鳥聚，秋雨病僧閑。月隱雲樹外，螢飛廊宇間。幸投花界宿，暫得静心顔。

【箋】或作於貞元十六年（八〇〇），二十九歲。

【校】〔題〕「旅次」，英華作「旅泊」。全詩「次」下注云：「一作『泊』。」

〔鳴鳥〕「鳴」，汪本、全詩俱作「寒」。

長安正月十五日

諠諠車騎帝王州，羈病無心逐勝遊。明月春風三五夜，萬人行樂一人愁。

【箋】作於貞元十六年（八〇〇），二十九歲，長安。城按：是年正月在長安準備應試，二月十四日于高郢主試下以第四人登進士第。

【校】〔諠諠〕萬首作「喧喧」。

過高將軍墓

原上新墳委一身，城中舊宅有何人？妓堂賓閤無歸日，野草山花又欲春。門客空將感恩淚，白楊風裏一霑巾！

【箋】約作於貞元十六年（八〇〇）以前。

寒食卧病

病逢佳節長歎息，春雨濛濛榆柳色。羸坐全非舊日容，扶行半是他人力。諠諠里巷踏青歸，笑閉柴門度寒食。

【箋】約作於貞元十六年（八〇〇）以前。城按：此詩汪本編在第十二卷。

【校】〔踏青〕汪本、全詩俱作「蹋青」。城按：「蹋」爲「踏」之本字。

宿桐廬館同崔存度醉後作

江海漂漂共旅遊，一樽相勸散窮愁。夜深醒後愁還在，雨滴梧桐山館秋。

【箋】約作於貞元十六年（八〇〇）以前，桐廬。

〔桐廬館〕在睦州桐廬縣。見輿地紀勝卷八。城按：唐三十里置一驛，其非通途大路則曰館。見通典。

江樓望歸　時避難在越中。

滿眼雲水色，月明樓上人。旅愁春入越，鄉夢夜歸秦。道路通荒服，田園隔虜塵。悠悠滄海畔，十載避黄巾。

【箋】作於貞元二年（七八六），十五歲，越中。見汪譜。陳譜貞元二年丙寅：「集中又有宿桐廬館詩、避難越中江樓望歸詩、除夜寄弟妹詩，大抵皆南遊所作，但莫能考其歲月耳。」姑依汪譜繫於是年。紀昀删正方虚谷瀛奎律髓：「方回云：『此少年作，已自成就如此。』」

【校】〔題〕英華作「江樓望歸時避難越地」，「越地」下注云：「一作『在越中』。」又那波本此下無注。

〔通荒服〕「通」，英華作「遥」。

除夜寄弟妹

感時思弟妹，不寐百憂生。萬里經年别，孤燈此夜情。病容非舊日，歸思逼新正。早晚重歡會，羈離各長成。

【箋】作於貞元三年（七八七），十六歲，江南。見汪譜。

寒食月夜

風香露重梨花濕，草舍無燈愁未入。南鄰北里歌吹時，獨倚柴門月中立。

【箋】約作於貞元十六年（八〇〇）以前。城按：此詩汪本編在第十二卷。

【校】〔無燈〕「燈」，英華、汪本俱作「煙」。汪本注云：「一作『燈』。」全詩注云：「一作『煙』。」

〔北里〕「北」，英華作「十」。汪本注云：「一作『十』。」

感芍藥花寄正一上人

今日階前紅芍藥，幾花欲老幾花新？開時不解比色相，落後始知如幻身。空門此去幾多地？欲把殘花問上人。

【箋】約作於貞元十六年（八〇〇）以前。

晚秋閑居

地僻門深少送迎，披衣閑坐養幽情。秋庭不掃攜藤杖，閑踏梧桐黄葉行。

【箋】約作於貞元十六年（八〇〇）以前。

【校】〔閑踏〕汪本、全詩俱作「閑蹋」。城按：蹋爲踏之本字。

秋暮郊居書懷

郊居人事少，晝卧對林巒。窮巷厭多雨，貧家愁早寒。葛衣秋未换，書卷病仍看。若問生涯計，前溪一釣竿。

【箋】約作於貞元十六年（八〇〇）以前。

爲薛台悼亡

半死梧桐老病身，重泉一念一傷神。手攜稚子夜歸院，月冷房空不見人！

【箋】約作於貞元十六年（八〇〇）以前。

〔手攜稚子夜歸院二句〕范晞文對牀夜話卷五：「潘安仁悼亡云：『望廬思其人，入室想所歷。』思有餘而意無盡。江文通擬之云：『明月入綺窗，彷彿想蕙質。』工於述者也。白樂天用之云：『手攜稚子夜歸院，月冷房空不見人。』」

【校】〔稚子〕宋本、那波本俱訛作「雉子」。全詩作「穉子」。按：穉爲稚之本字，穉同稺。

途中寒食

路旁寒食行人盡，獨占春愁在路旁。馬上垂鞭愁不語，風吹百草野田香。

【箋】約作於貞元十六年（八〇〇）以前。

【校】〔人盡〕「盡」下馬本、汪本、全詩俱注云：「一作『絶』。」宋本詩後注云：「『盡』，一本作『絶』。」那波本無注，「盡」作「絶」。

題流溝寺古松

煙葉葱蘢蒼麈尾，霜皮剥落紫龍鱗。欲知松老看塵壁，死却題詩幾許人！

【箋】約作於貞元十六年（八〇〇）以前。

〔流溝寺〕見本卷亂後過流溝寺詩箋。

【校】〔蒼麈尾〕「麈」，馬本作「麃」，注云：「居里切，麇屬。」據宋本、那波本、汪本、萬首、唐歌詩、全詩、盧校改。

〔剥落〕「剥」，宋本、那波本俱作「駮」。

感月悲逝者

存亡感月一潸然，月色今宵似往年。何處曾經同望月？櫻桃樹下後堂前。

【箋】

約作於貞元十六年（八〇〇）以前。

代鄰叟言懷

人生何事心無定？宿昔如今意不同。宿昔愁身不得老，如今恨作白頭翁。

【箋】

約作於貞元十六年（八〇〇）以前。

自河南經亂關内阻饑兄弟離散各在一處因望月有感聊書所懷寄上浮梁大兄於潛七兄烏江十五兄兼示符離及下邽弟妹

時難年荒世業空，弟兄羈旅各西東。田園寥落干戈後，骨肉流離道路中。弔影分爲千里雁，辭根散作九秋蓬。共看明月應垂淚，一夜鄉心五處同。

【箋】

約作於貞元十五年（七九九），洛陽。城按：白氏傷遠行賦（卷三八）云：「貞元十五年春，吾兄吏于浮梁，分微禄以歸養，命予負米而還鄉。……茫茫兮二千五百里，自鄱陽而歸洛陽。」可證。〔自河南經亂二句〕德宗建中三年十月，李希烈叛。四年正月，陷汝州，東都震恐。同年十月，長安涇原兵變，德宗奔奉天，涇原兵擁朱泚爲帝。十二月，李希烈攻陷汴州。興元元年秋，關中大饑，民蒸蝗蟲而食之。見舊書卷十二德宗紀。新書卷七德宗紀。居易全家約於建中三年左右，自新鄭避難遷符離。旋又往江南。此二句蓋居易憶舊之辭。城按：岑仲勉文苑英華辨證校白氏詩文附按一文據舊紀謂指貞元十四年九月吴少誠亂及十月「歲凶穀貴」事，疑非是。〔浮梁大兄〕居易之長兄幼文。貞元十四五年間爲饒州浮梁主簿。白氏有寄上大兄詩（卷十四)。與微之書(卷四五)云：「長兄去夏自徐州至，又有諸院孤小弟妹六七人提挈同來，頃所牽念者，今悉置在目前。」祭浮梁大兄文(卷四〇)云：「維元和十二年歲次丁酉閏五月己亥，居易等謹以清酌庶羞之奠，再拜跪奠大哥于座前。」則知幼文必卒於元和十二年無疑。浮梁縣，原爲新昌縣，天寶元年改名浮梁。屬饒州。爲著名之茶産地。見元和郡縣志卷二八。白氏琵琶行詩(卷十二)云：「前月浮梁買茶去。」

〔於潛七兄〕居易之從兄。白季康之長子，曾官於潛尉。白氏唐故溧水縣令太原白府君墓誌銘(卷七〇)：「前夫人河東薛氏，先公若干年而殁，生二子一女。女號鑒虚，未笄出家。長子某，杭州於潛尉。次子某，睦州遂安尉。」名未詳。於潛縣，唐屬杭州餘杭郡。見新書卷四一地理志。

〔烏江十五兄〕居易之從兄白逸。時爲烏江主簿，卒於貞元十七年。白氏祭烏江十五兄文(卷四〇)云：「維貞元十七年七月七日，從祖弟居易謹以清酌庶羞之奠敬祭於故烏江主簿十五兄之靈。……宣城之西，荒草道旁。旅殯於此，行路悲涼。」乾隆江南通志卷四一輿地志壇廟：「白逸墓在(寧國)府城西，居易兄也。居易有祭十五兄文。」烏江縣，唐屬淮南道和州。見舊書卷四〇地理志。

〔符離及下邽弟妹〕居易有從兄任符離縣主簿，見祭符離六兄文(卷四〇)。元和郡縣志卷九：「苻離縣，本秦舊縣。漢屬沛郡。高齊時屬睢南郡。開皇三年罷郡，以縣屬徐州。爾雅曰：莞，苻離也，以地多此草，故名。」城按：元和四年，有詔割符(苻)離，蘄縣及泗州之虹縣置宿州。

下邽，見本卷下邽莊南桃花詩箋。

〔一夜鄉心五處同〕指浮梁、於潛、烏江、符離、洛陽五處，而下邽乃故鄉，居易自身則在洛陽也。

【校】

〔題〕「符離」，見卷十二醉後走筆酬劉五主簿長句……詩校。

〔年荒〕「荒」，宋本、那波本、全詩、盧校俱作「饑」。全詩注云：「一作『荒』。」

長安早春旅懷

軒車歌吹諠都邑，中有一人向隅立。夜深明月卷簾愁，日暮青山望鄉泣。風吹新緑草芽拆，雨灑輕黄柳條濕。此生知負少年春，不展愁眉欲三十。

【箋】

作於貞元十六年（八〇〇），二十九歲，長安。何義門云：「仄韻律詩。」城按：此詩汪本編在第十二卷，與本卷長安正月十五日詩爲同時之作。

寒閨夜

夜半衾裯冷，孤眠懶未能。籠香銷盡火，巾淚滴成冰。爲惜影相伴，通宵不滅燈。

【箋】約作於貞元十六年（八〇〇）以前。城按：視詩意當與後一首寄湘靈有關。

寄湘靈

淚眼凌寒凍不流，每經高處即迴頭。遥知别後西樓上，應凭欄干獨自愁。

【箋】作於貞元十六年（八〇〇），二十九歲，旅洛州時所作。

〔湘靈〕見本卷冬至夜懷湘靈詩箋。

【校】〔凌寒〕「凌」，那波本作「零」。

冬至宿楊梅館

十一月中長至夜，三千里外遠行人。若爲獨宿楊梅館，冷枕單牀一病身！

【箋】

約作於貞元十六年（八〇〇）以前。

〔楊梅館〕即楊梅驛。古今圖書集成方輿彙編職方典池州府古蹟考：「楊梅坦在城西九十里石嶺，多楊梅。唐有楊梅館，宋改爲楊梅驛。今廢。」

臨江送夏瞻　瞻年七十餘。

悲君老別我霑巾，七十無家萬里身。愁見舟行風又起，白頭浪裏白頭人。

【箋】

約作於貞元十六年（八〇〇）以前。

【校】

〔題〕那波本無注。

冬夜示敏巢 時在東都宅。

爐火欲銷燈欲盡，夜長相對百憂生。他時諸處重相見，莫忘今宵燈下情。

【箋】

約作於貞元十六年（八〇〇）以前。

〔諸處〕白氏微之宅殘牡丹詩「諸處見時猶悵望，況當元九小亭前。」龍門下作：「精力不將諸處用，登山臨水詠詩行。」此「諸處」即別處之意，「諸」字作「別」字解。劉禹錫渾侍中宅牡丹：「徑尺千餘朵，人門有此花。今朝見顏色，更不向諸家。」「諸家」即「別家」，益可證白詩之「諸處」。見敦煌變文字義通釋第六篇釋虚字。

【校】

〔題〕此下那波本無注。

客中守歲 在柳家莊。

守歲樽無酒，思鄉淚滿巾。始知爲客苦，不及在家貧。畏老偏驚節，防愁預惡春。故園今夜裏，應念未歸人。

【箋】約作於貞元十六年（八〇〇）以前。

【校】

〔滿巾〕「巾」，英華作「襟」。

〔防愁〕「防」，英華作「懷」。

問淮水

自嗟名利客，擾擾在人間。何事長淮水，東流亦不閑？

【箋】約作於貞元十六年（八〇〇）以前。

宿樟亭驛

夜半樟亭驛，愁人起望鄉。月明何所見？潮水白茫茫。

【箋】

約作於貞元十六年（八〇〇）以前。

〔樟亭驛〕在杭州。咸淳臨安志卷五五：「樟亭驛：晏元獻公輿地志云：在錢唐縣舊治之南五里，今爲浙江亭。」宋吴自牧夢粱録卷十：「樟亭驛即浙江亭也。在跨浦橋南江岸，凡宰執辭免名出居此驛行報矣。向有白樂天先生往驛訪楊舊曾賦詩曰：『往恨今愁應不殊，題詩梁下又踟蹰。羡君獨夢見兄弟，我到天明睡亦無。』『夜半樟亭驛，愁人起望鄉。月明何處見，潮水白茫茫。』」城按：「往恨今愁應不殊」一絶爲白氏長慶二年赴杭州途中所作，題作赴杭州重宿棣華驛見楊八舊詩（卷二〇）。前此又有棣華驛見楊八題夢兄弟詩（卷十八），均作於自長安至襄陽途中，咸淳臨安志及夢粱録均誤載此詩於樟亭驛條下。又白氏長慶二年七月自中書舍人出守杭州路次藍溪作詩（卷八）云：「餘杭乃名郡，郡郭臨江汜。已想海門山，潮聲來入耳。昔予貞元末，羈旅曾遊此。」或即宿樟亭驛一詩之所指。白氏又有樟亭雙櫻樹詩（卷二〇）云：「南館西軒兩樹櫻，春條長足夏陰成。素華朱實今雖盡，碧葉風來別有情。」則作於任杭州刺史時。又李白送王屋山人魏萬還王屋詩云：「揮手杭越間，樟亭望潮還。」

及第後憶舊山

偶獻子虚登上第，却吟招隱憶中林。春蘿秋桂莫惆悵，縱有浮名不繫心。

【箋】作於貞元十六年（八〇〇），二十九歲，長安。汪譜貞元十六年庚辰：唐登科記：貞元十六年二月，高郢下及第第四人。省試性習相遠近賦、玉水記方流詩。

題李次雲窗竹

不用裁爲鳴鳳管，不須截作釣魚竿。千花百草凋零後，留向紛紛雪裏看。

【箋】作於貞元十六年（八〇〇），二十九歲。

【校】〔題〕「李次雲」，馬本作「李次虚」，據宋本、那波本、汪本、全詩改。萬首作「題窗竹」。全詩「雲」下注云：「一作『虚』。」

花下自勸酒

酒盞酌來須滿滿，花枝看即落紛紛。莫言三十是年少，百歲三分已一分。

【箋】

作於貞元十七年（八〇一），三十歲。

〔莫言三十是年少二句〕何義門云：「亦暗用顧協事。」

題李十一東亭

相思夕上松臺立，蛩思蟬聲滿耳秋。惆悵東亭風月好，主人今夜在鄜州。

【箋】

作於元和三年（八〇八），三十七歲，長安，左拾遺、翰林學士。城按：花房英樹繫此詩於貞元十六年至貞元十七年，非是。詳見後箋。

〔李十一〕李建。見卷五寄李十一建詩箋。

〔惆悵東亭風月好二句〕城按：元稹贈工部尚書李公墓誌銘云：「會朝廷以觀察防禦事授路恕，治於鄜，恕即日就。公乃自貳降拜。」據舊書憲宗紀，路恕節度鄜坊爲元和三年二月，此詩當爲是年所作。花房英樹繫於貞元十六年至十七年，非是。

【校】

〔蛩思〕「蛩」，馬本、那波本、汪本、全詩俱作「蛩」，據宋本、盧校改。城按：蛩，蟋蟀也。

春村

二月村園暖，桑間戴勝飛。農夫春舊穀，蠶妾禱新衣。牛馬因風遠，雞豚過社稀。黄昏林下路，鼓笛賽神歸。

【箋】約作於貞元十六年（八〇〇）至貞元十七年（八〇一）年。

題施山人野居

得道應無著，謀生亦不妨。春泥秧稻暖，夜火焙茶香。水巷風塵少，松齋日月長。高閑真是貴，何處覓侯王？

【箋】約作於貞元十六年（八〇〇）至貞元十七年（八〇一）。

白居易集箋校卷第十四

律詩　五言　七言　自兩韻至一百韻　凡一百首

翰林中送獨孤二十七起居罷職出院

碧落留雲住，青冥放鶴還。銀臺向南路，從此到人間。

【箋】作於元和五年（八一〇），三十九歲，長安，京兆户曹參軍、翰林學士。城按：花房英樹繫此詩於元和二年，非是。蓋獨孤郁元和五年四月一日始自右補闕、史館修撰改起居郎、充翰林學士，同年九月出守本官。詳見後箋。

〔獨孤二十七起居〕獨孤郁。韓愈唐故秘書少監贈絳州刺史獨孤府君墓誌銘：「（元和）五年，遷起居郎，爲翰林學士，愈被親信，有所補助。權公既相，君以嫌自列，改尚書考功員外郎，復史館職。」丁居晦重修承旨學士壁記：「獨孤郁，元和五年四月一日自右補闕、史館修撰改起居郎充。九月，出守本官。」國史補卷中：「獨孤郁，權相子壻，歷掌内職綸詔，有美名，憲宗嘗歎曰：『我女壻不如德輿女壻。』」城按：舊書卷十四憲宗紀，元和五年九月三十日，翰林學士獨孤郁守本官起居郎，以妻父權德輿在中書，避嫌也。白氏有獨孤郁守本官知制誥制（卷五四）、獨孤郁司勳郎中知制誥制（卷五五）。又與楊虞卿書（卷四四）云：「及與獨孤補闕書，讓不論事。」

〔銀臺〕長安大明宫有左右二銀臺門，此指右銀臺門，蓋由此而入翰林院也。城按：翰林院在右銀臺門之北，故草制其間者名北門學士。出院則經右銀臺門向南。

【校】

〔題〕萬首作「翰林中送獨孤起居出院」。

重尋杏園

忽憶芳時頻酩酊，却尋醉處重徘徊。杏花結子春深後，誰解多情又獨來？

【箋】

約作於元和三年（八〇八）至元和五年（八一〇），長安，左拾遺、翰林學士。

【校】〔杏園〕見卷一杏園中棗樹詩箋。

〔徘徊〕全詩作「裴回」。城按：徘徊文作裴回。

曲江獨行 自此後詩在翰林時作。

獨來獨去何人識？廐馬朝衣野客心。閑愛無風水邊坐，楊花不動樹陰陰。

【箋】約作於元和三年（八〇八）至元和五年（八一〇），長安，左拾遺、翰林學士。

〔曲江〕見卷一杏園中棗樹詩箋。

【校】〔題〕此下注宋本、那波本、全詩俱無「詩」字。又那波本注爲大字同題。

同李十一醉憶元九

花時同醉破春愁，醉折花枝作酒籌。忽憶故人天際去，計程今日到梁州。

【箋】

作於元和四年（八〇九），三十八歲，長安，左拾遺、翰林學士。見汪譜。城按：孟啓本事詩：「元相公稹爲御史，鞫獄梓潼，時白尚書在京，與名輩遊慈恩寺，小酌花下，爲詩寄元曰：『花時同醉破春愁，醉折花枝作酒籌。忽憶故人天際去，計程今日到梁州。』時元果及褒城，亦寄夢遊詩曰：『夢君兄弟曲江頭，也向慈恩院裏遊。驛吏喚人排馬去，忽驚身在古梁州。』千里神交，若合符契。」白行簡三夢記：「元和四年，河南元微之爲監察御史，奉使劍外，去踰旬。予與仲兄樂天、隴西李杓直同遊曲江，詣慈恩佛舍，徧歷僧院，淹留移時，日已晚，同詣杓直修行里第，命酒對酬，甚歡暢。兄停杯久之曰：『微之當達梁矣。』命題一篇於屋壁，其詞曰：『春來無計破春愁，醉折花枝作酒籌。忽憶故人天際去，計程今日到梁州。』實二十一日也。十許日，會梁州使適至，獲微之書一函，後寄紀夢詩一篇，其詞曰：『夢君兄弟曲江頭，也向慈恩院裏遊。驛吏喚人排馬去，忽驚身在古梁州。』日月與遊寺題詩日月率同，蓋所謂此有所爲而彼夢之者矣。」其説殊荒誕不經，蓋文人故弄狡獪而已。

〔李十一〕李建。見卷五寄李十一建詩箋。并參閲別李十一後重寄（卷十）、還李十一馬（卷十四）、風雨中尋李十一因題船上（卷十六）、聞李十一出牧澧州崔二十二出牧果州因寄絶句（卷十六）、曲江憶李十一（卷十九）等詩。

〔元九〕元稹。見卷一酬元九對新栽竹有懷見寄詩箋。

【校】

〔作酒籌〕「作」，汪本、全詩俱作「當」。

〔梁州〕宋本、那波本、馬本、汪本、全詩俱訛作「涼州」。城按：興元府即梁州漢中郡，唐屬山南西道，爲元稹使蜀所經之地。涼州武威郡屬隴右道。「梁」，「涼」音同而誤。據才調、本事詩改正。汪本、全詩俱注云：「一作『梁』。」俱非。何校：「宋刻、蘭雪皆作『涼』，黄校云：『當作梁。』黄校是也。」

同錢員外題絶糧僧巨川

三十年來坐對山，唯將無事化人間。齋時往往聞鐘笑，一食何如不食閑？

【箋】

作於元和四年（八〇九），三十八歲，長安，左拾遺、翰林學士。

〔錢員外〕錢徽。見卷五冬夜與錢員外同直禁中詩箋。并參見和錢員外禁中夙興見示（卷五）、和錢員外答盧員外早春獨遊曲江見寄長句（卷十二）及本卷絶句代書贈錢員外、同錢員外禁中夜直、酬錢員外雪中見寄、重酬錢員外、立春日酬錢員外曲江同行見贈、和錢員外青龍寺上方望舊山等詩。

絶句代書贈錢員外

欲尋秋景閑行去，君病多慵我興孤。可惜今朝山最好，强能騎馬出來無？

【箋】作於元和四年（八〇九），三十八歲，長安，左拾遺、翰林學士。元集卷十八有和樂天招錢蔚山看山絶句。

〔錢員外〕錢徽。見卷五冬夜與錢員外同直禁中詩箋。

晚秋有懷鄭中舊隱

天高風嫋嫋，鄉思繞關河。寥落歸山夢，殷勤採蕨歌。病添心寂寞，愁入鬢蹉跎。晚樹蟬鳴少，秋階日上多。長閑羨雲鶴，久别愧烟蘿。其奈丹墀上，君恩未報何！

【箋】作於元和四年（八〇九），三十八歲，長安，左拾遺、翰林學士。

〔鄭中舊隱〕指居易新鄭縣舊居。居易大曆七年正月二十日生於鄭州新鄭縣東郭宅。

禁中九日對菊花酒憶元九

元九云：「不是花中唯愛菊，此花開盡更無花。」

賜酒盈杯誰共持，宮花滿把獨相思。相思只傍花邊立，盡日吟君詠菊詩。

【箋】

作於元和四年（八〇九），三十八歲，長安，左拾遺、翰林學士。元集卷十六有菊花詩。

〔元九〕元稹。見卷一酬元九對新栽竹有懷見寄詩箋。

【校】

〔題〕此下小注，馬本、全詩俱在詩後，據宋本、汪本改。那波本無注。

送王十八歸山寄題仙遊寺

曾於太白峯前住，數到仙遊寺裏來。黑水澄時潭底出，白雲破處洞門開。林間煖酒燒紅葉，石上題詩掃緑苔。惆悵舊遊無復到，菊花時節羡君迴。

【箋】

作於元和四年（八〇九），三十八歲，長安，左拾遺、翰林學士。

〔王十八〕王質夫。見卷十三酬王十八李大見招遊山詩箋。並參見和王十八薔薇澗花時有懷蕭侍御兼見贈（卷十三）、期李二十文略王十八質夫不至獨宿仙遊寺（卷十三）、酬王十八見寄（本卷）等詩。

〔太白峯〕太白山。長安志卷十四武功引三秦記云：「太白山在縣南，去長安二百里，不知高幾許。」又引水經注云：「太白山南連武功山，於諸山中最爲秀傑，冬夏積雪，望之皓然。」太平寰宇記卷三〇鳳翔府：「太白山在（郿）縣東南五十里。」

〔仙遊寺〕見卷五仙遊寺獨宿詩箋。

〔黑水澄時潭底出〕指仙遊潭。在仙遊寺附近，其水黑色，相傳號五龍潭。見長安志卷十八。

【校】

〔無復到〕「無」，英華、全詩俱作「那」。汪本注云：「一作『那』。」

〔羨〕汪本作「待」。全詩注云：「一作『待』。」

答張籍因以代書

憐君馬瘦衣裘薄，許到江東訪鄙夫。今日正閑天又暖，可能扶病暫來無？

【箋】

作於元和四年(八〇九),三十八歲,長安,左拾遺、翰林學士。

〔張籍〕見卷一讀張籍古樂府詩箋。

〔江東〕指長安曲江之東。時居易居新昌里,在曲江東北,故曰江東。張籍此時居長安西部延康里。白氏酬張十八訪宿見贈云:「遠從延康里,來訪曲江濱。」可證。

曲江早春

曲江柳條漸無力,杏園伯勞初有聲。可憐春淺遊人少,好傍池邊下馬行。

【箋】

作於元和五年(八一〇),三十九歲,長安,左拾遺、翰林學士。

〔曲江〕見卷一杏園中棗樹詩箋。

〔杏園〕見卷一杏園中棗樹詩箋。

見元九悼亡詩因以此寄

夜淚闇銷明月幌,春腸遥斷牡丹庭。人間此病治無藥,唯有楞伽四卷經。

【箋】作於元和五年（八一〇），三十九歲，長安，左拾遺、翰林學士。元集卷九有遺悲懷三首。〔元九〕元稹。見卷一酬元九對新栽竹有懷見寄詩箋。

【校】〔題〕萬首作「見元九悼亡詩」。〔春腸〕「腸」，馬本訛作「觴」，據宋本、那波本、汪本、全詩改正。

寒食夜

無月無燈寒食夜，夜深猶立闇花前。忽因時節驚年幾？四十如今欠一年。

【箋】作於元和五年（八一〇），三十九歲，長安，左拾遺、翰林學士。

杏園花落時招錢員外同醉

花園欲去去應遲，正是風吹狼藉時。近西數樹猶堪醉，半落春風半在枝。

【箋】

作於元和五年（八一〇），三十九歲，長安，左拾遺、翰林學士。

〔杏園〕見卷一杏園中棗樹詩箋。

〔錢員外〕錢徽。見卷五冬夜與錢員外同直禁中詩箋。

重題西明寺牡丹　時元九在江陵。

往年君向東都去，曾歎花時君未迴。今年況作江陵別，惆悵花前又獨來。只愁離別長如此，不道明年花不開。

【箋】

作於元和五年（八一〇），三十九歲，長安，左拾遺、翰林學士。

〔西明寺〕見卷九西明寺牡丹花時憶元九詩箋。

【校】

〔題〕此下那波無小注。

同錢員外禁中夜直

宮漏三聲知半夜，好風涼月滿松筠。此時閑坐寂無語，藥樹影中唯兩人。

【箋】作於元和五年（八一〇），三十九歲，長安，左拾遺、翰林學士。

〔錢員外〕錢徽。見卷五冬夜與錢員外同直禁中詩箋。

禁中夜作書與元九

心緒萬端書兩紙，欲封重讀意遲遲。五聲宮漏初明後，一點窗燈欲滅時。

【箋】作於元和五年（八一〇），三十九歲，長安，左拾遺、翰林學士。城按：元集卷十八有書樂天紙詩。汪立名云：「按：元和十二年，公在江州，作書與微之，封題有詩：『昔憶封書與君夜，金鑾殿後欲明天。今夜封書知何處？廬山庵裏曉燈前。』即指此書也。」

〔禁中〕見卷五冬夜與錢員外同直禁中詩箋。

〔元九〕元稹。見卷一酬元九對新栽竹有懷見寄詩箋。

【校】

〔初明後〕馬本、汪本作「初鳴後」，據宋本、那波本改。全詩作「初鳴夜」，「鳴」下注云：「一作『明』。」

八月十五日夜禁中獨直對月憶元九

銀臺金闕夕沈沈，獨宿相思在翰林。三五夜中新月色，二千里外故人心。渚宮東面煙波冷，浴殿西頭鐘漏深。猶恐清光不同見，江陵卑濕足秋陰。

【箋】

作於元和五年（八一〇），三十九歲，長安，京兆户曹參軍、翰林學士。城按：元集卷十七有酬樂天八月十五夜禁中獨直玩月見寄詩。

〔禁中〕見卷五冬夜與錢員外同直禁中詩箋。

〔元九〕元稹。見卷一酬元九對新栽竹有懷見寄詩箋。

〔銀臺〕指右銀臺門。見本卷翰林中送獨孤二十七起居罷職出院詩箋。

〔渚宮〕春秋楚之别宫。左傳文十年：「子西沿江泝漢將入郢，王在渚宮下見之。」疏：「渚宮當郢都之南，蓋楚成王所建。」故址在今湖北江陵。

〔浴殿〕浴堂殿。在長安大明宮。雍録卷四：「館本唐圖則有浴殿，而殿之位置乃在綾綺殿南也。綾綺者，長安志曰在蓬萊殿東也。（城按：今本長安志云在蓬萊殿之西。）」兩京城坊考卷一：「由紫宸而東，經綾綺殿、浴堂殿、宣徽殿、温室殿、明德寺，以達左銀臺門。」白氏陵園妾云：「宣徽雪夜浴堂春。」

【校】

〔題〕「憶」，英華作「寄」。汪本、全詩注云：「一作『寄』。」

寄陳式五兄

年來白髮兩三莖，憶别君時髭未生。惆悵料君應滿鬢，當初是我十年兄。

【箋】

作於元和五年（八一〇），三十九歲，長安，京兆户曹參軍、翰林學士。

〔陳式五〕生平未詳。白氏訪陳二詩（卷十九）云：「此外皆閑事，時時訪老陳。」疑即此人。

庾順之以紫霞綺遠贈以詩答之

千里故人心鄭重，一端香綺紫氛氲。開緘日映晚霞色，滿幅風生秋水紋。爲褥欲裁憐葉破，製裘將翦惜花分。不如縫作合歡被，寤寐相思如對君。

【箋】

作於元和五年（八一〇），三十九歲，長安，京兆户曹參軍、翰林學士。

〔庚順之〕庚敬休，字順之，舊書卷一八七、新書卷一六一有傳。白氏夢與李七庾三十二同訪元九詩（卷十）云：「夜夢歸長安，見我故親友。損之在我左，順之在我右。」

【校】

〔水紋〕「紋」，宋本、那波本俱作「文」。

送元八歸鳳翔

莫道岐州三日程，其如風雪一身行。與君況是經年別，暫到城來又出城。

【箋】

作於元和五年（八一〇），三十九歲，長安，京兆户曹參軍、翰林學士。

〔元八〕元宗簡。見卷五答元八宗簡同遊曲江後明日見贈詩箋。並參見東陂秋意寄元八（卷六）、朝歸書寄元八（卷六）、欲與元八卜鄰先有是贈（卷十五）、曲江夜歸聞元八見訪（卷十五）、江上吟元八絶句（卷十五）、夜宿江浦聞元八改官因寄此什（卷十六）、十二年冬江西温暖喜元八寄金石凌到因題此詩（卷十七）、題新居寄元八（卷十九）等詩。

〔鳳翔〕鳳翔府。漢爲右扶風。後魏文帝時改爲岐州。唐乾元元年改爲鳳翔府，屬關内道，爲鳳翔節度使治所。見元和郡縣志卷二。

雨雪放朝因懷微之

歸騎紛紛滿九衢，放朝三日爲泥塗。不知雨雪江陵府，今日排衙得免無？

【箋】

作於元和五年（八一〇），三十九歲，長安，京兆户曹參軍、翰林學士。

〔微之〕元稹。見卷二和答詩序箋。

〔江陵府〕見卷二和答詩序箋。

詠　懷

歲去年來塵土中，眼看變作白頭翁。如何辦得歸山計，兩頃村田一畝宫？

【箋】

作於元和五年（八一〇），三十九歲，長安，京兆户曹參軍、翰林學士。

【校】

〔辨〕那波本訛作「辨」。

聞微之江陵卧病以大通中散碧腴垂雲膏寄之因題四韻

已題一帖紅消散，又封一合碧雲英。憑人寄向江陵去，道路迢迢一月程。未必能治江上瘴，且圖遥慰病中情。到時想得君拈得，枕上開看眼暫明。

【箋】

作於元和五年（八一〇），三十九歲，長安，京兆户曹參軍、翰林學士。

〔微之〕元稹。見卷二和答詩序箋。

〔江陵〕見卷二和答詩序箋。

酬錢員外雪中見寄

松雪無塵小院寒，閉門不似住長安。煩君想我看心坐，報道心空無可看。

【箋】

作於元和五年（八一〇），三十九歲，長安，京兆户曹參軍、翰林學士。

〔錢員外〕錢徽。見卷五冬夜與錢員外同直禁中詩箋。

重酬錢員外

雪中重寄雪山偈，問答殷勤四句中。本立空名緣破妄，若能無妄亦無空。

【箋】

作於元和五年（八一〇），三十九歲，長安，京兆户曹參軍、翰林學士。

〔錢員外〕錢徽。見卷五冬夜與錢員外同直禁中詩箋。

【校】

〔題〕萬首作「酬錢員外」。

獨酌憶微之 時對所贈盞。

獨酌花前醉憶君，與君春别又逢春。惆悵銀杯來處重，不曾盛酒勸閑人。

【箋】

作於元和五年（八一〇），三十九歲，長安，京兆户曹參軍、翰林學士。

〔微之〕元稹。見卷二和答詩序箋。

微之宅殘牡丹

殘紅零落無人賞，雨打風摧花不全。諸處見時猶悵望，况當元九小亭前！

【校】

〔題〕此下那波本無小注。

【箋】

作於元和五年（八一〇），三十九歲，長安，左拾遺、翰林學士。

〔微之宅〕在長安朱雀門街東第二街靖安坊。元稹答姨兄胡靈之見寄五十韻詩注云：「予宅在靖安北街。」又太平廣記卷四八八鶯鶯傳云：「貞元歲九月，執事李公垂宿予靖安里第。」

〔諸處〕即別處之意。見卷十三冬夜示敏巢詩箋。

〔元九〕元稹。見卷一酬元九對新栽竹有懷見寄詩箋。

【校】

〔風摧〕「摧」，馬本作「吹」，據宋本、那波本、汪本、全詩、盧校、萬首、唐歌詩改。

〔小亭〕「亭」，馬本作「庭」，據宋本、那波本、汪本、全詩改。

新磨鏡

衰容當晚節，秋鏡偶新磨。一與清光對，方知白髮多。鬢毛從幻化，心地付頭陀。任意渾成雪，其如似夢何？

【箋】

作於元和五年（八一〇），三十九歲，長安，京兆户曹參軍、翰林學士。

〔頭陀〕心王頭陀經。本卷和夢遊春詩一百韻自注云：「微之常以法句及心王頭陀經相視，故申言以卒其志也。」此指皈依佛法。

【校】〔當晚節〕宋本、那波本俱作「常晚櫛」。汪本作「當晚櫛」，「當」下注云：「一作『常』。」全詩作「常晚櫛」，「常」下注云：「一作『當』。」「櫛」下注云：「一作『節』。」城按：「節」、「櫛」字通。

感髮落

昔日愁頭白，誰知未白衰。眼看應落盡，無可變成絲。

【箋】作於元和五年（八一〇），三十九歲，長安，京兆户曹參軍、翰林學士。

【校】〔眼看〕「看」，萬首、汪本俱作「前」。汪本注云：「一作『看』。」全詩注云：「一作『前』。」

八月十五日夜聞崔大員外翰林獨直對酒玩月因懷禁中清景偶題是詩

秋月高懸空碧外，仙郎静玩禁闈間。歲中唯有今宵好，海内無如此地閑。皓色分明雙闕牓，清光深到九門關。遥聞獨醉還惆悵，不見金波照玉山。

【箋】

作於元和四年（八〇九），三十八歲，長安，左拾遺、翰林學士。

〔崔大員外〕崔羣。舊書卷一五九、新書卷一六五俱有傳。城按：崔羣元和二年十一月六日與白居易同時入充翰林學士，元和九年出院。丁居晦重修承旨學士壁記：「崔羣，元和二年十一月六日自左補闕充。三年四月二十八日加庫部員外郎。」

【校】

〔高懸空碧〕馬本作「空懸高碧」，據宋本、那波本、汪本、全詩、盧校改。全詩「高」下注云：「一作『空』。」下注云：「一作『高』。」

酬王十八見寄

秋思太白峯頭雪，晴憶仙遊洞口雲。未報皇恩歸未得，慚君爲寄北山文。

【箋】

約作於元和三年（八〇八）至元和六年（八一一），長安。

〔王十八〕王質夫。見卷十三酬王十八李大見招遊山詩箋。並參見和王十八薔薇澗花時有懷蕭侍御兼見贈(卷十三)、期李二十文略王十八質夫不至獨宿仙遊寺(卷十三)、送王十八歸山寄題仙遊寺(本卷)等詩。

〔太白峯〕見本卷送王十八歸山寄題仙遊寺詩箋。

〔仙遊洞〕在仙遊寺。見卷五仙遊寺獨宿詩箋。

立春日酬錢員外曲江同行見贈

下直遇春日,垂鞭出禁闈。兩人攜手語,十里看山歸。柳色早黄淺,水紋新緑微。風光向晚好,車馬近南稀。機盡笑相顧,不驚鷗鷺飛。

【箋】

約作於元和四年(八〇九)至元和六年(八一一),長安,翰林學士。

〔錢員外〕錢徽。見卷五冬夜與錢員外同直禁中詩箋。

〔曲江〕見卷一杏園中棗樹詩箋。

【校】

〔酬〕英華作「酧」。

〔黄淺〕「黄」，英華作「紅」，非。

〔水紋〕「紋」，宋本、那波本、全詩俱作「文」。

和錢員外青龍寺上方望舊山

舊峯松雪舊溪雲，悵望今朝遥屬君。共道使臣非俗吏，南山莫動北山文。

【箋】約作於元和四年(八〇九)至元和六年(八一一)，長安，翰林學士。本卷白氏和錢員外早冬玩禁中新菊詩自注云：「錢嘗居藍田山下，故云。」又登龍昌上寺望江南山懷錢舍人詩(卷十一)云：「忽似青龍閣，同望玉峯時。」

〔錢員外〕錢徽。見卷五冬夜與錢員外同直禁中詩箋。

〔青龍寺〕見卷九青龍寺早夏詩箋。

〔南山莫動北山文〕何義門云：「青龍正對終南也。」

宴周皓大夫光福宅　座上作。

何處風光最可憐？妓堂階下砌臺前。軒車擁路光照地，絲管入門聲沸天，緑蕙不香饒桂酒，紅櫻無色讓花鈿。野人不敢求他事，唯借泉聲伴醉眠。

【箋】

約作於元和三年（八〇八）至元和六年（八一一），長安，翰林學士。

〔周皓〕白氏有題周皓大夫新亭子二十二韻詩（卷十五），同爲一人。

〔光福宅〕在長安朱雀門街之東光福坊。兩京城坊考卷三：「白居易有宴周皓大夫光福宅詩。又題周皓大夫新亭子二十二韻。」

〔妓堂階下砌臺前〕阮閱詩話總龜前十五引談苑云：「砌臺，即今撥擦臺也。王侯家作，以爲臨觀之戲。唐張仲素詩云：『寫望臨香閣，登高下砌臺。林間踏青去，席上意錢來。』即知唐以來有之。太祖乾德，王都尉家，其子承裕幼時，其父戲補砌臺使。」任半塘唐戲弄六設備：「按唐楊汝士詩：『拋却弓刀上砌臺，上方樓殿窣雲開。』與張仲素詩所云，皆指有梯級之高臺，初非上述舞臺或錦筵可擬也。……宋所謂『撥擦臺』未詳，未省與舞臺、砌臺之二者孰合。阮氏所謂『臨觀之戲』，含意不明。登高臨觀，不能謂戲；若臨觀伎藝，又無俟登高。惟白居易宴周皓大夫光福宅云：『何處風光最可憐？妓堂階下砌臺前。軒車擁路光照地，絲管入門聲沸天。』將『砌臺』與『妓堂』、『絲管』等聯繫，雖仍曰憐賞風光，又似爲奏伎之地，姑存之以俟考。」

【校】

〔沸天〕「沸」，英華作「徹」。

〔泉聲〕英華作「流泉」。汪本、全詩俱注云：「一作『流泉』。」

晚秋夜

碧空溶溶月華静，月裏愁人弔孤影。花開殘菊傍疏籬，葉下衰桐落寒井。塞鴻飛急覺秋盡，鄰雞鳴遲知夜永。凝情不語空所思，風吹白露衣裳冷。

【箋】約作於元和三年（八〇八）至元和六年（八一一），長安，翰林學士。按：此詩汪本編在第十二卷。

惜牡丹花二首

一首翰林院北廳花下作。一首新昌竇給事宅南亭花下作。

惆悵階前紅牡丹，晚來唯有兩枝殘。明朝風起應吹盡，夜惜衰紅把火看。

寂寞萎紅低向雨，離披破豔散隨風。晴明落地猶惆悵，何況飄零泥土中？

【箋】約作於元和三年（八〇八）至元和六年（八一一），長安，翰林學士。

〔新昌竇給事宅〕竇易直宅，在長安朱雀門街東第五街新昌坊。見兩京城坊考卷三。城按：易直，字宗玄，京兆人。元和八年自御史中丞改給事中。見舊書卷一六七本傳。因話録謂易直舉進士，舊書本傳謂其係明經出身，似誤。白氏有竇易直給事中制（卷五五），據舊傳，易直爲給事中，已是白氏出翰林後，時間不合。

【校】

〔題〕此下小注「給事」下馬本原有「中」字，非。據宋本、全詩删。那波本無注。

〔兩枝〕「枝」，英華作「花」。全詩注云：「一作『花』。」

〔晴明〕「明」，英華作「天」。全詩注云：「一作『天』。」

答元奉禮同宿見贈

相逢俱歎不閑身，直日常多齋日頻。曉鼓一聲分散去，明朝風景屬何人？

【箋】約作於元和三年（八〇八）至元和六年（八一一），長安，翰林學士。

【校】

〔曉鼓〕「曉」，馬本作「晚」，據宋本、那波本、汪本、萬首、全詩、盧校改。全詩注云：「一作『晚』。」

答馬侍御見贈

謬入金門侍玉除，煩君問我意何如？蟠木詎堪明主用，籠禽徒與故人疏。苑花似雪同隨輦，宮月如眉伴直廬。淺薄求賢思自代，嵇康莫寄絶交書。

【箋】

約作於元和三年（八〇八）至元和六年（八一一），長安，翰林學士。

〔馬侍御〕馬逢。城按：花房英樹謂係馬總，非是。據舊書卷一五七本傳，總，元和初爲虔州刺史。元和四年，兼御史中丞、充嶺南都護。八月，轉桂州刺史、桂管經略使。此時已非侍御。元和姓纂（卷七）三十五馬：「著署生逢，監察御史。」岑仲勉元和姓纂四校記：「庫本無『著』字，是也。」會要七八：『元和二年正月，鄂、岳等州觀察使吕元膺奏新妹壻京兆府咸陽尉馬縫授試大理評事，充京兆觀察支度使。』似即其人。元氏長慶集十一有送東川馬逢侍御使回十韻，同集十六天壇詩自注：『貞元二十年五月，得盩厔馬逢少府書。』全詩六函三册劉禹錫有送人赴江陵謁馬逢侍御詩，又十一函七册收馬逢詩。王仲舒與逢友善，見廣記四九七引國史補。裴度劉太真碑，元和中作，稱殿中侍御史馬逢。唐才子傳五：「馬逢，關中人，貞元五年進士。」考各本劉集及全詩劉禹錫詩均作「重送鴻舉師赴江陵謁馬逢侍御」，萬首絶句作「送僧赴江陵謁馬逢侍御」，岑氏蓋以意改。

〔金門〕金馬門。三輔黄圖卷三：「金馬門，宦者署。武帝得大宛馬，以銅鑄像，立於署門，因以爲名。東方朔、主父偃、嚴安、徐樂皆待詔金馬門，即此。」

上巳日恩賜曲江宴會即事

賜歡仍許醉，此會興如何？翰苑主恩重，曲江春意多。花低羞豔妓，鶯散讓清歌。共道升平樂，元和勝永和。

【箋】

約作於元和三年（八〇八）至元和六年（八一一），長安，翰林學士。

〔曲江〕見卷一杏園中棗樹詩箋。

【校】

〔題〕「上巳」，馬本訛作「上元」。城按：唐帝多於上巳日賜臣曲江宴樂。見白氏三月三日謝恩賜曲江宴會狀（卷五九）。據宋本、那波本、汪本、全詩改正。

夜惜禁中桃花因懷錢員外

前日歸時花正紅，今夜宿時枝半空。坐惜殘芳君不見，風吹狼藉月明中。

【箋】約作於元和四年（八〇九）至元和六年（八一一），長安，翰林學士。〔錢員外〕錢徽。見卷五冬夜與錢員外同直禁中詩箋。

和錢員外早冬玩禁中新菊

禁署寒氣遲，孟冬菊初拆。新黄間繁緑，爛若金照碧。仙郎小隱日，心似陶彭澤。秋憐潭上看，日慣籬邊摘。今來此地賞，野意潛自適。金馬門内花，玉山峯下客。寒芳引清句，吟玩煙景夕。賜酒色偏宜，握蘭香不敵。淒淒百卉死，歲晚冰霜積。唯有此花開，殷勤助君惜。錢嘗居藍田山下，故云。

【箋】約作於元和三年（八〇八）至元和五年（八一〇），長安，翰林學士。城按：此詩汪本編在第十二卷。

〔錢員外〕錢徽。見卷五冬夜與錢員外同直禁中詩箋。

〔金馬門〕見本卷答馬侍御見贈詩箋。

〔玉山峯〕藍田山。長安志卷十六藍田：「范子計然曰：玉英出藍田，一名覆車山。郭緣生述征記曰：山形如覆車之象，其山出玉，亦曰玉山。」

【校】

〔菊初〕「初」，全詩注云：「一作『花』。」

〔吟玩〕「玩」，全詩注云：「一作『賞』。」

〔唯有此花開〕汪本、全詩此下俱云：「一作『有此花開時。』」

〔君惜〕此下那波本無注。

答劉戒之早秋別墅見寄

涼風木槿籬，暮雨槐花枝。併起新秋思，爲得故人詩。避地鳥擇木，升朝魚在池。城中與山下，喧静闇相思。

【箋】約作於元和三年（八〇八）至元和五年（八一〇），長安，翰林學士。

【校】〔升朝〕「升」，馬本、汪本俱作「入」，據宋本、那波本、全詩改。汪本注云：「一作『升』。」全詩注云：「一作『入』。」

涼夜有懷

念别感時節，早蛬聞一聲。風簾夜涼入，露簟秋意生。燈盡夢初罷，月斜天未明。闇凝無限思，起傍藥欄行。

【箋】約作於元和三年（八〇八）至元和五年（八一〇），長安，翰林學士。

【校】〔早蛬〕「蛬」，那波本、馬本，全詩俱作「蛩」，據宋本改。

秋思

病眠夜少夢，閑立秋多思。寂寞餘雨晴，蕭條早寒至。鳥棲紅葉樹，月照青苔地。何況鏡中年，又過三十二！

【箋】作於貞元十九年（八〇三），三十二歲，長安，校書郎。城按：此詩云：「又過三十二」，則至少當爲三十二歲。花房英樹繫於貞元十八年，誤。

禁中聞蛬

悄悄禁門閉，夜深無月明。西窗獨闇坐，滿耳新蛬聲。

【箋】約作於元和三年（八〇八）至元和五年（八一〇），長安，翰林學士。

〔禁中〕見卷五冬夜與錢員外同直禁中詩箋。

【校】〔題〕「蛬」，那波本、馬本、全詩俱作「蛩」，據宋本改，下同。

秋蟲

切切闇窗下，喓喓深草裏。秋天思婦心，雨夜愁人耳。

【箋】約作於元和三年（八〇八）至元和五年（八一〇），長安，翰林學士。

【校】〔喓喓〕此下馬本注云：「伊堯切。」

贈別宣上人

上人處世界，清浄何所似？似彼白蓮花，在水不著水。性真悟泡幻，行潔離塵滓。修道來幾時？身心俱到此。嗟予牽世網，不得長依止。離念與碧雲，秋來朝夕起。

【箋】約作於元和三年（八〇八）至元和五年（八一〇），長安，翰林學士。

【校】

〔性真〕英華作「真空」。全詩注云：「一作『真空』。」

〔泡幻〕全詩注云：「一作『幻泡』。」

〔依止〕「止」，宋本作「山」。

春夜喜雪有懷王二十二

夜雪有佳趣，幽人出書帷。微寒生枕席，輕素對階墀。坐罷楚絃曲，起吟班扇詩。明宜滅燭後，淨愛褰簾時。窗引曙色早，庭銷春氣遲。山陰應有興，不臥待徽之。

【箋】

約作於元和三年（八〇八）至元和五年（八一〇），長安，翰林學士。

【校】

〔對階墀〕「對」，宋本、那波本、汪本俱作「封」。英華注云：「集作『封』。」全詩注云：「一作『封』。」

〔滅燭〕「燭」，英華作「燈」。全詩注云：「一作『燈』。」

〔褰簾〕「褰」，英華作「卷」。全詩注云：「一作『卷』。」

〔徽之〕「徽」，宋本、那波本、馬本俱訛作「微」，據汪本、英華、全詩改正。城按：此用晉王徽之雪夜訪戴安道事，故應作徽之，作微之誤。

酬和元九東川路詩十二首

十二篇皆因新境追憶舊事，不能一一曲叙，但隨而和之，唯予與元知之耳。

駱口驛舊題詩

拙詩在壁無人愛，鳥汙苔侵文字殘。唯有多情元侍御，繡衣不惜拂塵看。

【箋】

作於元和四年（八〇九），三十八歲，長安，左拾遺、翰林學士。以下十一首均同。元集卷十七有駱口驛詩。

〔元九〕元稹。見卷一酬元九對新栽竹有懷見寄詩箋。城按：元稹，元和四年二月授監察御史。三月四日使蜀，劾奏故劍南東川節度使嚴礪擅賦違法事，見舊書卷一六六本傳。又元集卷十七使東川詩序云：「元和四年三月七日，予以監察御史使東川，往來鞍馬間賦詩凡三十二章，秘書省校書郎白行簡爲予手寫爲東川卷。今所録者但七言絶句長句耳。起駱口驛盡望驛臺二十二首云。」

〔駱口驛〕在盩厔縣南。見清統志西安府。

〔拙詩在壁無人愛四句〕元集卷十七駱口驛二首原注：「東壁上有李二十員外逢吉、崔二十二侍御韶使雲南題名處。北壁有翰林白二十二居易題擁石關、雲開雪紅樹等篇，有王質夫和焉。王不知是何人也。」城按：「王質夫和焉」五字，董本誤作「王質夫和馬」，今從馬本及全唐詩。

〔元侍御〕元稹。唐人稱監察御史爲侍御。

【校】

〔題〕馬本題下有「并序」二字，小注爲大字序文，「憶」作「惟」，「知」作「從」。據宋本、汪本、全唐詩改。那波本無小注。

南秦雪

往歲曾爲西邑吏，慣從駱口到南秦。三時雲冷多飛雪，二月山寒少有春。我思舊事猶惆悵，君作初行定苦辛。仍賴愁猿寒不叫，若聞猿叫更愁人。

元集卷十七有南秦雪。

【箋】

〔南秦〕南秦嶺。清統志商州：「南秦嶺，在州南二里。過嶺爲南秦川。」

〔駱口〕駱口驛。

山枇杷花二首

萬重青嶂蜀門口，一樹紅花山頂頭。春盡憶家歸未得，低紅如解替君愁。

葉如裙色碧綃淺，花似芙蓉紅粉輕。若使此花兼解語，推囚御史定違程？

【箋】

元集卷二六有山枇杷詩，不在使東川詩二十二首文中。

〔山枇杷〕當作「山琵琶」，後人妄改爲「山枇杷」。全詩卷四八〇李紳南梁行詩注：「駱谷中多毒樹，名山琵琶，其花明豔，與杜鵑花同。樵者識之，言曰：『早花殺人。』」宋長白柳亭詩話卷十七：「元微之詩：『萬里橋邊女校書，琵琶花下閉門居。』謂薛濤也。按：駱谷中有琵琶花，與杜鵑相似，後人不知，改爲枇杷，莫廷韓所謂『滿城簫管盡開花』者，想亦未見唐詩紀事也。」

【校】

〔碧綃〕「綃」，馬本作「紗」，據宋本、那波本、汪本、全詩、萬首、盧校改。全詩注云：「一作『紗』」。

江樓月

嘉陵江曲曲江池，明月雖同人別離。一宵光景潛相憶，兩地陰晴遠不知。誰料江邊懷我夜，正當池畔望君時？今朝共語方同悔，不解多情先寄詩。

【箋】

元集卷十七有江樓月詩。其自注云：「嘉川驛望月憶杓直、樂天、知退、拒非、順之數賢，居近曲江，閑夜多同步月。」

〔嘉陵江〕輿地紀勝卷一八五閬州：「嘉陵水：寰宇記云：嘉陵水一名西漢水，又名閬中水。周地圖經云：水源出秦州嘉陵，因名嘉陵江。」

〔曲江〕見卷一杏園中棗樹詩箋。

【校】

〔題〕英華作「江樓望月」。

〔曲江池〕「池」，宋本、那波本俱作「遲」。全詩注云：「一作『遲』。」何校：「宋刻作『遲』。蘭雪同。」

〔雖同〕「雖」，英華訛作「誰」。

亞枝花

山郵花木似平陽，愁殺多情驄馬郎。還似昇平池畔坐，低頭向水自看粧。

【箋】

元集卷十七有亞枝紅詩。

〔亞枝〕楊慎升庵詩話卷五：「白居易集有亞枝，謂臨水低枝也。」清施鴻保讀杜詩説卷九：「戲題王宰畫山水圖歌云：『山木盡亞洪濤風』，注：説文：『亞，次也。』廣韻：『就也，相依也。』朱説：『風急濤湧，山木盡爲之低亞。』公詩『花枝欲移竹』、『花蕊亞枝紅』，皆是此意。楊升庵云：『亞枝，臨水低枝也。』孟郊詩：『南浦桃花亞水紅。』今按：此詩亞字，即今人言亞嵌之亞，蓋依次相嵌，與説文、廣韻義皆合。孟詩『亞水』，亦言花映水中，與波相嵌。升庵作『臨水低枝』，語轉不晰。」城按：白氏晚桃花詩（卷一八）云：「一樹紅桃亞拂池。」馬本注云：「亞，低也。」則楊説亦未可厚非，施説似亦過泥。

〔山郵花木似平陽〕平陽即平陽池，在長安親仁坊郭子儀宅中。元稹亞枝紅詩：「平陽池上亞枝紅」，其自注云：「往歲與樂天曾於郭家亭子竹林中，見亞枝紅桃花半在池水。自後數年，不復記得。忽於褒城驛池岸竹間見之，宛如舊物，深所愴然。」

〔昇平〕昇平公主。舊書卷一二〇郭子儀傳：「子儀第六子，年十餘歲，尚代宗第四女昇平公主。」

江上笛

江上何人夜吹笛？聲聲似憶故園春。此時聞者堪頭白，況是多愁少睡人！

【箋】元集卷十七有漢江上笛詩，其自注云：「二月十五日夜於西縣白馬驛南樓聞笛悵然，憶得小年曾與從兄長楚寫漢江聞笛賦，因而有愴耳。」

嘉陵夜有懷二首

露濕牆花春意深，西廊月上半牀陰。憐君獨卧無言語，惟我知君此夜心。

不明不闇朧朧月，非暖非寒慢慢風。獨卧空牀好天氣，平明閑事到心中。

【箋】元集卷十七有嘉陵驛二首詩。

〔嘉陵〕嘉陵驛。在利州。輿地紀勝卷一八四利州載有武元衡嘉陵驛詩云：「悠悠風旆遶山川，山驛空濛雨作煙。路半嘉陵頭已白，蜀門西上更青天。」明統志卷六九保寧府：「嘉陵驛在廣元縣西二里。」

【校】

〔朧朧〕馬本、汪本俱作「朦朧」。汪本注云：「一作『朧朧』。」「朦」全詩注云：「一作『朧』。」城按：文選潘岳悼亡詩三首之二云：「歲寒無與同，朗月何朧朧。」蓋爲白詩所本。據下文似以「朧朧」爲長，從宋本、那波本、盧校改。

夜深行

百牢關外夜行客，三殿角頭宵直人。莫道近臣勝遠使，其如同是不閑身。

【箋】

元集卷十七有夜深行詩。

〔百牢關〕輿地紀勝卷一八三興元府：「百牢關，在西縣三十里。元和郡縣志云：隋置白馬關，後以黎陽有白馬關，故名百牢關。一云置在百牢谷，故名。李義山送叔梓州詩云：『莫羨萬重山，君還我未還。武關猶悵望，何況百牢關。』」

〔三殿〕麟德殿。見卷九早朝賀雪寄陳山人詩箋。

【校】

〔百牢〕「牢」，馬本訛作「年」。全詩注云：「一作『年』。」亦非。據宋本、那波本、汪本、萬首、查校、盧校改正。

〔其如〕「如」，馬本訛作「時」。據宋本、那波本、汪本、全詩、盧校改正。

〔閑身〕萬首作「閑人」。

望驛臺　三月三十日。

靖安宅裏當窗柳，望驛臺前撲地花。兩處春光同日盡，居人思客客思家。

【箋】

元集卷十七有望驛臺詩。

〔靖安宅〕元稹靖安里第。見卷十夢與李七庾三十二同訪元九詩箋。

〔望驛臺〕馮浩玉谿生詩詳注卷二望喜驛别嘉陵江水二絶注云：「廣元縣志：南去有望喜驛，今廢。按：香山酬元九東川路詩中有嘉陵縣望驛臺，即望喜驛也。」

【校】

〔題〕那波本無小注。

〔春光〕「光」，馬本作「風」，據宋本、那波本、汪本、全詩、盧校改。全詩注云：「一作『風』。」

江岸梨

梨花有思緣和葉，一樹江頭惱殺君。最似孀閨少年婦，白粧素袖碧紗裙。

【箋】

元集卷十七有江花落詩。

【校】

〔題〕萬首、汪本、全詩俱作「江岸梨花」。

〔有思〕「思」，馬本、汪本俱作「意」。汪本注云：「一作『思』。」全詩注云：「一作『意』。」據宋本、那波本、盧校改。

〔少年〕萬首作「年少」。

答謝家最小偏憐女　感元九悼亡詩，因爲代答三首。

嫁得梁鴻六七年，躭書愛酒日高眠。雨荒春圃唯生草，雪壓朝廚未有煙。身病憂來緣女少，家貧忘却爲夫賢。誰知厚俸今無分，枉向秋風吹紙錢！

【箋】

作於元和四年（八〇九），三十八歲，長安，左拾遺、翰林學士。元集卷九有三遣悲懷詩。

〔謝家最小偏憐女〕指元稹妻韋叢。韓愈監察御史元君妻京兆韋氏夫人墓誌銘：「夫人諱叢，字茂之（城按：元白詩箋證稿引作「成之」，據馬通伯韓文校注，「茂」或作「成」，以名義推之，當作「茂」），姓韋氏。……夫人於僕射（韋夏卿）爲季女，愛之，選壻得今御史河南元稹，稹時始以選校書秘書省中。……年二十七，以元和四年七月九日卒。卒三月，得其年之十月三日葬咸陽，從先舅姑兆。」

〔嫁得梁鴻六七年〕元稹授秘書省校書郎在貞元十九年春，據韓愈韋氏墓誌，則知婚於韋氏亦必在是年春間之後。證之此詩，以貞元十九年推算，至元和四年適爲七年。如提前一年至貞元十八年，則爲八年，與白氏詩所記不合。元白詩箋證稿第一章云：「白氏長慶集六一河南元公墓誌銘云：『（貞元十八年）年二十四，試判入四等，署秘省校書。』是又必在貞元十八年微之婚于韋氏之後。」蓋唐代選制以十一月爲期，至次年三月畢，見徐松登科記考卷十五。元、白貞元十八年十一月同應書判拔萃科試，至次年春始登第，同授校書郎。故白氏養竹記（卷四三）云「貞元十九年春，居易以拔萃選及第，授校書郎。」可證河南元公墓誌誤記。陳氏承白文之誤，亦失考。侯鯖録卷五微之年譜亦誤繫於貞元十八年。

【校】

〔題〕此下小注，馬本作大字。汪本作總題置前。從宋本、全詩改。那波本無小注。

答騎馬入空臺

君入空臺去，朝往暮還來。我入泉臺去，泉門無復開。鰥夫仍繫職，稚女未勝哀。寂寞咸陽道，家人覆墓迴。

【箋】

作於元和四年（八〇九），三十八歲，長安，左拾遺、翰林學士。元集卷九有空屋題詩云：「朝從空屋裏，騎馬入空臺。盡日推閑事，還歸空屋來。月明穿暗隙，燈燼落殘灰。更想咸陽道，魂車昨夜回。」

〔鰥夫仍繫職四句〕韓愈監察御史元君妻京兆韋氏夫人墓誌銘云：「以元和四年七月九日卒。卒三月，得其年之十月三日葬咸陽，從先舅姑兆。」元集卷二六琵琶歌云：「去年御史留東臺，公私蹙促顔不開。」陳寅恪據此詩及「鰥夫仍繫職」句，謂韋氏葬時，微之尚在洛陽，爲職務羈絆，未能躬往，僅遣家人營葬。所考良是。又白氏和元九悼往（卷九）云：「夢中咸陽淚，覺後江陵心。」

答山驛夢

入君旅夢來千里，閉我幽魂欲二年。莫忘平生行坐處，後堂階下竹叢前。

【箋】作於元和五年（八一〇），三十九歲，長安，京兆户曹參軍、翰林學士。元集卷九有感夢詩。

【校】〔題〕萬首作「和元九答山驛夢」。

和元九與呂二同宿話舊感贈

見君新贈呂君詩，憶得同年行樂時。争入杏園齊馬首，潛過柳曲鬬蛾眉。八人雲散俱遊宦，七度花開盡別離。聞道秋娘猶且在，至今時復問微之！

【箋】

作於元和四年（八〇九），三十八歲，長安，左拾遺、翰林學士。城按：元集卷十七有贈呂三校書詩。「呂三」當爲「呂二」之訛。

〔元九〕元稹。見卷一酬元九對新栽竹有懷見寄詩箋。

〔呂二〕呂炅。見卷五常樂里閑居偶題十六韻兼寄劉十五公輿王十一起呂二炅……詩箋。

〔杏園〕見卷一杏園中棗樹詩箋。

〔秋娘〕見卷十二琵琶引詩箋。

憶元九

渺渺江陵道，相思遠不知。近來文卷裏，半是憶君詩。

【箋】

作於元和五年（八一〇），三十九歲，長安，左拾遺、翰林學士。

〔元九〕元稹。見卷一酬元九對新栽竹有懷見寄詩箋。

【校】

〔渺渺〕宋本、那波本、汪本俱作「眇眇」。

蕭員外寄新蜀茶

蜀茶寄到但驚新，渭水煎來始覺珍。滿甌似乳堪持玩，况是春深酒渴人！

【箋】

作於元和五年（八一〇），三十九歲，長安，左拾遺、翰林學士。

【校】

〔題〕萬首作「寄新蜀茶」。

寄上大兄 已後詩在下邽村居作。

秋鴻過盡無書信，病戴紗巾强出門。獨上荒臺東北望，日西愁立到黄昏。

【箋】

作於元和六年（八一一），四十歲，下邽。

〔大兄〕居易之長兄白幼文。見卷十三自河南經亂關内阻飢兄弟離散各在一處因望月有感聊書所懷寄浮梁大兄於潛七兄烏江十五兄兼示符離及下邽弟妹詩箋。

【校】

〔題〕此下小注，宋本、那波本、馬本、汪本、全詩俱脱「下」字，據盧校增。

病中哭金鑾子 小女子名。

豈料吾方病，翻悲汝不全？卧驚從枕上，扶哭就燈前。有女誠爲累，無兒豈免憐。病來纔十日，養得已三年。慈淚隨聲迸，悲腸遇物牽。故衣猶架上，殘藥尚頭邊。送出深村巷，看封小墓田。莫言三里地，此别是終天。

【箋】

作於元和六年（八一一）四十歲，下邽。城按：此詩陳譜繫於元和五年，誤。陳譜元和四年己丑：「是歲生女曰金鑾。」此詩云：「病來纔十日，養得已三年。」據以推算，應爲元和六年。

〔金鑾子〕見卷九金鑾子晬日詩箋。并參見念金鑾子二首（卷十）。

【校】

〔悲腸〕「腸」，馬本、汪本俱作「傷」。汪本注云：「一作『腸』。」全詩注云：「一作『傷』。」據宋本、那波本、盧校改。

寄内

桑條初緑即爲別，柹葉半紅猶未歸。不如村婦知時節，解爲田夫秋擣衣。

【箋】約作於元和六年（八一一）至元和八年（八一三），下邽。城按：此爲白氏寄楊夫人之作。楊夫人爲楊汝士及虞卿之從妹。白氏繡西方幀贊（卷七〇）云：「有女弟子弘農郡君姓楊，號蓮花性。」參見卷一贈内詩。

病氣

自知氣發每因情，情在何由氣得平。若問病根深與淺？此身應與病齊生。

【箋】約作於元和六年（八一一）至元和八年（八一三），下邽。

歎元九

不入城中來五載，同時班列盡官高。何人牢落猶依舊？唯有江陵元士曹。

【箋】

作於元和九年（八一四），四十三歲，下邽。

〔元九〕元稹。見卷一酬元九對新栽竹有懷見寄詩箋。

〔江陵元士曹〕元稹。元和五年三月，元稹自監察御史貶爲江陵府士曹參軍。元和九年自江陵移唐州從事。

【校】

〔城中〕「中」，宋本、那波本、萬首、全詩俱作「門」。汪本注云：「一作『門』。」全詩注云：「一作『中』。」

眼暗

早年勤倦看書苦，晚歲悲傷出淚多。眼損不知都自取，病成方悟欲如何。夜昏乍似燈將滅，朝闇長疑鏡未磨。千藥萬方治不得，唯應閉目學頭陀。

【箋】作於元和九年(八一四),四十三歲,下邽。城按:此詩云:「夜昏乍似燈將滅,朝闇長疑鏡未磨。」知是時居易眼病甚劇,蓋由苦讀多哭所致,本卷得錢舍人書問眼疾詩云:「春來眼暗少心情,點盡黄連尚未平。」

〔頭陀〕心王頭陀經。白氏和夢遊春詩一百韻詩注:「微之常以法句及心王頭陀經相示。」此泛指佛法。

得袁相書

穀苗深處一農夫,面黑頭斑手把鋤。何意使人猶識我,就田來送相公書?

【箋】作於元和九年(八一四),四十三歲,下邽。

〔袁相〕袁滋。永貞元年七月拜中書侍郎、同中書門下平章事。元和八年正月爲襄州刺史、山南東道節度使。九年九月移江陵尹、荆南節度使。見舊書卷十四順宗紀及卷十五憲宗紀。城按:居易得書時,滋仍在襄州任,蓋居易於是年冬始召爲太子左贊善大夫。白氏有旅次華州贈袁右丞詩(卷五),亦爲酬袁滋之作。又有除袁滋襄陽節度制(卷五五)作於白氏出翰林後,當係僞作。

病中作

病來城裏諸親故，厚薄親疏心總知。唯有蔚章於我分，深於同在翰林時。

【箋】

作於元和九年（八一四），四十三歲，下邽。

〔蔚章〕錢徽。時爲翰林學士、司封郎中、知制誥，見丁居晦重修承旨學士壁記。據本卷白氏得錢舍人書問眼疾詩，兩人交誼之深厚，可以想見。

感化寺見元九劉三十二題名處

微之謫去千餘里，太白無來十一年。今日見名如見面，塵埃壁上破窗前。

【箋】

作於元和九年（八一四），四十三歲，下邽。

〔感化寺〕在藍田縣。見舊書卷一九一方伎神秀傳。王維有過感化寺曇興上人山院詩，趙殿成箋注：「感化寺，文苑英華作『化感寺』。」

〔元九〕見卷一酬元九對新栽竹有懷見寄詩箋。

〔劉三十二〕劉敦質。見卷一哭劉敦質詩箋。并參見常樂里閑居偶題十六韻兼寄劉三十二敦質等（卷五）、過劉三十二故宅（卷十三）等詩。

〔太白無來十一年〕劉敦質卒於貞元二十年，至元和九年爲十一年。

【校】

〔題〕萬首作「感化寺見元劉題名」。

〔無來〕「無」，盧校云：「當作『亡』。」

遊悟真寺迴山下別張殷衡

世緣未了住不得，孤負青山心共知。愁君又入都門去，即是紅塵滿眼時。

【箋】

作於元和九年（八一四），四十三歲，藍田。

〔悟真寺〕見卷六遊悟真寺詩箋。並參見遊藍田山卜居詩。

〔張殷衡〕生平未詳。卷五一有李石楊縠張殷衡等並授官充涇原判官同制，當爲同一人，可知長慶元年殷衡嘗爲涇原節度判官。視詩意當是與張殷衡同遊悟真寺下山分手時所作。並參見下一首村居寄張殷衡詩。又全唐詩逸卷中録有張殷衡清明日詩斷句云：「已被夭桃歡來醉，麯塵緑樹恨何人。」

【校】

〔題〕「真」，馬本、全詩俱訛作「貞」。據宋本、那波本、汪本、萬首改正。

〔住不得〕「住」，馬本、全詩俱作「治」。據宋本、那波本、汪本、萬首、盧校改。全詩注云：「一作『住』。」

村居寄張殷衡

金氏村中一病夫，生涯濩落性靈迂。唯看老子五千字，不蹋長安十二衢。藥銚夜傾殘酒煖，竹牀寒取舊氈鋪。聞君欲發江東去，能到茅庵訪别無？

【箋】

作於元和九年（八一四），四十三歲，下邽。

〔金氏村〕俗名紫蘭村，在白氏故鄉下邽縣渭河北岸邊。白氏村中留李三宿詩（卷六）云：「春明門前别，金氏陂中遇。」

【校】

〔題〕馬本脱「殷」字，據宋本、那波本、汪本、全詩補。

〔藥銚〕此下馬本注云：「徒弔切。」

病中得樊大書

荒村破屋經年卧，寂絶無人問病身。唯有東都樊著作，至今書信尚殷勤。

【箋】

作於元和九年（八一四），四十三歲，下邽。

〔樊大〕樊宗師。見卷一贈樊著作詩箋。并參見和答詩序（卷二）及京使迴累得南省諸公書因以長句詩寄謝樊大員外等詩（卷十八）。

〔樊著作〕樊宗師。元和三年，擢軍謀宏遠科，授著作佐郎。見新書卷一五九本傳。

【校】

〔題〕馬本「樊」下脱「大」字，據宋本、那波本、汪本、萬首、全詩補。

〔東都〕「都」，萬首訛作「鄰」。

開元九詩書卷

紅牋白紙兩三束，半是君詩半是書。經年不展緣身病，今日開看生蠹魚。

【箋】

作於元和九年（八一四），四十三歲，下邽。

〔元九〕元稹。見卷一酬元九對新栽竹有懷見寄詩箋。

晝卧

抱枕無言語，空房獨悄然。誰知盡日卧，非病亦非眠？

【箋】

作於元和九年（八一四），四十三歲，下邽。

夜坐

庭前盡日立到夜，燈下有時坐徹明。此情不語何人會？時復長吁一兩聲。

【箋】作於元和九年（八一四），四十三歲，下邽。

【校】〔一兩〕「一」下全詩注云：「一作『三』。」

暮立

黄昏獨立佛堂前，滿地槐花滿樹蟬。大抵四時心總苦，就中腸斷是秋天。

【箋】作於元和九年（八一四），四十三歲，下邽。

有感

絶絃與斷絲，猶有却續時。唯有衷腸斷，無應續得期。

【箋】作於元和九年（八一四），四十三歲，下邽。

答友問

似玉童顏盡，如霜病鬢新。莫驚身頓老，心更老於身。

【箋】作於元和九年（八一四），四十三歲，下邽。

村夜

霜草蒼蒼蟲切切，村南村北行人絕。獨出前門望野田，月明蕎麥花如雪。

【箋】作於元和九年（八一四），四十三歲，下邽。唐宋詩醇卷二三：「一味真樸，不假粧點，自具蒼老之致，七絕中之近古者。」

聞蟲

闇蟲唧唧夜緜緜，況是秋陰欲雨天。猶恐愁人暫得睡，聲聲移近卧牀前。

【箋】作於元和九年（八一四），四十三歲，下邽。

【校】〔闇蟲〕萬首「闇」作「聞」。

寒食夜有懷

寒食非長非短夜，春風不熱不寒天。可憐時節堪相憶，何況無燈各早眠。

【箋】作於元和九年（八一四），四十三歲，下邽。

贈内

漠漠闇苔新雨地，微微涼露欲秋天。莫對月明思往事，損君顔色減君年。

【箋】作於元和九年（八一四），四十三歲，下邽。城按：參見贈内詩（卷一）、寄内（卷十四）、舟夜贈內(卷十五)等詩。

得錢舍人書問眼疾

春來眼闇少心情，點盡黄連尚未平。唯得君書勝得藥，開緘未讀眼先明。

【箋】 作於元和九年(八一四)，四十三歲，下邽。參見本卷眼暗詩。

〔錢舍人〕錢徽。元和八年五月九日轉司封郎中、知制誥，十年七月二十三日遷中書舍人。見丁居晦重修承旨學士壁記。舊傳謂徽九年拜中書舍人，與丁記有異。城按：知制誥亦得稱爲舍人。參見答崔侍郎錢舍人書問因繼以詩(卷七)、登龍昌上寺望江南山懷錢舍人(卷十一)、渭村退居寄禮部崔侍郎翰林錢舍人詩一百韻(卷十五)、寄李相公崔侍郎錢舍人(卷十六)等詩。

還李十一馬

傳語李君勞寄馬，病來唯拄杖扶身。縱擬强騎無出處，却將牽與趁朝人。

【箋】作於元和九年（八一四），四十三歲，下邽。

〔李十一〕李建。見卷五寄李十一建詩箋。并參見別李十一後重寄（卷十）、同李十一醉憶元九（本卷）、聞李十一出牧澧州崔二十二出牧果州因寄絶句（卷十六）、曲江憶李十一（卷十九）等詩。

【校】〔拄杖〕「拄」，宋本、那波本、全詩、盧校俱作「著」。全詩注云：「一作『拄』。」汪本注云：「一作『著』。」何校：「蘭雪作『拄』。」

〔扶身〕「扶」，馬本作「持」。據各本改。

九日寄行簡

摘得菊花攜得酒，遶村騎馬思悠悠。下邽田地平如掌，何處登高望梓州？

【箋】作於元和九年（八一四），四十三歲，下邽。

〔行簡〕居易之三弟。據卷十白氏別行簡詩，行簡於元和九年五六月間應劍南東川節度使盧坦之聘赴梓州。參見寄行簡（卷十）、登西樓憶行簡（卷十六）等詩。

【校】

〔遶村〕宋本作「澆將」。「遶」，萬首作「遠」。全詩注云：「一作『遠』。」

〔田地〕「地」，萬首作「土」。

夜坐

斜月入前楹，迢迢夜坐情。梧桐上階影，蟋蟀近牀聲。曙傍窗間至，秋從簟上生。感時因憶事，不寢到雞鳴。

【箋】

作於元和九年（八一四），四十三歲，下邽。

【校】

〔迢迢〕馬本作「迢遞」，據宋本、那波本、汪本、全詩、盧校改。全詩注云：「一作『遥』。」

村居二首

田園莽蒼經春早，籬落蕭條盡日風。若問經過談笑者，不過田舍白頭翁。

門閉仍逢雪，廚寒未起煙。貧家重寥落，半爲日高眠。

【箋】作於元和九年（八一四），四十三歲，下邽。城按：第二首亦見唐人萬首絶句。那波本無此詩。宋本第二首爲小字。

早春

雪散因和氣，冰開得暖光。春銷不得處，唯有鬢邊霜。

【箋】作於元和九年（八一四），四十三歲，下邽。

和夢遊春詩一百韻 并序

微之既到江陵，又以夢遊春詩七十韻寄予，且題其序曰：斯言也，不可使不知吾者知，知吾者亦不可使不知。樂天知吾也，吾不敢不使吾子知。予辱斯言，三復其旨，大抵悔既往而悟將來也。然予以爲苟不悔不寤則已，若悔於此則宜悟於彼也，反於彼而悟於妄，則宜歸於真也。況與足下外服儒風，内宗梵行者有日矣。而今而後，非覺路之返也，非空門之歸也，將安反乎？將安歸乎？今所和者，其章指卒歸於此。夫感不甚則悔不熟，感不至則悟不深，故廣足下七十韻爲一百韻，重爲足下陳夢遊之中所以甚感者，叙婚仕之際所以至感者，欲使曲盡其妄，周知其非，然後返乎真，歸乎實，亦猶法華經序火宅、偈化城，維摩經入婬舍、過酒肆之義也。微之微之，予斯文也，尤不可使不知吾者知，幸藏之云爾。

昔君夢遊春，夢遊仙山曲。怳若有所遇，似愜平生欲。因尋菖蒲水，漸入桃花谷。到一紅樓家，愛之看不足。池流渡清泚，草嫩蹋緑蓐。門柳闇全低，簷櫻紅半熟。轉行深深院，過盡重重屋。烏龍卧不驚，青鳥飛相逐。漸聞玉珮響，始辨珠履躅。遥見窗下人，娉婷十五六。霞光抱明月，蓮豔開初旭。縹緲雲雨仙，氛氲蘭麝馥。風流薄梳洗，時世寬裝束。袖軟異文綾，裾輕單絲縠。裙腰銀線壓，梳掌金筐蹙。帶纈紫蒲萄，袴花紅石竹。凝情都未語，付意微相矚。眉斂遠山青，鬟低片雲緑。帳牽翡翠帶，被解鴛鴦襆。秀色似堪飡，穠華如可掬。半卷錦頭席，斜鋪繡腰褥。朱脣素指匀，粉汗紅綿撲。心驚睡易覺，夢斷魂難續。籠委獨棲禽，劍分連理木。存誠期有感，誓志貞無黷。京洛八九春，未曾花裏宿。壯年徒自棄，佳會應無復。鸞歌不重聞，鳳兆從兹卜。韋門女清貴，裴氏甥賢淑。羅扇夾花燈，金鞍攢繡轂。既傾南國貌，遂坦東牀腹。劉阮心漸忘，潘楊意方睦。新修履信第，初食尚書禄。九醖備聖賢，八珍窮水陸。秦家重簫史，彦輔憐衛叔。朝饌饋獨盤，夜醪傾百斛。親賓盛輝赫，妓樂紛曄煜。宿醉纔解醒，朝歡俄枕麴。飲過君子争，令甚將軍酷。酩酊歌鷓鴣，顛狂舞鴝鵒。月流春夜短，日下秋天速。謝傅隙過駒，蕭娘風送燭。全凋蕣花折，半死梧桐秃。闇鏡對孤鸞，哀弦留寡鵠。淒淒隔幽顯，冉冉移寒燠。萬事此時休，百身何處贖？提攜小兒女，將領舊姻族。再入朱門行，一傍青樓哭！櫪空無厩馬，水涸失池鶩。摇落廢井梧，荒涼故籬菊。莓苔上几閣，塵土生琴筑。舞榭綴蠨蛸，歌梁聚蝙蝠。嫁分紅粉妾，賣散蒼頭僕。門客思徬徨，家人泣咿噢。心期正蕭索，宦序仍拘跼。懷策入崤函，驅車辭郟鄏。逢時念既濟，聚學思大畜。端詳筮仕蓍，磨拭穿楊鏃。始從讎校職，首中賢良目。一拔侍瑶墀，再升紆繡服。誓酬君王寵，願使朝庭肅。密勿奏封章，清明操憲牘。鷹鞲中病下，豸角當邪觸。糺謬静東周，申冤動南蜀。危言詆閹寺，直氣忤鈞軸。不忍曲作鉤，乍能折爲玉。捫心無愧畏，騰口有謗讟。只要明是非，何曾虞禍福？車摧太行路，劍落酆城獄。襄漢問修途，荆蠻指殊俗。謫爲江府掾，遣事荆州牧。趨走謁麾幢，喧煩視鞭扑。簿書常自領，縲囚每親鞫。竟日坐官曹，經旬曠休沐。宅荒渚宫草，馬瘦畬田粟。薄俸等涓毫，微官同桎梏。月中照形影，天際辭骨肉。鶴病翅羽垂，獸窮爪牙縮。行看鬢間白，誰勸杯中緑？時傷大野麟，命問長沙鵩。夏梅山雨漬，秋瘴海雲毒。巴水白茫茫，楚山青簇簇。吟君七十韻，是我心所蓄。既去誠莫追，將來幸前勗。欲除憂惱病，當取禪經讀。須悟事皆空，無令念將屬。請思遊春夢，此夢何閃倏？豔色即空花，浮生乃焦穀。良姻在嘉偶，頃刻爲單獨。入仕欲榮身，須臾成黜辱。合者離之始，樂兮憂所伏。愁恨僧祇長，歡榮刹那促。覺悟因傍喻，迷執由當局。膏明誘闇蛾，陽焱奔癡鹿。貪爲苦聚落，愛是悲林麓。水蕩無明波，輪迴死生輻。塵應甘露灑，垢待醍醐浴。障要智燈燒，魔須慧刀戮。外熏性易染，内戰心難衄。法句與心王，期君日三復。微之常以法句及心王頭陀經相示，故申言以卒其志也。

【箋】作於元和五年（八一〇），三十九歲，長安，翰林學士。見汪譜。城按：此爲仄韻長律。才調集卷五有元稹夢遊春七十韻。微之原詩乃其至江陵後追憶少日風流事跡及感歎韋叢早逝所作，與其所撰之鶯鶯傳互爲表裏，足以參證。陳寅恪元白詩箋證稿據唐人「會仙」及締婚高門甲族之風尚，謂鶯鶯出身微賤，爲微之所棄，此一始亂終棄之劣行亦見諸於當時社會，其論極爲精闢。今視元、白之詩意，俱以一夢取譬於鶯鶯之姻緣，而視爲不足道，蓋益見陳氏所論之不誣。元白詩箋證稿又云：「元、白夢遊春詩，實非尋常遊戲之偶作，乃心儀浣花草堂之鉅製，而爲元和體之上乘，且可視作此類詩最佳之代表者也。」則爲此兩詩藝術成就之公允評價。又按：此詩汪本編在第十二卷。

〔江陵〕見卷二和答詩序箋。

〔風流薄梳洗八句〕元稹夢遊春詩云：「叢梳百葉髻，（原注云：「時勢頭。」）金蹙重臺履。（原注云：「踏殿樣。」）紕軟鈿頭裙，（原注云：「瑟瑟色。」）玲瓏合歡袴。（原注云：「夾纈名。」）鮮妍脂粉薄，暗淡衣裳故。」白氏江南喜逢蕭九徹因話長安舊遊戲贈五十韻（才調集一）云：「時世高梳髻，風流澹作妝。戴花紅石竹，帔暈紫檳榔。鬢動懸蟬翼，釵垂小鳳行。拂胸輕粉絮，煖手小香囊。」與此一節相參證，俱爲貞元時之時世妝。

〔存誠期有感四句〕元白詩箋證稿：「似微之真能『内秉堅孤，非禮不可入』者，其實唐代德、憲之世，山東舊族之勢力尚在，士大夫社會禮法之觀念仍存，詞科進士放蕩風流之行動，猶未爲一般輿論所容許，如後來懿、僖之時者，故微之在鳳翔未近女色，乃地爲之。而其在京、洛之不宿花叢，則時爲之。是其自誇守禮多情之語，亦不可信也。」

〔韋門女清貴二句〕韋叢爲韋夏卿之季女，夏卿娶裴皋女，皋爲給事中，皋父宰相耀卿，故叢爲裴氏之女甥。見韓愈監察御史元君妻京兆韋氏夫人墓誌銘。

〔新修履信第〕元稹履信坊宅。在洛陽長夏門之東第四街。見兩京城坊考卷五。白氏有過元家履信宅詩（卷二七）。

〔法句與心王〕法句經及心王頭陀經。元白詩箋證稿第四章云：「寅恪少讀樂天此詩，遍檢佛藏，不見所謂心王頭陀經者，頗以爲恨。近歲始見倫敦博物院藏斯坦因號貳肆柒肆，佛爲心王菩薩説投陀經卷上，五陰山室寺惠辨禪師注殘本（大正續藏貳捌捌陸號）。乃一至淺俗之書，爲中土所僞造者。至於法句經，亦非吾國古來相傳舊譯之本，乃别是一書，即倫敦博物院藏斯坦因號貳仟貳壹佛説法句經（又中村不折藏敦煌寫本，大正續藏貳玖零壹號）。及巴黎國民圖書館藏伯希和號貳叁貳伍法句經疏（大正續藏貳玖零貳號）。此書亦是淺俗僞造之經。夫元、白二公自許禪梵之學，叮嚀反復於此二經。今日得見此二書，其淺陋鄙俚如此，則二公之佛學造詣，可以推知矣。」城按：陳氏考釋兩書極精確，而謂元、白佛學造詣淺陋之論則殊偏頗，蓋不能僅據微之樂天詩中引用此二經即輕下斷語也。又白氏和思歸樂詩（卷二）云：「身委逍遥篇，心付頭陀經。」

【校】

〔章指卒〕宋本、那波本俱誤作「卒章指」。全詩注云：「一作『卒章指』。」何校云：「宋刻衍。」

〔云爾〕宋本、那波本、全詩俱倒作「爾云」。

〔菖蒲〕宋本作「昌蒲」。

〔清泚〕「泚」，馬本作「濰」。據宋本、那波本、汪本、全詩、盧校改。全詩注云：「一作『濰』。」

〔袖輭〕此下馬本注云：「乳究切，柔也。」

〔鴛鴦襆〕此下馬本注云：「博木切。」

〔輝赫〕「赫」，宋本訛作「芯」。

〔曄煜〕馬本「曄」下注云：「弋涉切。」「煜」下注云：「余六切。」

〔鴝鵒〕馬本「鴝」下注云：「音句。」「鵒」下注云：「音欲。」

〔隙過駒〕「過駒」，宋本、那波本、盧校俱作「奔光」。全詩、汪本俱注云：「一作『奔光』。」

〔風送燭〕「送」，宋本、那波本、全詩、盧校俱作「過」。汪本注云：「一作『過』。」全詩注云：「一作『送』。」

〔池鶩〕「鶩」，全詩訛作「鶩」。馬本此下注云：「莫卜切，鴨也。」

〔琴筑〕此下馬本注云：「張六切，似箏十三絃。」

〔蒼頭〕宋本作「倉頭」，字通。

〔端詳〕「詳」，那波本訛作「評」。

〔君王寵〕「王」，宋本、那波本俱作「主」。

〔静東周〕「静」，馬本、汪本俱作「盡」，非。據宋本、那波本、全詩、盧校改正。汪本注云：「一作『静』。」全詩注云：「一作『盡』。」亦非。

〔麾幢〕「幢」，馬本注云：「枯江切。」

〔鞭扑〕「扑」，各本俱誤作「朴」，今改正。城按：書舜典：「扑作教刑。」

〔親鞠〕「鞠」，宋本、那波本、全詩俱作「鞫」。城按：「鞠」、「鞫」字通。

〔馬瘦〕「瘦」，馬本訛作「瘐」。據宋本、那波本、汪本、全詩、盧校改正。

〔海雲〕「海」，宋本、那波本、全詩、盧校俱作「江」。汪本注云：「一作『江』。」全詩注云：「一作『海』。」

〔閃倏〕此下馬本注云：「式竹切。」

〔嘉偶〕「嘉」，馬本作「佳」，據宋本、那波本、汪本、全詩、盧校改。

〔頃刻〕「刻」，宋本、全詩俱作「剋」，字同。

〔陽焱〕此下馬本注云：「以贍切。」

〔難衂〕此下馬本注云：「女大切。」

〔心王〕「王」，馬本訛作「玉」，據宋本、那波本、汪本、全詩、盧校改正。

王昭君二首 時年十七。

滿面胡沙滿鬢風，眉銷殘黛臉銷紅。愁苦辛勤顦顇盡，如今却似畫圖中。

漢使却迴憑寄語，黄金何日贖蛾眉？君王若問妾顔色，莫道不如宫裏時。

【箋】

作於貞元四年（七八八），十七歲。見陳譜及汪譜。城按：苕溪漁隱叢話前集卷二一引王直方詩話云：「古今人作昭君詞多矣，余獨愛白樂天一絶云：『漢使却回憑寄語，黄金何日贖蛾眉。君王若問妾顔色，莫道不如宫裏時。』蓋其意優游而不迫切故也。然樂天賦此時，年甚少。」瞿佑歸田詩話卷上：「詩人詠昭君者多矣。大篇短章，率叙其離愁别恨而已。惟樂天云：『漢使却回憑寄語……。』不言怨恨，而惓惓舊主，高過人遠甚。其與『漢恩自淺胡自深，人生樂在相知心』者異矣。」此則又見魏慶之詩人玉屑等書，内容多雷同，惟謝榛四溟詩話卷一云：「此雖不忘君，而辭意兩拙。」與衆説有異。又按：詩藪云：「樂天詩世謂淺近，以意與語合也。若語淺意深，語近意遠，則最上一乘，何得以此爲嫌！明妃曲云：『漢使却迴頻寄語，……』三百篇、十九首不遠過也。」

〔王昭君〕漢書元帝紀：「竟寧元年春正月，匈奴虖韓邪單于（城按：匈奴傳「虖」作「呼」）來朝。詔曰：……其改元爲竟寧，賜單于待詔掖庭王檣爲閼氏。」注：「應劭曰：郡國獻女未御見，須命於掖庭，故曰待詔。王檣，王氏女，名檣，字昭君。文穎曰：本南郡秭歸人也。」又漢書匈奴傳上：「竟寧元年，單于復入朝，禮賜如初，加衣服錦帛絮，皆倍於黄龍時。單于自言願壻漢氏以自親。元帝以後宫良家子王牆字昭君賜單于。單于驩喜，上書願保塞上谷以西至敦煌，傳之無窮，請罷邊備塞吏卒，以休天子人民。……王昭君號寧胡閼氏，生一男伊屠智牙師，爲右日逐王。

呼韓邪立二十八年，建始二年死。……（其子）復株絫若鞮單于復妻王昭君，生二女。」後漢書南匈奴傳：「昭君字嬙，南郡人也。初，元帝時以良家子選入掖庭，時呼韓邪來朝，帝勅以宮女五人賜之。昭君入宮數歲，不得見御，積悲怨，乃請掖庭令求行，呼韓邪臨辭大會，帝召五女以示之。昭君豐容靚飾，光明漢宮，顧景裴回，竦動左右。帝見大驚，意欲留之，而難於失信，遂與匈奴。生二子。及呼韓邪死，其前閼氏子代立，欲妻之。昭君上書求歸，成帝勅令從胡俗，遂復爲後單于閼氏焉。」昭君事見於史書者略如此，前、後漢書雖稍有異，然大體相同也。西京雜記卷上：「元帝後宮既多，不得常見，乃使畫工圖其形，案圖召幸，諸宮人皆賂畫工，多者十萬，少者亦不減五萬，獨王嬙自恃容貌不肯與。工人乃醜圖之，遂不得見。後匈奴入朝，求美人爲閼氏，於是上案圖，以昭君行，及去召見，貌爲後宮第一，善應對，舉止嫻雅，帝悔之。而名籍已定，方重信於外國，故不復更人。乃窮案其事，畫工皆棄市，籍其家資，皆巨萬。」此事史書未載，出於傳聞，似亦不必深辨。晉人避司馬昭諱，改昭君爲明君。文選卷二七石季倫王明君詞序：「王明君者，本是王昭君，以觸文帝諱改焉。匈奴盛，請婚於漢，元帝以後宮良家子昭君配焉。昔公主嫁烏孫，令琵琶馬上作樂以慰其道路之思，其送明君亦必爾也。其造新曲多哀怨之聲，故叙之於紙云爾。」凡所謂琵琶怨曲，皆後人所造，非昭君自爲。樂府古題要解云：「漢人憐昭君遠嫁，爲作歌詩。石崇有妓曰緑珠，善歌舞，以此曲教之，而自製王明君歌，其文悲雅，『我本漢家子』是也。」同書又引琴操云：「王昭君，齊國王穰女，端正嫻麗，年十七，獻之元帝。元帝以地遠，不之幸，以備後宮。積五六年，帝每遊後宫，昭君常怨不出。後單于遣使朝賀，帝宴之，盡召後宫，昭君乃盛飾而至。帝問：『欲以一女賜單于，誰能行者。』昭君乃越席請往。時單于使在旁，帝驚恨不及。昭君至匈奴，單于大悦。昭君恨帝始不見遇，乃作怨思之歌。單于死，子世達立，昭君謂之曰：『爲胡者妻母，爲秦者更娶。』世達曰：『欲作胡禮。』昭君乃吞藥而死。」洪北江詩話卷四云：「王昭君賜單于一事，琴操之言最得其實。……是昭君之行，蓋由自請，而西京雜記妄以爲事由毛延壽，説最鄙陋，而世俗信之何耶？」城按：琴操所記多妄，稚存所論亦係臆測之辭，世説新語賢媛篇劉孝標注、文選恨賦李善注、王明君詞李善注、藝文類聚人部十四、太平御覽人事部一二四、樂部九皆引之，互有異同。樂府詩集卷五九謂漢書匈奴傳不言飲藥而死，不知後漢書尚有求歸不得之文。沈欽韓漢書疏證以昭君飲藥事乃好事者飾之，是也。文穎謂昭君南郡秭歸人，范蔚宗以爲南郡人，姊歸縣漢屬南郡也。惟琴操獨云齊國王穰女。俞正燮癸巳存稿卷七謂或齊國田王轉徙南郡，亦係附會之見。至其字或作「牆」，或作「檣」，或作「嬙」。錢大昕十駕齋養新録卷二：「哀元年，宿有妃嬙嬪御焉。唐石經『嬙』作『牆』。案説文無嬙字，當依石經爲『牆』。」梁玉繩瞥記卷三説同，又附諸藹云：「王牆蓋取古美人毛嬙之名，未必古無嬙字。」高步瀛唐宋詩舉要卷三云：「此循俗之言，不足取也。范書言昭君字嬙，孫璧文考古録卷七謂考應劭注，昭君實名牆，辨名録因左傳妃嬙嬪御附會爲官名，而不知傳實作牆也。」其説是也。

〔滿面胡沙滿鬢風一首〕何義門云：「思致自佳。」

〔漢使却迴憑寄語一首〕何義門云：「此刺恩薄不如重色也。」

【校】

〔題〕此下那波本無注。

〔滿鬢〕「鬢」，英華作「面」。全詩注云：「一作『面』。」

〔却似〕「似」，馬本訛作「是」，據宋本、那波本、汪本、萬首、盧校改正。全詩注云：「一作『是』。」亦非。